HEYNE BÜCHER

D1998476

SCIENCE FICTION

Herausgegeben
von Wolfgang Jeschke

Von Paul O. Williams erschienen in der Reihe
HEYNE SCIENCE FICTION & FANTASY:

DER PELBAR-ZYKLUS:

1. Band: Die Zitadelle von Nordwall · 06/4151
2. Band: Die Enden des Kreises · 06/4152
3. Band: Die Kuppel im Walde · 06/4153
4. Band: Der Fall der Muschel · 06/4154
5. Band: Ein Hinterhalt der Schatten · 06/4155
6. Band: Das Lied der Axt · 06/4156
7. Band: (in Vorb.)

PAUL O. WILLIAMS

EIN HINTERHALT DER SCHATTEN

Science Fiction Roman

Fünfter Roman des Pelbar-Zyklus

Deutsche Erstveröffentlichung

WILHELM HEYNE VERLAG
MÜNCHEN

HEYNE SCIENCE FICTION & FANTASY
Band 06/4155

Titel der amerikanischen Originalausgabe
AN AMBUSH OF SHADOWS
Deutsche Übersetzung von Irene Holicki
Das Umschlagbild schuf Darrell K. Sweet
Die Karte zeichnete Erhard Ringer

Redaktion: Wolfgang Jeschke

Printed in Germany 1985
Umschlaggestaltung: Atelier Ingrid Schütz, München
Satz: Schaber, Wels
Druck und Bindung: Elsnerdruck GmbH, Berlin

ISBN 3-453-31161-2

Dem Gedenken
an Naboth O. Williams,
meinem Vater, gewidmet

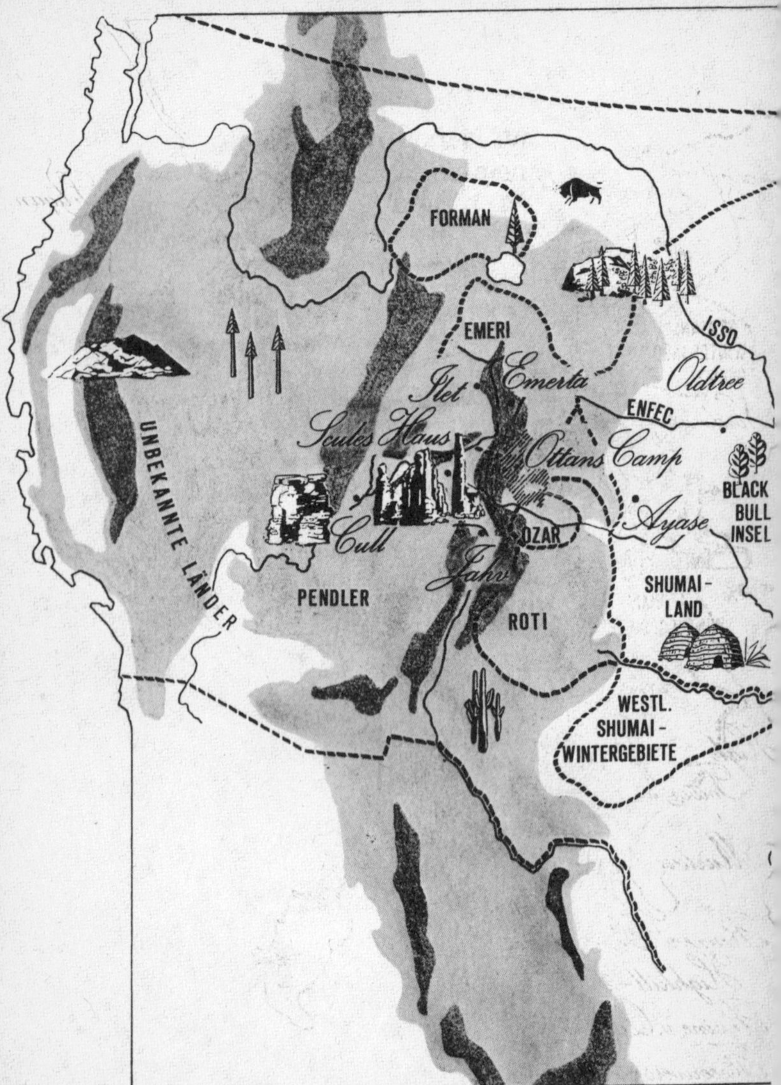
FORMAN
EMERI
ISSO
Oldtree
Emerta
Ilet
ENFEC
Scules Haus
Ottans Camp
BLACK BULL INSEL
Ayase
UNBEKANNTE LÄNDER
Cull
OZAR
Jahv
SHUMAI-LAND
PENDLER
ROTI
WESTL. SHUMAI-WINTERGEBIETE

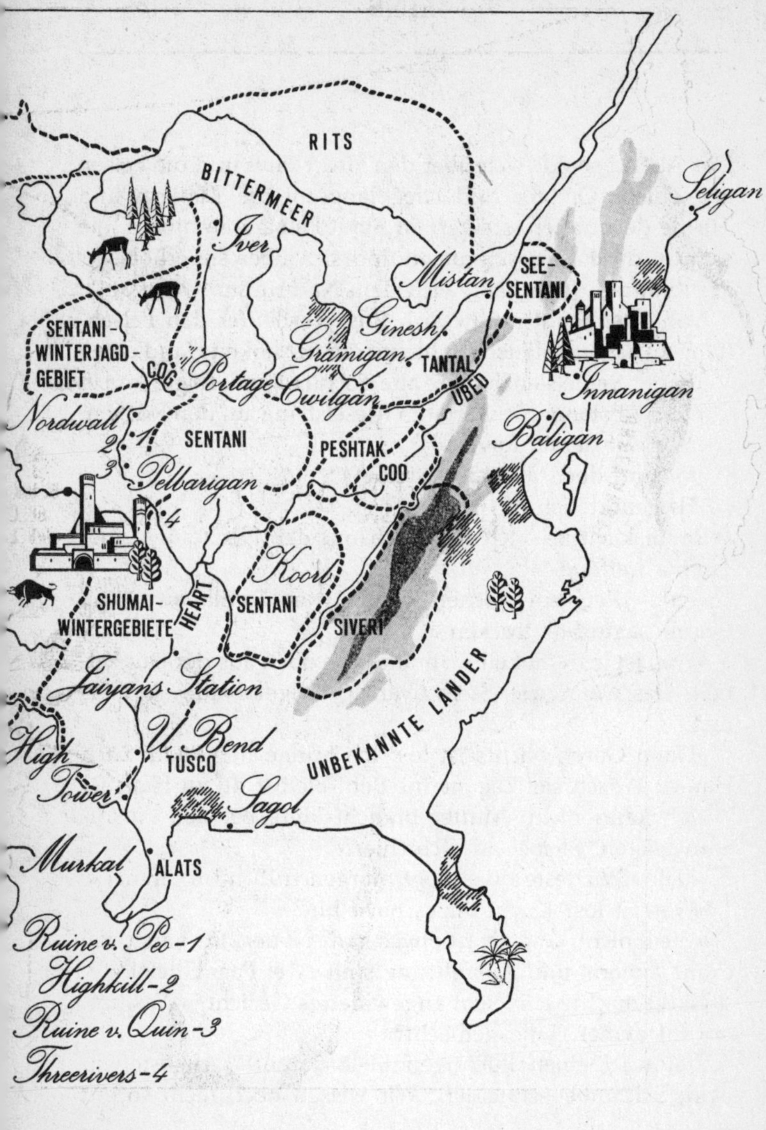
RITS
BITTERMEER
Seligan
Iver
Mistan
SEE-
SENTANI
Ginesh
SENTANI-
WINTERJAGD-
GEBIET
Grämigan
TANTAL
COG
Portage
Cwilgan
UBED
Innanigan
Nordwall
Baligan
SENTANI
PESHTAK
COO
Pelbarigan
Koorb
SHUMAI-
WINTERGEBIETE
HEART
SENTANI
SIVERI
UNBEKANNTE LÄNDER
Jaiyans Station
U. Bend
TUSCO
High
Tower
Sagol
Murkal
ALATS
Ruine v. Peo – 1
Highkill – 2
Ruine v. Quin – 3
Threerivers – 4

EINS

Der Abend senkte sich über den Heart-Fluß und die Felsen an seinem Ostufer und stieg langsam die Mauern und Türme der uralten, steinernen Stadt Pelbarigan hinauf, die sich an die Felsen schmiegte und sich über sie erhob; ihr graubrauner Stein paßte sich dem Naturfelsen völlig an.

Nahe der Stadt mühte sich Stel Westläufer den Felsabhang zu seinem Häuschen hinauf, an der linken Hand einen Verband. Seine sieben Jahre alte Tochter Raydi folgte ihm in kurzem Abstand. Sie warf ihm Kieselsteine auf den Rücken.

»Hör auf damit, Raydi!«

»Es sind doch nur Kieselsteine.«

»Es gehört sich nicht.«

Raydi kicherte. »Ich will doch nur den Fisch auf deiner Tunika treffen.«

»He! – Zeig ein bißchen Respekt fürs Familienwappen, Göre!« sagte Stel trocken.

»Was ist los?« rief eine Stimme von oben aus der Dunkelheit. Das war Garet, Stels zwanzigjähriger Sohn, ein Gardist.

»Hallo Garet. Nichts ist los. Ich bringe nur Raydi nach Hause. Wasch sie! Leg sie ins Bett! Bleibst du zu Hause?«

»Ich kann nicht. Mutter braucht Hilfe bei den Ausrüstungslisten. Bleibst du nicht hier?«

»Nein. Wir testen das Boot morgen früh noch einmal.«

»Was ist los? Kriegt ihr es nicht hin?«

»Weiß nicht, Gar. Es ist etwas ganz Neues. Da hängt viel dran. Theorie und Ausführung sind zwei Paar Stiefel.«

Garet machte ein leicht angewidertes Gesicht. »Was hast du mit deiner Hand gemacht?«

Stel warf einen flüchtigen Blick darauf. »Angestoßen. Beim Schraubenschneiden. Wir wissen noch nicht so gut über alle die Stähle Bescheid, wie wir sollten, obwohl Eolyn uns so viel sagen kann.«

Raydi warf wieder einen Stein. »Laß das, du Sauwanze!« brüllte Garet.

»Keine solchen Ausdrücke, Garet.« Stel hob das Mädchen auf und zuckte leicht zusammen, als seine verbundene Hand ihr Gewicht zu spüren bekam. Raydi schnitt Garet eine Grimasse, aber der schaute nicht hin.

»Großer, böser Gardist«, spottete sie.

»Raydi!« mahnte Stel.

»Das wird so ein Kind werden, wenn du sie einmal richtig verzogen hast«, meinte Garet.

Stel schaute seinen Sohn an. »Dein Spott würde schnellstens entfliehen, hättest du wirklich ein Kind zu erziehen«, antwortete er sanft.

Garet warf die Hände hoch, marschierte den Pfad hinunter und rief über die Schulter zurück: »Es wäre phantastisch, wenn du beim Maschinenbauen so schnell wärst wie beim Reimen.«

Stel runzelte die Stirn. So dachten sie also. Solche Bemerkungen kamen sicher nicht von Garet allein. Sie waren wohl allgemeiner Gesprächsstoff. Nun, er konnte es nicht ändern. Aber war das wohl auch Ahroes Ansicht? Aven wußte, daß er sich um diesen Posten nicht gerissen hatte.

»Setz mich ab!« verlangte Raydi. »Ich bin doch kein Baby mehr!«

Als Ahroe endlich sehr spät nach Hause kam, brannte die winzige Türlampe, und der alte Shumai-Hund Ayth wachte geduldig allein bei der schlafenden Raydi. Ahroe ging wieder hinaus auf die Terrasse und schaute hinunter zum Flußufer. Sie konnte den Schein von Laternen sehen. Stel war also noch bei der Arbeit. Morgen früh mußte die Maschine funktionieren. Sie schämte sich immer mehr wegen des Geredes. Sogar die Protektorin von Pelbarigan, Stels Mutter, war verärgert über die Verzögerungen und Fehlschläge. Von dem Boot hing soviel ab.

Ahroe ging hinein und schaute nach Raydi. Das Mädchen

regte sich. Auf dem Bett neben ihrer Hand lag ein kleiner Haufen Kieselsteine. Ahroe sammelte sie sorgfältig auf.

Am nächsten Morgen stand sie früh auf, weil sie unbedingt die Probefahrt des Bootes sehen wollte. Stel war nicht nach Hause gekommen. Der Versuch sollte eigentlich kein öffentliches Ereignis sein, aber Ahroe wußte, wieviel allgemeine Aufmerksamkeit er in aller Stille auf sich gezogen hatte. Es mußte funktionieren. Sie würde bald aufbrechen. Sie konnte es sich nicht leisten, an einen solchen Versager gebunden zu sein. Ihre Mission war zu wichtig. Ihr Zorn auf Stel war immer größer geworden, während er durch den Winter gestolpert war, probiert, verbessert, versagt und das ganze Ding wieder und immer wieder auseinandergenommen hatte. Sie wußte, daß er mit echten Schwierigkeiten zu kämpfen hatte, meinte aber doch, er hätte inzwischen eine Lösung finden müssen, nachdem er soviel Unterstützung bekam. Schon ging das Gerede über eine Neuwahl los, und Sagan, die Protektorin, war zu kostbar, um sie zu verlieren, nur weil sie die Mutter eines Versagers war.

Ahroe packte ihre Gedanken und schüttelte sie. Sie wußte, daß Stel sich alle Mühe gegeben hatte. Er war in vielen Dingen zum Experten geworden. Niemand im ganzen Tal des Heart-Flusses wußte soviel über diesen neuen Maschinentyp wie er. Trotzdem, er mußte ihn erst zum Funktionieren bringen.

Während die Maschine aufgeheizt wurde und das Boot sich langsam vom Vertäuungsfloß entfernte, stand Ahroe hoch oben in der Stadt neben ihrer Schwiegermutter an den Fenstern des Privatzimmers der Protektorin. Sie sah Raydi am Ufer stehen und mit Lehmklumpen nach einem Hund werfen. Warum verbot Stel es ihr nicht? Sie konnte ihn erkennen, klein und weit entfernt, wie er sich über die Maschine beugte, seine verbundene Hand fast schwarz von Ruß und Schmierfett.

Langsam begann sich das Rad am Heck des Bootes zu drehen. Ahroe hielt den Atem an. Dann wurde das Boot schneller. Jubel stieg vom Ufer auf. Plötzlich raste das Schiff vorwärts, das Rad drehte sich so schnell, daß es verschwamm. Das Boot hob seinen Bug vor der Strömung und schwebte dahin wie auf Schneegleitern. Stel rief etwas. Da war etwas nicht in Ordnung. Der Gardist an der Ruderpinne drehte sie leicht herum, und das Boot schoß in einem hektischen Bogen quer über den Fluß, wurde schnell kleiner, pflügte schräge Wellen auf, schwang zurück zum Ostufer und näherte sich in rasendem Tempo.

Stel rief wieder etwas. Der Gardist legte die Ruderpinne hart herum. Das Boot drehte zitternd ab, holte auf der Westseite Wasser über und legte sich wieder gerade, als der Mann auf Stels erneuten Zuruf die Ruderpinne wieder zurückschob, das Boot schoß vorwärts und hielt wieder schräg auf das Ufer zu. Der Mann wollte die Pinne wieder herumlegen, aber da rutschte das Boot knirschend mit dem Bug in eine Schlammbank südlich der Stadt. Die drei Männer an Bord kippten nach vorne, Stel stürzte vom Bug in das seichte Wasser und blieb im Schlamm liegen.

Sagan schlug die Hände vors Gesicht und murmelte dann: »Mist! Mist! Mist! – Ich kann es nicht glauben. Ich kann es einfach nicht glauben!«

Ahroe errötete. Stel stand bis an die Taille in schlammigem Wasser und wischte sich das Gesicht ab, während das Notventil mit einem schnarrenden Pfeifen Dampf abließ und dadurch die Aufmerksamkeit aller Leute in der Stadt auf sich zog, die die Katastrophe bisher möglicherweise noch nicht mitbekommen hatten.

Endlich ließ der Dampfdruck nach, und das Pfeifen erstarb, aber Stel stand noch immer im Fluß und starrte wie in Gedanken versunken das Boot an. Die anderen von der Mannschaft hatten sich von ihrem Schrecken erholt, lehnten an dem Gehäuse nahe am Bug und warteten auf ihn.

Garet trat ein. »Hast du das gesehen? Gütige Aven, ich schäme mich so!«

Ahroe fuhr auf ihn los: »Du schämst dich? Schämst dich? Deines Vaters?«

»Komm, Mutter! Du empfindest doch dasselbe wie ich. Ich sehe es.«

»Er war schon in schlimmeren Situationen und ist herausgekommen. Wenn er nicht in die Kuppel eingedrungen wäre*, wäre uns nicht einmal die Idee dieses Motors bekannt.«

»Da hast du ihn herausgeholt. Und jetzt mußt du sehen, wie du ihn aus diesem Schlamassel herausbekommst.«

»Ich? Ich nicht, Garet. Es muß einfach funktionieren. Und er muß dafür sorgen, daß es funktioniert.«

»Das schafft er nicht. Sieh ihn dir doch an! Er steckt bis zum Bauch im Dreck!«

»Friede«, sagte die Protektorin. »Gardist, bestelle Stel, ich möchte ihn sprechen, sobald er sich freimachen kann!« Sie drehte sich um und verließ den Raum, ihr langes Gewand schleifte hinter ihr her, die anderen sahen ihr nach.

»Gardist – damit bist du gemeint, Garet.«

»Ja, Mutter.«

Es wurde Nachmittag, bis Stel sich vor der Tür seiner Mutter einfand. So lange hatte es gedauert, das Boot aus dem Schlamm zu ziehen und wieder zu vertäuen. Sagan empfing ihn ungewöhnlich förmlich und bot ihm keinen Sitzplatz an. Sie betrachtete ihn ernst und konnte seine merkwürdige Hochstimmung nicht begreifen.

»Verstehst du, in welche Lage du mich gebracht hast, Stel?«

»Lage? Nein, Protektorin.«

»Jetzt wird es wahrscheinlich zu einer Neuwahl kommen.«

»Kannst du sie noch ungefähr sechs Tage hinausschieben?«

»Sechs Tage? Warum sechs Tage?«

---

* Siehe »Die Kuppel im Walde«, 3. Roman des Pelbar-Zyklus, HEYNE SCIENCE FICTION & FANTASY, Band 06/4153

»Weil in sechs Tagen unsere Expedition auf dem Weg flußaufwärts sein wird.«

»Was? Nach Iver? Wieso?

»Verstehst du denn nicht? Der Motor hat funktioniert. Trotz der starken Belastung ist nichts gebrochen. Er hat dem Aufprall auf die Schlammbank und allem anderen standgehalten. Er braucht jetzt nur noch zwei Ventile. Ich hatte das nicht begriffen. Die Dampfsperre war die ganze Zeit defekt, aber wir haben ein Ersatzteil und können nach einem neuen Entwurf ein Entlastungsventil bauen und installieren. Wenn es dir lieber ist, nehme ich die Pfeife vom Sicherheitsventil weg. Wir können eine separate Pfeife anbringen. Mach deine Mannschaft und deine Ladung fertig, Protektorin.«

Als Sagan die Hände vors Gesicht schlug, bemerkte Stel, wie deutlich jetzt die Adern zu sehen waren. »Ich wünschte, ich könnte sicher sein«, sagte sie.

»Das kannst du, Mutter. Ehrlich. Frag Dailith. Er ist genauso überzeugt.«

»Er ist genauso leicht zu übertölpeln. Ein Opfer seiner Begeisterung.«

»Womit du zweifellos Eolyn meinst. Ja, ja, Probleme, so schlimm wie Ekzeme. Aber sie geben sich beide Mühe. Wirklich.«

»Noch etwas, Stel.«

»Ja?«

»Ahroe reist in zwei Tagen ab. Diese Heart-Fluß-Föderation stellt eine schwere Belastung für unsere Wirtschaft dar. Es hängt soviel von Ahroe ab. Sie wird lange fort sein. Da sie ohnehin nicht hier ist, werde ich dich mit dem Boot nach Iver schicken. Um Raydi kümmere ich mich. Ich finde ohnehin, daß ihr im Augenblick nicht gerade allzuviel Aufmerksamkeit zuteil wird.«

Stel schwieg für einen Moment. »Nach Iver? Mich? Ich dachte, du würdest Dailith schicken. Er wird mit allem fertig.«

»Unsinn! Du weißt, daß das nicht stimmt. Mein Entschluß steht fest. Es muß so sein. Ich kann es mir nicht leisten, daß das Boot gerade bis Highkill kommt, dann eine Panne hat und die ganze Strecke wieder zurücktreibt.«

Stel war nachdenklich und schwieg lange, während sich die Schatten im Empfangszimmer seiner Mutter streckten. Schließlich sagte er: »Ja, natürlich. Du hast recht. Aber Raydi – wirst du dich selbst um sie kümmern?«

»Genug. Sie wird gut versorgt werden.«

»Und Ahroe. Sie ist dann so weit weg.«

»Sie ist offenbar auch dann sehr weit weg, wenn ihr beide hier seid.«

»Ja. Ich verstehe es nicht. Ich verstehe es wirklich nicht.«

Es war Abend, als Stel, gebeugt wie eine erfrorene Pflanze, den Hügel zu seinem Häuschen hinauftrottete. Ahroe stand auf der kleinen, ummauerten Terrasse vor dem Haus. Stel ließ sich auf die Mauer sinken.

»Nun, Stel, wie viele Versuche brauchst du noch?« Ahroe blickte verbissen drein.

»Keinen mehr. In sechs Tagen sind wir unterwegs.«

»Unterwegs? Nach Iver?« Sie lachte mitleidig.

»Ja. Nach Iver ... Du hast das Vertrauen zu mir verloren, nicht wahr?«

»Das war ja ein tolles Schauspiel heute morgen.«

Stel lachte. »Ja. Besonders für die Unwissenden.«

»Was willst du damit sagen?«

»Für Leute, die einen Erfolg nicht erkennen, auch wenn er sich vor ihrer Nase ereignet.«

»Ein Erfolg? – *Das?*«

»*Das!* – Wir brauchen jetzt nur noch ein paar Korrekturen. Glaub mir, Ahroe, es ist wirklich fast fertig!«

»Ich verstehe nicht, daß Sagan die Leute in diesem Ding flußaufwärts fahren läßt. Es ist eine Schande. Das wird sie ihr Amt kosten.«

Obwohl Stel todmüde war, spürte er eine Woge von Ärger über sich zusammenschlagen. »Du verstehst also doch nicht«, sagte er tonlos. »Du brauchst Monate um Monate, um ein paar Leute dazu zu bringen, daß sie miteinander reden und zu den offensichtlichen Schlüssen gelangen, und siehst nicht, mit welchen Schwierigkeiten ich fertigwerden mußte, bis dieser ganze Apparat endlich funktionierte.«

»Du hast es doch nur mit einem Haufen Metall zu tun, Stel. Den kannst du dazu bringen, daß er tut, was du willst. Wenn er versagt, dann deinetwegen. Ich habe *Menschen* zu organisieren. Menschen mit hundert verschiedenen Launen, Interessen und Wunschvorstellungen, mit verschiedener Herkunft, mit Feindschaften, die viele Menschenleben weit zurückreichen, und ich muß versuchen, aus ihnen eine Einheit zu machen. Dein einziges Problem ist doch Metall.«

»Du hast es nur mit Menschen zu tun, von denen die meisten guten Willens sind und einen Grund haben, zusammenzukommen. Ich habe ein träges Material, das keinerlei Grund hat, zu tun, was ich will – wenn ich überhaupt weiß, was ich will. Es sagt mir nichts. Pannen ereignen sich, wenn man es am wenigsten erwartet. Stahl sagt dir nie, daß er jetzt gleich wütend wird. Er bricht einfach. Feuer warnt dich, indem es dich verbrennt. Am Kessel platzt einfach eine Naht, wenn er dir sagen will, daß er zuviel Druck bekommen hat. Mit Menschen ist das alles viel einfacher.«

»Mit Menschen ist das alles viel einfacher!« schnaubte Ahroe. »Ja, die Peshtak sind immer einfach, in den Augen der Sentani, die sich noch immer an das Gemetzel erinnern, das die Peshtak unter ihren Familien angerichtet haben. Nun, du mußt dich um dein Steckenpferd da unten alleine kümmern. Ich reise übermorgen ab. Ich kann nur sagen, daß ich mich lange nicht mehr so geschämt habe.«

Stel saß reglos da und starrte sie im Dunkeln an, dann hob er die Hände und schlug sich damit auf die Schenkel. Schließlich stand er auf und ging den Weg hinunter.

»Wohin willst du?« rief Ahroe. Stel antwortete nicht. Sie konnte sehen, wie müde er war. Er würde also auf dem Boot schlafen. Sie wollte unterstützt werden, nicht zurückgestoßen, nicht in Verlegenheit gebracht. Sah er denn nicht, wieviel Verantwortung sie zu tragen hatte? Ohne Desdaan wußte sie nicht, wie sie es im letzten Jahr hätte schaffen sollen. Jetzt mußte sie an diese neue Konferenz denken. Wenigstens ein bißchen Verständnis für ihre Sorgen hätte er aufbringen können. Nun, es gab Leute, die sie besser zu schätzen wußten. Sie drehte sich um und trat ins Haus. Sie konnte Raydi in ihrem Zimmer hören. Sie klopfte und trat ein. Das Mädchen wandte das Gesicht ab. Ahroe beugte sich zu ihr und drehte ihr den Kopf herum. Auf den Wangen glänzten im Schein von Ahroes Lampe schwach die Tränen.

Ahroe hob das Kind auf, trug es zum Becken und wusch und trocknete ihm das Gesicht, aber bald machten neue Tränen die Arbeit zunichte. »Was ist denn, Kleines?«

»Vater, Vater.«

»Keine Angst. Er bringt das Boot schon zum Laufen, Ray. Es dauert nur ein bißchen.«

»Ich weiß. Ich weiß. Es funktioniert ja schon.«

»Was ist denn dann?«

Raydi schluchzte wieder und vergrub ihr Gesicht in der Schulter ihrer Mutter. »Er ... er ... sie wollen ihn damit wegschicken.«

»Was? Womit – auf dem Boot?« Hatte Stel das gesagt? Ja, er hatte gesagt: »Wir sind unterwegs.«

»Großmutter wird sich um mich kümmern – sie wird mich in die Kinderstube stecken.«

»Du kannst mit mir nach Threerivers kommen, kleine Blume.«

»Nein, nein. Ich will nicht, daß Vater fortgeht. Ich habe Angst. Dort sind die Tantal. Ich will, daß er bei mir bleibt.«

Ahroe sagte nichts mehr, sondern starrte in die Dunkelheit und dachte nach, während sich Raydi in den Schlaf weinte. Stel würde also auf seinem Boot zum Bittermeer fahren. Sie würde in Threerivers sein. Und Raydi blieb alleine – mitten in Pelbarigan, aber trotzdem alleine.

Schließlich legte sie das Kind ins Bett und deckte es sorgfältig zu, dann rief sie Ayth, damit er Wache hielt. Der alte

Hund beschnupperte sie, und sie klammerte sich einen Augenblick lang an ihn. Er wedelte ein wenig mit dem Schwanz. Dann machte sich Ahroe auf den Weg den Hügel hinab, um ihre Vorratsliste und die Fortschritte beim Einladen zu überprüfen.

ZWEI

Als Stel erwachte, hörte er ein leichtes Stampfen und Klirren, dann fiel ihm wieder ein, daß er ja auf dem Boot war. Ein Streifen Morgensonnenlicht lag auf der gehobelten Platte vor ihm. Er fühlte sich steif.

Er wälzte sich unter dem schweren Zudecktuch hervor, setzte sich auf und kratzte sich den Kopf. Das Klirren hörte auf. Er schaute hoch und erblickte Dailith, den Greifer in der Hand, der ihn seinerseits verwirrt und überrascht anstarrte.

Stel hatte einen ranzigen Geschmack im Mund. Er seufzte und gähnte. »Wir müßten heute mit den Rohrleitungen und den Ventilen fertigwerden, Dai«, sagte er ohne Begeisterung. »Dann sollen die Schmiede einige Ersatzteile, Verbindungen und Lochplatten schneiden.«

»Stel?«

»Ja?«

»Alles in Ordnung?«

Stel lachte und seufzte, das Licht stach ihm wie ein Splitter ins Auge. Er blinzelte und hielt die Hand hoch, um es abzuschirmen.

»Laß nur«, sagte Dailith und drückte Stels Arm mit seiner großen Hand. Stel fiel auf, wie sauber sie war. »Laß nur! Ich weiß, wie es ist. Wirklich. Ich komme nämlich auch mit.«

»Du? Mit uns?« Stel wußte es, spielte aber den Überraschten.

»Die Protektorin hat mich darum gebeten. Ich habe es Eolyn gestern abend erzählt, und sie hat kein Wort dazu gesagt. Sie stellte gerade eine Tabelle für Dampfdruckwerte auf. Murmelte alles herunter. Hielt es für eine Unterbrechung.«

»Das war es auch, Dai. Nun, an die Arbeit!« Stel blickte zu dem jüngeren, größeren Mann auf, der ziemlich bedeutungsvoll dreinschaute. Plötzlich grinste er, schlug Dailith auf die Schulter und fügte hinzu: »Wir fangen mit dem Entlastungsventil an.«

Bis zum Spätnachmittag war die ganze Arbeit entweder getan oder soweit geplant, daß Stel weggehen konnte. Außerdem waren die Anstreicher mit ihren stark riechenden Farben in der Hauptkajüte, und Stel würgte in der schlechten Luft.

So nahm er seine alte Flöte unter einen Arm und balancierte über die Planke ans Ufer, wo Raydi, die schon ihren Unterricht hinter sich hatte, im Staub hockte und ein Zählspiel mit Steinen spielte. Stel blickte zu ihr hin. Sie schien ganz vertieft. Er blinzelte zu seinem Häuschen hoch oben auf den Felsen hinauf. Ahroe war wohl noch mit dem Rat von Pelbarigan im Gerichtssaal. Dann suchte er sich den Weg zum Flußeingang der Stadt und ging durch hohe, dunkle Steinkorridore zum alten Tempel, dessen großes, zentrales Auditorium einen Fußboden aus riesigen Steinplatten hatte, auf dem die Betenden standen; in den gewölbten Seiten boten drei übereinanderliegende Bankreihen Platz für Zuhörer und Musiker. Der Tempel war leer.

Stel näherte sich der erhöhten vorderen Bühne des Saales, wo sonst immer die Geistlichen Avens standen und aus den Rollen Pells vorlasen oder von Aven, der Mutter aller Dinge, der Beschützerin und Pflegerin predigten. Stel war auf diesem Podium getraut worden, so viele Jahre war es jetzt her, auf den Knien liegend, so daß Ahroe nach Pelbar-Sitte ihren Fuß auf seinen Rücken stellen konnte; er hatte die Geste widerspruchslos akzeptiert, bereitwillig, eifrig sogar. Aber das war kurz vor ihren anfänglichen, großen Schwierigkeiten gewesen, die ihn weit über die westlichen Ebenen und die Berge getrieben – und die dann ihn und Ahroe für so lange Zeit so nahe zusammengeführt hatten.* Stel rieb die Flöte an seinem Ärmel.

---

* Siehe »Die Enden des Kreises«, 2. Roman des Pelbar-Zyklus, HEYNE SCIENCE FICTION & FANTASY, Band 06/4152

Er sah den späten Strahlen der Frühlingssonne zu, wie sie sich im obersten Lichtgaden des Saales fingen und verstrickten, dann ging er zum nächsten Tempel an der Ostseite und setzte sich, um auf seiner Flöte zu spielen, wie er es so oft bei kleinen und großen Anlässen mit den anderen Musikern getan hatte.

Die Hymnen der Pelbar hatten ihn nach einiger Zeit immer getröstet, und er suchte seinen Geist nun wieder damit zu beruhigen. Er begann mit dem langsamen, großen Präludium an Aven, die Wahre Protektorin, die ihre Mauern ausbreitete. Während er spielte, merkte er nicht, wie Raydi durch den Haupteingang schlüpfte, sich an die dunkle Mauer setzte und zuhörte, und dabei ihre Kiesel von einer Hand in die andere warf.

Stel fuhr fort zu spielen, obwohl die Sonne untergegangen war und der Saal langsam von immer tieferer Dunkelheit überflutet wurde. Die Assistentin der Geistlichen kam und stellte die beiden Abendlampen auf, dann stahl sie sich wieder fort. Raydi gähnte und legte sich hin. Da bemerkte sie, daß ihr Vater sein Spiel beendet hatte. Sie rollte sich herum und sah ihn im schwachen Schein der Lampen vor der Bühne stehen. Aus der Haltung und den Bewegungen seiner Schultern glaubte sie zu erkennen, daß er weinte. Konnte das sein? Nein. Sie hörte ein Schlurfen und sah ihren Bruder neben sich eintreten. Sie sah, wie er zu Stel hinschaute und schrie sofort: »Garet!«

Er schrak zusammen und fuhr herum. »Du Gör. Wann bekommst du endlich genug davon, dich zu verstecken und die Leute zu erschrecken?«

»Wenn du genug davon bekommst, heimlich herumzuschleichen.«

Garet schüttelte den Kopf. »Ich bin dienstlich hier«, sagte er, drehte sich um und rief: »Vater!«

Stel stand jetzt aufrecht und still da, drehte sich aber nicht um. Garet ging zögernd auf ihn zu. »Vater«, wiederholte er. »Man braucht dich. Ich habe dich überall gesucht. Warum mußt du ...«

»Was ist, wenn das alles gar nicht wahr ist, Garet?« fragte Stel mit merkwürdiger Stimme.

»Was ›alles‹?«

»Das alles hier. Die ganze Pelbar-Theologie über Aven. Es ist mir alles entglitten wie Nebel, durch die vielen Veränderungen.«

Garet trat unbehaglich von einem Fuß auf den anderen und machte ein skeptisches Gesicht. »Was wäre dir lieber? Der Sertine der Shumai? Hör zu! Mutter hat mich geschickt. Sie braucht dich.«

»Nicht gerade Sertine. Etwas Umfassenderes als Aven. Etwas, wo man einen Platz findet.«

»Einen Platz? Was meinst du damit? Schau, Mutter braucht dich. Hast du geweint? Was bei Avens grüner ...«

»Halt den Mund, du Schweinebauch!« kreischte Raydi und trat ihren Bruder in die Wade.

»Hör zu, du unerträgliches ...« Als Garet auf sie zustürzen wollte, streckte Stel die Spitze seiner Flöte aus, erwischte seinen Sohn unter der Nase und brachte ihn so ruckartig zum Stehen. Der junge Gardist wirbelte mit einer einzigen, instinktiven Bewegung herum und zog sein Kurzschwert, dann zögerte er, schaute es an, steckte es wieder in die Scheide und ließ seinen Blick von Stel zu Raydi und wieder zurückschnellen.

»Gegen den eigenen Vater das Schwert zu ziehen!« schrie Raydi mit schriller Stimme.

»Ich ...«

»Schon gut, Raydi«, sagte Stel, und es klang ganz fern. »Ich habe keinen Sohn. Ich habe keinen Sohn. Ich habe keinen Sohn.«

Garet stand wie vom Donner gerührt. Er konnte die Worte nicht glauben. Sein Vater hatte die Pelbar-Formel der Verleugnung so ruhig, so unerwartet ausgesprochen. Aber mit der raschen Arroganz des erfolgreichen Jugendlichen wallten sein Abscheu und sein Zorn wieder auf. »Na gut, du nutzloser, alter Mann, Ahroe, die Leiterin der Garde, wünscht dich zu sprechen.«

Er drehte sich auf dem Absatz um und schritt hinaus, ohne sich noch einmal umzusehen.

Als Ahroe zu ihrem Häuschen zurückkehrte, war Stel noch nicht da. Garet hatte seine Sachen aus dem Haus geholt und packte sie gerade auf der Terrasse zu einem Bündel zusammen, um ins Quartier der Gardisten umzuziehen.

»Was soll das?« fragte Ahroe und setzte sich müde auf die Mauer.

»Dein Gatte hat mich verleugnet. Ich bin nicht länger an ihn gebunden.«

»Was hast du getan?«

»Ich hatte ihn endlich im Tempel gefunden und ihn, wie du verlangt hast, aufgefordert, zu dir zu kommen.«

»War das alles?«

Garet antwortete nicht. »Was hast du getan? Genau?« Ahroe sprach in ruhigem und befehlendem Ton. Garet stand habacht und erzählte ihr alles.

»Du hast also das Schwert gegen ihn gezogen. Gegen deinen eigenen Vater.«

»Das war eine instinktive Bewegung. Dazu bin ich ausgebildet.«

»Ich verstehe. Du bist nun also ein Instinktwesen. Jetzt ist es zu spät. Du hast schon so lange so wenig Respekt vor ihm, daß du seinen Wert nicht mehr erkennst. Wenn jemand im ganzen Tal des Heart-Flusses dieses Boot nach Iver bringen kann, dann er. Ich verstehe nicht, wieso du seinen Wert so hartnäckig verkennst, nur weil er kein Soldat ist.«

»Und du, Mutter? Wie sehr schätzt du ihn denn? Du beachtest ihn nun schon so lange fast überhaupt nicht mehr.«

»Ich habe eine Aufgabe. Wir müssen diese Föderation zusammenbekommen. Wir müssen. Das weiß er.«

»Er. Er ist so schwach. Warum hat er heute abend im Tempel geweint? Ich habe ihn gesehen. Es macht mich wütend.«

»Geweint?«

»Geweint! Und dieser kleine Schatten hat ihn beobachtet. Und geschrien, damit ich es nicht sehen sollte.«

»Es ist besser, wenn du jetzt gehst, Garet.«

»Was soll ich ihnen sagen?«

»Was du willst.«

Garet stand mit offenem Munde da. Nun hatte sich auch seine Mutter gegen ihn gewandt. Und er hatte doch alles getan, um ihr zu gefallen. Alles. Und jetzt verließ sie ihn und stellte sich auf die Seite dieses alten Schwächlings.

»Du verleugnest mich also auch?«

»Ich? Nein. Bitte geh! Ich muß über so vieles nachdenken. Morgen um diese Zeit sind wir schon auf dem Fluß. Wir haben in dieser Saison noch gar nichts von den Peshtak gehört. Wir haben noch nicht genügend Unterkünfte für die größeren Delegationen. Die Vorräte sind knapp. Die Botschaft der Emeri enthält die üblichen, eleganten Einwände. Ich muß das alles klären. Ich habe jetzt keine Zeit für private Probleme.«

Garet stand ein paar Augenblicke schweigend da. »Dann leb wohl.«

»Leb wohl, Garet.«

Nach ein paar Schritten den Pfad hinunter drehte er sich um. »Was wirst du nun tun?«

»Nichts. Du mußt das mit dir selbst ausmachen.« Ahroe lauschte, wie die Schritte ihres Sohnes auf dem dunklen Pfad verklangen. Sie blieb noch ein paar Augenblicke reglos sitzen, dann ging sie ins Haus. Erst nach einem vollen Quadranten des ersten Nachtviertels kam Stel, die schlafende Raydi auf dem Arm. Ahroe saß im dunklen Vorderzimmer und war noch immer damit beschäftigt, ihre durcheinanderwirbelnden Gedanken zu ordnen. Stel ging durch den Raum zu Raydis Zimmer. Ein kleines Licht flammte auf. Sie hörte die beiden miteinander flüstern, dann erlosch das Licht. Sie flüsterten weiter. Stel sang eine kurze Hymne, dann noch eine. Sie hörte seine Schritte in Raydis Tür.

»Vater!« rief Raydi.

»Ja, Kürbis?«

»Ist es nun alles wahr? Oder nicht?«

»Was?«

»Was du eben gesungen hast.«

Stel überlegte. »Wer weiß, Kürbis? Ich hoffe es. Manchmal kann man etwas sagen und es doch nicht fühlen. Aber wenn du etwas singst, und es wieder und immer wieder singst und es dabei denkst und trotzdem noch nicht spürst, daß es wahr ist, dann ist das schwer. Verstehst du das irgendwie? Keine Angst, Kürbis. Das löst sich schon. Hoffentlich.«

Stel ging ins Vorderzimmer und setzte sich, und jetzt erst schien er zu bemerken, daß Ahroe da war.

»Worum ging es denn?« fragte sie.

»Nichts. Es ist nicht so wichtig.«

»Mußtest du das tun?«

»Mit Garet?« Stel rieb sich umständlich die Hände an den Knien. »Ich habe schon lange keinen solchen Haß mehr hinter einem gezückten Schwert erlebt. Es macht mir nichts aus. Letztlich ist es etwas, was ich verpfuscht habe – seine Erziehung. Ich werfe nur die Scherben fort. Nicht fair, nicht wahr? Aber wenn ein Balken gesplittert ist, macht ihn aller Leim in ganz Pelbarigan nicht wieder heil.«

»Garet ist kein Balken. Er ist ein menschliches Wesen.«

»Ein menschlicher Balken. Nun, mach es mit ihm ab, wie du willst, Ahroe. Du bist doch die große Versöhnerin der menschlichen Wesen.«

»Ich habe nicht die Absicht, mich jetzt mit dir zu streiten. Was ist überhaupt los? Ich spüre schon so lange, wie sich das aufbaut. Verstehst du denn nicht, daß ich so viele Aufgaben habe? Ich glaube manchmal, ich zerbreche wie dein Balken. Warum wendest du dich gegen mich? Ich kann es nicht begreifen. Ich dachte, von allen Menschen auf der Welt wärst wenigstens du loyal.«

»Loyal? Wie kann ein Mensch einem Nebel gegenüber loyal sein? Man greift danach, und der Nebel weht dir zwischen den Fingern hindurch. Man sagt: ›Steh still, damit ich loyal zu dir sein kann‹, und er antwortet nicht. Dann wird es endlich still in der Nacht, man legt seinen Arm darum – und erlebt, daß er immer noch so kalt und unpersönlich ist wie ein Nebel.«

Ahroe seufzte. »Das steckt also dahinter. Du hältst dich immer noch für einen brünftigen Halbwüchsigen. O Aven! Stel, ist es nicht irgendwann Zeit, erwachsen zu werden?«

»Erwachsen werden? Ich ... ich habe gehört ... Über die Liebe hinauszuwachsen, meinst du, aber nicht über die Loyalität.«

»Liebe? Liebe? Ist es denn etwas anderes als Liebe, wenn man versucht, dem ganzen Tal Frieden zu bringen? Ist es nicht ...«

»Laß nur, Ahroe! Laß gut sein! Ich fühle mich in all diesen Theorien immer weniger zu Hause. Manchmal bin ich innerlich so leer, daß nichts mehr viel Wert zu haben scheint. Du weißt, daß du alles bist, was ich brauche. Und wenn dich das nicht interessiert, warum willst du mich dann mit dem ganzen Gerede einwickeln?« Er stand auf und trat im Dunkeln zu ihr. »Ich gehe zu Bett«, sagte er. »Keine Angst. Ich werde dich nicht belästigen.« Er legte ihr die Hand auf die Schulter. »Das ist alles so albern, Ahroe. Ich liebe dich so sehr. Und manchmal machst du mich so wütend.«

»Wütend. Menschen sind immer wütend.«

»Ich weiß. Die Menschen sagen immer: ›Er versteht mich nicht.‹ Oder: ›Sie versteht mich nicht.‹ Aber in Wirklichkeit meinen sie, daß der andere nicht mit ihnen übereinstimmt. Aber das alles macht nichts einfacher. Gute Nacht. Stört es dich, wenn ich dir einen Gutenachtkuß gebe?«

Sie drehte mechanisch ihr Gesicht nach oben und küßte ihn geistesabwesend. Er blieb in der Tür stehen. »Kommst du zu Bett?«

»Bald. Ich muß noch über einiges nachdenken.«

Ahroe hörte so etwas wie ein Lachen tief in seiner Kehle, als er das Zimmer verließ. Plötzlich spürte sie eine gewaltige Last, und Stel drückte sie nieder wie alle anderen. Beinahe hätte sie aufgeschrien. Es war nicht fair. Wirklich nicht. Aber sie würde nicht aufgeben. Wenn die Heart-Fluß-Föderation scheiterte, dann nicht deshalb, weil sie irgendwie aufgegeben hatte. Sie würde treu bleiben. Das mußte Stel einsehen. Er mußte einfach.

Dann war da noch Desdaan. Hatte Stel von Desdaan gehört? Wie würde er empfinden, wenn es so war? Wieder stieg in Ahroe die Sehnsucht nach jener höheren Würde und Gelassenheit auf, die Desdaan verkörperte. Sie kämpfte dagegen an. Schaudernd warf sie einen Blick auf das Schlafzimmer. Nach dem ganzen Winter hörte sie immer noch die glatte Stimme des Sentani, ruhig und weise, ohne Wortspiele und alberne Reime – so in sich ruhend wie das Urteil selbst. Wie hatte sie sich im vergangenen Sommer auf ihn gestützt! Was war er für eine Hilfe gewesen! Ahroe schlang zitternd die Finger ineinander.

DREI

Stel war entschlossen, wachzubleiben, bis Ahroe zu Bett kam. Ab und zu mußte sie ihre Verwaltungsaufgaben doch einmal beiseitelegen. Aber während er so dalag, abwechselnd zornig und müde, erwartungsvoll und schläfrig, glitt er schließlich doch in einen erschöpften Schlummer hinüber. Als nächstes nahm er wahr, daß es dämmerte und Ahroe ihr langes Haar vor dem welligen Glasspiegel kämmte, den sie nach Eolyns Anweisungen selbst hergestellt hatten.

Ahroe drehte sich um, als Stel sich bewegte. »Ich bin alles hundertmal durchgegangen«, sagte sie. »Ich weiß, daß ich an alles gedacht habe – wenigstens an alles, was wir jetzt brauchen. Aber trotzdem bin ich überzeugt, daß ich etwas vergessen habe, einen ganzen Bereich der Vorbereitung.«

Wieder lachte Stel tief in sich hinein. Ahroe warf ihm einen zornigen Blick zu.

»Nicht wieder so, Stel! Laß unseren letzten Tag wenigstens ruhig verlaufen, wenn er schon nicht glücklich sein kann.« Stel schlug die Hände vors Gesicht. Als er sie wegnahm, hatte sich sein Ausdruck verändert. Er war nun sonderbar teilnahmslos.

»Stel, was willst du wegen Garet unternehmen?«

»Wegen Garet? Nichts. Was macht es schon aus? Er wird während der ganzen Saison nicht da sein. Was geschehen ist, ist geschehen. Er hat sich schon vor langer Zeit von mir entfernt. Eigentlich ist es eine Erleichterung.«

»Eine vorübergehende Erleichterung vielleicht, aber keine Heilung, keine Gesundung.«

»Jeder Körper muß sein Blut selbst stillen. Ich kann es nicht für ihn tun. Ich schaffe es nicht einmal bei mir selbst. Ich will nichts mehr von ihm wissen.« Stel erhob sich, schlüpfte in eine frische Tunika und verließ das Zimmer.

Ahroe hörte, wie er mit Raydi sprach, dann lachte. Sie runzelte die Stirn. Was hatte sie nur vergessen? Warum mußte Stel weiterhin so schwierig sein – ausgerechnet jetzt?

Der Tag verging für beide schnell, jeder bereitete sich auf seine Reise in die entgegengesetzte Richtung vor. Ehe Stel es merkte, ging schon fast die Sonne unter, und die vier Pelbar-Schiffe, die nach Threerivers hinunterfahren sollten, waren bereit zum Ablegen. Er ließ seine Arbeit am Motor liegen und ging durch die Spätfrühlingskühle das Ufer hinunter. Ahroe war schon an Bord. Garet war bei ihr. Sie sah Stel und kam an die Reling. Lange schauten sie sich an. Dann drehten sie sich ohne sichtbares Zeichen beide um und gingen zur Gangway. Stel wich Gardisten aus, schritt die schwankenden Planken hinauf und traf oben mit seiner Frau zusammen. Sie umarmten sich.

»Warum zitterst du?« fragte sie.

»Tue ich das? Das habe ich gar nicht bemerkt. Ich bin sicher, du wirst dich da unten bewähren, Ahroe. Gib nur auf die Peshtak acht. Sie sind schlüpfrig wie die Aale.«

»Im Augenblick machen sie sich Sorgen. Wegen der Tantal.«

»Nun, du wirst schon eine Lösung finden. Da bin ich sicher.«

»Willst du Garet nicht deinen Segen geben?«

»Meinen Segen? Segnen kann nur Aven – oder Gott. Von mir sind es nur Worte.«

»Gott?«

»Nenn es, wie du willst, mein Liebes.«

»Du kannst nach Threerivers hinunterkommen, wenn du wieder da bist. Bring Raydi mit.«

»Wir werden sehen.«

Sie küßten sich flüchtig, und Stel schritt wieder zum Ufer hinunter. Die Segel bauschten sich schon im Frühlingswind, und die Matrosen, die das Licht des Vollmonds ausnützen wollten, drängten zum Aufbruch. Stel fand es recht ungewöhnlich, daß sie bei Sonnenuntergang aufbrachen, aber die Delegation wollte unbedingt einen straffen Zeitplan einhalten.

Als die Schiffe die Strömung der Fahrrinne erreichten und herumschwenkten, konnte Stel Ahroe in dem Gedränge auf Deck nicht finden. Garet war zu sehen; er kehrte seinem Vater den Rücken zu. Als die Sonne die Bäume am Westufer erreichte, schienen ihre Schatten über den Fluß auf die Stadt zuzuschießen. Da spürte Stel, wie ihn schauderte, weil er zusehen konnte, wie die diffusen Schatten herankamen, seine Beine erreichten und über ihn hinwegstiegen. Nun, das hatte nichts zu bedeuten. Er glaubte nicht an Vorzeichen.

»Stel!«

Er drehte sich um. Portain, der für die Reise flußaufwärts verantwortliche Gardehauptmann, lächelte ihn seltsam an. »Keine Angst«, sagte sie. »Du wirst soviel Arbeit bekommen, daß du sie nicht vermissen wirst. Bist du sicher, daß diese ganze Liste von Sachen in das Boot hineinpaßt? *Müssen* wir die Bienen mitnehmen?«

»Ich bin alles durchgegangen, Gardehauptmann. Eolyn hat uns gelehrt, Veränderungen zu berechnen. Ja. Es paßt alles hinein. Wir kommen sogar einen so verzweigten Fluß wie den Arge hinauf. An machen Stellen müssen wir vielleicht über Hindernisse wegkriechen, aber das müßte das Rad schon schaffen. Hoffentlich. Ansonsten springen wir hinein und graben uns frei. Oder wir holen den Flaschenzug heraus und ziehen das Boot.

»Das tust du. Ich gebe die Befehle.«

»Natürlich. Wir brauchen jemanden, der den Überblick behält.«

»Du bist vielleicht der Ältere, Stel. Aber das gibt dir noch nicht das Recht, mich von oben herab zu behandeln. Das lasse ich mir nicht bieten, weißt du.«

»Nein. Entschuldige. Keine Neckereien mehr, Gardehauptmann.«

»Necken kannst du mich ruhig. Nur gönnerhaft solltest du nicht sein, auch wenn du älter bist.« Sie legte ihm leicht die Hand auf die Schulter.

»Ja. Ich verlasse mich darauf, daß du mir manchmal den

Unterschied klarmachst.« Er lächelte sie freundlich an und schritt das Ufer hinauf. Was hatte Portain sagen wollen? Hatte es etwas mit Garet zu tun? Stel tat es mit einem Achselzucken ab. Als er aufschaute, sah er Raydis Silhouette neben der ihrer Großmutter hoch oben in den Fenstern der flußseitig gelegenen Räume der Protektorin. Er winkte ihnen zu, und Raydi winkte zurück.

Merkwürdigerweise glaubte er wieder zu spüren, wie die Schatten über den Fluß schossen und über ihm aufstiegen. Wieder schauderte ihn. Eine unbestimmte Vorahnung schien wie eine nächtliche Fledermaus über ihn hinwegzugleiten, ihren stinkenden Atem auf ihn herunterzublasen und dann zu verschwinden. Dinge, die er für fest gehalten hatte, schienen sich vor seinem geistigen Auge aufzulösen, so wie die Stadt mit ihren Steinmauern, die hohen Felsen, die Bäume in der Dämmerung alle Einzelheiten verloren hatten und langsam in Finsternis versanken.

Er freute sich nicht auf die Reise nach Norden. Merkwürdigerweise fühlte er sich fast so leer wie damals, vor Jahren, kurz nach seiner Heirat mit Ahroe, als ihre reaktionäre Familie ihn wegen seiner Widerspenstigkeit hatte töten wollen und er gezwungen gewesen war, nach Westen zu fliehen, um sein Leben zu retten.

Aber jetzt war es irgendwie anders. Er war erfolgreich. Er hatte eine Familie. Er hatte einiges erreicht. War er einfach zu müde, um sich dem Kampf zu stellen, der offensichtlich vor ihm lag? Oder war Ahroe der Grund, aus der die wilde Konzentration auf die Arbeit alles andere herausgesogen hatte, so daß für ihn nichts mehr übrigblieb? Was brauchte er von ihr? Er hatte versucht, es zu definieren. Zuneigung und darüberhinaus körperliche Liebe? Wollte er geachtet werden? Er glaubte immer noch, daß ihre Achtung, wenn sie welche zu vergeben hatte, ihm zugute käme. Oder stimmte das nicht? Er hatte Gerüchte gehört.

Bei Garet hatte er wirklich versagt. Der junge Mann war ein stolzer Gardist, fest überzeugt von seinen Fähigkeiten, und doch, nach Stels Ansicht, ungenau in dem, was er konnte, und das war gefährlich, weil es der Junge nicht erkannte. Und Raydi, die wie die Erfüllung eines Versprechens gewesen war, als sie zur Welt kam – Stel wußte, daß sie vernachlässigt wurde, und er wußte auch, daß das zwangsläufig Folgen haben würde.

Darüber hinaus war da noch sein altes Vertrauen in die Religion. Er war sicher, daß eine Art von Glauben ihm in den schlimmsten Krisen seines Lebens geholfen hatte. Oder hatte ihm da eine Illusion geholfen? War er durch Fanatismus gestärkt worden? Er wußte es nicht. Er wußte nur, daß er den alten, beruhigenden und lenkenden Einfluß, woher auch immer, nicht mehr verspürte. Inzwischen hatte er Angst vor sich selbst. Er stellte Wünsche nicht mehr automatisch zurück. Er hegte sie. War das der Grund, warum ältere Leute dick wurden? Es war ein gewisses Erschlaffen der Disziplin, ein Verlangen nach Erfüllungen, die man immer aufgeschoben hatte und die man, wie man nun langsam erkannte, nicht mehr aufschieben konnte, wenn sie jemals zur Reife gelangen sollten.

Stel saß auf der alten Landeplattform mit ihren großen, quadratischen Steinen. Der Fluß glitt im Dunkeln vorbei. Er hörte ein leises Geräusch, drehte sich um und sah die schlanke Gestalt Celestes. Das Mädchen aus der Kuppel war jetzt fünfundzwanzig und noch immer sehr schweigsam, aber doch etwas sanfter und ruhiger, je reifer sie wurde. Sie setzte sich im Dunkeln neben ihn.

»Bist du aufbruchbereit?«

»Fast, Backenhörnchen. Möchtest du mitkommen?«

Celeste schwieg eine Weile, dann sagte sie: »So hat mich Tor immer genannt. Nein. Ich möchte nicht mitkommen. Wir stellen jetzt endlich Glühfäden her, mit denen ich arbeiten kann, und ich komme in der Elektronik ein wenig voran.« Sie lachte leise, ein wenig verbittert. »Stell dir das vor – Feinschaltkreise, ausgerechnet hier.«

»Na ja, Cel, dieses ›hier‹ ist alles, was ich kenne, und deshalb finde ich es gar nicht so schlecht.«

»Ich wünschte, du würdest nicht so bald abreisen. Wir

könnten sicher einen Generator entwickeln, der den Dampf ausnützt, den ihr in diesem Kolbenmotor nur vergeudet. Der Dampf wäre noch leistungsfähig. Eine kleine Turbine könnte euch mit Elektrizität versorgen.«

Stel überlegte im Dunkeln. Er war nicht allzu sicher, ob das so wichtig war. Wozu brauchte er Elektrizität, außer für die Batterien, mit denen ihr Sender betrieben wurde?

»Ich habe etwas für dich – zum Mitnehmen.« Sie streckte die Hand aus und hängte ihm etwas an einem schmalen Lederband um den Hals. Stel betastete es – ein kleiner Kasten aus Metall.

»Was ist es?«

»Ich habe es gemacht. Es wird dir sagen, ob Strahlung vorhanden ist. Du wirst hören, daß es einen kleinen Laut ausstößt, pulsierend wie bei einer Pfeife.«

»Strahlung?«

»Ja. Du fährst in fremde Gegenden. Strahlung beschränkt sich nicht immer auf die leeren Stellen. Manchmal enthält auch Metall noch Strahlung. Und andere Substanzen ebenfalls. Es ist eine unsichtbare Gefahr. Du hast sicherlich einiges von Strahlung aufgenommen, als du uns aus der Kuppel geholt hast.«

»Aber das ist so lange her. Du kannst doch nicht ...«

»Sie verschwindet nie mehr, Stel. Sie sammelt sich an. Du kannst es dir, glaube ich, nicht leisten, immer noch mehr aufzunehmen. Sonst passiert etwas mit dir.«

Stel warf einen Stock in den Fluß. »Nun, Backenhörnchen, ich bin gar nicht sicher, ob ich wirklich ewig leben will.«

Celeste beugte sich vor und küßte ihn auf die Stirn. »Ich möchte es aber.« Sie stand auf und klopfte sich die Tunika ab. Stel nahm einen Augenblick ihre Hand.

»Ich werde es tragen. Danke, Backenhörnchen.«

»Vater. Was tust du hier?«

»Raydi. Ich rede mit Celeste.«

Die Kleine kam undeutlich aus der Dunkelheit hervor, und Celeste ging an ihr vorbei, berührte sie an der Schulter und verschwand ohne ein Wort.

»Ich habe das gesehen.«

»Was, Spatz?«

»Sie hat dich geküßt. Ich habe gesehen, wie sie dich geküßt hat.«

Stel packte Raydi, zog sie zu sich herunter und küßte sie auf beide Backen, das Kinn und die Stirn. »Soll ich deine Ohren auch noch küssen?« fragte er und knurrte ihr in die Halsgrube.

»Laß mich los! Ich habe es gesehen.«

Stel setzte sich das Kind auf den Schoß. Sie hörte auf, sich zu wehren. »Du hast einen Vater, Spatz. Sie nicht. Du brauchst jemanden, den du schikanieren und peinigen kannst. Sie braucht manchmal jemanden, den sie lieben kann. Das ist alles. Das muß ich eben für sie sein. Ist das so schlimm?«

Raydi schnaubte verächtlich. »Sie ist schon so groß. Sie braucht keinen Vater mehr. Erzähl mir doch nicht so einen Quatsch!«

»Na gut. Dann eben nicht.« Er stellte sie auf die Füße und stand selbst auf. »Schlafenszeit. Wann wirst du zu Großmutter ziehen? Bald schon? Oder erst, wenn ich wegfahre?«

Raydi antwortete nicht, sondern begann im Dunkeln nach ihm zu boxen. Er hielt ihr die Hände fest und hob sie auf seine Schultern, dann tastete er sich langsam auf den Pfad zu, der die Felsen hinauf zu ihrem Häuschen führte.

VIER

Ehe Stel nach Norden aufbrach, hatte er noch ein Gespräch mit seiner Mutter in ihren Räumen. Sie empfing ihn mit ernstem Gesicht und gerunzelter Stirn. In förmlichem Ton begann sie: »Warum hast du nicht an der Segensfeier für dieses Unternehmen teilgenommen?«

»Das Boot mußte überprüft werden, Protektorin.«

»Du tust seit Tagen nichts anderes, als es zu überprüfen, Stel.«

»Ja. Außerdem ... ich bin nicht mehr so sicher. Ist das denn am Ende alles wirklich? Diese Segnerei? Haben wir nicht trotzdem gelitten? Tun wir es nicht noch immer? Wo ist der Friede, den all dieser Segen bringen soll?«

Die Protektorin wich zurück. »Vielleicht soll er nicht Frieden bringen, sondern die Aufgabe fördern – zum Wohle aller.«

»Bin ich nicht auch ein Teil von allen?«

Die Protektorin wandte sich ungeduldig ab. »Damit meinst du Ahroe und ihre Pflichten, die sie völlig in Anspruch nehmen. Sie bemuttert dich nicht genug, wie?«

»Nennt man das Bemuttern, wenn eine Frau ihren Mann liebt? Vermutlich ja. Wir tun sicher nichts für sie.«

Die Protektorin wandte sich ihm wieder zu. »Alle haben die Pflicht zu dienen, ganz gleich, in welcher Eigenschaft. Das ist es, was auf lange Sicht zählt. Wünsche werden dabei nicht unterdrückt, wie du anscheinend glaubst. Die Wünsche werden nur geformt, ausgewählt, und ausgewählt wird das altruistische, das notwenige Ziel, von einem gelassenen, klaren Geist.«

Stel lachte leise, wie in sich hinein, dann beherrschte er sich. Schließlich fing er wieder an zu lachen – lange, tief und leise.

»Du gehst zu weit!«

»Das kommt mir so vor, als machtest du einer Kuh Vorwürfe, weil sie Kälber bekommt und keine Kaninchen. – Worte. Nichts als ruhmreiche Worte.«

Die Protektorin zögerte. »Nun denn«, sagte sie traurig, »dann brauchen wir nicht weiterzusprechen. Du wirst gehen und finden, was du eben findest. Und vielleicht kehrst du zurück. Leb wohl, Stel!«

»Du wirst dich um Raydi kümmern?«

»Ich habe mich noch nie vor einer Pflicht gedrückt.«

»Eine Pflicht also? Arme Raydi. Nun, Mutter, ich gehe, den Wünschen aller gehorchend. Ich hoffe, es ergeht euch allen gut. An mir selbst liegt mir nichts mehr. Ich spüre ...«

Die Protektorin betrachtete ihn schweigend, ihre Rechte krallte sich in die Vorderseite ihres Gewandes.

»Es ist wie ein Schatten, Protektorin. Als ob er aus dem Fluß aufgestiegen sei, als Ahroe fortging.«

»Aberglauben.«

»Ja. Natürlich. Aber er hängt über mir. – Laß nur!« Er lächelte, trat auf sie zu, umarmte sie schnell und war überrascht, als sie seine Umarmung so drahtig erwiderte, wie er es ihr nicht zugetraut hätte. Aber als er sie anschaute, blieb ihr Gesicht teilnahmslos.

Früh am nächsten Morgen, als der Frühlingsnebel vom Fluß aufstieg, schürten zwei Gardisten das Kesselfeuer. Außer Stel reisten Dailith und drei jüngere männliche Gardisten mit, dazu Gardehauptmann Portain und ihre Assistentin Aintre, eine jüngere, zierliche Frau mit dunklem Haar. Das Boot war breit gebaut, ungefähr elf Armlängen von Bug bis Heck und hatte einen Laderaum, eine unterteilte Kajüte, eine Kombüse und einige Lagerräume auf Deck. Alles überragend hockte der Motor mit seinem Holzstapel und dem hohen Kamin mitschiffs, leicht achtern, nach hinten führten schwere verkleidete Stäbe zu einem Rad am Heck.

Stel suchte das Ufer nach Raydi ab, sah sie aber nicht. Hoch oben in ihren Räumen konnte er seine Mutter erkennen, die herunterschaute, aber bei ihr war das Mädchen auch nicht. Er wunderte sich. Egal. Da war nichts zu machen: Raydi wurde eben ständig unberechenbarer.

Nach einer kleinen Zeremonie am Ufer fuhren sie unter dem gemessenen Drehen des Heckrads und den vielen Augen, die ihnen vom Ufer aus nachblickten, flußaufwärts.

Stel lachte vor sich hin, als er daran dachte, wieviele von den Leuten nur wenig Hoffnung auf den Erfolg des Bootes hatten, aber dann kam das lange Abschiedssignal vom Gagen-Turm, und ein leichter Schauder lief ihm das Rückgrat hinunter. Er fühlte sich verpflichtet, aber ohne jede Begeisterung. Dailith zog zur Erwiderung an der Dampfpfeife – vier fröhliche Quietscher –, sorgfältig darauf bedacht, den Dampfdruck nicht zu sehr zu verringern, und bald umrundeten sie eine Biegung, ließen die Stadt zwischen Bäumen und Felsen hinter sich und richteten ihren Bug flußaufwärts, auf Nordwall zu.

Auch Dailith machte ein trübsinniges Gesicht. Als sie einen Augenblick Zeit hatten, sagte er zu Stel: »Hast du gemerkt? Eo ist nicht einmal zum Fluß heruntergekommen.«

»Denk dir nichts. Du hast doch gewußt, daß sie nicht so ist. Raydi ist auch nicht gekommen.«

»Raydi war zu bestürzt darüber, daß du fortgehst. Eolyn hätte wenigstens versuchen können ... nett zu sein.«

Stel legte dem Jüngeren die Hand auf die Schulter. »Ich bin dir kein großer Trost«, schrie er über den Motorenlärm hinweg. »Das Leben ist eben so. Und jetzt müssen wir auf den Fluß achten. Bis zum Bittermeer. Ich kann mir denken, daß wir genug zu tun haben.«

»Beschäftigung ist eine Droge.«

»Ja. Eine gute, Dai.« Ihre Augen begegneten sich, und eine gewisse, beiderseitige Verblüffung schien sich einen Augenblick lang zwischen ihnen zu verstricken. Stel lachte. Dailith wandte sich ab.

Dailith hätte mit so etwas rechnen müssen, als er, vor nun schon so langer Zeit, Eolyn heiratete. Vielleicht wußte er das. Vielleicht dachte er, es sei seine Pflicht als Gardist, die

Frau aus der Kuppel mit dem glasklaren Geist in die Pelbar-Kultur zu bringen und sie dort festzuhalten. Aber auch ihre Schönheit hatte ihn angezogen. Sie war so sauber und geschmeidig wie ein junges Reh und hatte immer dieses kalte, faszinierende Glitzern in den Augen. Man mußte sie nehmen, wie sie war, so sehr fast reiner Intellekt wie bei einem Menschen nur möglich. Aber Stel mochte sie gern und sie ihn auch – vielleicht, weil er keine Ansprüche an sie stellte.

Am Abend zuvor hatte Eolyn bemerkt, daß Celeste ihm den Strahlungsdetektor gegeben hätte, sie selbst aber kein Geschenk für ihn hatte. Es tat ihr leid. »Du hast mich unterrichtet«, hatte Stel erwidert. »Ich trage deine Geschenke in meinem Kopf, weißt du.« Sie hatte gelächelt und seine Hand mit der ihren berührt. »Es ist wahr«, hatte er hinzugefügt.

Die erste Etappe der Reise bis Nordwall ging erstaunlich schnell und ziemlich ereignislos vonstatten. Der Fluß brauste, von der Frühlingsschmelze angeschwollen, daher und ersparte der Mannschaft die Sorge um Hindernisse und Schlammbänke, aber sie mußten ständig nach großen, treibenden Stämmen Ausschau halten, die das Boot durchlöchern oder darunterrollen und das Heckrad beschädigen konnten. Dreimal mußten die Reisenden anlegen und Brennholz schlagen, im allgemeinen in langen Blöcken, die sie während der Weiterfahrt an Deck zersägten.

Für Stel verhielt sich nur Portain ungewöhnlich. Da dies eine friedliche Pelbar-Expedition war, mußte sie von einer Frau befehligt werden. Aber Portain war jung und unsicher. Einerseits behauptete sie ihre Führerschaft, indem sie eine herrschsüchtige Gereiztheit zur Schau stellte. Andererseits schien sie sich Stel zu fügen, obwohl ihr das sichtlich zuwider war. Und sie schien immer in seiner Nähe zu sein, einmal packte sie ihn von hinten an den Schultern, als sie auf dem schmalen Seitengang dicht an ihm vorbeikam. Als das geschah, verspürte Stel einen leichten Stromstoß, wie einen Schlag von Celestes Handgenerator.

Bei ihrer Ankunft in Nordwall wurden sie mit einer allgemeinen Feier begrüßt, und die Mannschaft verbrachte einen großen Teil des Tages damit, Pelbar-Politiker und Shumai-Farmer spazierenzufahren. Das Dampfboot war eine Sensation. Besonders stolz war Thornton Cohen-Davies darauf, er war jetzt ein zittriger, alter Mann; früher war er der Historiker der Menschen aus der Kuppel gewesen. Er hatte am Anfang das Konzept des Bootes aus der alten Zeit beschrieben. Der Bau war dann eine Kombination aus Erfindung und Erinnerung gewesen.

»Na, Stel, alter Junge«, bemerkte Cohen-Davies und lehnte sich gegen die Kajüte, als sie in einem langen Bogen auf den Fluß hinausfuhren, »wir machen diesen Fluß noch zum Handelsweg. Zu meinen Lebzeiten noch. Kein Rudern mehr. Keine Segel mehr, wenn es an einem dieser gräßlich heißen Sommertage keinen Wind gibt. Oder, wie du sagen würdest: Ein Tag ohne Wind Gefallen nicht find't. Beim Rudern auf dem Fluß ist mit dem Träumen Schluß.«

Stel ging auf das Reimspiel nicht ein, sondern legte Cohen-Davies die Hand auf die Schulter. »Vielleicht müssen wir doch noch rudern. Wir haben eine Menge Fluß vor uns.«

Stel sprach auch noch kurz mit Jestak. Der Pelbar-Krieger, der sich jetzt den mittleren Jahren näherte, sollte bald nach Threerivers aufbrechen. Er war kein Abgeordneter bei der Konferenz, wollte aber an den Eröffnungssitzungen teilnehmen. Eigentlich wirkte er eher noch gelenkiger als in jüngeren Jahren. Seine Nase schien einen etwas wilden Haken bekommen zu haben. Sein Mund wirkte verkrampft, wie in einem dumpfen Schmerz.

»Ahroe hat gute Arbeit geleistet, Stel«, sagte er. »Aber es bleibt noch soviel zu tun. Soviel, worauf man sich einigen muß. Wer weiß, wie weit wir diese Föderation ausdehnen sollten. Aber wenn wir jetzt nur eine schwache Einheit schaffen, wird man sie in der Zukunft um so schwerer zusammenhalten können. Es ist so deutlich, daß wir ein Volk sind. Aber die Menschen wachen über ihre Vorrechte.«

»Die Shumai und die Pelbar sind hier in Nordwall ganz gut zurechtgekommen.«

»Ja. Sehr gut sogar. Aber die anderen. Die Sentani sind sicher auf unserer Seite – eins mit uns. Die Emeri sind zu weit weg, um uns im Augenblick Sorgen zu machen.«

»Es geht um die Peshtak, nicht wahr?«

»Ja. Diese seelenlosen Schlangenhäute. Die Peshtak. Wenn sie sich uns nicht anschließen – oder wenn sie etwas probieren –, haben wir eine große Chance versäumt. Stell dir nur vor, was wäre, wenn wir auf dem Oh mit Schiffen direkt ins Peshtak-Gebiet fahren und es dann nach Innanigan hin durchqueren könnten. Wir würden uns zusammenfalten wie eine Hemdbrust, wenn man an den Riemen zieht. Alle gemeinsam könnten wir recht gut mit den Städten im Osten fertigwerden. Wir könnten sogar zu einer Übereinkunft mit den Tantal kommen und sie, indem wir in Handel und Austausch alle Hand in Hand arbeiten, ebenfalls mit einbeziehen.«

»Und wenn die Tantal sich mit den Innanigani zusammentun und sich gegen uns stellen?«

»Das würde ihnen nichts nützen. Sie sind getrennt. Selbst zu Wasser müßten sie das Territorium größerer Verbündeter durchqueren.«

»Es herrscht soviel Haß.«

»Du kannst dich erinnern, wie uns die Shumai gehaßt haben.«

»Aber das ist jetzt anders.«

»Jetzt schon. Aber damals sah es nicht so aus. Denk nach, Stel! Wir leben in einer bedeutsamen Zeit. Denk doch, was du getan hast, als du darauf bestanden hast, die Kuppel aufzubrechen. Es war, als stiegen Ideen daraus hervor, strömten heraus wie Eintagsfliegen aus dem Fluß.«

Stel zerpflückte einen großen Brocken Ahornrinde und warf die Stücke einzeln ins Wasser. Er sagte es Jestak nicht, aber er wußte, daß er das alles aufgeben würde, um mit Ahroe und Raydi zu Hause zu sein. Und mit Garet, wenn alles anders wäre.

Jestak drehte sich um und sah ihn an, als wäre er leicht überrascht. War sein Einblick in das Unausgesprochene so durchdringend geworden, wie man es von den Shumai-Axtschwingern glaubte? Kam das daher, daß er soviel mit Shumai zusammen war?

»Jes?«

»Was?«

»Glaubst du an Aven? Auf die alte Art?«

»Was ich glaube, behalte ich für mich. Ich stelle mich nicht gegen die alte Haltung gegenüber Aven und auch nicht gegen das, was jetzt geschieht, nachdem sich die Pelbar und Shumai vermischen und Aven Gott nennen, wie es auch andere Völker tun, obwohl es keines von den unseren jemals getan hat. Warum? Glaubst du nicht daran?«

»Der Glaube ist verflogen wie ein Sommergewitter.«

»Das aber die Erde erfrischt zurückließ.«

»Schwül und dampfend.«

Jestak schaute dem Kleineren in die stahlgrauen Augen. Mehr gab es wohl nicht zu sagen. »Vor vielen Jahren hat mir einer der Salzstrom-Propheten gesagt, es liege noch viel Gottesverehrung in der Zukunft und erwarte ihre Zeit, mehr als in Doktrinen und Praktiken vorhanden sei. Sie warte darauf, daß sich alles kläre.«

»Und was ist, wenn es einmal klar schien, jetzt aber der Schlamm aufgewirbelt wird?«

»Es wird sich sicher wieder klären. Der Schlamm wird sich setzen.«

»In diesem Fluß hat er es nie getan.«

»Der Fluß ist ständig in Bewegung, wird ständig aufgewühlt. Du fährst jetzt ins Quellgebiet. Das Bittermeer ist sehr klar.«

»Ein guter Name.«

»Versuche abzuwarten. Ich weiß. Kannst du dich erinnern, als ich an der Kuppel nicht warten wollte? Ich wurde dazu gezwungen – von Blu. Es war mir zuwider, aber es hat mich gerettet. Stel, ich weiß, daß in dir noch derselbe, stählerne Kern steckt wie damals an der Kuppel. Ich weiß, daß du gut damit fertigwerden wirst.« Jestak schaute in die Sonne. »Nun, es ist Zeit.« Sie legten nach Art der Shumai die Handflächen aneinander. Stel antwortete nicht, und Jestak schaute auch nicht zurück, als er die Gangway hinunterging und leichtfüßig ans Ufer sprang.

Sie waren fast einen Tag hinter Nordwall, da kam es Stel so vor, als gäbe das Boot ein sonderbar hämmerndes Geräusch von sich. Niemand außer ihm hörte es. Er bestand darauf, daß sie zu einem ausgehöhlten Ufer hinübersteuerten und den Motor abstellten. Die anderen wollten nicht so recht, aber als sie den Dampfdruck verringert hatten und das Rad stillag, hörten sie es auch, sonderbar ungleichmäßig.

»Das hat nichts mit dem Motor zu tun«, sagte Dailith. »Es kommt von unten.« Er verschwand in die Kajüte hinunter. Stel folgte ihm und sah, wie Dailith das Ohr an den Boden legte. »Es ist in der Bilge, Stel.«

Sie gingen nach achtern und mußten eine Menge Fracht beiseiteräumen, um an die Falltür zu gelangen, die in die Bilge hinunterführte. Als sie sie hoben, erschien eine kleine, schmutzige Hand, und eine Gestankwolke drang heraus. Es war Raydi. Sie war verdreckt, stank und keuchte vor Verzweiflung. Stel griff hinunter, hob sie herauf, duckte sich auf das Deck hinaus und brachte sie am Steuer vorbei nach hinten, als die anderen sich in einem Halbkreis sammelten, drehte er sich zornig um und sagte: »Habt ihr nichts Besseres zu tun? Fahrt los!«

»Wenn ich es sage, Stel.«

»Ja, natürlich, Portain. Inzwischen verschwinde mit deinem Fischbauchgesicht.«

Die anderen gingen weg, aber Portain blieb stehen, als Stel Raydi auszog, in einem Eimer Flußwasser heraufholte und sie am ganzen Körper wusch. Dailith brachte Seife und Handtücher. Stel rieb sie mit einem Handtuch ab, dann wickelte er sie in das zweite. Raydi weinte und zitterte die ganze Zeit. Als Stel sie gesäubert hatte, setzte er sich ins Heck nahe an das sich langsam drehende Schaufelrad und drückte sie an sich. Das Häufchen mit ihren Kleidern daneben stank noch immer. Dailith band die Sachen an ein Tau und hängte sie an einer Stange in den Fluß. Portain blieb weiter mit grimmigem Gesicht stehen, als das Mädchen endlich aufhörte zu schluchzen und wenig von der Suppe trank, die Dailith gebracht hatte. Als der alte Gardist sich hinüberbeugte und sie küßte, lächelte sie schwach und streckte ihm die Hand entgegen.

»Dailith, geh!« verlangte Portain. Er schaute sie an und gehorchte unverzüglich.

»Stel, wenn du meinst, du kannst ...«

»Warte, Port! Bitte. Es tut mir leid. Ich entschuldige mich. Weißt du, sie ist meine Tochter. Sie war die ganze Zeit da unten. Bitte.«

Der Gardehauptmann machte immer noch ein zorniges Gesicht. Stel beugte sich vor und küßte sie auf den Knöchel. »So. Ist das genug Pelbar-Unterwürfigkeit?«

Portain errötete und ging. Stel drückte Raydi fest an sich, schauderte leicht und flüsterte: »Dieser Bastard. Dieser lausige Bastard.«

»Vater!«

»Ein gutes Wort. Du mußt es dir merken. Gut, um es vor sich hinzumurmeln. Aber du bist ja eine Frau, da brauchst du das nicht.«

»Vater. Bist du nicht wütend?«

»Nein. Ich bin zu sehr vor den Kopf geschlagen. Wenn ich mir vorstelle, daß du die ganze Zeit da unten warst. Du hättest sterben können! Später werde ich wütend sein. Ich muß mich erst an den Gedanken gewöhnen, ehe ich wütend werden kann.«

Raydi kicherte leise. Stel hielt sie an sich gedrückt, und beide lachten wie Verschwörer unter dem Rumpeln und Spritzen des aufrauschenden Heckrades.

FÜNF

Zwei Tage später stand Ahroe in Threerivers in der Zentralstraße zwischen den Unterkünften der Abgeordneten und fragte sich, ob die Straße den Baustellenverkehr aushalten würde, ohne ein Schlammbad zu werden. Hundert Ladungen Flußkies hatten nicht allzuviel genützt. Es blieb nur noch wenig Zeit, um mehr daran zu tun, aber die schweren Bauwagen gruben tiefe Furchen hinein, die sich bald mit Regen füllten.

Sie beschloß, das für den Augenblick gut sein zu lassen. Als sie sich abwandte, trabte Garet heran. »Ein Funkspruch aus Pelbarigan, Mutter.«

Sie bemerkte seinen Gesichtsausdruck. »So schlimm, was? Boot zusammengebrochen?«

Garet reichte ihr das bekritzelte Formular des Funkers. Die Nachricht kam von Sagan, der Protektorin:

S.S. ›Tatkraft‹ einen Tag jenseits von Nordwall. Raydi in Bilge versteckt, wurde soeben erst entdeckt. Ist gesund. Portain fragte um Rat, und ich erlaubte ihnen, sie mitzunehmen. Stel einverstanden. Sie hatte mir eine irreführende Nachricht hinterlassen. Werde mich damit später befassen. Du kannst Einspruch erheben, wenn du willst. In diesem Fall schicken wir einen Gardisten mit ihr stromabwärts. Entscheide dich bald. Habe das Boot anhalten lassen. Signal in Nordwall nur schwach. Höre, die Unterkünfte machen Fortschritte. Avens Segen. Sagan, Prot.«

Garet machte ein grimmiges Gesicht. »Das hat er also auch verpfuscht.«

»Wer? Was?«

»Vater. Nicht einmal um sie hat er sich gekümmert.«

»Du darfst ihn jetzt nicht mehr so nennen, Garet. Er hat

das Recht, dich zu verleugnen. Ich verstehe allmählich auch, warum er davon Gebrauch gemacht hat.«

»Du stellst dich also auch auf seine Seite. Möchtest du, daß ich fortgehe?«

»Ich habe zuviel zu tun, um mich damit zu befassen. Jetzt laß bitte eine Dankesbotschaft an die Protektorin schicken und sag ihr, ich bin einverstanden, daß Raydi mitfährt! Kümmere dich darum! Auf dem Rückweg fragst du Misque, ob sie glaubt, daß die Peshtak einverstanden wären, wenn wir ihre Hilfsarbeiter mit ein paar Sentani zusammen unterbringen. Wenn nicht, müssen wir noch mehr bauen.«

»Sie kommen also?«

»Noch nicht einmal das wissen wir. Aber wir müssen darauf vorbereitet sein und hoffen.«

»Du wirst wirklich naß, Mutter. Ich hole dir einen Regenumhang.«

»Garet ...«

»Was?«

»Warum bist du so sehr gegen Stel? Ich verstehe nicht ...«

Garets Kiefer zuckte. »Ich kümmere mich um den Funkspruch.« Ahroe sah ihm nach, als er mit schnellen Schritten die regennasse Straße hinunterging.

Es regnete überall, und flußaufwärts schlug die Mannschaft des Dampfbootes in Kälte und Nässe Holz.

»Sie wird arbeiten müssen, Stel. Mitnehmen müssen wir sie vielleicht, aber sie kann nicht einfach ...«

»Verlangst du, daß sie Holzblöcke schleppt, Gardehauptmann?«

»Hast du gar keinen Respekt? Hier muß Ordnung herrschen! Ich habe ...«

»Ich will nicht mit dir streiten, Gardehauptmann. Ich möchte mit dir auskommen. Ich habe Raydi nicht zum Mitfahren aufgefordert. Im Augenblick fischt sie. Für uns.«

»Sie fischt? Im Regen? Was hofft sie denn zu fangen bei einem solchen Wetter ...«

Vom Fluß her kam ein Schrei. Portain machte ein erschrockenes Gesicht. »Nichts passiert«, sagte Stel. Sie drehten sich um, als Raydi grinsend um den großen Motor herumgelaufen kam und einen drei Spannen langen Wels, der gegen das Bootsgeländer schlug, in einem Netz hochhielt.

»Gute Arbeit, Baby«, rief Stel. »Jetzt mach ihn sauber!«

»Saubermachen? Pfui!« Ihre Stimme klang schrill.

»Laß nur! Ich mach es schon. Sobald wir fertig sind. Sieh mal nach, ob nicht noch einer im Fluß ist.«

»Du verwöhnst sie, Stel.«

»Schon mal einen Wels saubergemacht, Gardehauptmann?«

»Du, ich lasse mich nicht ...«

»Komm mit! Ich zeige es euch gleich beiden. Man weiß nie. Vielleicht mußt du es einmal tun. Gute Übung für Schwertkämpfer. Jetzt schieb diesen Block bitte noch ein Stück weiter.« Er grinste sie an. Sie schob den Block, Stel duckte sich darunter, hob ihn hoch und ging damit auf das Boot zu.

»Portain«, sagte Aintre. »Laß ihn doch in Ruhe! Er tut, was er kann. Er könnte dein Vater sein. Und er war nie in der Garde.«

»Nicht ganz mein Vater. Er hat ein zu loses Maul für einen Mann.«

»Ich glaube, eigentlich magst du ihn. Du bist nur nicht an soviel Temperament gewöhnt.«

Portain seufzte. »Wir haben noch eine Menge Holz zu schlagen. Ich bin schon ganz verschrumpelt vor Nässe. Wo ist Dailith?«

»Er zerhackt die Blöcke auf dem Boot. Wirklich, Gardehauptmann, wenn du nicht ruhiger wirst, wird das eine fürchterliche Reise. Das Wetter ist schon schlimm genug. Schließlich habe ich gesehen, wie er dich auf den Knöchel geküßt hat. Wieviel Pelbar-Unterwerfung verlangst du denn?«

»Das hast du also gesehen. Aber er hat es so getan, als wolle er mich anspucken. Ihm liegt nichts an Schicklichkeit.

Ich bin jünger und habe die Leitung. Irgendwie muß ich doch für Ordnung sorgen.«

»Er war verstört wegen seiner Tochter. Das hast du doch gesehen. Zu diesem Zeitpunkt hast du nur gestört.«

»Ich habe das Gefühl, als löste sich diese ganze Expedition auf und gleitet mir aus den Händen. Stel mußte mitkommen, wegen des Motors. Aber sonst interessiert ihn nichts.«

»Er ist gar nicht so übel. Irgendwie hat es Ahroe, die Leiterin der Garde, mit ihm ausgehalten, und die Protektorin auch. Sieh doch, was er alles geleistet hat.«

»Aber du kennst ihre Geschichte. Die ganze Zeit nichts als rücksichtsloser Liberalismus. Unordnung. Beinahe Chaos. Und wieviel Beachtung schenkt er denn Ahroe und all ihrer Arbeit? Sogar Garet verabscheut ihn. Ahroe hat ihn immer wieder herausgeholt, wenn er in ein Schlamassel geraten war. Und was ist jetzt mit dem anderen, diesem Desdaan?«

»Davon weiß ich nichts. Ich bin immer noch erstaunt, daß du das so sehen kannst. – Scht! Er kommt zurück.«

»Keine Blöcke mehr?« fragte Stel. »Hier, Gardehauptmann. Hau diese beiden Äste ab, dann werde ich mit dem da schon fertig. Nur noch ein paar. Ich wünschte, wir hätten mehr Eiche. Das Tieflandszeug hier verbrennt zu schnell.« Er blieb stehen und schaute die beiden an. »Was ist los?«

»Nichts. Wir sind naß, das ist alles.«

»Kälte und Nässe haun uns noch in die Fresse. Vom Winter ein Teil schlägt zu wie ein Beil. Wir haben kein Glück, doch wir gehn nicht zurück.« Er grinste die beiden an. Dann hievte er den Block hoch und sagte: »Ich bin bloß froh, daß die alte ›Pusterich‹ noch funktioniert.«

»Kannst du eigentlich nie etwas ernst nehmen?«

»Wahrscheinlich nur zu bald«, sagte Stel über die Schulter hinweg. »Kommt doch an Bord. Allay hat Tee gekocht. Ihr seht aus wie Bisamratten.«

Stirnrunzelnd schaute Portain Aintre fragend an, aber die grinste.

Zwei Tage später hatten sie die erste Panne, als die Schraube, die das Schieberventil hielt, sich löste. Sie mußten Anker werfen, während Stel und Dailith die Schraube ersetzten. Portain wurde sofort nervös. Weniger als ein Viertel nach Sonnenhochstand konnte die ›Tatkraft‹ jedoch wieder fahren, und Portain war erleichtert. Aber gegen Abend desselben Tages spürten sie ein Knirschen und Poltern, als die ›Tatkraft‹ über einen versunkenen Baumstumpf fuhr, der sich anscheinend im Schaufelrad verfing.

Mit einem Schrei sprang Dailith auf, um die Dampfzufuhr zum Motor zu unterbrechen, aber es war schon zu spät. Eine große, gebogene Wurzel griff durch die Schaufeln, drehte sich hinein und zerbrach sie. Sie waren nahe am linken Ufer. Gowen, der jüngste Gardist, warf den Anker über den Bug, und das Boot schwang, jetzt an beiden Enden festhängend, quer zur Strömung.

Stel nahm eine Laterne und glitt ins Wasser, um nachzusehen, dabei hielt er sich am Rad fest und streckte das Licht hoch. »Es hat sich wirklich völlig verkeilt, Gardehauptmann«, rief er hinauf. »Wir müssen das Rad festmachen, damit es sich nicht dreht, und es dann freisägen.«

»Es ist fest. Warum sollen wir es auch noch festbinden?«

»Damit sich niemand drin verfängt, wenn er unten ist und es freikommt.«

»Dailith. Mach das Rad fest! Allay, bring die kurze Säge! Aintre, deck das Feuer ab! Stel, brauchst du Hilfe?«

»Nur um das Licht zu halten. Gib mir bloß die Säge!«

Dailith reichte sie hinunter, und Stel machte sich an die Arbeit, Portain blieb über ihm. Die Strömung umwogte und umsprudelte ihn, während er arbeitete. Er zitterte im kalten Flußwasser. Während Stel an dem Baumstumpf arbeitete, merkte er, daß sie ein Gewirr großer Wurzeln eingefangen hatten, wie knorrige Geweihstangen. Er ließ Dailith zwei neue Radschaufeln schneiden. Nach einiger Zeit kam er zitternd hoch und machte eine Pause, um etwas Heißes zu trinken. Raydi musterte ihn schweigend, in eine Decke gewickelt.

Portain war ungeduldig wegen der Verzögerung. »Halt du das Licht, Allay!« sagte sie. »Ich gehe runter.«

»Sie vorsichtig«, sagte Stel. »Dai, prüfe die Befestigung am Rad nach. Gardehauptmann, wenn du etwas wartest, gehe ich wieder hinunter. Ich habe Angst, daß du hängenbleibst.«

»Mach dir meinetwegen keine Sorgen. Wo ist die Wurzel?«

»Es sind noch drei – alle unter Wasser. Du mußt sie ertasten. Ich mache in ein paar Sonnenbreiten weiter. Kannst du nicht so lange warten? Das Boot könnte sich bewegen.«

Portain antwortete nicht, sondern begann zu sägen, aber bald verstand sie, warum Stel so lange gebraucht hatte. Die Wurzeln schienen aus Eisen zu sein, und sie wurde schnell müde und fror. Sie biß die Zähne zusammen und machte weiter.

Plötzlich war ein Knirschen und Knacken zu hören, das Boot erzitterte, und das Heck schwenkte flußabwärts. Das Schaufelrad zerrte an Dailiths Tauen, zerriß sie, drehte sich und drückte Portain unter Wasser. Sie zappelte in der schwarzen Kälte, aber das Rad preßte sie gegen die untere Heckverstrebung. Bald wurde ihr die Luft knapp, und sie kämpfte verzweifelt, da spürte sie Hände über ihren Körper streichen und nach ihrem Gesicht suchen. Die Hände umfaßten ihren Kopf. Sie spürte, wie etwas ihren Mund berührte – ein anderer Mund. Er drückte sich gegen den ihren und blies leicht hinein – Luft. Sie wollte sich an dem Körper festklammern, aber da wurde ihr ein Daumen unters Kinn gerammt, und sie ließ los. Der Körper verschwand, wand sich durch die Schaufeln. Die Lungen wollten ihr platzen. Immer wieder kam der Mund und blies ihr leicht Luft ein. Sie merkte, daß sie ausatmen mußte, als der Mund wiederkam, obwohl sie das erschreckte und obwohl die neue Luft nicht ausreichte. Als sie sich allmählich beruhigte, erkannte sie am Griff und an der Härte der Hände, daß es Stel war.

Das schien endlos so weiterzugehen. Sie verzweifelte allmählich. In ihrer ganzen Gardeausbildung hatte sie gelernt, gegen Panik anzukämpfen, aber jetzt schwanden ihre Kräfte. Plötzlich ließ der Druck nach, das Rad schwang nach oben, und sie klammerte sich, den Kopf nach unten, im Fakkelschein daran fest. Unter ihr, heftig keuchend, hing Stel am Rahmen des Rads. Portain ließ sich fast fallen, da spürte sie, wie Hände nach ihr griffen, sie vom Rad zogen und sie nach vorne in die Kajüte trugen, die sich die Frauen teilten. Sie wurde auf eine Koje gelegt, man rieb ihr Gesicht und Hände ab und deckte sie mit einer trockenen Decke zu.

»Hol etwas Heißes zu trinken, Sawf!« sagte Aintre. »Raydi soll es bringen. Ich werde sie umziehen. Bleib jetzt draußen! Bring noch ein Handtuch! Irgendein Handtuch.«

Portain glaubte zu spüren, wie sie versank, aber nicht mehr in der schwarzen Kälte – in Wärme, in Fürsorge. Sie entspannte sich, dann kämpfte sie sich wieder nach oben. »Alles gesichert?«

Von Deck kam ein Schrei. Raydi. Noch ein Schrei. Dailith stürzte hinaus. »Dai – es ist Vater«, kreischte sie.

»Wo? Wo ist er?«

»Er sagte, er sei zu müde, um heraufzukommen. Er sagte, er wolle eine Weile ausruhen. Dann hat sich das Rad wieder gedreht. Er ist weg.« Raydi schrie wieder, lang und gequält.

Dailith sah nach. Das Boot hatte sich in der Dunkelheit bewegt, hatte mit seinem ganzen Gewicht an dem Tau gezogen, das Dailith wieder an den Schaufeln befestigt hatte, und es erneut zerrissen. Dailith packte das Tauende und zog. Nichts bewegte sich. Allay kam ihm zu Hilfe, dann Sawf. »Wir liegen an einer Schlammbank«, ächzte Dailith. »Noch einmal.«

Alle zogen, voller Verzweiflung jetzt. Gowen kam dazu, es gab einen Ruck, und das Rad schwang nach oben. Stel hing schlaff daran, aber er keuchte und hustete. Dailith kletterte über die Schaufeln zu ihm hin.

»Stel! Stel!«

»Schrei nicht!«

»Wie geht es dir?«

»Nicht so besonders.«

»Hör auf! Das ist kein Witz.« Dailith zog an Stel, und der schrie auf.

»Vater«, brüllte Raydi und rannte schreiend weg.

»Was ist los, Stel?«

»Ich habe zu lange gebadet, und jetzt zerfließe ich, Dai. Es sind meine Rippen. Dai, wir haben etwas vergessen.«

»Was? Wovon redest du? Was für Rippen?«

»Wir haben vergessen, etwas einzubauen, womit man dieses fischbäuchige Red festmachen kann. Richtig festmachen.«

»Scht! Gowen oder sonst jemand holt eine Decke und ein Stück Tau.«

Endlich schafften sie es, ein Brett hinüberzulegen, Stel draufzuschieben und ihn auf die Decke gleiten zu lassen. Er ächzte, preßte aber die Lippen zusammen. Er zitterte heftig. Als er auf Deck lag, betastete Dailith vorsichtig seine Seiten und fand links drei Knoten.

»Hör auf!« murmelte Stel. »Bist du ein Hufschmied? Bin ich ein Stück Eisen, Dai?«

»Angeknackst oder gebrochen, Stel.«

»Schön. Deck mich zu! Ich liege gut hier. Laßt mich nur eine Weile ruhig liegen.«

Aber sie trugen ihn langsam und vorsichtig in die Männerkajüte hinunter. Raydis ernstes Gesicht beobachtete ihn, flackernd von der Lampe beleuchtet. Sobald die Männer ihn absetzten, drehte er sich auf die verletzte Seite und schlief fast sofort ein. Aintre zog Raydi schließlich weg und brachte sie zu Bett. Das Mädchen klammerte sich an sie und begann zu weinen.

»Ich verstehe das nicht«, sagte Portain undeutlich von ihrer Koje her. »Warum ist er da unten geblieben? Wie ...«

»Er war zu müde, Gardehauptmann. Zu erschöpft«, sagte Aintre ruhig. »Daran hatten wir wirklich nicht gedacht, nicht wahr? Er konnte nicht heraufkommen – sich nicht einmal bewegen, als das Boot sich zu drehen begann.«

»Nein. Daran haben wir nicht gedacht. Ist der Anker fest?«

»Dailith kümmert sich schon um alles.«

SECHS

Am nächsten Tag lag die ›Tatkraft‹ am Ufer vertäut, während Dailith die Reparatur des Schaufelrads überwachte. Die Bienenstöcke wurden an Land getragen und geöffnet, damit die Bienen einen Tag fliegen konnten und Gelegenheit bekamen, ein wenig die ersten Pollen und Honig zu sammeln. Gowen und Sawf schlugen Holz, einen großen Stapel. Raydi fischte, wenn sie nicht nach ihrem Vater sah. Portain war bei Sonnenhochstand wieder auf den Beinen, aber Stel lag in seiner Koje immer noch auf der Seite, er schien zu grübeln und aß wenig.

Gegen Abend kam Dailith herein und setzte sich auf die Koje gegenüber. »Wir sind bereit zum Abfahren, Stel«, sagte er. »Portain will, daß wir anheizen und in der Dämmerung, wenn die Bienen eingeflogen sind, noch ein Stück vorankommen.«

»Wir sind nahe an der Argemündung. Paß auf, daß du sie nicht verpaßt! Es gibt mehrere Mündungen, habe ich mir sagen lassen. Die eigentliche Mündung sieht aus wie mehrere Inseln.«

»Richtig. Wir werden uns dicht am Ostufer halten. Eine sonderbare Vorstellung, daß dieser Fluß einmal direkt bei Pelbarigan in den Heart geflossen sein soll, wie die Shumai sagen.«

»Die Zeit des Feuers, Dai. Wieder einmal die Zeit des Feuers.«

»Wie geht es dir? Ich verstehe es nicht. Du bist doch sonst nie so ruhig.«

»Ich glaube, sie sind nur angeknackst.«

»Kannst du aufstehen?«

Stel seufzte. »Sicher. Ich weiß nicht. Ich finde, es lohnt sich kaum.«

»Lohnt sich kaum?«

»Ich ... als ich da unten im Schlamm steckte und den Atem anhielt, war mir alles egal. Es war nicht wichtig, ob ich nun starb. Ich verstehe das nicht, Dai. Da ist doch Raydi, aber es war mir egal.«

Dailith berührte ihn mit der Hand. »Ich weiß«, sagte er versonnen. »Ich habe das auch schon erlebt. Es hat nichts mit dem Fluß zu tun. Aber du bist heraufgekommen. Und das ist wichtig.« Er drehte sich um und sah Portain in der Tür stehen. Er blickte zu Boden, dann schlüpfte er an ihr vorbei.

Sie kam herein und setzte sich auf Dailiths Platz. »Es war dir egal? Du warst müde. Ich muß mich bei dir entschuldigen, Stel. Du wärst fast für mich gestorben. Wir dachten nicht, daß du so erschöpft sein könntest, aber ich verstehe, warum du es warst. Ich ... ich war fast hinüber, als du gekommen bist und mir Luft eingeblasen hast.« Sie verstummte, und Stel sah, daß sie Tränen in den Augen hatte.

»Es war mir ein Vergnügen, Gardehauptmann.«

Sie rutschte von der Koje, kniete neben ihm nieder, schlang den Arm um ihn und ließ ihre Stirn auf seiner Schulter ruhen. Er legte seine Hand über die ihre auf den Kojenrand. Sie beugte sich herunter und küßte ihn auf die Wange, dann neigte sie sich zurück. Sie sahen sich an.

Stel grinste. »Nichts gegen den Kuß von gestern nacht«, sagte er leise lachend, dann zuckte er zusammen.

»Kannst du denn niemals ernst sein?«

Er nahm ihre Hände und zog sich an ihnen hoch, dann packte er den Rand der darüberliegenden Koje und stand auf. »Ich habe noch immer Flußschlamm in den Ohren. Bei mir ist Ernstsein manchmal eine Aufforderung, zu ernst zu sein. Es ist deprimierend. Aber etwas habe ich erkannt.«

»Nämlich?«

»Ich bin viel zu alt, um den Schlamm am Grund dieses Flusses zu untersuchen.«

Sie schaute ihn an. Sollte das ein Witz sein? Nein. Er wollte ihr sagen, daß er sich alt fühlte. Sie sah, daß er Krähenfüße unter den Augen und ein paar graue Haare hatte, aber er wirkte immer noch straff und fest. Keine Falten entstellten seinen Hals. Sie fing den Blick seiner grauen Augen auf und war überrascht. Etwas entstand zwischen ihnen. Sie schaute zur Tür. Da stand Raydi. Ein Augenblick verging.

»Siehst du? Dein Vater ist auf.«

»Ich habe drei Welse gefangen, Vater. Und einen Karpfen.«

»Ah. Gut. Schon geputzt?«

Raydi schaute zu Boden. »Nein«, sagte sie leise. »Aber Gowen hat es gemacht.«

Stel lachte und zuckte wieder schmerzhaft zusammen. Aintre duckte sich durch die Tür. »Ich habe versucht, Nordwall über Funk zu erreichen«, sagte sie. »Aber ich habe keine Antwort bekommen. Ich weiß nicht, ob sie uns gehört haben oder nicht.«

»Macht nichts. Wir fahren weiter. Das Boot ist wieder in Ordnung, und bei mir ist es auch bald so weit.« Gowen duckte sich unter Aintres Arm durch. »Hungrig? Wir haben jetzt genug Fisch, dazu wilden Spargel und ein wenig Reisebrot.«

»Ein bißchen möchte ich«, sagte Stel. »Aber ich glaube, ich lege mich wieder für eine Weile hin. Kannst du mir etwas bringen?«

»Bring mir auch etwas, Gowen! Ich bleibe hier bei Stel«, sagte Portain.

»Das sind meine Fische, Vater.«

»Dann sind es die besten, kleiner Kürbis. Ich esse das Fleisch um die Gräten herum, alles andere zerkaue ich dann stumm.«

Raydi warf einen fragenden Blick zu ihm zurück, dann verließ sie die Kajüte.

Zwei Tage später klopfte Garet in Threerivers an die Tür seiner Mutter.

»Herein«, sagte sie mit erstickter Stimme.

»Nordwall hat zwanzig Säcke Kartoffeln geschickt. Aber sie sehen alt aus.«

»Im Augenblick müssen wir damit zurechtkommen.«

»Was ist los? Weinst du?«

»Nein.«

»Was dann, Mutter?«

»Eigentlich nichts. Nordwall hat eine Botschaft geschickt, die sie von der ›Tatkraft‹ empfangen haben. Die hatten ein paar Schwierigkeiten. Die Funkverbindung war sehr schwach. Der Spruch wurde zweimal gesendet. Anscheinend konnte das Boot die Antwort nicht empfangen.«

»Schwierigkeiten?«

»Stel wäre fast ertrunken. Sie glauben, er hat sich ein paar Rippen gebrochen.«

Garet schaute sie angewidert an. »Man möchte meinen, er könnte inzwischen auf sich aufpassen.«

Ahroe warf ihm einen schnellen Blick zu. »Portain blieb unter Wasser hängen. Er hat ihr das Leben gerettet. Dann hing er selbst fest.« Garet schwieg. »Ich wollte, ich könnte verstehen, warum du ihn so ablehnst. Er hat doch wirklich alles versucht, dir ein guter Vater zu sein.«

»Wie denn? Sieh ihn dir doch an! Er weicht jeder Verantwortung aus. Was hat er denn jemals geleitet? Der niedrigste Gardist versteht mehr von Führung als er. Ständig seilt er sich ab und macht komische Sachen. Es ist so peinlich.«

Ahroe klopfte mit ihrem Federkiel auf den Tisch. »So. Das ist es also. Wie damals auf der Little Boy-Insel.«

»Ja. Ja, das. Und als er beim Winterfest nicht zu seinem Flötensolo erschienen ist. Er hat den Sonnenuntergang beobachtet und es vergessen.«

Ahroe begann zu lachen, und Garet sah, daß es mehr Frustration und Gefühlsentladung als Belustigung war. »Das hat er wirklich getan«, sagte sie.

»Er benimmt sich, als sei er ganz allein auf der Welt, als brauche er sich um niemanden sonst zu kümmern.«

Ahroe wurde plötzlich ernst. »Da täuschst du dich, Garet. Da täuschst du dich völlig.« Sie schien plötzlich müde.

»Aber du brauchst dir seinetwegen keine Gedanken mehr zu machen. Ich bin mit ihm verheiratet, aber du bist nicht an ihn gebunden – oder er an dich. So. Und jetzt muß ich entscheiden, ob ich die erste Sitzung mit dem Wortlaut der letztjährigen Präambel eröffnen will oder die beiden Alternativen einführe, die seither vorgeschlagen wurden – eine von den Emeri und eine von Koorb. Alle drei sind fast gleich. Wenn du mir helfen willst, dann geh und bete deshalb und denk nicht mehr an Stel. Er muß eine Zeitlang allein zurechtkommen, ohne deine Aufsicht.«

»Und ohne die deine«, gab Garet zurück und wandte sich zum Gehen. »Daran ist er natürlich gewöhnt.«

Ahroe stand auf und schlug mit der Faust auf den Tisch, aber Garet war schon fort. Sie ließ sich in ihren Stuhl sinken und las die Botschaft noch einmal, die der Gardist ihr gebracht hatte. Dann legte sie sie beiseite und breitete die drei Blätter vor sich aus. Den Kopf in die Hand gestützt, studierte sie sie noch einmal, eins nach dem anderen. Im Schein der Lampe waren in ihrem Haar graue Strähnen zu sehen.

Die ›Tatkraft‹ war in den Arge eingefahren und hatte mehr als siebzig Ayas flußaufwärts zurückgelegt. Der Fluß wurde schmäler, das Wasser stieg, trat über die Ufer und ergoß sich in die Prärie, überschwemmte den Wald, der den Fluß säumte. Stel, den Brustkorb fest eingebunden, genas schnell. Er war von der Arbeit befreit und verbrachte einen großen Teil des Tages damit, im Bug zu sitzen, nach Baumwurzeln und Treibholz Ausschau zu halten und Raydi beim Lesen und Rechnen zu helfen. Auch Portain saß bei ihm, wenn sie konnte, und legte ihm oft den Arm um die Schultern. Er ließ seine Hände im Schoß, schien aber ansonsten nichts dagegen einzuwenden zu haben. Am Abend vertäuten sie die ›Tatkraft‹. Bei dem Hochwasser und so vielen Inseln konnte man den Fluß leicht verlieren.

Als die Mannschaft mit dem Essen fertig war und für den nächsten Morgen Holz geschnitten hatte, spielte Stel auf dem Vordeck leise auf seiner Flöte, und die Gardisten sangen Volkslieder und Pelbar-Hymnen. Der Fluß schlug in kleinen Wellen gegen Ufer und Gebüsch. Gelegentlich schrien Horneulen, und die Gänse zogen noch lange nach Einbruch der Dunkelheit über sie hinweg und schrien herunter; es klang wie das Bellen eines Rudels verirrter Hunde. Raydi schlief an Deck ein, in eine Decke gehüllt, an ihren Vater gelehnt. Schließlich trug Aintre sie hinunter in die Frauenkajüte. Das Mädchen rührte sich kaum und rollte sich langsam zu einer Kugel zusammen, als Aintre die Decke um sie herum feststeckte.

Viel später, als Stel allein an Deck saß und auf das ferne Bellen und Heulen der Tanwölfe lauschte, hörte er ein Geräusch und sah Portain an seine Seite gleiten.

»Es wird kühl«, flüsterte sie. »Frierst du nicht?«

»Kaum. Hör dir das nur an. Ich kann mindestens fünf verschiedene Tanwölfe unterscheiden. Einer heult viel tiefer als alle übrigen.«

Portain fröstelte ein wenig, legte dann den Arm um Stel, drehte sich langsam zu ihm, suchte seinen Mund und küßte ihn. Stel nahm den Kuß widerstandslos entgegen, gab dann seine Zurückhaltung auf, schob den linken Arm um den Gardehauptmann und streichelte ihr das Haar im Nacken. Portain holte Luft, küßte ihn wieder und schnurrte dabei leise in der Kehle. Auch diesmal erwiderte Stel den Kuß. Sie löste sich von ihm und kuschelte sich dann an seinen Hals.

»Das ist viel besser als im Wasser«, flüsterte sie. Stel antwortete nicht. »Hmmm? Nicht?«

»Viel besser«, gab er zu. »Portain, ich liebe es, wenn man mich küßt. Das ist lange nicht geschehen. Aber schau. Ich könnte beinahe dein Vater sein. Was kann dabei schon herauskommen? Und was ist mit Ahroe?«

»Ahroe? Ich dachte ...«

»Und Raydi? Sie ist da drin. Und sie lauert wie ein Luchs.«

»Und du?«

»Ich?« Stel verstummte wieder, und sie lauschten beide auf die Wölfe. »Ich bin ... schon lange nicht mehr so geküßt worden, Port. Du bist ... sehr weiblich. Was soll ich sagen? Was tun wir da?«

Portain küßte ihn aufs Ohr, dann auf die Wange. »Wer weiß? Ich weiß nur, daß ich dich als wahre Stahlklinge erkannt habe, als Gardistenschwert. Kein Wunder, daß Ahroe dir bis in die Wüste gefolgt ist. Aber das hat sie jetzt vergessen.«

»Vergessen?«

»Das ist nicht nur Geistesabwesenheit. Die Gardisten haben davon geredet, was letzten Sommer in Threerivers passiert ist. Ahroe und der Sentani Desdaan. Hat sie ihn nie erwähnt?«

»Desdaan? Was ist geschehen?«

Portain küßte ihn wieder. »Gesehen hat niemand etwas. Sie waren nur die ganze Zeit beisammen, das ist alles.«

»Beisammen?«

»Sehr.«

Stel schwieg lange. »Ich weiß nicht, Port. Was kann ich dir schon bedeuten? Ich bin ein alter Mann. Und Ahroe, Desdaan hin oder her, ist doch immer noch meine Frau.«

»Und das Küssen hat dir gefallen?«

»Vom Küssen verstehst du wirklich etwas, Port. Hier, gib mir noch einen, und dann gehst du vielleicht lieber hinein. Was wäre, wenn jemand hier herauskäme? Ich möchte die Gerüchteküchen der Gardisten nicht noch mehr in Gang setzen.«

»Gerüchte?« flüsterte Portain, während sie an seiner Backe entlangfuhr und nach seinem Mund suchte. Sie küßten sich wieder, und Stel spürte, wie ihre Zungenspitze in seinem Mund hin- und herglitt. Dann stand sie auf und schlich zum Kajütengang zurück. Stel sah ihrem dunklen Schatten nach, bis er verschwand, dann wischte er sich den Mund ab und starrte wieder in die Dunkelheit. Die Tanwölfe heulten nicht mehr. Ein plötzlicher Regenguß ging nieder, hörte auf. Langsam begann es zu tröpfeln, weitete sich zum Dauerregen aus. Stel wurde gründlich durchnäßt, bis er schließlich in die Kajüte ging.

Am Morgen schlief er lange und erwachte vom Geräusch des Regens auf dem Kajütendach. Sie waren unterwegs. Vor dem Fenster konnte er Nebel sehen und vorbeiziehende Äste. Irgendwie fühlte er sich beunruhigt und wälzte sich aus dem Bett; als er dabei seine Rippen belastete, stöhnte er. Seine Tunika war noch feucht, aber er zog sie über und begab sich auf Deck. Dailith steuerte von achtern und schaute angestrengt nach vorne. Stel warf ihm einen Blick zu und ging zum Bug. Dort saß Gowen unter einem Regenumhang. Stel beugte sich über ihn und schaute hinaus.

»Weißt du auch wirklich, wo wir sind, Gow?«

»Nein. Aber dem Kompaß nach sind wir richtig.«

»Schau mal. Sind das nicht Pflanzenspitzen?«

»Pflanzenspitzen?«

»Gütige Aven. Wir sind irgendwo auf einem Feld.« Stel drehte sich um. »Maschine rückwärts, Dai. Wir sind nicht auf dem Fluß.« Noch während er das schrie, rutschte der Bug langsam in Schlamm und blieb stecken. Stel griff nach der Bugstange und rief: »Laß die Schaufeln rückwärts laufen, Dai.« Er stieß die Stange ins Wasser hinaus und stemmte sich dagegen, die linke Hand gegen seinen Hals gestützt. Gowen griff hinter ihm zu, und sie stemmten beide, während Dailith die Schaufeln rückwärts laufen ließ. Die Stange versank im Schlamm. »Wir ... müssen ... hier ... rauskommen«, keuchte Stel.

»Warum? Wir kommen raus. Wovor hast du Angst?« ächzte Gowen.

»Wenn das Hochwasser zurückgeht, sitzen wir vielleicht ... irgendwo in der Prärie ... auf dem Trockenen«, erklärte Stel.

»Was?« fragte Portain und trat zu ihnen.

»Auf der Prärie«, sagte Stel. »Die Sentani ... haben es mir erzählt. Sie kamen von einer Winterjagd zurück ... bei Hochwasser. Sie zogen ihre Boote ... über Nacht ans Ufer ... dann am nächsten Morgen ... mußten sie sie ... einen halben Ayas weit schleppen ... zum Fluß, durch den Schlamm ... voll beladen mit ... Winterpelzen und Trokkenfleisch.«

Aintre brachte die Heckstange und setzte sie neben der anderen ein. Portain und sie stemmten sich dagegen, Sawf kam noch dazu. Dailith jagte den Motor hoch, und das Boot begann sich rückwärts zu bewegen.

»Sie bewegt sich. Komm schon, alte ›Pusterich‹«, sagte Stel. »Geh zurück, Gowen!«

Aber der Gardist war nicht schnell genug, und Stel kippte, die Stange immer noch in der Hand, vom Bug, Gowen stürzte mit ihm. Als er hochkam, hörte er kreischendes Gelächter vom Boot. Stels Rippen stachen wie Messer. Während sich Gowen zum Dampfboot herankämpfte, warfen ihm die anderen ein Tau zu. Stel machte mit der linken Hand, bis zu den Schultern in schlammigem Wasser stekkend, die Stangen frei, dann schob er erst die eine, dann die andere, auf das Boot zu. Schließlich glitt er auf der Seite liegend hinterher, schwamm am Bug vorbei, wo Sawf ein Tau bereithielt, und die rechte Seite entlang, wo das Deck tief im Wasser lag. Als er sich hinaufwälzte, packte ihn Raydi am Hemd und half ihm. Dann stand er auf, Wasser und Schlamm strömten von ihm herab. Sie waren mit der Strömung weitergetrieben, und als Stel sich umsah, konnte er außer dichtem Nebel fast nichts erkennen.

»Dreh um, Dai! Wir müssen den Fluß finden.«

»Warum? Warum suchen wir nicht stromaufwärts?« fragte Portain.

»Wir wollen doch in Pelbarigan nicht sagen, wir hätten das Boot einen Viertel Ayas östlich des Flusses, oder wo immer wir sind, verlassen. Wir sind hier im Oberlauf des Flusses. Soviel Wasser kann die Überschwemmung gar nicht mehr haben.«

Portain schaute ihn an und erkannte, daß es ihm bitter ernst war. Sie sah auch, daß er Schmerzen hatte. »Oh, Stel«, sagte sie. »Geh hinunter und trockne dich ab! Wir kriegen das schon hin.« Er bewegte sich nicht. »Jetzt geh schon!«

fauchte sie. Er ging, langsam, wie ein gezüchtigter Knabe. Raydi begleitete ihn und half ihm, sich bis auf die Leibbinde auszuziehen, dann reichte sie ihm eine trockene und verließ die Kajüte. Auf Deck hörte er Schreien. Er kümmerte sich nicht darum. Seine Seite pochte dumpf.

Als Raydi mit trockenen Kleidern zurückkehrte, sagte Stel: »Sag ihnen, sie sollen jeden Schritt mit den Stangen abtasten und nur in tieferes Wasser fahren.«

Raydi antwortete nicht, sondern reichte ihm eine Decke und streichelte ihn. Dann ging sie. Stel ließ sich auf die Koje sinken, ihm war alles egal, er wollte nur eine Weile ruhig liegenbleiben. Draußen konnte er die anderen rufen hören. Er registrierte, wie der Regen nachließ, dann ganz aufhörte. Er ging wieder hinaus. Der Nebel wogte. Sie schienen sich zwischen Büschen zu befinden.

»Gut«, sagte Stel.

»Gut? Sieh dir dieses Durcheinander an«, sagte Portain. »Wir sind mitten in einem Haufen von Stöcken.«

»Pappeln und Weiden. Das muß das Flußufer sein.«

»Es ist überall. Es hört gar nicht auf.«

In diesem Augenblick hob sich der Nebel ein wenig, und sie sahen offenes Wasser vor sich. Gowen rief etwas.

»Langsam, Dai!« schrie Stel. »Langsam vorwärts jetzt! Gow, gib acht auf Strünke!«

Bald danach streiften sie einen, und das Boot wurde seitlich weggeschoben, aber dann waren sie wieder in einer Fahrrinne und steuerten das Bood stromaufwärts, sie fuhren sehr langsam, und am Bug stand ein Wächter und prüfte den Grund. Stel blieb bis zur Dämmerung an Deck und hielt Ausschau. Als Dailith im zweiten Viertel nach Sonnenhochstand am Steuer abgelöst wurde, kam er zu ihm. Stel sah, daß der Gardist erschöpft war, und sie standen eine Weile schweigend nebeneinander und beobachteten die Strudel im Fluß.

»Dai.«

»Hm?«

»Du warst letzten Sommer in Threerivers.«

»Eine Zeitlang. Nicht lange.«

»Hast du einen Sentani namens Desdaan kennengelernt?«

Dailith fuhr ein wenig zusammen und kaschierte das, indem er sich den Kopf kratzte. »Desdaan? Ja. Er führte die Delegation von den Seen an. Was ist mit ihm?«

»Wollte nur wissen, wie er aussieht.«

»Wie alle anderen auch. Aber groß. Hatte eine schmale Nase mit einem leichten Haken darin. ›Adlerschnabel‹ hat ihn Garet genannt.«

»Wird er dieses Jahr wieder da sein?«

»Vermutlich. Wenn die von den Seen keinen Wechsel vornehmen. Er ist aber der Chefabgeordnete der Sentani. Hat viel Erfahrung. Ich bin froh, daß wir wieder auf dem Fluß sind. Gowen ist ein braver Junge, aber ein bißchen zu jung.«

»Gowen? Ja.« Stel schaute nach vorne durch den sich lichtenden Nebel auf das braune Wasser, das um eine Biegung herum aus dem Blickfeld verschwand.

Es gab immer wieder neue Hindernisse im Fluß, während sie in stetigem Tempo nach Norden auf das Bittermeer zufuhren.

SIEBEN

Stel beugte sich über das Schieberventil, das er ausgebaut hatte, um es neu abzudichten, weil inzwischen bei jedem Stoß Dampf herauszischte. Er prüfte, ob der Schaft gegen die Lager Spiel hatte, schob ihn langsam hinein und zog ihn heraus und drückte dagegen. Dann runzelte er die Stirn und schürzte die Lippen.

Portain blickte ihm über die Schulter und sagte: »Du würdest Ahroe wohl nichts wegnehmen, was sie wirklich will.«

»Hm? Was? Ich bin froh, daß das Lager anscheinend noch immer fest ist, trotz der starken Beanspruchung. Wir hatten damit schon mehr Schwierigkeiten. Dai und ich haben es in letzter Minute umgeändert, mit zusätzlicher Dichtung, aber es funktioniert noch immer nicht ganz zufriedenstellend.«

»Du hörst mir nicht zu. Du bist genau wie mein Vater.«

»Dein Vater? Was? Schenke ich Raydi nicht genug Aufmerksamkeit? Nein. Vermutlich hast du recht. Ich weiß, daß du recht hast, Port. Wenn wir diese Reise hinter uns haben, werde ich sie bestimmt besser behandeln. Ich sehe sie immer noch, wie sie da unten zusammengekauert in der Bilge hockte, hungrig und frierend, und wartete, bis sie genau wußte, daß wir an Nordwall vorbei waren. Es schaudert mich, wenn ich daran denke.«

»Zum Teufel mit dir, Stel! Du aalglatte Wasserschlange.« Sie legte ihre zitternde Hand auf sein Handgelenk. Er schaute zu ihr auf.

»Oh. Entschuldige, Port. Ich versuche, das Ding hier zu reparieren. Bitte. Schau! Da in der Kajüte ist Raydi. Bitte. Sei vorsichtig. Du mußt das unter Kontrolle bekommen.«

Der Gardehauptmann trat zurück und schlenderte nach vorne zum Bug. »Sawf«, sagte sie zum wachhabenden Gardisten. »Geh und hilf Stel! Ich halte Ausschau.«

Stel sah sie noch immer an. Sie hatten seit jener Nacht vor drei Tagen nicht viel miteinander gesprochen. Die Mündung des Cog hatten sie in dem Labyrinth von Inseln ohne Schwierigkeiten gefunden, denn die Pelbar von Iver hatten sie mit leuchtenden Stoffstreifen markiert. Dieser Fluß war schmal und gewunden, braun von der Pflanzenbrühe der flachen Prärien westlich des Bittermeeres.

Stel dachte an Portains Vater, soweit er sich an ihn erinnern konnte, ein dünner, verbitterter Mann, wahrscheinlich der beste Tischler in Pelbarigan. Alle seine Fugen paßten ohne zu klemmen und ohne Spiel. Seine Polituren glänzten, hatten keinen einzigen Kratzer und schienen sogar die Abschlußzapfen zu verdecken. Jedermann glaubte, daß er seine ganze Energie in die Arbeit investierte, weil er nicht unterwürfig genug war für seine zänkische Frau, die den Gehorsam eines Bilderbuch-Pelbar verlangte, aber selten zufriedenzustellen war. Die beiden kamen nicht miteinander aus, und sie ließ ihn das spüren. Und er hatte es also an Portain ausgelassen, seiner eigenen Tochter, überlegte Stel. Er mußte ...

»Stel? Was soll ich tun?« fragte Sawf und kniete neben ihm nieder.

»Ach so. Hier. Halt den Schaft, während ich ihn abdichte. Nicht so. So gerade wie möglich. Stell dein Knie darunter! Hier. Nimm diesen Lappen!«

Stel machte sich wieder an die Arbeit. Ein wenig Spiel hatte das Lager doch. Er würde es anders konstruieren, wenn er noch einmal Gelegenheit dazu bekam.

Aintre kam aus der Kajüte herauf. »Gardehauptmann. Funkspruch von der Portage.« Alle ließen die Arbeit liegen und drängten sich herum, als Portain den Funkspruch verlas.

Von Pelbarigan an Schiff: Funkt, wenn ihr im Cog seid. Wir schicken Boote. Tantal auf unserer Seite des Bittermeers. Senden euch Verstärkung. Erve, Gardehauptmann.

»Antworte ihnen, Aintre. Bestätige den Spruch und sage, daß wir schon weit in den Cog eingefahren sind. Wir liegen im Augenblick still, müßten aber bald wieder flott sein. Gowen, Allay, macht die Gewehre fertig.«

Aintre drehte sich um und ging in die Kajüte zurück. Portain schaute Stel an.

»Ich bin bald fertig, Port. Ich mache mir Sorgen. Die Portage ist unsere verwundbare Stelle. Wir müssen die ›Pusterich‹ aus dem Wasser ziehen, Rad, Kiel und Ruderpinne abnehmen und das Schiff auf Balken über die Prärie rollen. Dabei könnten sie uns erwischen und alles zerstören.«

Sie würden eine flache Rinne benützen, die die Tantal vor Jahren während einer Invasion ins Tal des Heart gegraben hatten, die dann zu ihrer Niederlage in Nordwall führte.* Die Pelbar von Iver hatten schon Gestrüpp und kleine Bäume ausgeräumt, die in der Zwischenzeit gewachsen waren.

»Hoffentlich sind die Tantal nicht auf die Arbeiten an der Portage aufmerksam geworden«, sagte Stel. »Gardehauptmann, könnten wir über Funk anfragen, wieviele Leute sie jetzt dort haben?«

»Nicht nötig«, sagte Dailith, der auf der Kajüte stand. »Da kommen schon sechs Pfeilboote.« Dailith blies das Begrüßungssignal und empfing sofort einen Antwortruf.

Die Pelbar von Iver, zwei in jedem Boot, schrien ihren Gruß herüber, während sie herankamen. Es waren bärtige Männer mit nach Shumai-Art nach hinten geflochtenem Haar, alle trugen Lederkleidung und Pelze, nur Schärpen und Besätze waren aus Stoff. Sie staunten über die Größe und das Gewicht der ›Tatkraft‹.

Im weiteren Verlauf der Begrüßung blieb ein Mann abseits stehen. Er war dunkler als die anderen und schwieg.

Endlich sagte ein Gardist namens Erve: »Ach, das habe ich ganz vergessen. Das hier ist Pahyer, unser Freund von den Rits.« Der Mann lächelte ein wenig und nickte.

---

* Siehe »Die Zitadelle von Nordwall«, 1. Roman des Pelbar-Zyklus, HEYNE SCIENCE FICTION & FANTASY, Band 06/4151

Stel war sofort interessiert, stand auf und ging auf den Mann zu. Er schwenkte seine schmierigen Hände und sagte: »Entschuldige, Pahyer. Die Hände können wir uns nicht geben. Ich bin zu schmutzig. Ich heiße Stel. Freut mich, daß du bei uns bist. Du bist weit von zu Hause weg.«

Pahyer zog die Schultern in einem übertriebenen Achselzucken hoch. »Ich gehe, wo es nécessaire. Problème avec Le Tantal une fois plus. Comme à ma patrie. Wir müssen zusammenarbeiten.«

»Hm. Ja. Sie sind offenbar entschlossen, die ganze Küste des Bittermeeres freizufegen«, sagte Erve. »Sie wissen jetzt, daß wir da sind; wir haben drei Patrouillenschiffe in unserem Gebiet gesehen. Eines hat mit einer neuen Waffe auf uns geschossen – nicht wie die alte Rohrwaffe. Das Projektil wird im Bogen herausgeschleudert und im Flug angetrieben. Dann explodiert das Projektil.«

Stel hörte sich die Beschreibung aufmerksam an. »Raketen«, sagte er schließlich. »Eolyn hat mir davon erzählt – wenigstens von der Theorie. Die könnten wir auch bauen. Gar so schwierig sind die nicht. Nur der Treibstoff.«

Alle schauten ihn etwas erstaunt an. »Wir könnten sie bauen?« fragte Portain.

»In den letzten Jahrzehnten vor der Zeit des Feuers hatten die Alten welche, die mehr als hundert Armlängen lang waren, sagt Eolyn. Sie konnten sie von hier bis auf die andere Seite der Welt schicken. Sie konnten sie sogar um ganz Urstadge kreisen lassen wie den Mond. Und sogar ...« Stel blickte in die Gesichter und sah die Ungläubigkeit darin. »Nun, das ist unwichtig. Der ganze Trick ist, sie zu lenken, wenn sie so weit fliegen, und am Anfang muß man das mit Funk machen. Mit viel besserem Funk, als wir ihn bis jetzt haben. Übrigens haben wir soeben eure Nachricht erhalten. Ihr seid schnell gekommen. Wieviele Leute sind an der Portage?«

»Sechzig.«

»Wie weit sind wir noch weg?«

»Nur noch ungefähr zweiundzwanzig Ayas, aber mit der

›Tatkraft‹ müßte es schnell gehen. Es sind nur wenige Hindernisse, um die man sich zu sorgen braucht.«

»Stel, sieh zu, daß du das Ding jetzt zusammenbaust! Dichtung hin oder her, wir müssen weiter«, mahnte Portain.

In weniger als einem Achtel des Nachmittagsquadranten hatten sie die Pfeilboote auf dem Deck verladen und dampften mit hohem Druck die Fahrrinne hinauf. Als sie die Portage erreichten, dämmerte es. Drei hektisch winkende Gardisten erwarteten sie dort.

Obwohl die Männer über die Größe der ›Tatkraft‹ staunten, wateten sie heraus und schwangen sich an Bord, während Dailith die Dampfzufuhr drosselte und langsam heranglitt. Durch das Zischen des entweichenden Dampfs konnte man an Bord schon das ferne Krachen von Gewehrfeuer hören.

»Tantal«, sagte ein Mann, und Sawf stürzte in die Kajüte, um die Waffenkiste zu holen. Gowen folgte ihm, und bald hatten sie die Waffen verteilt und sprangen ans Ufer. »Wir halten sie in Schach – es sind nur zwei Schiffe mit Spionen«, rief der Gardist. »Aber wir brauchen Hilfe.«

Während sie das Boot parallel zu den Gerüsten der Portage ausrichteten und festmachten, hörten Stel und Dailith, wie die Gardisten durch das Gebüsch brachen. Dann nahm auch Dailith ein Gewehr, sprang hinunter und verschwand in Richtung der Geräusche. Stel schaute Raydi an. Sie schwieg und regte sich nicht. Er hörte einen dumpfen Einschlag von Osten, dann noch einen.

»Das müssen die Raketen sein, Kürbis«, sagte er. »Hör zu! Wenn ich dich hier allein lasse, kommst du auch zurecht?«

Ihre Lippen kräuselten sich. »Ja«, flüsterte sie.

»Paß auf! Ich gebe dir jetzt ein Pfeilboot. Leg dein Bettzeug hinein und fahr damit ans Ostufer. Zieh das Boot an Land und kriech darunter. Auf diese Weise kannst du entkommen, wenn wir verlieren. Verstanden?«

Er packte sie bei den Schultern und schaute sie im Dämmerlicht an. »Komm schon, Kürbis! Mutter wäre stolz auf dich.« Er küßte sie. »Aven ist mit dir. Ich habe da so ein paar Ideen, die uns helfen könnten, wenn ich mitgehe.«

»Geh nur, Vater«, sagte sie, klammerte sich aber plötzlich an ihn.

Stel drückte sie einen Augenblick lang fest an sich und streichelte sie, dann schob er sie sanft weg und ließ das Pfeilboot ins Wasser hinunter. Als er sich umdrehte, erschien sie wieder mit ihrem Bettzeug. Er legte es in den Bug, reichte ihr ein Ruder und umarmte sie. »Vergiß nicht. Du bist nicht allein. Aven ist bei dir. Leb wohl.«

»Ich dachte, du glaubst nicht mehr an SIE.«

»Vielleicht nicht. Aber bei dir ist SIE trotzdem. Fahr jetzt los!«

»Das paßt nicht zusammen«, sagte Raydi, und damit paddelte sie ungeschickt auf den schmalen Fluß hinaus.

Stel sah ihr einen Augenblick lang nach, dann zog er sich wieder auf die ›Tatkraft‹ hinauf und schlüpfte in die Kajüte. Er blieb eine Zeitlang dort, dann tauchte er mit dem Funkgerät und einem großen Bündel auf dem Rücken wieder auf. Er setzte sich auf das Dollbord und rutschte ins seichte Wasser hinunter. In der Ferne konnte er in Abständen Gewehrschüsse hören. Noch zweimal kamen die schweren Einschläge von Tantal-Explosionen. Er machte sich auf den Weg durch das Gebüsch.

Endlich erreichte Stel keuchend den Rand des Schauplatzes. Er konnte undeutlich die beiden Schiffe erkennen, ziemlich klein, ein Stück vom Ufer entfernt. Drei Kochfeuer markierten das Pelbar-Lager nahe am Strand. Stel standen angesichts der Unvorsichtigkeit der Männer die Haare zu Berge. Drei Rohrwaffen der Tantal blitzten südlich des Lagers auf, und im Gegenfeuer konnte Stel genau den Verteidigungskreis sehen. Er schlich sich leise ins Lager hinunter. Neben ihm erhob sich eine Gestalt und hielt ihm ein Kurzschwert an die Kehle.

»Stel Westläufer aus Pelbarigan. Wo ist euer Funkgerät?«

»Funkgerät? Im größeren Zelt. Bleib weg davon! Die Tantal schießen mit diesen Feuerwaffen.«

»Nur eine Idee. Hier. Ich muß unsres hier unten aufstellen. Ist es da in Sicherheit?«

»Solange wir es auch sind. Vielleicht kreisen sie ums Lager.«

»Vielleicht. Ich habe eine Idee. Knifflige Sache. Wer bist du?«

»Arnet. Aus Iver.«

Stel legte in der Dunkelheit seine Handflächen gegen die des anderen und arbeitete sich dann zum größeren Zelt vor. Das Schießen hatte nachgelassen. Stel packte seine Sachen aus und tastete nach den Kontakten des Funkgeräts. Er befestigte seine Drähte am Klopfer, wie Eolyn es ihm beschrieben hatte, führte sie dann zur Naßzelle und schloß sie an die Sprengladung an, die den schweren Sack ausfüllte, den er bei sich trug. Er fügte noch einen Zünder hinzu und vergrub ihn in der Ladung. Als drei Gestalten ins Zelt kamen, war er fast fertig.

»Was?« fragte eine der Gestalten.

»Stel aus Pelbarigan. Ich baue euer Funkgerät um. Kleine Überraschung. Rechnet ihr mit einem Angriff?«

»Ja. Das Funkgerät brauchen wir aber.«

»Nein. Ich habe eine Idee. Sie können nicht mehr als fünfundsiebzig Leute hier draußen haben, nicht? Habt ihr welche getötet?«

»Wir glauben schon. Aber sie haben uns überrumpelt. Wir haben mindestens dreizehn Leute verloren.«

»Stel, Gowen und Sawf sind tot«, sagte Aintre von der Vorderseite des Zelts her. Sie weinte.

»Hör zu! Das ist eine große Ladung. Wir können sie mit dem zweiten Funkgerät zünden, wenn sie das Lager überrennen. Warum ziehen wir uns nicht zurück und lassen sie herein?«

»Wozu, wenn wir sie aufhalten können?«

»Wir brauchen nur noch zehn oder mehr zu erwischen, dann ziehen sie sich zurück. Wenn wir ein wenig Kies hätten, würde es noch mehr treffen.«

»Kies?«

»Um ihn um die Ladung herumzupacken.«

»Ich hole welchen«, sagte ein Mann und ging geduckt hinaus. Durch das Zelttuch konnten sie einen Blitz sehen, gefolgt vom ›Popp, Popp‹ der Gewehre. Dann kam ein schwerer Einschlag, und plötzlich erhellte ein Blitz alles in der näheren Umgebung.«

»Wau«, sagte Stel. »Das war knapp.«

»Portain versucht, die Männer von ihrer Waffe herunterzuschießen. Wir können sie sehen, wenn sie feuern.«

»Hat sie schon welche getroffen?«

»Das wissen wir nicht. Wir haben fünf Leute daran.«

»Paß auf, Aintre! Schaff sie aus diesem Lager raus! Hier sind sie wie Welse im seichten Wasser. Wenn die Tantal diesen Angriff geplant hätten, hätten sie den Platz schon leergefegt. So. Jetzt gehst du zu dem Verantwortlichen, wer immer das ist, und sagst ihm, die Leute sollen sich von den Schiffen zurückziehen. Hier kann es nicht viel Wertvolles geben.«

Aintre bückte sich und schlüpfte aus dem Zelt. Stel konnte noch kurz ihre Schritte hören, als sie davonlief, dann krachte wieder Gewehrfeuer. Er kannte die Denkweise der Pelbar, und das war typisch dafür. Im Geiste lebten sie immer noch in einer ummauerten Stadt. Stel hoffte, daß die Tantal, die in Nordwall eine katastrophale Niederlage erlitten hatten, immer noch glaubten, sie hätten gesiegt, wenn sie in ein Pelbar-Lager eindringen konnten. Er hörte Schritte, und eine undeutlich sichtbare Gestalt kam raschelnd ins Zelt.

»Hör zu! Ich bin Stel aus Pelbarigan. Hilf mir, dieses Zelt abzubauen und es genau dort hinzulegen. Habt ihr Fett?«

»Fett? Wie Kochfett?«

»Das ginge.«

»Nur ein wenig Gänsefett.«

»Kannst du es holen? Eine kleine Überraschung für die Tantal.«

Ächzend half der Mann Stel, das Zelt vom Funktisch

wegzuheben. Dann legte er es ab und lief davon. Der andere Mann kehrte mit einer Tunika voll Kies zurück. Als sie gerade den Kies um die Sprengladung herumschütteten, ertönte von Süden her ein Schrei, und zwei weitere Raketen stiegen blitzend von den Schiffen auf. Gewehrfeuer antwortete ihnen. Die Tantal hatten sich jetzt auf den Verteidigungskreis eingeschossen, zwei schwere Explosionen erschütterten südlich des Lagers die Dunkelheit. Stel hörte Schreien, dann ein Horn, weitere Hörner. Der Mann kam mit dem Fett, und Stel verteilte es säuberlich auf dem Kies. Dann drapierte er das Zelt darum herum. Er sah Gestalten über das freie Gelände laufen. Eine weitere Rakete kam im Bogen auf sie zu. Portains Gewehrschützen antworteten sofort, und Stel sah, wie eine der dunklen Gestalten auf dem Schiff plötzlich erstarrte, über die Seite kippte und dort hängenblieb.

»Portain!« brüllte Stel, so laut er nur konnte. »Wirst du wohl deinen Speckarsch da rausbewegen!«

Er wußte, daß er sie damit in Wut brachte. Aintre hatte den Gardehauptmann für die Verteidigung erreicht, und als die Pelbar zurückwichen, stürmten die Tantal, brennende Pfeile vor sich herschießend, die in unheimlichen Bögen durch die Nacht zogen. Sie mußten schwere Bogen haben, dachte Stel. Gut. Dann hatten sie ihre Rohrwaffen also noch nicht auf Einmanngebrauch umgebaut.

Stel sah, wie die Pelbar sich über die vom Feuer schwach erleuchtete Fläche zurückzogen. Einen sah er mit einem Pfeil im Schenkel zu Boden gehen. Stel rannte zu dem Mann hin, hob ihn sich auf die Schultern und trat ebenfalls den Rückzug an.

Die Tantal stürzten johlend in den verlassenen, vom Feuerschein erhellten Kreis, gerade als die Pelbar auf der Nordseite verschwanden. Als die Plünderer den Platz überquerten, blitzten Gewehre auf, und einige von ihnen stürzten. Aber die Tantal löschten schnell die Feuer und tauchten den Platz in Dunkelheit, während die Gardisten noch fünf trafen. Dann stellten die Tantal auf der Nordseite des Lagerbereichs selbst einen Wachenkreis auf und trieben die Pelbar noch weiter zurück.

Stel fand im Dunkeln den Posten mit seinem Funkgerät und prüfte tastend die Anschlüsse.

»Stel. Wozu hast du uns das machen lassen? Zum Teufel mit dir, du bist kein Gardist. Mich so anzuschreien. Jetzt haben wir das ganze Lager verloren«, sagte Portain, die keuchend neben ihm stand.

»Scht!« Er beugte sich vor und legte seine Wange an ihr Knie. »Schau genau hin. Sind sie schon am Kommandozelt?«

»Ich weiß nicht, wie das irgend jemand feststellen könnte. Da draußen ist es stockfinster. Begreifst du nicht, daß wir da unten unsere ganze Munition liegen haben?«

»Na, ich lasse ihnen noch ein paar Augenblicke Zeit. Macht eure Gewehre fertig!«

Das tat Stel, während der ganze Bereich in merkwürdiges Schweigen getaucht schien. Im Lager sagte der Tantal-Kommandant, der den Überfall leitete, leise: »Gut. Das haben wir den Pelbar-Schweinen abgenommen. So. Jetzt müssen wir das große Zelt suchen. Sie haben es abgebaut. Es ist da drüben.«

»Richtig, Kommandant. Dieser Stoffhaufen. Ganz einfach. Es ist dunkel.«

»Macht doch nicht so dreckig viel Lärm. Sie haben immer noch Waffen. Mit diesen beschissenen Schulterrohren.« Schnell arbeitete sich der Kommandant zu dem zusammengefallenen Zelt vor. Mehrere Männer folgten ihm.

Im Norden sagte Stel: »Nun, wie wäre es jetzt? Fertig? Wir wollen ja nicht, daß sie es auseinandernehmen.« Er drückte die Taste auf dem Sender, und im Lager röhrte der Klopfer. Es blitzte und donnerte gewaltig, dann folgten Geschrei und Feuerregen. Das Gewehrfeuer der Pelbar setzte wieder ein, schnitt zwischen die laufenden Gestalten. Die Tantal flohen aus dem Feuerschein, einige stürzten im Laufen.

»Bleibt im Dunkeln!« schrie Stel, als die Pelbar die Verfolgung aufnahmen. Er klatschte sich auf sein Bein.

»Was für ein Haufen von Brunnenbohrern. Wo ist Dailith, Port?«

»Im Wasser. Er hat drei Gardisten mitgenommen, um ihnen die kleinen Boote zu stehlen.«

»Fein. Das hält sie am Ufer fest. Genau, was wir brauchen. Dann müssen wir gegen sie alle kämpfen.«

»Nur gegen die Hälfte. Erves Idee. Wir müssen jetzt hin und sie eine Weile von diesem nächstgelegenen Boot fernhalten. Da sind sie alle hergekommen.«

Die Pelbar hatten gerade angefangen, sich südlich um den beleuchteten Bereich herumzuschleichen. Stel sah zu seiner Überraschung das nähergelegene Tantal-Schiff in Flammen aufgehen. Dailith mußte es geentert haben. Die Gewehre der Pelbar fingen wieder an zu feuern, während die Boote der Tantal ausschwärmten, um das brennende Schiff herum und auf das zweite zuschwenkten. Gewehrfeuer kam von dem brennenden Schiff.

»Große Aven«, sagte Stel und rannte auf das Kampfgeschehen zu. »Dai ist auf dem Schiff.« Vom zweiten Schiff brüllte eine Rohrwaffe auf, bestrich das Deck des brennenden Schiffs, und das Gewehrfeuer hörte auf. Aber nun schossen die Pelbar am Ufer, während Raketen vom entfernteren Schiff in blitzenden Bögen auf die verstreuten Gewehrschützen zugeflogen kamen.

Bald war die Schlacht vorüber, das Tantal-Schiff auf dem Rückzug, die große Fackel des brennenden Schiffs erhellte die ganze Gegend, und die Pelbar stellten ihre Posten auf und suchten ihre Verwundeten und Toten zusammen. Erves Männer fuhren mit zwei Pfeilbooten hinaus zum brennenden Schiff, wo ein toter Gardist von Iver lag. Dailith und der andere Mann lebten noch, und sie reichten den Toten herunter, ehe sie sich selbst ins Wasser gleiten ließen. Die Pfeilboote schleppten sie ans Ufer, wobei sie das brennende Schiff zwischen sich und den Tantal hielten.

Stel empfing Dailith, als der ans Ufer hinkte. »Schau«, sagte er. »Sie haben mich ins Bein geschossen. Aber diesmal bin ich nicht zu spät gekommen, Stel. Wir haben das Schiff angezündet, und ich war dabei. Ich selbst habe es angesteckt. Sieh dir diese Brandwunde an!«

»Hier, Dai, stütz dich auf mich. Gowen und Sawf sind tot. Und noch viele weitere. Wir sind in Schwierigkeiten. Stütz dich jetzt auf mich, dann bringe ich dich ins Lager!«

ACHT

Das Tantal-Schiff fuhr weiter hinaus, und Stel verließ die Gruppe, die nach dem Kampf aufräumte, und ging quer durch den Graben der Portage zur ›Tatkraft‹ hinüber. Er machte sich Sorgen um Raydi. Vier Gardisten begleiteten ihn. Als sie den Cog erreichten und undeutlich die Umrisse des Bootes erkennen konnten, hockte sich Stel nieder, hielt die Hände an den Mund und flötete eine lange Reihe taubenähnlicher Laute. Bald antwortete, geschickt nachgemacht, eine Schreieule. »Aha«, sagte Stel. »Gut, Raydi. Komm rüber! Heute nacht kommen keine Tantal mehr.«

»Was war das – dieser Ruf?« fragte ein junger Gardist.

»Oh. Eine winzige Wüsteneule aus dem Westen. Die kennt kein Tantal. Aber Raydi.«

»Aus der Wüste. Der Ruf klingt schön. Dann bist du also der Stel, der im Westen war?«

»Derselbe. Los, Raydi! Wenn du Hilfe brauchst, komme ich rüber.«

»Nein, Vater. Schon gut.« Sie schob das Pfeilboot ins Wasser, wobei es ihr beinahe entglitten wäre, warf dann ihr Bettzeug hinein und ruderte herüber. Die Gardisten zogen sie mitsamt dem Boot ans Ufer, und Stel hob sie heraus.

»Jetzt aber ins Bett, Kürbis!« Ehe Raydi jedoch dazu bereit war, mußte sie von dem Kampf hören. Weitere Pelbar trafen ein, und bald stellten sie um das Boot herum einen Wachenkreis auf. Andere waren am Strand geblieben, um die Nacht abzuwarten. Stel versuchte vor Raydi geheimzuhalten, was mit Sawf und Gowen geschehen war, aber jemand an Deck sprach von ihrem Tod, und das Mädchen hörte es. Sie lag wie betäubt da, schließlich begann sie zu weinen. Stel blieb eine Weile bei ihr sitzen, aber dann mußte er draußen helfen. Sobald er Zeit fand, duckte er sich zu ihr hinein, aber sie schluchzte leise weiter, endlos. Als Stel sich einmal umdrehte, sah er einen Schatten in der Kajüte. Es war Portain.

Sie kam zu ihm und legte die Arme um ihn. Dann begann auch sie leise zu weinen, den Kopf an seine Schulter geschmiegt. Stel ermahnte sie nicht, sich wie ein Gardist zu benehmen. Es war ihr erster Kampf gewesen. Er hielt sie fest und streichelte ihr den Rücken wie einem Kind.

»Warum leistest du nicht Raydi Gesellschaft?«

»Ich kann nicht. Ich bin der Gardehauptmann. Hast du Dailith gesehen? Das Bein sieht schlimm aus.«

»Er ist entzückt darüber. Das wird schon wieder. Diesmal hat er gute Arbeit geleistet.«

»Erve sagt, es könnte sein, daß er das Bein verliert.«

»Das Bein verlieren? Nein. Das überlasse ich dir, Port. Ich erteile dir hiermit den Auftrag, dafür zu sorgen , daß sie es ihm nicht abschneiden.«

»Möchtest du lieber, daß er stirbt?«

»Vielleicht ist das nicht die einzige Alternative. Jetzt laß mich los, dann sehe ich nach ihm.«

Sie ließ ihn wirklich los, und Stel sah im schwachen Licht, daß Raydi sich aufgesetzt hatte und sie mit starrem Blick beobachtete, ohne zu weinen. Stel beugte sich hinunter und wollte sie küssen, aber sie stieß seinen Kopf weg. Er wandte sich zum Gehen, dabei sagte er über die Schulter: »Ich lasse euch zwei Rivalinnen allein, dann könnt ihr es ausfechten.«

Dailith lag in der zweiten Kajüte auf seiner Koje. Sein Bein ruhte gewaschen und frisch verbunden auf der Decke. Der Verband war schon wieder durchgeblutet. Stel setzte sich zu ihm und nahm seine Hand.

»Ganz gleich, wie es kommt, mir ist es recht, Stel.«

»Keine Angst, Dai. Ich habe schon weit schlimmere Wunden gesehen, die dann doch ausheilten.«

»Und ganz leichte, die nicht heilen wollten. Weißt du noch, was wir auf dem Fluß sagten? Es macht mir wirklich nicht viel aus. Aber du wirst für mich beten müssen, Stel. Ich weiß, daß du denkst, Aven sei eine Schöpfung der Frauen und würde sich nicht allzuviel um mich kümmern, aber irgendwo muß man anfangen. Ich weiß, daß ich aus dieser Leere hinaus muß, und du mußt mir dabei helfen. Ich meine, mit einem Bein bin ich nicht zu viel zu gebrauchen.«

Darauf wußte Stel nichts zu sagen, aber er blieb lange bei Dailith sitzen und spürte schließlich, wie die Hand des Gardisten schlaff wurde. Er tastete leicht nach dem Puls und spürte, daß der recht kräftig war. Dailith war eingeschlafen. Er sollte beten? Das hatte er schon versucht. Nun versuchte er es wieder und gebrauchte dabei die Anrede ›Gott‹. Er fand sie ungewohnt. Es war nur ein Name – der oder ein anderer. Stel fühlte sich elend und verlassen.

Ein Gardist von Iver kam in die Kajüte gepoltert. »Sie brauchen dich«, sagte er.

»Ich versuche gerade, für meinen Freund zu beten.«

»Aha. Na, sie brauchen dich jedenfalls.«

»Paß auf! Bete du für ihn! Du kannst das sicher sowieso besser als ich.«

»Ich? Ich bin nicht besonders religiös.«

»Jetzt hast du die beste Gelegenheit dazu. Setz dich! Leb wohl.« Stel verließ die Kajüte mit einem Gefühl großer Erleichterung. Sich um praktische Dinge zu kümmern war leicht – auch wenn er todmüde war.

Am Morgen räumten die Pelbar den Lagerplatz am Bittermeer auf und begruben ihre neunzehn Toten auf der Dünenkette, die über das Wasser schaute. In der Nähe begruben sie zweiundvierzig Tantal, alles junge Männer. Soweit sie sehen konnten, waren sechs von der Sprengladung getötet worden, die Stel gezündet hatte. Einer davon, er trug einen schwarzen Tantal-Umhang mit rotem Futter und roten Paspelierungen, war offensichtlich der Feldkommandant.

Erve war beeindruckt. »Wie bist du nur auf die Idee gekommen?« fragte er. »Das hast du doch noch nie zuvor gemacht, oder?«

»Nun ja. Eolyn und ich hatten uns darüber unterhalten, und ich habe es zu Hause ausprobiert. Als wir dann über Raketensteuerungsmethoden in alten Zeiten sprachen, wo es nur darum ging, den Befehl aus einiger Entfernung über

Funk zu geben, fiel es mir wieder ein. Das hier war vergleichsweise ein Kinderspiel. Celeste versteht von diesen Dingen mehr als Eolyn, aber sie sagt, sie hat nicht das nötige Material.«

»Diese Leute aus der Kuppel verwirren einen.«

»Tun wir das nicht alle? Die Tantal werden zurückkommen. Dessen können wir sicher sein. Wir sollten uns lieber mit der Portage beschäftigen. Wir haben eine Menge Arbeitskräfte verloren. Ich glaube, wir sollten den ganzen Tag durcharbeiten, so lange, bis die ›Pusterich‹ auf dem Bittermeer schwimmt. Ich bin froh, daß ihr die Portage gesäubert und ein Schlipp gegraben habt.«

»Wir könnten ein wenig Erholung brauchen.«

»Ausruhen können wir, wenn wir auf dem Weg nach Norden sind.«

Wie Stel merkte, sah Erve ein, daß er recht hatte. Nur der Schock und die Erschöpfung machten ihn widerwillig und träge.

»Na gut. Fangen wir an! Wir haben die Rollen fertig und die Zugwinde auch.«

Die Aufgabe erwies sich als schwerer, als Stel es sich vorgestellt hatte, und am nächsten Morgen, als die ›Tatkraft‹ die leichte Anhöhe zwischen Fluß und Meer hinter sich hatte, ruhten sie sich endlich aus. Aber bei Sonnenhochstand schleppten sie schon wieder, und vor Sonnenuntergang lag das Boot ein Stück vom Ufer entfernt im Bittermeer, das Schaufelrad war angeschraubt, Kiel und Ruderpinne wieder eingebaut. Es hatte zu regnen begonnen, und nach Einbruch der Dunkelheit wogte Nebel heran, verdichtete sich und befeuchtete jede Oberfläche mit kleinen Tröpfchen. Stel wollte weg aus dem Bereich der Portage, da das der schwächste Punkt der ganzen Reise war, aber das schien bald unmöglich. Als Kompromiß und auf sein Drängen hin brachten die Pelbar alles etwa drei Ayas weit den Strand hinauf.

»In diesem Nebel findet uns ohnehin kein Tantal«, sagte Erve. »Wir finden uns ja nicht einmal selbst.«

»Ich wünschte, du hättest recht«, sagte Stel. »Ich habe ein ungutes Gefühl.«

»Versuchst du immer noch, dich als Shumai-Axtschwinger oder als Dichter zu betätigen, Stel?« fragte Portain.

Stel bestand darauf, daß auf der ›Tatkraft‹ ein Feuer unterhalten und daß das Abendessen hinter den Dünen, abseits vom Strand, gekocht wurde. Als sich die Gardisten in der undurchdringlichen Finsternis ständig verirrten, spannte Stel eine Angelleine von der Küste her, die man beim Gehen in der Hand halten konnte. Als die Pelbar endlich aßen – frischen Fisch aus dem See – merkte Stel erst, wie hungrig er war. Er ließ sich in den Sand und ins Gras sinken und machte sich über das Essen her. Portain saß bei ihm, und bald darauf drückte sich auch Raydi dazwischen.

Stel betrachtete sie im schwachen Feuerschein. »Du bist so ernst wie ein altes Waldmurmeltier«, sagte er. Er machte sich Sorgen. Sie hatte brutale Gewalttätigkeit und ihre Folgen erlebt. Fast den ganzen Tag war sie bei Dailith gewesen, der sich ausruhte, aber Fieber hatte.

»Hoffentlich riecht man den Rauch nicht zu weit«, sagte Stel.

»Das kann ich mir bei dem Nebel nicht vorstellen«, erwiderte Portain. Aber als sie fertig waren und Hände und Messer säuberten, sagte sie: »Gehen wir doch ein Stück den Strand entlang, um zu sehen, ob man es bis dorthin riecht. Wir können nahe am Wasser bleiben, dann verirren wir uns nicht.«

Stel prüfte den Wind, der recht schwach war. Er kam aus Nordwesten. Vielleicht war es angebracht, nachzusehen. Stel und Portain verließen die anderen und benachrichtigten den südlichen Posten. Sie waren erst ein paar hundert Armlängen gegangen, als Stel sagte: »Ich rieche überhaupt nichts. Der Nebel muß es aufschlucken. Vermutlich habe ich mir unnötig Sorgen gemacht.«

Er drehte sich um, prallte gegen Portain und packte sie bei den Schultern, um sein Gleichgewicht wiederzufinden. Die Schultern waren nackt. »Was?«

»Schon gut, Stel. Wir sind allein.« Sie ließ ihre Hände um seine Taille gleiten. »Wie ich schon sagte, du nimmst Ahroe nichts weg, was sie wirklich will. Leg wenigstens die Arme um mich!«

Stel war todmüde, aber sie war warm, und er ließ seine Hände um ihren Rücken gleiten – nichts als nackte Haut. Sie löste seinen Tunikagürtel, schob ihre Hände unter seine Tunika und strich in langsamen, leichten Bögen über seine Brust. Sie küßte ihn zart, dann legte sie ihre Hände um seinen Rücken und preßte ihren Mund fest an den seinen. Stel hatte Mühe, seine Gedanken zu sammeln. Woher hatte sie die Energie für so etwas? Er gab seine Zurückhaltung gegenüber ihrem Kuß auf, seine Hände sanken zu ihrer Taille hinunter, spürten aber keine Sommerkniehosen der Gardisten – nur weiche, schwellende Haut. Portain schmiegte sich an ihn, spürte, wie sich sein Glied regte; sie wich ein wenig zurück und lachte leise. »Warum zitterst du? In der Dunkelheit findet uns niemand. Nicht einmal Raydi. So. Und jetzt mach weiter. Ich bin sicher ...«

Von Norden krachte ein Gewehrschuß, dann drei weitere. Stel hörte aufgeregtes Schreien. Er schob Portain zur Seite und zischte leise: »Gütige Aven, Port. Zieh dich an! Das ist ein Angriff.« Er hastete im Dunkeln den Strand hinauf, stolperte und fiel hin, schürfte sich Nase und Hände auf, wälzte sich wieder auf die Beine und rannte weiter, schoß an dem Posten vorbei und sagte: »Portain kommt gleich. Was ist los?«

»Weiß nicht«, antwortete der Posten, aber da rollte das jetzt schon vertraute ›Rumm, Bumm‹ der Tantal-Raketen über das Wasser, und der Nebel im Osten leuchtete schwach auf. Die Projektile fielen ins Wasser.

Während der nächsten paar Sonnenbreiten herrschten Dunkelheit, ungezieltes Schießen und Verwirrung. Die Pelbar verstärkten ihren Verteidigungskreis und organisierten sich. Die Tantal wichen zurück. Niemand war verletzt worden, aber auf der Nordseite fand man drei Tantal-Leichen. Offenbar hatten die Tantal vorgehabt, der Küste zu folgen, sich zum Angriff zu formieren und auf den Morgen zu warten, bis sich der Nebel lichtete, weil sie annahmen, daß sich die Pelbar noch auf der Portage befanden. Beide Seiten waren so etwas überrumpelt worden. Aber im Nebel konnte keine viel tun.

Erve rief im Dunkeln leise nach Stel, und als der sich zu ihm vorgetastet hatte, sagte er: »Setz dich!«

Stel gehorchte. Er spürte, wie sich ihm die Haare aufstellten. Da war etwas passiert.

»Wir haben ein Problem. Raydi hat nach dir gesucht. Der Posten ließ sie über den Wachenkreis hinaus. Sie sagte, ihr wolltet nachsehen, ob man den Rauch riecht.«

»Das wollten wir auch. Nach Süden hin.«

»Sie ist nach Norden gegangen.«

»Was? Direkt in die Tantal hinein?«

»Sie ist nirgends zu finden. Wir haben eine Patrouille hinter ihr hergeschickt, die langsam vorrückte. Wir haben überall nachgesehen. Mehrere Leute haben sie dort draußen in der Dunkelheit schreien hören. Die Tantal haben sie, Stel.«

Stel war zumute wie einem Wasserschlauch, der plötzlich von einem Messer aufgestochen wird. »Ich muß sie holen«, sagte er, selbst überrascht von der Entschlossenheit in seiner Stimme.

»Wo, Stel? Wir würden dir helfen, wenn es eine Möglichkeit gäbe. Sie sind jetzt da draußen auf ihrem Schiff. Sie haben Kompasse. Sie können aufs offene Wasser hinausfahren und sich später darum kümmern, wo sie sind.«

»Wir können die ›Pusterich‹ nehmen.«

»Nein, Stel. Wir wissen, wofür die gedacht war. Sie sollte Verbindung aufnehmen. Ein Kampfboot ist sie nicht. Wir dürfen sie jetzt nicht verlieren.«

»Du meinst, ihr wollt mir nicht helfen?«

»Nicht ganz. Wir haben Befehle und einen Plan. Der gestattet nicht, daß wir das ganze Unternehmen ihretwegen opfern, Stel. Es tut mir leid. Aber so ist es nun einmal. Ich bin sicher, daß die Tantal jetzt in der Überzahl sind. Aus der

Flugbahn dieser Raketen wissen wir, daß sie von zwei Schiffen abgeschossen wurden. Das könnte bedeuten, daß sie weit mehr als hundert Mann haben.«

Stel stand auf und prallte wieder mit Portain zusammen, die direkt hinter ihm stand. Sie sagte nichts. Ein paar Augenblicke lang schwiegen sie beide. Dann meinte Stel: »Na gut. Ich sehe, daß ich ein Narr war, und das muß ich selbst verantworten. Ich werde sie zurückholen. Allein.« Er wandte sich zum Gehen. Zwei Gardisten, die wartend dastanden, packten ihn an den Armen, aber er wand sich unerwartet aus ihrem Griff und schüttelte sie ab. Einer jagte ihm nach und wollte ihn wieder fassen. Stel schlug ihm mit der offenen Hand seitlich gegen den Kopf und rannte auf den Strand zu. Niemand wagte, eine Fackel anzuzünden. Er fand das Wasser und stolperte daran entlang, bis er über ein Pfeilboot fiel. Das schob er ins Wasser, sprang hinein und ruderte wie wild in die Finsternis hinaus. Hinter sich hörte er Schreie. Sollten sie schreien. Er würde nicht ohne Raydi zurückkommen, koste es, was es wolle.

Aber nachdem er bis zur Erschöpfung gerudert hatte, merkte er, daß er nichts hörte. Eine Zeitlang ruderte er weiter und hielt immer wieder inne, hörte aber nichts. Sehen konnte er auch nichts. Er schwamm allein, in fast völliger Dunkelheit, schweigend und teilnahmslos, ohne Richtung, ohne Orientierung. Langsam beschlich ihn die Realität seiner Situation. Was für eine Ironie. Was immer Ahroe getan hatte oder nicht, empfunden oder nicht, nie wieder konnte er ihr mit einem Vorwurf oder mit Freude gegenübertreten.

Eine seltsame Entschlossenheit bemächtigte sich seiner. Er fuhr fort zu rudern und zu lauschen, ohne zu wissen, in welche Richtung er sich bewegte. Endlich überwältigten ihn Erschöpfung und Hoffnungslosigkeit, er legte das Paddel hin und saß vornübergebeugt da. Niemand war je ein so völliger Versager gewesen. Aber in diesem Gefühl flackerte ein kleiner Funken Entschlossenheit auf, erfaßte den Zunder des Zorns und der Weigerung, nachzugeben. Lange Zeit saß er da und dachte nach. Dann umfaßte er seine Knie und sagte laut: »Ich werde nicht ohne Raydi zurückkehren. Wenn ich bei dem Versuch, sie zurückzuholen, sterbe, dann sterbe ich eben. Wenn die Tantal ihr etwas antun, werde ich so viele von ihnen töten, bis ich selbst getötet werde. Ich werde vor nichts zurückschrecken, um sie wiederzubekommen. Ich werde ertragen, was ich ertragen muß. Ich werde mich nicht abweisen, zum Aufgeben überreden oder zwingen lassen. Das gelobe ich dir, Raydi, dir, Ahroe und, wenn DU existierst, auch DIR, Aven!«

Wie um ihn in seiner Hilflosigkeit noch weiter zu verspotten, überflutete ihn eine Welle völliger Erschöpfung. Er lauschte noch einmal, dann legte er sich im Boot nieder und schlief noch vor dem Morgen ein.

Die Sonne ging als verschwommen leuchtende Scheibe auf und verwandelte die ganze Küste des Bittermeeres in eine matte Perle formloser Helligkeit. Erve schickte Suchtrupps nach Norden und Süden aus und ließ seine Vorposten aufgestellt. Bei Sonnenhochstand hatte niemand Stel gefunden. Endlich ruderten Erve und Portain hinaus zur ›Tatkraft‹, wo Aintre Dailith pflegte. Die beiden setzten sich auf die Koje gegenüber und erzählten ihm, was geschehen war.

»Jetzt bleibt mir gar nichts anderes übrig, als gesund zu werden«, sagte er. »Ich muß doch die ›Pusterich‹ nach Iver hinauffahren.«

»So ungefähr, Dailith«, sagte Erve. »Dein Freund ist wirklich ein merkwürdiger Mensch. Da hinten hat er uns mit seiner Explosion gerettet. Jetzt fährt er einfach davon und läßt uns im Stich. Gar nicht wie ein Pelbar.«

»Nein«, sagte Dailith. »Er ist einer und auch wieder nicht. In mancher Beziehung ist er am ehesten von uns allen Pelbar. Es ist eine komische Vorstellung, wie er da draußen in seinem Pfeilboot sitzt und zwei Tantal-Schiffe jagt, die Raydi an Bord haben.« Alle verstummten. Dailith warf Portain einen schnellen Blick zu, aber sie wich ihm aus. Dailith lachte übermütig. Alle schauten zu ihm auf. »Eines weiß ich«, sagte er. »Die Tantal können sich auf Schwierigkeiten gefaßt machen. Wenn die Zeit kommt, wird Stel ihnen ein Zeichen aufdrücken, eine Narbe, die sie nie wieder loswerden.«

»Das ist nur Gerede«, sagte Erve.

»Nein«, widersprach Portain leise. »Ich weiß es. Er ist bei Nacht in diesen Fluß gesprungen, hat mich gefunden und mir aus seinem Mund Luft eingeblasen, bis man mich heraufholen konnte.« Sie schauderte. »Ich spüre es immer noch. Ich wußte, er würde mich da unten nie im Stich lassen, selbst wenn wir beide ertränken. Das spürte ich in seinen Händen und in seinem Mund. Er hatte einen Entschluß gefaßt. Und jetzt hat er sich wieder entschieden.« Unvermutet schlug sie die Hände vors Gesicht und weinte, mit zuckenden Schultern. Dailith legte seine Hand um ihren Unterarm.

Erve legte ihr die Hand auf die Schulter, erhob sich und blieb geduckt in der Kajüte stehen. »Nun, wie auch immer, wir müssen den Rest des Tages nützen, um hier herauszukommen.«

NEUN

Der Nebel lag über dem ganzen südlichen Teil des Bittermeeres. Stel sah sich mittendrin, als die Sonne aufging. Alles war verschwommen, richtungslos, verwirrend. War je ein Mensch von seiner eigenen Torheit so verhöhnt worden? Im Augenblick konnte Stel nichts tun. Erst war sein Zorn verflogen, dann seine Verzweiflung. Er hatte seinen Entschluß gefaßt. Einen Plan hatte er nicht. Wie er so zusammengesunken in dem schmalen Boot saß, gestand er sich ein, daß er geahnt hatte, warum Portain ihn an den Strand begleiten wollte. Er hatte Raydi keine Anweisungen hinterlassen, weil er vermutet hatte, sie würde sonst mitkommen wollen. Eine neue Welle von Selbstekel schwappte über ihn her.

Er begann den Inhalt des Bootes zu untersuchen. Die Gardisten von Iver hatten damit gefischt, und es enthielt sauber aufgerollte Angelleinen, einen kleinen Stoffbeutel mit Reisebrot, einen Ring mit Haken und ein Ködermesser. Stel wurde sich plötzlich seines nagenden Hungers bewußt, kaute an einem der runden Brotstücke und trank Wasser aus dem See. Der Nebel wogte weiter vorbei, langsam und formlos. Er beschloß zu fischen, mit Reisebrot als Köder, und ließ eine Leine träge über die Bootswand hängen.

Der Nebel wurde heller, verzog sich aber nicht. Schließlich spürte Stel das leichte Rucken, als ein Fisch am Köder knabberte. Er nahm die Leine zwischen Daumen und Zeigefinger und versuchte, den Haken einzusetzen, zog ihn aber tropfend und leer heraus. Weitere Versuche verliefen ebenso erfolglos. Schließlich wurde ihm klar, daß er seinen kleinen Essensvorrat als Köder vergeudete. Eine Zeitlang saß er untätig da, dann versuchte er es noch einmal.

Diesmal faßte der Haken, Stel spürte einen zappelnden

Körper und zog einen zuckenden Seebarsch ins Boot. Er nahm den Haken heraus, tötete den Fisch und nahm ihn aus; dann lag das Tier in seinem Schoß, glitschig und weiß. Sollte er es roh essen? Ihm drehte sich der Magen um. Er hob den Fisch an den Mund, aber bei dem Geruch, wiewohl er frisch war, wurde ihm übel. Vielleicht konnte er den Fisch als Köder verwenden. Und wenn er dann andere Fische fing? Würde er die essen? Warum dann nicht gleich diesen?

Er legte den Fisch in den Bug, wusch sich die Hände und versuchte dann, sich in dem schmalen Boot zurückzulegen. Seine breiten Schultern wurden von den Bootsrippen zusammengedrückt. Er richtete sich wieder auf und ließ sich nach vorne sinken. Dann begann er über seine Zwangslage zu lachen. Es war doch absurd. Das war das Leben, wie ein formloser Klumpen, von ungelenkten Kräften zusammengeballt und wieder ausgewaschen. Er versuchte wieder zu beten – aber zu wem? Aven schien ihm mehr eine Institution denn eine echte Gottheit zu sein. Er versuchte für Raydi zu beten, da sie, ein weibliches Wesen, ja für Aven voll akzeptabel war und, wie er annahm, noch immer an SIE glaubte. Aber das war lächerlich.

Als die Nebelhelligkeit schwächer wurde, beschloß er endlich, sich diejenigen Ideen aus der Pelbar-Theologie herauszusuchen, die er noch akzeptieren konnte: Daß Leben ein Muster und eine intelligente Führung haben mußte, obwohl doch das Chaos so offenbar zu sein schien. Daß Ethik, jene Eigenschaften, die im menschlichen Verhalten in Ehren gehalten wurden, wenn es sich an der Vorstellung von dem orientierte, was die Führung der Welt sein sollte, möglich, für den menschlichen Charakter erreichbar war. Er erinnerte sich an die Schlußfolgerungen, zu denen er im Gefängnis in den Bergen weit im Westen gelangt war, aber damals hatte er noch geglaubt, und das hatte ihm geholfen. Inzwischen wurde Raydi in dem Tantal-Schiff immer weiter fortgetragen. Was würden sie ihr wohl antun?

Bei diesem Gedanken spürte Stel hinter seinen Augen einen rotglühenden Hitzeschwall aufsteigen, und er schrie voll Verzweiflung auf. Der Schrei wurde vom Nebel ringsum verschluckt. Stel hörte sich sagen: »Aven, ich weiß nicht, ob DU wahr bist oder nicht, oder was von DIR wahr ist, aber DU mußt mir helfen. Nicht um meinetwillen. Ich betrachte mein Leben als vergeudet. Es geht um Raydi, die nach jeder gerechten Betrachtungsweise unschuldig ist.« Das Licht wich langsam aus dem Nebel und dem Wasser, und wieder befand sich Stel in fast völliger Finsternis. Irgendwie fühlte er sich jedoch ruhiger und fragte sich, ob das wohl die Ruhe völliger Verzweiflung war. Er lehnte sich gegen die Ruderbank, wieder eine sehr unbequeme Stellung, schlief aber ein.

Als er viel später erwachte und zum Himmel aufschaute, sah er die klaren Punkte von Sternen – ein ganzes Firmament voll. Ja, da war der Mattenweber, der Histo der Shumai, Setts funkelte blau. Ganz oben, schwach, aber scharf umrissen, glühte die Sternenkrone, jeder einzelne Stern hatte bei den Shumai einen Namen. Stel erinnerte sich an Odu, Ictu, Assu und Orau. Seine Augen schnellten zu den Zeigersternen im Norden und zum Nordstern, den die Leute aus der Kuppel Polaris nannten. Hoch oben standen auch die fünf Sterne der Pelbar-Fahne, Pells Sterne, die, wie sie gesagt hatte, Aven gehörten, die die Shumai aber als Wildgans sahen.

Plötzlich renkte sich Stels Welt wieder ein. Er drehte das Pfeilboot nach Süden. Er wollte an der Küste entlang bis zur anderen Seite des Bittermeeres rudern. Dann würde er sich über die Halbinsel und an der Südküste des östlichen Teils des Bittermeeres irgendwie seinen Weg nach Ginesh suchen, wo die Tantal lebten. Dorthin würden sie Raydi sicher bringen. Er wünschte ihr aus der Ferne Mut, stellte sich seinen Gedanken als Spatz vor, der zu ihr flog. Einen Wert würde sie für die Tantal haben – Information. Wieder stieg Zorn in Stel hoch, aber er drängte ihn zu einer dumpfen Entschlossenheit zurück. Er würde obsiegen – oder bei dem Versuch sterben.

ZEHN

Als Stel weit südlich der Portage die Küste des Bittermeeres erreichte, war er ausgehungert und erschöpft. Er watete durch einen Sumpf, fischte, machte ein Feuer und schlang seinen Fang hinunter. Er stellte sich auch einen Binsenkorb voll Erde ins Heck des Pfeilbootes, so klein es auch war, um beim Rudern kochen zu können; in dem Korb machte er aus Aststückchen und Zweigen ein sicheres Feuer.

Zehn Tage lang arbeitete er sich um den Südarm des Bittermeeres herum, weit die Westküste hinauf, er ruderte stetig, solange er konnte, ruhte sich aus, fischte, sammelte Knöchelwurz zum Braten, schärfte sein Kurzschwert und sein Ködermesser – und hatte dabei ständig das merkwürdige Gefühl, ziellos dahinzutreiben. Er wußte genug von der Geographie, um zu erkennen, daß er das Boot zurückgelassen und zu Fuß quer über eine Halbinsel nach Osten gehen mußte, aber er wollte so weit nach Norden fahren, daß er sicher sein konnte, das Bittermeer im Osten auch wiederzufinden.

Eines Nachmittags, als er ungefähr ein Viertel Ayas vor der Küste ruderte, fing er eine Nase voll Holzrauch auf. Er drehte sich um und bemerkte, daß sein eigenes, kleines Feuer ausgegangen war. Er beschattete seine Augen und suchte, gegen die Windrichtung schauend, die Küste ab. Er entdeckte eine hellgraue Säule, die aufstieg und vom leichten Wind auf ihn zugeblasen wurde. Da drehte er das Boot ein wenig nach Westen, wodurch er weiter hinausgetragen wurde, und arbeitete sich langsam nach Norden vor. Endlich sah er eine einzelne Gestalt vor einem Feuer knien. Die Gestalt stand auf. Es war eine junge Frau, allein in den Dünen. Mit einer geschickten Drehung seines Doppelpaddels wendete Stel sein Boot und ruderte langsam auf sie zu.

Als er auf halbe Entfernung heran war, erregte eine Bewegung weiter nördlich seine Aufmerksamkeit. Eine Gruppe von Männern trabte langsam den Strand entlang. Stel sah Waffen, dann Hüte mit dem Schabenwappen der Tantal. Der Strand machte eine Biegung. Die Frau konnte die Männer nicht sehen, und die Männer sie nicht. Stel ruderte weiter auf die Küste zu. Die Tantal waren jetzt wenig mehr als einen Viertel Ayas von ihr entfernt. Stel fühlte sich unbehaglich.

Er legte die Hände an den Mund, schrie: »Halloooo!« und zeigte den Strand hinauf auf die Männer, die gerade in Sicht kamen.

Die Frau fuhr hoch, schaute zu ihm hinaus, drehte dann den Kopf herum und erblickte die Männer, von denen zwei sich anschickten, auf sie zuzuspurten. Sie wollte weglaufen. Stel sah, daß sie stark hinkte. Er drehte das Boot parallel zu ihr und schrie: »Kannst du schwimmen? Komm heraus. Schnell!«

Sie drehte sich um, zögerte, rannte dann ins Wasser hinein und schwamm mit ungeschickten Bewegungen auf ihn zu. Stel setzte sein Ruder kräftig ein, und das flinke, kleine Boot schoß auf sie zu. Die Tantal näherten sich dem Wasser und begannen hineinzuwaten, als die Frau Stels Bug erreichte. Er fing an, rückwärts zu rudern und schrie ihr zu: »Häng dich an und trete! Trete fest!« Sie gehorchte. Die beiden Tantal schwammen schnell hinaus, aber Stel und das Mädchen gewannen einen Vorsprung. Die anderen, ingesamt sieben, blieben am Ufer stehen und legten Pfeile auf.

»Sie wollen vom Ufer aus schießen«, rief Stel langsam und deutlich, damit sie ihn verstand. »Wenn ich es sage, tauchst du unter und schwimmst unter dem Boot.« Ein Ausdruck panischer Angst zuckte über das Gesicht der Frau.

Die Pfeile schossen hoch, und als sie den höchsten Punkt ihrer Bahn erreichten, schrie Stel: »Jetzt, jetzt. Tauch unter!« Das Mädchen gehorchte und schwamm, wie Stel am Zug spürte, am Bootsboden entlang. Die Pfeile senkten sich und stürzten auf sie zu. Einer fuhr zwischen Stels Beinen in die Bootsbretter. Die Tantal hatten schon wieder neue aufgelegt, und ein zweiter Schwarm kam auf sie zugejagt.

»Bleib unter dem Bug und trete Wasser«, rief Stel und bewegte sein Ruder in schnellen, scharfen Schlägen. Alle Pfeile bis auf einen kamen zu kurz herunter. Der eine ritzte Stel die rechte Hand, als er ihn auf sich zukommen sah, sich ruckartig drehte und das Boot umkippte. Er tauchte darunter auf, warf es mit einer einzigen Bewegung hoch in die Luft und drehte es um. Dann schwamm er nach dem Ruder und warf es ins Boot. Der erste Tantal näherte sich mit schnellen Schwimmbewegungen.

Stel schaute nach dem Boot, dann nach dem Schwimmer und entschied sich schließlich für den Mann, er tauchte unter, schwamm auf ihn zu, und als sie zusammentrafen, zog er das Ködermesser aus seinem Gürtel. Der Tantal, der sich darauf konzentriert hatte, schnell zu schwimmen, war einen Augenblick lang verwirrt. Dann sah er Stel verschwinden und tauchte flach, direkt in das Messer hinein, das ihm in den Bauch gestoßen und dann nach oben gezogen wurde. Er schrie, würgte und versuchte hochzukommen, spürte wieder das Messer und brach keuchend und schreiend durch die Oberfläche. Stel wandte sich dem anderen Mann zu, kehrte dann aber um. Die Frau hatte sich ins Pfeilboot gerollt und begann mit aller Kraft wegzurudern. Stel steckte fast atemlos sein Messer ein und schwamm hinter ihr her, der zweite Tantal blieb ihm auf den Fersen und holte allmählich auf.

»Komm zurück!« schrie Stel. »Hilfe!«

Das Mädchen drehte sich um, zögerte, hörte dann zu rudern auf und wartete. Stel drehte den Kopf nach hinten und sah drei weitere Tantal heranschwimmen, die aber noch weit entfernt waren. Der Mann in der Nähe holte weiter auf, obwohl Stel so gleichmäßig und kraftvoll schwamm, wie er nur konnte. Schließlich sah er ein, daß er sich umdrehen und sich dem Mann stellen mußte. Der Tantal, ein kräftiger Kerl, schloß auf und keuchte: »So, du Dreckstück«, als das

Pfeilboot plötzlich zwischen sie schoß, und die Frau mit aller Kraft das Ruder schwang und es dem Mann auf den Kopf schlug. Er schüttelte es ab und faßte nach dem Boot, während Stel sich auf ihn stürzte und ihm das Messer unter dem Boot hindurch in den Leib stieß. Der Tantal stieß schreiend zurück und riß Stel den Unterarm auf. Die Frau schlug wieder zu, mit aller Kraft. Ein häßliches Knacken war zu hören, dann erschlaffte er.

»Du. Halt dich fest!« schrie sie und begann, nach Westen zu paddeln. Stel trat Wasser, obwohl er völlig erschöpft war. Bald wurden sie beide langsamer und waren ganz außer Atem.

Das Mädchen, denn Stel sah jetzt, daß sie nicht älter als sechzehn sein konnte, drehte sich um, beschattete ihre Augen und schaute zurück. »Sie haben aufgegeben, die schweinsnasigen Kaninchendärme.«

Stel hielt sich am Bug fest und lachte leise, während er seinen zerschnittenen Arm begutachtete. »Wie sieht ein schweinsnasiger Kaninchendarm aus?« fragte er keuchend. Er schaute zu ihr hinauf. Sie starrte auf ihn herunter. »Wir beide haben einen gemeinsamen Feind, junge Frau. Die Tantal. Ich bin Stel Westläufer aus Pelbarigan, ein Pelbar. Ich nehme an, du bist eine Peshtak.«

»Ja. Pelbar? Was hast du hier zu suchen? Wie geht es dir? Kannst du ins Boot kommen?«

Das Peshtak-Mädchen lehnte sich auf der anderen Seite hinaus, und Stel schwang sein Bein über das Dollbord und zog sich vorsichtig ins Boot. Von seinem Arm strömte mit Wasser vermischt Blut. Er band den Beutel mit dem Reisebrot von einer Ruderbank los, holte die Fischleinen und Köder heraus, rollte ihn zusammen und stopfte ihn in seine Achselhöhle, um die Blutung zum Stillstand zu bringen. Das Mädchen sah ihm zu.

»Deine Hand – sie blutet auch.«

Er schaute hin, aber es schien nur eine kleine Verletzung zu sein. »Das war ein Pfeil.«

»Woher weißt du, daß ich eine Peshtak bin?«

»Dein Dialekt. Wir hatten einen Gefangenen von euren westlichen Plünderern – Red. Ich habe mit ihm gesprochen. Er hat die A auch so flachgezogen wie du. Wie heißt du?«

»Dahn.« Sie lächelte ein wenig, und Stel sah, daß sie, obwohl zerlumpt, schmutzig und fast skeletthaft mager, von blühender Jugendfrische war.

Sie unterhielten sich, während die Sonne unterging und die Nacht das Wasser überschattete. Stel steckte ein Stück Fisch, das er in dem Beutel aufbewahrt hatte, als Köder an einen Haken und ließ ihn über die Seite hängen, während sie miteinander redeten.

Dahn war im letzten Sommer in die Hände der Tantal gefallen und seither immer in Ginesh gewesen – als Dienerin, sagte sie mit einem Zittern in der Stimme. Als sie schließlich hörte, daß man sie der Armee überlassen wollte, war sie geflohen. Seitdem hatte man sie gejagt, aber nicht, weil sie besonders wichtig gewesen wäre, sondern weil die Tantal gerne an jedem, der zu fliehen versuchte, ein Exempel statuierten. Gefangennahme bedeutete Folterung und Tod. Aber das war ihr egal. Sie war nach Westen gegangen, um die Suchpatrouillen zu täuschen, die damit rechneten, daß sie sich nach Süden in Richtung auf das Peshtak-Gebiet zu bewegte, aber ihr Plan hatte nicht funktioniert.

»Ich bin dir dankbar«, sagte sie. »Ich weiß, daß ihr Pelbar die Peshtak haßt, obwohl ihr uns von unserer Seuche geheilt habt. Aber wir können unseren Freunden gegenüber loyal sein, und ich schwöre dir jetzt bei den Göttern von Krieg und Frieden, daß ich es dir gegenüber sein werde.«

»Loyalität. Ich habe sie erlebt, so gesund, so fest, so dauerhaft – und dann wird sie plötzlich durchsichtig wie Wasser und beginnt sich zu verflüchtigen.«

Dahn schaute ihn verständnislos an.

»Aber ich bin dir dankbar für deinen Schwur. Er wird sicher solange halten, wie wir zusammen sind. Ich will nach Osten. Ich möchte dir das Boot geben und dich zu den Pelbar schicken. Es ist ein weiter Weg, aber in Threerivers sind Peshtak, und dort gibt es nirgends Tantal.«

»Du hast mir immer noch nicht erzählt, warum du mitten im Bittermeer herumschwimmst.«

Stel spürte einen Ruck an der Leine und zog einen ziemlich großen Seebarsch heraus. »Ich wünschte, wir hätten das Boot nicht umgekippt«, sagte er. »Den hier hätten wir prima kochen können.«

»Gib ihn mir nur«, sagte Dahn. Stel reichte ihr den Fisch und das Ködermesser und sah im Dämmerlicht zu, wie sie ihn geschickt ausnahm und schuppte, dann verschlang sie ihn roh. Als sie damit anfing, wendete Stel das Boot und begann im Dunkeln nach Süden zu rudern. Weit entfernt, an der Küste, leuchtete das Feuer der Tantal. Während sie langsam durchs Wasser glitten, erzählte Stel dem Mädchen von der Reise nach Norden, von der Portage, den Kämpfen und dem Verlust Raydis. Sie aß geräuschvoll, verschluckte sich zweimal an Gräten und verstummte dann.

Schließlich sagte Stel: »Ich glaube, wir können jetzt an Land gehen und ein paar Binsen schneiden. In dem Boot schläft es sich ungefähr so gut wie auf einem Holzstapel.« Aber Dahn war schon eingeschlafen und gab keine Antwort mehr. Sie lag in unbequemer, verdrehter Haltung über einer Ruderbank, die Beine gespreizt, so daß er dazwischen saß, einen Fuß mit einem Schnitt in der Ferse hatte sie auf seinem Knie liegen, den anderen ließ sie leicht ins Wasser hängen.

Stels Rippen schmerzten wieder, und sein Unterarm brannte. Er hätte gerne Nadel und Faden gehabt, um die Wunde zu nähen. Sie hatte fast aufgehört zu bluten, aber durch das Rudern klaffte sie wieder auf. Er erinnerte sich, wie Tor, der einarmige Shumai, gerudert hatte und versuchte es ihm nachzutun und den verletzten Arm möglichst stillzuhalten. Er blieb auf Südkurs und ruderte langsam weiter, während der Vollmond aufging und ein geisterhaftes Licht über das Wasser warf. Stel fragte sich, ob ihnen die Tantal wohl am Ufer folgten. Er kam zu dem Schluß, ein Grund für seinen leichten Sieg sei gewesen, daß sie müde waren. Er konnte sich jedoch nicht darauf verlassen, daß sie aufgeben würden. Er ruderte fast die ganze Nacht weiter und weckte schließlich vor der Dämmerung Dahn, indem er sie leicht am Bein rüttelte.

Sie wurde mit einem Ruck wach. »Papa?« fragte sie. »Ach. Du. Wo sind wir? Es ist fast Morgen. Stel? Stel war doch dein Name?«

»Ich möchte jetzt an Land gehen. Wir werden uns einen neuen Feuerkorb machen, dann kannst du auf dem Boot kochen. Ich gebe dir das Ködermesser. Wir sammeln ein wenig Gras, damit du im Boot schlafen kannst. Ich zeige dir, wie du fahren mußt, um die Portage zu finden. Ich wollte, ich könnte dich hinbringen, aber ich habe gelobt, meine Tochter zu suchen.«

»Ich komme schon zurecht.« Sie beugte sich über die Seite und schlabberte Wasser wie ein Tanwolf, dann wusch sie sich die Hände. »Suche nach einer Frau namens Suffis – Sufy für ihre Freunde, wenn du nach Ginesh kommst. Sie ist eine Peshtak-Sklavin. Sie wird dir helfen. Und du wirst ihr helfen. So. Jetzt ruhst du dich aus. Ich rudere uns an Land.«

Sie nahm das Ruder, und Stel lehnte sich, todmüde plötzlich, zurück. Der Mond ging gerade unter, als sie leise ans Ufer wateten. Stel schnitt mit seinem Kurzschwert Dünengras und legte es auf den Boden des Bootes, während Dahn Binsen für einen Feuerkorb schnitt. Dabei fing sie auch acht Frösche und richtete die Schenkel zum Kochen her. Als es heller wurde, war das winzige Boot für ihren Aufbruch bereit.

»Fahr langsam! Halte dich ziemlich nahe am Ufer! Diese Boote kippen manchmal leicht. Bleib gesund! Koch, was du ißt! Wenn du nach Threerivers kommst, wirst du wahrscheinlich eine Frau namens Ahroe kennenlernen. Sag ihr, daß ich Raydi nach Hause bringe. Sag ihr … – nein das reicht. Ahroe. Vergiß es nicht!«

Stel schnitzte einen Stock flach und kratzte darauf mit der Spitze seines Kurzschwerts die Worte: ›Kümmert euch um diese junge Frau, ihr Name ist Dahn. Sorgt dafür, daß sie nach Threerivers und zu den Peshtak dort kommt. Gerechtigkeit und Ehre hängen davon ab. Stel Westläufer aus Pelbarigan.‹

»Was steht da?«

Stel las es ihr vor. »Binde es am Boot fest für den Fall, daß du umkippst oder so!« sagte er. Er schaute sie an. Sie gab den Blick zurück. Er lächelte. »Nun«, sagte er, »möchte ich dich zum Abschied küssen, junge Frau.« Sie umarmten sich, und sie drückte ihn heftig an sich. »Iß unterwegs auch Knöchelwurz«, sagte Stel. »Du bist nur Haut und Knochen.«

Dahn löste sich weinend von ihm, dann nahm sie das Ködermesser, schnitt sich in den Daumen und drückte ihn gegen den Schnitt an Stels Hand. Stel quetschte die Wunde, damit auch sicher Blut herauskam und sich mit dem ihren vermischte. »Jetzt bist du ein Peshtak«, sagte sie. Das hielt Stel für einen zweifelhaften Vorzug – aber er lächelte wieder und schob sie dann sanft zum Boot. Sie stieg ein, und er watete mit hinaus und gab ihm einen Stoß.

Dahn ruderte vom Ufer weg, und Stel stieg auf die Düne, um ihr nachzusehen, vorher hielt er auf allen Seiten nach Tantal Ausschau. Er sah keine. Sie wurde kleiner, wendete dann weit draußen das Boot und schaute zu ihm zurück. Er winkte. Sie wendete wieder und ruderte weiter, klein und allein. Der Mut der Notwendigkeit, dachte Stel, während er sie beobachtete – aber das war mehr. Es war Verzweiflung, gemischt mit Anmut. Es war die Jugend, die sich ganz allein hinauswagte, und er war ganz Vater und sah zu. Als dieser Gedanke plötzlich in ihm aufstieg, erstickte er fast wieder an seinem Leid.

Er schnitt Dünengras auf dem Hügel, um die Tantal zu verwirren, ging dann damit zum Wasser zurück und watete hinein, wandte sich wieder nach Süden und watete durch die Untiefen zu einer schmalen Bucht. Dann ging er einen ganzen Viertel Ayas zurück, bis er den Wald erreichte, wo man seine Spuren nur schwer verfolgen konnte. Schließlich machte er sich in langsamem Trab auf den Weg nach Osten, todmüde, mit schmerzenden Rippen und brennenden Wunden lief er volle sieben Ayas, bis er einen Sumpf fand.

Er watete hinein, kämpfte sich zu einer großen Insel vor, wo er sich niederlegte, um auszuruhen, und dachte: »Ich bin für so etwas zu alt. Ich sollte zu Hause sein und mit Holz oder Eisen arbeiten.«

Ein flaumiger Specht, der sich schnell an Stels Anwesenheit gewöhnt hatte, klopfte über ihm an einem Baum. Stel grub sich zwischen die Blätter, schlief ein und erwachte erst, als die Sonne fast schon unterging.

Stel blieb drei Tage lang auf der Insel, machte einen Kurzbogen und fünf Pfeile, ruhte sich aus, ließ seinen Arm heilen, fischte, fing Kaninchen und Frösche. Feuer machte er nur bei Sonnenhochstand, und auch dann kein großes.

Während dieser Zeit fanden, obwohl er es nicht wußte, die Tantal seine Spuren am Ufer und zeichneten nach, was geschehen war. »So. Da haben wir den Pelbar wieder etwas heimzuzahlen. Sie haben das Drecksmädchen mitgenommen«, sagte der Anführer.

»Bist du sicher, daß es Pelbar waren?«

»Das war eines von ihren stinkenden kleinen Booten. Habe ich sie nicht vor ihrer beschissenen neuen Kolonie gesehen? Na, wir kehren besser um und erstatten Bericht.«

»Man wird nicht begeistert sein.«

Der Anführer gab dem jungen Mann eins um die Ohren. »Meinst du, das weiß ich nicht ganz genau? Wir gehen wieder nach Norden bis zum Querpfad.« Der jüngere Mann hatte das Gefühl, daß bei alledem etwas nicht stimmte. Er blickte sich um, aber die anderen waren bald aufbruchbereit, und so gingen sie los, im Schritt zuerst, dann im Trab am Ufer entlang, zurück nach Norden.

Kurz darauf machte sich Stel auf den Weg nach Osten, durch den Wald und die Prärie der zentralen Halbinsel des Bittermeeres. Durch die Ruhe waren sowohl sein Mut wie seine Angst gestiegen, und er lief und ging schnell durch das bewaldete Gebiet.

Etwa zu der Zeit, als er den östlichen Rand der Halbinsel

erreichte, brachte weit entfernt in Threerivers ein Gardist Ahroe einen Funkspruch:

Aintre ist in Nordwall, mit einem Pfeilboot zurückgekehrt. Die S.S. ›Tatkraft‹ ist nach Iver am Bittermeer gefahren. Sie wurde an der Portage von den Tantal angegriffen – zwei Spionageschiffe. Wir siegten mit einigen Verlusten, darunter auch Sawf und Gowen. Bei einem späteren Angriff wurde Raydi von den Tantal entführt. Stel nahm ein Pfeilboot und folgte ihnen hinaus auf das Bittermeer. Seither hat ihn niemand mehr gesehen. Die ›Tatkraft‹ funktioniert gut. Möge Aven uns schützen und uns helfen, das zu ertragen. Niemand weiß, ob er tot ist, auch von Raydi ist nichts bekannt. Sagan, Prot.

Ahroe las die Botschaft wieder und immer wieder. Bald sollte eine Morgensitzung beginnen, aber sie wußte nicht einmal, ob sie fähig war, teilzunehmen, geschweige denn, den Vorsitz zu führen, bis ein Sitzungsleiter bestimmt war. Sie wollte die Botschaft auch Garet nicht zeigen. Er würde Stel nur weiter verurteilen. Sie schaute in den kleinen Wasserspiegel neben der Tür, strich sich das Haar glatt, setzte eine gelassene Miene auf und ging dann die frisch gekieste Straße zum Sitzungssaal hinunter. Desdaan, der Sentani, blieb weiter vorne stehen und wartete auf sie.

»Ahroe? Bist du bereit? Ich bin nicht sicher, wie die Seen auf eine allgemeine Währung reagieren werden, bis sie die Vorteile sehen, aber mit der Zeit sind sie vielleicht mit dem zentralen Gerichtshof für bestimmte Urteile einverstanden, vorausgesetzt, er zieht herum. Aber ich sehe schon, daß uns das diesen Sommer endlose Diskussionen über Wochen hin kosten wird. Wir haben schon untereinander den ganzen Winter über ausführlich darüber gesprochen.«

»Nun, das werden wir sehen.«

»Ich weiß, die Emeri wohnen so weit weg, daß ihre Teilnahme fast akademisch ist, aber trotzdem finde ich, daß sie weniger an sich selbst interessiert sein könnten.«

»Ja.«

»Ach, Garet, hast du ein schönes, kräftiges Sentani-Mädchen gefunden, das dich von der Arbeit ablenken kann?«

»Mutter. Was ist los?«

»Viel zu tun, Garet.«

»Es ist Stel, nicht wahr? Das Boot ist gesunken. Er ist verletzt. Die Tantal.«

»Frieden.«

»Ich verstehe nicht«, sagte Desdaan. Ahroe reichte ihm den Funkspruch. Er las ihn langsam, seine Lippen spannten sich. Dann schaute er Ahroe an, die Tränen in den Augen hatte. »Du brauchst nicht zu der Sitzung zu gehen. Das kann auch jemand anderes tun.«

»Es ist meine Pflicht. Ich gehe hin.«

»Was ist denn?« fragte Garet gereizt. »Es geht ihm doch gut?«

Ahroe ging weg, ohne zu antworten, Desdaan blieb zögernd zwischen beiden stehen. Die Botschaft hatte er immer noch in der Hand. Er schaute Ahroe nach, reichte dann die Botschaft Garet und eilte hinter ihr her. Der junge Gardist las sie mehrmals, wie vorher seine Mutter. Dann schlug er sich mit der Faust auf den Schenkel. »Zum Teufel mit ihm, zum Teufel mit ihm!« sagte er laut. Ihm war, als bekomme er keine Luft mehr. Er stellte sich vor, wie sein Vater blöde in einem Pfeilboot vom Land wegruderte, bis er es nicht mehr sah, voll unpraktischem Mut. Scharf durchfuhren ihn Mitleid und Angst. Aber was war mit Raydi? Er hatte es geschafft, Raydi an die Tantal zu verlieren. Garet geriet fast außer sich bei dem Gedanken, wie schrecklich das alles war. Er drehte sich um und ging zu seiner Mutter, die er an der Tür des Sitzungssaales stehen sah. Sie sprach gerade mit Desdaan.

»Es ist noch nicht vorbei, Desdaan. Du kennst Stel nicht. Raydi macht mir Kummer. Aber Stel? Nun, ganz gleich, was mit ihm geschieht, er wird sich nicht einfach hinlegen und sich von den Tantal abschlachten lassen. Ich wünschte, ich könnte hin.« Dann schaute sie zu ihm auf. »Ich habe mein Versprechen gegeben, weißt du. Ganz gleich, wie ich inzwischen empfinde. Wenn ich es zurücknehme, muß ich es in aller Form tun. Und nicht zu einer solchen Zeit.«

»Du liebst ihn immer noch, nicht wahr?«

»Jetzt noch?« Sie verstummte. »Ich bin an ihn gewöhnt. Er wurde ... Ja. Ich glaube, ich liebe ihn wirklich noch, obwohl ich es vergessen hatte. Aber jetzt werde ich das alles beiseiteschieben und diese Sitzung leiten.«

ELF

Stel hatte im Osten der großen Halbinsel wieder das Bittermeer erreicht und trabte südlich davon durch die Wälder, ständig wurde er unruhiger, denn er wußte, daß er sich Ginesh näherte. Gelegentlich führten Spuren durch die Wälder, aber er mied sie. Trotzdem zog er sich, als er spürte, daß da jemand war, wenn auch unsichtbar, ins Gebüsch zurück, hockte sich nieder und hielt sich völlig still. Schließlich kehrten die kleinen Vögel zurück, aber eine Spottdrossel störte ihn mit ihrem Jammern, das deutlich gegen ihn gerichtet war. Es war, als würde ein Horn geblasen.

Nach einiger Zeit hörte er im Norden ein leises Rascheln, dann noch einmal. War es näher gekommen? Stel beschloß, nicht zu warten, sondern rannte nach Süden, brach krachend durch den Wald. Hinter ihm erhob sich Geschrei. Es breitete sich fächerförmig aus. Glücklicherweise rannte er auf das offene Ende des Stimmenbogens zu. Er drehte sich nicht um, und als er durch Büsche und Bäume hetzte, schienen die Stimmen nicht näher zu kommen. Er hoffte, niemand würde aufs Geratewohl einen Pfeil abschießen.

Das Laufen strengte Stel allmählich an, und er begann zu keuchen. Er hoffte, daß auch die Kräfte seiner Verfolger nachließen. Leider schienen sie näher zu kommen. Er erreichte eine Anhöhe und schaute mit wilden Blicken hinauf, nicht sicher, ob er seine Geschwindigkeit halten konnte. Er rannte weiter, fand aber das Gelände merkwürdig. Die kahlen Bodenstellen schienen hier mit dickem Rost überzogen. Die Bäume hingen dicht und düster da, und überall schienen sich Ranken herauszuschlängeln.

Stel hörte einen Schrei hinter sich, weiter entfernt. Er wagte einen schnellen Blick nach hinten und sah zwei Männer am Fuß des Hügels stehen. Es waren Peshtak. Er blieb mit wogendem Brustkorb ebenfalls stehen.

Dann drehte er sich um und winkte, fernes, höhnisches Gelächter antwortete ihm. Warum folgten sie ihm nicht? Lag es an der Stelle hier? Es mußte wohl so sein. Er berührte das Strahlungswarngerät an seinem Hals. Es hatte kein Signal gegeben. Aber die Gegend war sonderbar. Stel beschloß, sich mit den Peshtak auf kein Risiko einzulassen, sondern weiterzulaufen. Er drehte sich um und trabte den Hügel hinauf, lief aber nicht schneller, als es sein Atem zuließ.

Als er die Hügelkuppe erreichte, schaute er durch die dichten Pflanzen und sah ein paar Lichtpunkte. Vor ihm ging es den Hügel hinunter, und als er schnell durch die Bäume schlüpfte, sah er vor sich einen See mit einer wallförmigen Insel in der Mitte – das Wasser hatte im Durchmesser wohl mehr als einen halben Ayas, es war grünlich, totenstill, von Hügeln umgeben, mit bräunlichem Schleim und glänzenden Wasserlinsen bedeckt. Zwei große Reiher stiegen auf, als er sich näherte, und flatterten schwerfällig zur Insel hinüber. Was war das für ein Ort? Warum wollten ihm die Peshtak hierher nicht folgen?

Er kletterte auf eine große, überhängende Schierlingstanne, stieg über die unteren, toten Äste zu den dichten, lebendigen, ließ sich dann auf einem davon nieder und lehnte sich gegen den Stamm. Das war keine leere Stelle voller Strahlungsgift. Mehrere solche hatte er im Westen und an der Kuppel gesehen, und er wußte, daß diese rostigen Stellen hier etwas anderes waren. Vielleicht war das der Krater eines riesigen Meteors aus der Zeit des Feuers.

Der See lag faulig und totenstill unter ihm. Eine Wasserschlange glitt durchs Wasser, und mehrere Ochsenfrösche saßen am Ufer. Strahlung konnten sie doch sicher nicht aushalten.

Stel horchte nach hinten, ob die Peshtak kamen, und beschloß, sich auszuruhen und sich die verseuchte Szenerie unter sich anzusehen. Aber fast ein Viertel des Quadranten vor Sonnenhochstand hatte er noch nichts gehört, also rutschte er den Stamm hinunter, legte einen Pfeil auf und schoß einen Ochsenfrosch. Er watete in den Weiher hinein, um ihn zu holen, suchte das Ufer nach einem zweiten ab und brachte seinen Fang an Land. Bald hatte er vier, dann schoß er noch einen, der sich zappelnd und tretend ziemlich weit auf die dicke, überwucherte Wasserfläche hinausgerettet hatte. Stel legte seine Tunika und seine Hosen ab und watete hinaus, bald sank er bis an die Schultern ein und bereute das Unternehmen.

Er packte den Pfeil am rückwärtigen Ende, watete ans Ufer und kniete nieder, um die Froschschenkel abzuhäuten. Pflanzen und Algen begannen an ihm zu trocknen, und er warf seine Leibbinde und die Laufstiefel ab und hängte sie zum Trocknen an einen Busch. Es roch nach Rauch. Als er sich umdrehte, sah er einen seiner Stiefel schwelen, dann schoß eine kleine Flamme hoch. Er erstickte sie mit Erde, aber als er die wieder wegnahm, stieg die Flamme von neuem auf – in hellen Hitzepunkten. Stel lehnte sich zurück und beobachtete das Feuer. Es brannte bald nieder und erlosch.

Eolyn hatte ihnen ein Element namens Phosphor gezeigt, das sich so verhielt, wenn es der Luft ausgesetzt wurde, aber das fand man nur in Verbindungen. Stel nahm einen Stock, watete wieder in das schleimige Wasser hinaus und kratzte mit dem Stockende ein wenig Schlamm zusammen, den brachte er mit zurück und breitete ihn am Ufer aus. Wieder nichts. Da nahm er seinen Stock, zerdrückte die großen Klumpen und strich sie auseinander. Endlich begann ein kleiner Knoten zu rauchen. Nachdem er in blendende Helligkeit ausgebrochen war, setzte Stel damit ein Grasbüschel in Brand und zündete sein Kochfeuer an. Dann aß er seine Froschschenkel und lehnte sich zurück, um über diese sonderbare Umgebung nachzudenken.

Die Sonne wanderte allmählich nach Westen, und er wurde unruhig. Er klopfte den Schmutz von seinen Kleidern, zog sich an, trabte um das stehende Gewässer herum und auf der gegenüberliegenden Seite hügelan. Als der Tag zu Ende ging, tastete er sich vorsichtig den Osthang hinunter und in den Wald hinein. Gegen Abend rutschte er durch eine Lichtung und wich dabei den Spalten mit trockenem Laub sorgfältig aus, als plötzlich ein junger Baum nach oben schnellte. Stel verfing sich darin und wurde mit hochgerissen. Er hing kopfüber in einem Netz, das fest um seine Knöchel lag und in dem er bis zu den Schultern eingeschnürt war. Als er sich von seinem Schreck erholt hatte, zappelte er, um sein Kurzschwert freizubekommen, aber er war noch nicht sehr weit damit, als er leise Schritte hörte und unter sich sieben Peshtak sah; sie marschierten auf der Zimmerdecke der Welt auf ihn zu.

Einer, eindeutig der Anführer, kam ganz nahe heran. Ihre Augen befanden sich fast auf gleicher Höhe. »Na, was haben wir denn da?«

»Einen Apfel?« fragte Stel.

Ein schneller, harter Schlag traf ihn quer über das Gesicht. »So. Ehe wir ein paar spitze Äste heißmachen und dein schweinisches Fleisch damit nähen, wer bist du?«

»Du brauchst doch nur zu fragen. Ich bin Stel Westläufer aus Pelbarigan. Ich will nach Ginesh, um dort eine Peshtak-Frau zu treffen, eine Sklavin, die Suffis heißt.«

»Tötet diese vorlaute Schweineschnauze.«

»Viel zu gut. Leiden soll er! Vergeßt nicht, was sie mit ...«

»Später. Frag ihn, was ...«

»Warte mal. Hat er nicht gesagt, er kennt Suffis? Was ist er ...«

»Zur Hölle mit Sufy! Er ist ein Pelbar. Diese Schlangenhäute haben uns endlose ...«

»Sie haben uns von der Seuche geheilt. Doch. Du weißt es. Sie ...«

»Da ist etwas«, flüsterte Stel.

»Was?«

»Ich habe ein Geräusch gehört.«

Sofort erstarrten die Peshtak, verschmolzen dann mit der dichter werdenden Finsternis und ließen Stel kopfüber hängen. Dunkelheit sickerte durch den dichten Blätterbaldachin vom Himmel herab. Stel arbeitete lautlos, bis er endlich sein Kurzschwert aus der Scheide bekam. Ein nörgelnder Vogel war, nicht weit entfernt, in den Büschen zu hören. Das war sicher ein Peshtak. Dann rief ein zweiter, als sei er gerade aufgewacht, nur ein paar Piepser. Eine Pfeillänge weit nach Westen zerriß ein plötzliches Kreischen die schweigende Dämmerung. Stel sägte langsamer. War da vor ihm ein Schatten? Sein Arm kam frei. Der Mann strich an ihm vorbei, und als er etwas spürte, drehte er sich um und sagte: »Waaaaa ...« Stel holte mit seinem Kurzschwert aus und zog es dem Mann über das Gesicht. Der schrie.

Plötzlich erhob sich ringsum Gebrüll und Gekreisch. Stel sägte wie ein Wilder an seinem Netz, und auf einmal stürzte er befreit zu Boden. Etwas raste auf ihn los. Er wich aus, schwang sein Kurzschwert in einem weiten Bogen und traf auch.

Der Mann sprang wieder auf ihn zu, aber Stel war zur Seite ausgewichen, und als der andere mit einem langen, gekrümmten Schwert nach unten hieb, fuhr ihm Stels kurzes in die Seite. Der Mann schrie. Stel wollte wegrennen, konnte aber nur undeutliche, kämpfende Schatten sehen. Er tastete sich an den Rand des ständig unterbrochenen, verwirrenden Kampfes vor.

Von ferne ertönte ein Horn. Fast sofort packte ihn ein Arm, und jemand knurrte: »Komm mit, Pelbar!« Stel hielt mitten im Streich inne und stolperte hinter dem Mann durch das Gebüsch.

Bald glitten sie in einer Reihe hintereinander einen Pfad entlang. Hinter ihnen ertönte wieder ein Horn, und aus geringer Entfernung antwortete ein anderes. Die Peshtak steigerten ihr Tempo, und einer hinter Stel gab ihm einen Stoß in den Rücken und flüsterte: »Jetzt komm schon! Beweg deine Hufe, Schweinsbart.«

Wie sie sehen konnten, wußte Stel nicht. Er stolperte ständig. Der Mann hinter ihm drängte, stieß und fluchte. Stel merkte, daß sie nach Süden gingen und daß der Boden leicht anstieg. Endlich überwanden sie eine Bergkuppe und hielten an, alle hockten sich nieder und lauschten hinter sich.

Stel hörte leises Gelächter. »Die haben wir abgehängt. Na, Pelbar, dem Truppführer der Tantal hast du schön eine reingehauen. Dem Fischbauch. Dem näht keiner mehr die Fresse zusammen.«

»Ist auch nicht nötig.«

»Truppführer?« fragte Stel.

»Nur ein Trupp auf Suchpatrouille. Hatten sie nicht erwartet. Die Hunde werden nervös. Noch mehr Schwierigkeiten. Seit ihr dieses große Treffen laufen habt, lassen die Tantal ihre Wut an uns aus. Zum Teufel mit euch! Warum laßt ihr uns nicht in Ruhe?«

Stel mußte sich anstrengen, um ihn zu verstehen. Die Peshtak schienen die Worte herauszufauchen – nur Konsonanten, kaum Vokalklang. Glücklicherweise hatte er mit Red und Dahn gesprochen. »Ich? Ich würde euch liebend gern in Ruhe lassen. Würde Welten darum geben, wenn ich Welten hätte. Ich mußte herkommen. Die Tantal haben meine Tochter.«

»Tochter?« Stel hörte Gelächter von mehreren Seiten.

»Das können sie gut«, fügte eine neue Stimme aus der Dunkelheit hinzu.

»Sie ist erst sieben«, sagte Stel.

»Macht nichts, Schweinsbart. Das ist ihnen das größte Vergnügen.«

Stel schauderte. Sein Kiefer verkrampfte sich unwillkürlich. »Kennt ihr ein Mädchen namens Dahn?« fragte er.

»Hat er Dahn gesagt?« zischte eine Stimme.

»Ja, Dahn.«

»Was ist mit ihr?«

»Wie? Ach so. Ich habe sie am Bittermeer getroffen. Man hat sie gejagt. Ich habe sie in mein Boot geholt, und wir haben zwei von denen getötet. Ich ...«

»Wo ist sie jetzt?«

»Auf dem Weg zur Portage in einem Pelbar-Pfeilboot,

hoffe ich. In meinem. Ich habe ihr erklärt, wie sie den Heart hinunterkommt. Dort in Threerivers gibt es Peshtak.«

»Threerivers? Die Stadt, die über unseren Köpfen eingestürzt ist?«

»Dort treffen sich die Leute, um die Heart-Fluß-Föderation zu bilden.«

»Schon wieder. Wir werden uns nie anschließen.«

»Wie hat sie ausgesehen? Ging es ihr gut?«

»Wer?«

»Dahn, Schweinsbart.«

»Ach so. Mager wie ein Skelett. Aber recht kräftig. Sie kommt schon durch. Sobald sie einmal an der Portage vorbei ist.«

»Was ist das für eine Portage?«

Stel erzählte ihnen ausführlich von der Portage, dem Kanal, den die Tantal schon vor Jahren bei ihrer Invasion des Heart benutzt hatten. Er sprach von der Siedlung Iver und der Notwendigkeit, sie zu verteidigen. Dann berichtete er ihnen von dem Zusammenstoß mit den Tantal und dem Verlust Raydis. Es dauerte lange. Stel mußte langsam sprechen, um verstanden zu werden. Häufig legten sie Pausen ein, um in die Dunkelheit zu lauschen.

Endlich sagte der Anführer: »Nun, sie haben eine Peshtak verloren und eine Pelbar bekommen, die verfluchten Bastarde.«

»Ich werde sie zurückholen. Das schwöre ich. Nichts wird mich aufhalten oder mich dazu bringen, bei dem Versuch nicht zu sterben. Ich weiß nicht, ob ihr mir helfen wollt, aber ich bin euch dankbar, wenn ihr es tut.«

Schweigen folgte. Dann sagte die Stimme eines älteren Mannes: »Du stehst nackt im Winterwind, Pelbar.«

»Vielleicht. Aber ich lasse mich nicht aufhalten, abschrekken, hindern oder durch Worte abbringen.«

»Was immer das heißen mag. Jedenfalls müssen wir jetzt weiter. Morgen früh sind sie sicher auf diesem stinkenden Pfad.«

Bis tief in die Nacht hinein gingen sie nach Süden weiter,

verließen schließlich den Pfad, bogen nach Osten ab und kamen auf einen anderen. Ein junger Mann, der schwer verletzt worden war, begann zu taumeln. Man baute eine Bahre, und vier Männer trugen ihn, schimpfend zwar, aber doch recht bereitwillig. Stel bewunderte ihre Ausdauer und die Geschicklichkeit, mit der sie sich fast lautlos durch die Dunkelheit bewegten. Er allein schien mehr Lärm zu machen als alle anderen zusammen.

Endlich erstiegen sie eine kleine Anhöhe, blieben stehen und flöteten einen Eulenruf, der bald von Osten her beantwortet wurde. Sie überquerten einen Bergkamm und stiegen in eine Lichtung hinunter. Weitere Peshtak erwarteten sie, und sie sanken nieder, um sich auszuruhen und zu essen.

Stel spürte, wie sie ihn beobachteten. Er schliff einfach in aller Ruhe sein Kurzschwert, kaute Trockenfleisch und schlenderte dann hinüber zu einem alten Mann in einem sonderbaren Umhang, der sich mit dem verletzten jungen Mann beschäftigte. Der Junge hatte eine lange Wunde abbekommen, die sich über seinen Arm und an einer Seite hinunterzog. Immer noch sickerte Blut heraus. Er war abgehärmt und bleich. Stel sah, wie der Alte eine Schnur um den Oberarm wickelte und sie durch Drehen anzog. Stel war verlegen, sagte aber schließlich: »Das solltest du nicht tun. Er könnte seinen Arm verlieren.«

Der Mann drehte sich wütend um. »Pelschwein! Weg mit dir! Fort! Du hast Glück, daß wir dich nicht an einen Baum nageln und verfaulen lassen.«

Stel wich keinen Schritt zurück, sondern musterte den Mann kalt, unbeeindruckt an seinem Trockenfleisch kauend. Er spuckte aus, dann sagte er: »Du solltest seine Seite mit abgekochtem Wasser waschen. Erspart ihm später viele Schwierigkeiten.« Er blickte auf den Verletzten hinunter und sah Unruhe in dessen Gesicht, seine Augen schnellten von einem Mann zum anderen.

»Packt ihn!« schrie der Alte. Mehrere Männer traten auf Stel zu.

Er wußte nicht, was er tun sollte. Da hob er die rechte

Hand und sagte: »Was immer ihr tut, ihr tut es mit einem Blutsverwandten. Dahn und ich haben unser Blut vermischt.«

Er sah, wie zwei der Männer zögerten, derjenige aber, der den Trupp angeführt hatte, auf den Stel im Wald gestoßen war, ging weiter auf ihn zu. Er machte einem zweiten mit dem Kopf ein Zeichen und faßte Stel am Arm. Der zweite Mann nahm den anderen Arm. Sie führten Stel quer über die Lichtung zum Kochfeuer und dann weiter. Mehrere andere folgten.

Der Truppführer drehte ihn um und sah ihn an. »Hör zu, Schweinsbart! Du kannst ihm keine Belehrungen erteilen. Er flickt schon länger verletzte Peshtak zusammen, als du auf der Welt bist. Wegen Dahn, und weil du vielleicht den Tantal ein paar Stiche versetzen könntest, werde ich dir im Augenblick mal noch nichts tun. Aber mach uns keine Schwierigkeiten! Bloß nicht!«

»Auf diese Weise verliert der Junge seinen Arm. Die Versorgung des ganzen Arms wird abgeschnitten. Sieh zu, ob du ihn davon abbringen kannst, dann soll nur jemand seine Hände auf die Wunde drücken, fest, bis sie zu bluten aufhört. Auf diese Weise bekommmt der restliche Arm ausreichend Blut. Und er kümmert sich überhaupt nicht darum, irgend etwas sauberzumachen. Gütige Aven, Mann. Ihr müßt ein paar Leute dafür ausbilden.«

Der Mann schaute Stel prüfend an, sah aber nichts als bescheidene Besorgnis. Er drehte sich wieder um und blickte über das Lager zu dem Grüppchen von Menschen, die sich über den Verletzten beugten. »Kannst du nichts tun?« fragte Stel. Die Kaumuskeln des Mannes zuckten. »Legt ihn auch flach! Lockert seine Kleider! Gebt ihm Fleisch und Fleischbrühe! Er muß sein Blut zurückbekommen.«

Der Mann schaute seine Gefährten an. Dann sagte er: »Wir machen das auf unsere Art. Halt du dich da raus! Ruhe dich aus, dann bringen wir dich zurück und zeigen dir, wie du in die Stadt kommst. Danach bist du auf dich allein gestellt.«

Stel fuhr sich mit der Hand über die Augen. Auch er schaute über das Lager hin. »Er stirbt vielleicht«, sagte er.

»Was kümmert das dich, du Schweinsbart?« fragte ein anderer Mann.

»Ich habe einen Sohn ungefähr in seinem Alter. Jungen verdienen das Beste, was wir ihnen geben können. Er hat es ohnehin schwer genug. Aber ich will euch nicht weiter drängen. Entschuldigt. Aber es tut weh. Ich kann es kaum ertragen.«

»Wir können es noch viel weher tun lassen, Schweinsbart.«

»Ich heiße Stel.« Er streckte die Hände gerade nach der Seite aus, die Geste der Pelbar für Resignation. »Ich überlasse es euch«, sagte er zum Truppführer. »Kann ich irgendwo schlafen?«

»Wo du willst«, sagte der Truppführer. »Ich heiße Hesit. Ich kannte Dahn flüchtig. Ich bin dir dankbar, daß du sie gerettet hast, aber ich verstehe nicht, warum du sie ins Pelbar-Gebiet geschickt hast – oder warum sie gegangen ist.«

»Sie war recht froh. Sie wollte weg. Hoffentlich geht alles gut. Dort ist sie in Sicherheit. Und auch besser dran. Keine Angst. Irgendwann kommt sie schon wieder nach Hause – und dann hat sie Leute kennengelernt, die Hunderte von Ayas aus dem Westen und Süden gekommen sind.«

»Schlaf da drüben, Pelbar«, sagte Hesit und zeigte auf einen Rauchkringel, der aus einem zweiten Lager aufstieg. »Effis, Ench, packt ihn an den Armen und bringt ihn hinüber – wegen des Alten, Pelbar. Er schaut her.« Der Mann ließ die Arme sinken und drehte sich um.

Stel ließ sich wegführen, während der alte Mann von der anderen Seite des Lagers her Verwünschungen rief. Allmählich machte sich seine Erschöpfung bemerkbar. »Ich bin langsam zu alt, um in der Dunkelheit herumzurennen und mit dem Kopf nach unten zu hängen«, sagte er zu niemandem im besonderen. Die beiden Peshtak geleiteten ihn schweigend einen Weg entlang zu einem kleinen Lager mit einer primitiven, mit Rinde gedeckten Hütte und einem schwelenden Feuer.

»Bleib hier!« sagte Effis. Er hielt inne. »Wird ihm der alte Mann schaden? Wirklich?«

Stel nahm seinen Arm und zeigte darauf. »Hier. Das ist die Röhre, die Blut in den ganzen Arm speist. Die Wunde ist hier drüben. Sie blutet noch, weil sie lang und tief ist, aber das Blut wird gerinnen, wenn er nur ruhig liegenbleiben kann. Und wir können die Wunde nähen. Wenn man sie so abbindet, kommt das Blut nur bis hierher. Der Arm beginnt abzusterben. Aber wenn du auf die Wunde drückst oder, falls das nicht geht, direkt hierher, dann schließt du diese Gefäße, aber der Rest des Armes bekommt trotzdem Blut.«

Die beiden schauten ihn an. Es war deutlich zu erkennen, daß sie nicht genau wußten, was er meinte. »Na, ruh deine alten Knochen aus, Pelbar«, sagte Effis. Sie drehten sich um und gingen. Stel ließ sich neben dem Feuer niedersinken, rutschte hin und her, bis er bequem lag, und begann einzunicken. Eine alte Frau kam aus der Hütte und starrte ihn an. Er winkte ihr lässig zu, drehte sich um, legte sein Schwert unter sich und schlief ein.

Er hatte nicht lange geschlafen, dachte er, als er eine Hand spürte, die ihn leicht am Arm rüttelte. Es war Effis. »Wir können es auf deine Art nicht zum Stillstand bringen«, sagte er. Stel setzte sich auf und rieb sich die Augen. Neben ihm lag der junge Mann auf seiner Bahre. Hesit beugte sich über ihn. Stel ging hin und kniete neben ihm nieder. Der Verletzte zwinkerte nervös.

»Du brauchst keine Angst zu haben«, sagte Stel. »Du wirst schon wieder gesund.«

Der Verletzte schaute zu ihm herüber, und Stel sah, daß er sich bemühte, die Vorstellung, er fürchte sich, verächtlich abzutun. Aber überzeugend wirkte er nicht.

Stel legte eine Zeitlang ein Polster unter den Arm des Mannes, kochte etwas Schnur aus, wusch die Wunde aus und nähte sie, wobei der Patient vor Schmerzen Grimassen schnitt. Stel gab ihm einen abgeschälten Stock, auf den er während der Prozedur beißen konnte. Es wurde Brühe gebracht, die der Verletzte trank, dann Eintopf. Stel kniete lange neben ihm, nachdem die Blutung nachgelassen und schließlich aufgehört hatte, Hesit kniete ihm gegenüber. Wieder versuchte Stel zu beten und entdeckte von neuem, daß er zu verwirrt war. Der Puls des Verletzten schien unter seinen Fingern zu flattern und schwächer zu werden. Sein Atem ging schnell und flach. Stel blickte zu Hesit auf, der ihn anstarrte.

»Er muß am Leben bleiben«, sagte Hesit.

»Ich weiß.«

»Auch um deinetwillen.«

»Das dachte ich mir schon. Du mußt jetzt still sein. Ich werde für ihn beten.«

»Ist das alles, was du kannst? Das kann Edis, der Seher, auch.«

»Der alte Mann? Vielleicht. Ich werde es versuchen.«

»Dann bist du also ein Seher?«

»Nein.« Stel war einen Augenblick lang verblüfft. »Nein. Aber alle Pelbar beten.«

»Hat es eine Wirkung?«

Plötzlich wurde Stel alles klar. Der Alte wußte, was vorging und hätte es ganz gerne gesehen, daß der Verletzte starb, weil er sich verachtet fühlte. »Na gut«, sagte Stel. »Geh zu dem Alten und danke ihm für seine hilfreiche Arbeit an dem Jungen! Lobe ihn! Sag ihm, alles sei in Ordnung, und das sei sein Verdienst! Den Rest überlaß nur mir!«

Hesit schaute ihn zunächst verblüfft, dann prüfend an. »Das würde er nicht tun, die verfaulte Schlange«, sagte er.

»Vielleicht nicht. Wir können uns nicht auf Spekulationen einlassen. Wir müssen einfach seinen Geist ablenken.«

Hesit erhob sich und ging. Im Gegensatz zu dem, was Stel soeben gespürt hatte, empfand er Aven als ungeheure Erleichterung, frei von menschlichem Kampf und Stolz, und er drückte seine Handballen gegen die Augen und sprach ein Dankgebet dafür. Nach einiger Zeit hörte er Hesit zurückkommen, rührte sich aber nicht.

»Noch Brühe«, sagte der junge Mann.

Stel hörte, wie Hesit aufstand, um welche zu holen. Er selbst hatte gerade eine nebelhafte, aber doch von Licht durchflutete Vision, ein mattes, aber durchdringendes Licht, vielleicht ein Widerschein des Vertrauens, an das er gewöhnt war. Er sprach die Pelbar-Hymnen so versunken vor sich hin, daß er, als er schließlich die Augen öffnete, überrascht war, wo er sich befand. Hesit war wieder da, und der junge Mann schaute zu ihm auf, das Gesicht ein wenig eingesunken, aber ruhig.

Er machte ein etwas erschrockenes Gesicht. »Ich habe mit Ath geredet. Er sagt, du mußt der Stel sein, der durch das Gebiet der Shumai ins trockene Land im Westen gereist ist. Der Stel, der die Kuppel öffnete, um die Menschen aus alten Zeiten herauszuholen.«

»Ja.«

»Dann bist du ein Gott.«

»Nein. Ich bin nur ein Mensch. Es gibt nur einen Gott.«

»Du bist vor uns an die feurige Stelle geflohen und zurückgekehrt.«

»Das ist nicht gefährlich. Ihr könnt auch hingehen. Es ist keine leere Stelle. Von denen habe ich schon einige gesehen. Hier gibt es keine Strahlung – keinen unsichtbaren Tod. Da ist nur ein Meteor heruntergestürzt, glaube ich – ein großer Stein vom Himmel. Die Leute in der Kuppel sagen, ein großer Meteorschauer hätte die Alten davon überzeugt, daß jemand seine schrecklichen Waffen ausgelöst hätte, und daraufhin schickten sie auch ihre eigenen los, sie flogen über ganz Urstadge und noch weiter und töteten fast alle.«

»Aber die Feuer. Wir haben gehört ...«

»Ich glaube, das ist Phosphor. Nur ein paar Körnchen hie und da, dick verkrustet mit etwas, das sie am Brennen hindert oder mit anderen Stoffen verbunden. Wir haben in Pelbarigan Phosphor hergestellt – jedenfalls Eolyn, die Frau aus der Kuppel. Ich habe ihn brennen sehen.«

Hesit machte ein erschrockenes Gesicht. Stel fügte hinzu: »Ihr solltet nach Pelbarigan kommen. Die Leute aus der

Kuppel haben uns diese Dinge gelehrt – ›Chemie‹ nennen sie es. Gehen die Tantal jemals an diese … diese feurige Stelle?«

»Nein. Nur dahin, wo die böse Quelle herausfließt.«

»Die böse Quelle?«

»Sie dampft zu allen Jahreszeiten und hinterläßt da, wo sie fließt, eine gelbe Kruste.«

»Aha. Und die sammeln die Tantal zweifellos auf.«

»Woher weißt du das?«

»Es ist ein Teil des Sprengstaubs, den sie gegen Nordwall verwendet haben – und jetzt in ihren Sprengstoffen. Die Leute aus der Kuppel nennen es Schwefel. Der Meteor muß unten im Felsen eine Spalte eröffnet haben, durch die die Quelle herauskommt. Ich überlege. Vielleicht können wir es auch verwenden. Gegen sie.«

Hesit schien noch immer beunruhigt. »Der Alte«, fragte Stel. »Was ist er? Habt ihr viele wie ihn?«

»Nicht viele. Er ist ein Seher. Man darf sich ihm nicht widersetzen. Jeder, der das tut, stirbt. Ich habe es schon erlebt. Er besitzt die Macht der Stürme und kann verfluchen. Ich habe jetzt Angst um dich, weil du so über ihn gesprochen hast. Das verzeiht er nicht so leicht.«

»Was könnte ihn zum Verzeihen bewegen?«

»Bei uns ein Geschenk. Ein großes Geschenk.«

»Meine Geschenke habe ich alle zu Hause«, überlegte Stel. »Ist er heimtückisch? Würde er sich mit den Tantal gegen mich zusammentun?«

Hesits Augen flammten auf. »Niemals! Das darfst du nicht denken! Die Tantal sind gegen seine Verwünschungen gefeit, und darüber ist er wütend. Aber wir sind es nicht. Über uns hat er Macht.«

»Dann fürchtest du ihn?«

»Ja. Das tun alle vernünftigen Leute. Er besitzt im Geist die Macht der Stürme.«

»Aha. Ja. Ich habe keine Geschenke bei mir, also muß ich mich wohl selbst gegen ihn wehren.«

Hesit schaute zweifelnd drein. Stel blickte zu dem jungen

Mann hinunter. »Deinen Namen weiß ich noch nicht. Ich heiße Stel.«

»Aspar.«

»Er ist mein Neffe«, sagte Hesit.

»Ich muß jetzt schlafen«, erklärte Stel. »Aber ich will nicht hier im Lager schlafen. Wie die Dinge liegen, möchte ich mich am liebsten so weit entfernen, daß der Alte mich nicht mehr bemerkt.«

»Die Macht der Stürme wird dich suchen. Das wird dir nichts nützen.«

»Nein. Natürlich nicht. Aber ich werde einen Schild aus Kristallmusik aufstellen, den sie nicht durchdringen kann.«

Hesit wurde sichtlich ängstlich. »Kein Grund zur Sorge.« Stel stand lächelnd auf. »Komm! Kannst du mir einen Schlafplatz ein Stück weiter entfernt suchen? Wir müssen uns wieder treffen, nachdem wir uns ausgeruht haben.«

»Hast du das auch von den schlangenfressenden Leuten aus der Kuppel gelernt – einen Schild aus Kristallmusik aufzustellen?«

»Nein. Von den Geistlichen Avens.«

Hesit führte Stel zu einer kleinen, tassenförmigen Lichtung, volle zwei Ayas entfernt. Sie kamen überein, daß er am nächsten Morgen zurückkehren sollte. Stel war todmüde, aber um Hesit zu beruhigen, nahm er einen Ast und zeichnete einen großen Kreis in die Blätter, in dessen Mitte er sich niederlegte und dabei einen Kinderreim der Pelbar sang. Dann wandte er sich Hesit zu und sagte: »Ich bin hier, wenn du zurückkommst.« Hesit machte ein skeptisches Gesicht, ging aber ohne Kommentar.

Stel saß lange Zeit in dem Kreis. Die Feindseligkeiten mit den Peshtak hatten die Menschen vom Heart-Fluß bewogen, sie als grausamen, haßerfüllten Stamm zu meiden. Die Heilung der Peshtak-Seuche, die mit Hilfe Royals, des Arztes aus der Kuppel, gelungen war*, hatte die traditionelle Feind-

---

* Siehe »Der Fall der Muschel«, 4. Roman des Pelbar-Zyklus, HEYNE SCIENCE FICTION & FANTASY, Band 06/4154

seligkeit beiseitegeräumt. Aber die Beziehungen waren immer noch gespannt, und außer bei der Heart-Fluß-Konferenz kam es nicht sehr häufig zu Treffen mit ihnen. Jetzt bekam Stel einen tieferen Einblick in das Verhalten dieser Gruppe. Der Alte war offensichtlich ein geübter Hypnotiseur und ein Schamane dazu. Die Gesellschaft schien erfüllt von Angst und Aberglauben, da sie diesen Sehern Glauben schenkte und Macht einräumte. Stel fühlte sich unbehaglich. Er hatte nicht direkt Angst, liebte aber als typischer Pelbar die geistige Unabhängigkeit genug, um beunruhigt zu sein.

Er hoffte, seine improvisierten Rituale würden den Peshtak davon überzeugen, daß er in Sicherheit war. Inzwischen wollte er Hesits Lichtung verlassen und sich einen anderen Schlafplatz suchen. Als er sich schließlich niederlegte, fühlte er sich verwirrt und unruhig. Vielleicht war es die Erschöpfung. Er wandte die Pelbar-Techniken zur Abwehr von Angst an – Konzentration auf bekannte Fakten, Wiederholung vertrauter Gebete. Er wurde schläfrig, und mit der Schläfrigkeit schwollen die irrationalen Ängste an. Er bemühte sich mit aller Kraft, wachzubleiben. Es war, als kratze jemand am Eingang zu seinem Geist, suche einen Weg hinein. Nach Einbruch der Nacht schien sich das Kratzen zu einem Hämmern zu steigern, einem aufkommenden Sturm, der gegen sein Denken wütete. Die Vernunft kämpfte gegen den Schlaf an, wurde aber offenbar überwältigt.

Endlich sprang Stel auf und stieß einen gequälten Schrei aus; der Gedanke an Raydis Not verstärkte seine Verzweiflung noch. Er dachte an sie, an die Reise nach Norden, wie sie ihren Fisch hochgehalten hatte, wie sie gehorsam den Fluß überquerte, um zu schlafen, während er fortging, um gegen die Tantal zu kämpfen. Liebe zu ihr überflutete seine Gedanken, und damit Entschlossenheit. Er setzte sich, ein wenig erleichtert, dann sonderbar ruhig. Die Ordnung der Pelbar schien seine Gedanken wieder zurechtzurücken. Er sah allmählich ein, daß die ethischen Grundsätze Avens offensichtlich doch Gültigkeit hatten, und seine Probleme mit den geschlechtsbezogenen Vorstellungen schienen unterzugehen in der aufwallenden Dankbarkeit für die Gerechtigkeit und Nachsicht der Pelbar. Er wußte, daß der alte Hypnotiseur besiegt war, und daß er jetzt schlafen konnte. Der Wind über ihm stöhnte leise in den jungen Blättern. Dann schien die Nacht nur einen Augenblick zu dauern.

Am Morgen fand Hesit Stel ruhig in seinem Kreis sitzen und warten. Der Peshtak schien überrascht. »Alles in Ordnung«, sagte Stel. »Ich habe viel erfahren. Jetzt habe ich Hunger. Ist es möglich, erst zu essen und dann nach Ginesh zu gehen?«

»Das ist möglich. Es wird einige Zeit dauern. Du mußt dir deinen Kopf kahlscheren. Komm. Ich erkläre es dir!« Er schaute Stel wieder prüfend an. Stel sah, daß seine Hand zitterte. »Du wirst mir nichts tun?«

»Es ist mir nicht möglich, irgend jemandem nur mit meinem Willen etwas anzutun. Ich würde dir keinen Schaden zufügen, auch wenn ich es könnte. Schau! Ich bin derselbe Stel wie gestern. Ich bin kein Geist. Der Alte hat sich sehr angestrengt, und ich habe entdeckt, daß es den Schild aus Kristallmusik tatsächlich gibt.«

»Was hast du denn getan? Er hat fast die ganze Nacht gesungen. Dabei wurde er immer hektischer und zorniger. Du bist ein Gott. Ich habe Angst.«

»Kein Grund dazu. Aber wenn wir Freunde werden und das alles hier überstehen, müssen wir, glaube ich, gemeinsam viel lernen. Viel.«

ZWÖLF

Im Konferenzsaal in Threerivers schwebten die Staubflusen. Ahroe führte noch den Vorsitz, während ein Abgeordneter der Atherer die Doppelfunktion von deren Föderationssystem beschrieb. Späte Sonnenstrahlen fielen durch die langen Fenster. Ahroe sah, wie Aintre in den Raum schlüpfte und sich hinten hinsetzte. Sie fing den Blick der jungen Gardistin auf, aber Aintre schenkte ihr kein Lächeln des Erkennens.

Ahroe hörte nicht mehr viel von der Rede, so wichtig sie auch war, und führte den Vorsitz bei der folgenden Diskussion nur mit starker Willensanstrengung. Endlich klopften die Sentani-Offiziere mit ihren Schwertgriffen auf den Boden, um für diesen Tag die Sitzungspause zu verkünden, und die Abgeordneten standen auf, streckten sich, plauderten miteinander und verließen den holzgetäfelten Saal. Aintre blieb hinten sitzen und Ahroe vorne an ihrem Pult. Desdaan wollte gehen, zögerte dann an der Tür und schlenderte wieder zurück. Als die Abgeordneten draußen waren, trat auch Garet ein.

»Aintre, du bist gekommen«, sagte Ahroe.

»Die Protektorin wollte es, Leiterin der Garde.«

»Aha. Du hast also keine neuen Nachrichten?«

»Nur die, die ich schon kannte, als du den Funkspruch erhalten hast.«

»Was war dann die Absicht der Protektorin?«

»Darüber wage ich nichts zu sagen, Leiterin der Garde. Sie hat mich gebeten, dir Stels Flöte zu bringen, sie dachte vielleicht, du möchtest sie haben. Wenn nicht, bringe ich sie gerne nach Pelbarigan zurück.«

»Stels Flöte?« Ahroe streckte die Hand aus, und Aintre erhob sich und brachte sie ihr nach vorne.

»Man fand sie am Morgen nach seinem Aufbruch nahe der Küste im Wasser treibend, Leiterin der Garde.«

»Setz dich bitte, Aintre! Du mußt mir alles erzählen, was du weißt.«

»Ich glaube, ich habe schon alles erzählt, Leiterin der Garde. Vielleicht sollte ich noch betonen, was vielleicht in der Botschaft an dich nicht erwähnt wurde: daß im wesentlichen Stel mit seiner über Funk ausgelösten Explosion den ersten Angriff der Tantal beendete. Ohne dies hätten wir viel mehr Leute verloren. Wir hätten vielleicht alle verloren – oder wenigstens so viele, daß auch die ›Pusterich‹ verloren gewesen wäre.«

»Die ›Pusterich‹?«

»Die ›Tatkraft‹. Stel hat das Boot so genannt.«

»Ach so. Ja.« Ahroe hörte auf, die Flöte in den Händen hin- und herzudrehen und legte sie auf den vorderen Tisch. »Die hat er auf dem Weg nach Westen gemacht. Er hat sie sogar unabsichtlich einem riesigen Mannsbild namens Boldar ins Auge gestoßen, um mich zu retten. Obwohl er damals gar nicht wußte, daß ich es war. Das war in der Stadt Cull.« Ahroes Stimme klang geistesabwesend und versonnen. »Seltsam. Jetzt sind die Pendler hier bei uns – von so weit her. Und sie vertreten auch die Ursprünglichen von Cull, die damals ihre Feinde waren. Alles scheint sich zu verändern und neu zu ordnen.«

»Manches, Leiterin der Garde.«

»So. Und was nicht, Aintre?«

»Das ist schwer zu sagen. Bei manchen Menschen Teile des Charakters. Stels Zuneigung zu Raydi zum Beispiel.«

»Aber nicht zu mir, meinst du?«

»Das zu sagen kommt mir nicht zu, Leiterin der Garde. Ich habe vor unserer Reise nie so sehr auf ihn geachtet. Aber die kurze Zeit mit ihm werde ich nie vergessen. Er hat etwas an sich ...«

»Etwas?«

Desdaan war in den vorderen Teil des Raums geschlendert, nahm jetzt Stels Flöte in die Hand und betrachtete sie.

»Für dich habe ich sie nicht hergebracht, Sentani, sondern für die Leiterin der Garde«, sagte Aintre mit ruhiger, aber unheildrohender Stimme.

»Das muß wohl Ahroe bestimmen«, entgegnete Desdaan lächelnd.

Aintre stand plötzlich auf. »Ja, sie würde sie dir geben, nicht wahr? Dann nimm sie doch! Spiel für sie darauf! Ich bin sicher, sie wäre entzückt.« Aintre drehte sich auf dem Absatz um und ging mit schnellen Schritten den Mittelgang des Saales hinunter.

Ahroe erhob sich. »Ich habe dich noch nicht entlassen, Gardistin.« Aintre schenkte ihr keine Beachtung, sondern ging weiter. Garet versperrte die Türöffnung.

»Die Leiterin der Garde hat dir einen Befehl gegeben«, sagte er.

Aintre duckte sich, ergriff seinen Arm und wollte ihn werfen, aber er war schneller, drehte ihr den Arm hinter den Rücken und packte sie von hinten an den Haaren.

Aintre kreischte. »Du bist der letzte Abschaum. Deine Mutter lebt mit diesem Stück Dreck zusammen, und du schützt sie noch. Du Schwein! Du Schlange!«

Aufgebracht stieß Garet sie mit dem Gesicht gegen die Wand, riß ihren Kopf zurück und drosch ihn noch einmal dagegen. Er schaute sie an und hielt inne. Aintre schrie vor Schmerz. Ein Gardist stürzte herein, zog sein Kurzschwert und hielt es Garet an den Hals. »Halt ein, Gardist!« sagte er. »Und jetzt zurück!« Garet gehorchte willenlos.

Er ließ Aintre los, die weinend auf dem Boden zusammensackte, die Hände vors Gesicht geschlagen. Ahroe kam den Mittelgang herunter. »Bring ihn in Arrest, Gardist!« sagte sie. »Dann soll ein anderer Gardist Aintre ins Lazarett bringen. Desdaan, ich glaube, du gehst jetzt besser. Die Flöte hier behalte ich im Augenblick wohl lieber selbst.«

»Im Augenblick. Bis heute abend, meinst du. Und Stel hat sich solche Sorgen um dich gemacht. Es ist zu ... es ist zu ...« Aintre begann in ihre blutigen Hände zu weinen. Der Gardist stand erstaunt daneben und sah zu.

»Geh jetzt!« sagte Ahroe. »Das erledige ich schon.«

Als sie allein waren, legte Ahroe die Hand auf Aintres Schulter, aber die jüngere Frau schüttelte sie ab und schmierte dabei Blut auf Ahroes Handgelenk. »Rühr mich nicht an!«

»Wer hat dir das alles erzählt – diese Lügen?«

»Jeder weiß es. Und ich habe es soeben gesehen. Geh weg!«

Ahroe wich zurück und dachte nach. »Und Stel glaubt das also auch?«

Aintre gab keine Antwort. Sie setzte sich auf und versuchte, sich das Gesicht an der Tunika abzuwischen.

»Ich nehme an, du willst dir von mir nicht helfen lassen?« fragte Ahroe.

»Niemals!«

»Du hast dich also in Stel verliebt. Liebt er dich denn auch?«

Aintre stand mühsam auf und sah Ahroe zornig an, Blut lief ihr in Strömen aus der Nase. »Nein. Mich nicht. Aber wenn ich die Chance hätte, würde ich es tun – wenn er mich haben wollte. Er ist mehr wert als zwanzig von euch. Er ist ...«

Zwei Gardisten traten ein und faßten Aintre an den Armen. »Willst du Anklage erheben, Leiterin der Garde?«

»Nein. Keine Anklage. Sie soll sich erst beruhigen. Dann bringt sie ins Lazarett. Morgen schickt ihr sie nach Pelbarigan zurück. Ich will sie nicht mehr sehen. Garet soll heute abend aufbrechen. Er ist für ein Jahr vom Dienst suspendiert. Gebt ihm ein Pfeilboot! Ihn will ich auch nicht mehr sehen.«

Die beiden Gardisten blickten sie entsetzt an. Sie wirkte merkwürdig ruhig. Nachdem sie fort waren, ging sie wieder in den vorderen Teil des Raumes und setzte sich. Sie klopfte mit der Flöte auf ihr Knie und starrte an die Wand. Was hatte Stel getan? Aintre hatte das ›mich‹ betont. Dann hatte Stel also jemand anderen geliebt? Ahroe konnte es kaum glauben. Vielleicht war es auch nicht mehr wichtig. Vielleicht war er tot. Und vielleicht dachte er wirklich, daß sie und Desdaan ... Aber hatte sie nicht allen Leuten Grund gegeben, das zu denken?

Stel schien so weit weg mit seiner Flöte, seinem Boot, seinen Wortspielen, seinen Leidenschaften und seiner Genauigkeit, seinen plötzlichen Einfällen und seinem Erfindungsreichtum, seinen vogelschnellen Reaktionen. Desdaan schien so sehr ein Teil der neuen, diplomatischen Welt, in die man sie hineingestoßen hatte. Die Hilfe des Sentani war für sie von höchster Wichtigkeit gewesen. Vor einiger Zeit hatte sie sich selbst eingestanden, daß sie sich in ihn verliebt hatte, daß sie sich nicht vorstellen konnte, wieder in dem Häuschen zu leben, das Stel gebaut hatte – nach alledem. Aber wenn so viele dachten, sie hätte schon ... Sogar sich selbst gegenüber zögerte Ahroe.

Sie hatte Aintre nach Raydi fragen wollen, aber dafür war es zu spät. Es war inzwischen fast dunkel im Raum. Hier, mitten im langsamen, aber stetigen Fortschritt, dachte Ahroe, haben sich die Schatten gesammelt und mich fast eingeschlossen. Ein plötzliches Erinnerungsbild zeigte ihr Desdaan mit Stels Flöte in der Hand. Das hatte Aintre in Wut versetzt – völlig untypisch für sie. Sie hielt die Flöte in den Händen, aber jetzt war es zu dunkel, um sie zu sehen.

Nach einiger Zeit tastete sich Ahroe aus dem Saal und ging langsam die Kiesstraße zum Haus der Pelbar-Gardisten hinunter, wo sie ihr Zimmer hatte, klein, schlicht und einfach. Ein vorübergehender Gardist salutierte flott, und sie erwiderte die förmliche Geste. Was hatte das zu bedeuten? Sie war sich nicht sicher.

Sie trat durch die Tür und tastete sich durch den äußeren Raum zu einem Stuhl nahe am Fenster, dann setzte sie sich schwerfällig. Sie fühlte sich tief beleidigt. Immer wieder schlugen Aintres Worte wie Fäuste auf sie ein. Sie machte eine Entdeckung nach der anderen, und jede kam wie ein neuer Schock, besonders, weil sie das alles vorher hätte sehen müssen.

Wie hatte sich in Aintre, die doch fortgewesen war, soviel

Wut ansammeln können? Sicher deshalb, weil sie mit Stel so lange beisammengewesen war und ihn mit der Zeit irgendwie bewundert hatte; weil sie ihn mit dem Bild verglich, das man allgemein von ihr hatte – der Leiterin der Garde, die untreu geworden war.

Ein weiterer Schock war, bis zu welchem Grade sie selbst sich so verhalten hatte, daß dieser Eindruck entstehen konnte. Sie war nicht tatsächlich untreu gewesen, aber … aber manchmal wünschte sie es sich. Sie hatte sich auf Desdaan verlassen. Bei vier Anlässen hatte er den Rat der drei Sentani-Gruppen angeführt, alles organisiert und den Vorsitz innegehabt. Er besaß ein Gefühl für politische Organisation. Mit der Zeit hatte er begonnen, sie zu lieben. Das spürte sie. Er sah sie auch als Freiwild und war nur zu bereit, sich in ihre Zuneigung einzuschleichen, ungeachtet der Tatsache, daß sie verheiratet war. Nun ja, er war kein Pelbar. Und welche Rolle spielte sie dabei? Ihre Rechtschaffenheit als Pelbar hielt sie zurück, aber sie wußte, daß sie ihn ermutigt, oder wenigstens keine klare Linie gezogen hatte. Sie schienen ineinander ein Versprechen für eine gemeinsame Zukunft zu sehen. Stel war irgendwie so sehr zu einem Menschen aus ihrer Vergangenheit geworden, eine Rückkehr zu den alten Abenteurertagen.

Wie unaussprechlich nahe sie sich gewesen waren. Sie überlegte, was er wohl von ihr dachte, und erkannte plötzlich, daß er gespürt hatte, wie sie sich von ihm entfernte, er hatte gelitten, hatte mit sich gerungen, um ihr zu gestatten, sich frei zu entscheiden – aber seine eigenen Interessen waren durchgebrochen, wie in ihren letzten, gemeinsamen Tagen. Das war typisch für Stel. Er liebte sie, aber er wollte nur das Band der Liebe, keine leere Loyalität.

Jetzt hatte Aintre betont, wie Stel an jenem Tag mit einer Explosion den Sieg herbeigeführt hatte – etwas völlig Neues. Ahroe hatte ihn nie als Helden gesehen. Das war typisch für Stel: Ihm war sofort eine Idee gekommen – und die hatte er ausgeführt. Es hatte funktioniert. Aber dem war viel Nachdenken vorausgegangen. Ein typischer Held würde er nie sein. Er war zu bescheiden, zu verspielt. Er steckte so voller Gegensätze – anscheinend wollte er nichts Besonderes außer ... außer seiner Familie. Einen Augenblick lang wünschte sich Ahroe, keine Verbindung zur Föderation zu haben, zu Hause zu sein und Dienst in der Garde zu tun. Nein. Die Pelbar akzeptierten Pflichten, besonders, wenn sie die erforderlichen Fähigkeiten hatten.

Ahroes Gedanken wanderten zu Garet zurück. Sie schauderte, wenn sie an seinen Zorn dachte, daran, wie er Aintre mißhandelt hatte. Was war mit ihm geschehen? Als Kind war er so liebenswert gewesen. Sicher war er – Ahroe spürte etwas, das sie eigentlich verstehen sollte, aber sie kam nicht dahinter, was es war. Warum war er so wütend auf Stel? Stel war bis zu einem gewissen Punkt geduldig gewesen, dann hatte er einfach einen Schnitt gemacht. Und jetzt war Garet nach Pelbarigan entlassen und befand sich irgendwo am dunklen Fluß, wo er auf den Morgen wartete, nachdem man ihm die Gardistenabzeichen von der Brust seiner Tunika gerissen hatte.

Ahroe merkte, daß sie vor Kälte ganz steif war, und stand auf, um sich einen Wetterumhang für die Schultern zu holen. Eine Zeitlang lehnte sie am Fensterbrett und schaute hinaus. Der Mond war im Abnehmen begriffen. Es war weit nach Mitternacht. Sie dachte an Aintre, die verletzt im Lazarett lag, zweifellos unter Bewachung, und spürte die Aufrichtigkeit der jungen Frau als neuen Schock – endlich hatte ihr jemand geradeheraus gesagt, was viele dachten. Und dafür war sie mißhandelt worden. Ahroe stöhnte und legte den Kopf in die Hände.

Unvermittelt drehte sie sich um und tastete sich zur Tür. Draußen ging sie mit schnellen Schritten zur Krankenstube, wo in der Türnische eine kleine Lampe brannte. Sie schlüpfte hinein. Ein Gardist stand im Gang auf und trat ihr entgegen.

»Westläufer, Leiterin der Garde, Gardist. Wo ist Aintre?«

»Hier.«

»Schläft sie?«

»Ich denke schon ... Vor kurzem hat sie noch geweint. Kannst du nicht ... kannst du nicht warten? Du darfst nicht ... ich ...«

Ahroe legte dem jungen Mann die Hände auf die Schultern. »Wenn sie schläft, werde ich sie nicht wecken. Nein. Warten kann ich nicht. Keine Sorge. Ich bin auch für sie verantwortlich, so schlimm, wie sich die Dinge entwickelt haben.« Sie spürte, wie sich der Mann unter ihren Händen ein wenig entspannte.

Dann wandte sie sich zur Tür, öffnete sie langsam, schlüpfte hinein und schloß sie hinter sich. Auf dem Bett konnte sie undeutlich eine Gestalt erkennen.

»Aintre.«

Die Gestalt bewegte sich, drehte sich herum.

»Aintre, ich bin es, Ahroe.«

Die Gestalt versteifte sich. »Geh weg! Tu mir bloß nichts! Ich schreie nach dem Gardisten.«

»Ich will dir nichts tun. Wir geht es dir? Ich meine ... bist du schwer verletzt?«

Aintre antwortete nicht.

»Es tut mir leid. Ich habe nachgedacht. Ich wußte nicht, daß die Leute glaubten ... ich sei Stel untreu. Ich sehe ein, warum sie das glaubten. Es stimmt nicht, weißt du. Aber ...«

»Warum erzählst du mir das?«

»Warum? Du bist der erste Mensch, der es ausgesprochen hat – der ehrlich zu mir war – und dafür bist du verletzt worden. Und auch noch von meinem Sohn. Ich ...«

»Konntest du nicht bis später warten?«

»Ich ... nein.« Ahroe fühlte sich plötzlich ausgehöhlt, unfähig, weiterzusprechen. Endlich fügte sie hinzu: »Ich werde zurücktreten. Es ...«

»Nein«, sagte Aintre und drehte sich auf dem Bett um. »Zurücktreten? Nein. Niemals! Das kannst du jetzt nicht tun. Du mußt das hier zu Ende bringen.«

Ahroe lehnte sich zurück. »Das verstehe ich nicht«, sagte sie schließlich.

»Ich meine ... was wirst du tun, wenn ich dir sage, was ich denke?«

Ahroe lachte nervös. »Ich bin nicht Garet. Ich werde nichts tun. Dir nichts tun, meine ich.«

»Ich bin jung. Ich rede frei heraus – das hast du ja gehört. Ich glaube, die Gardisten haben eine Menge beobachtet – das habe ich jedenfalls gehört. Aber sie haben daraus den Schluß gezogen, daß du die Konferenz sehr gut leitest, und das war von übergeordneter Bedeutung. Was du mit deinem eigenen Leben anfängst, damit würde man sich später befassen müssen. Ich glaube ...«

»Ja?«

»... die meisten Leute nahmen an, du würdest später, wenn alles vorüber wäre, mit Desdaan zu den Seen gehen. Falls er nicht aus reinem Eigeninteresse handelte. Das dachten auch manche.«

»Was denkst du jetzt?«

»Ich weiß es nicht. Vielleicht macht es gar nichts mehr aus, ob du es tust. Vielleicht kehrt Stel niemals zurück.« Ihre eigenen Worte ließen Aintre innehalten, nach einer Weile begann sie zu schluchzen. Endlich faßte sie sich wieder. »Da war Gowen, verstehst du. Er starb an der Portage. Wir ... waren uns einig. Ich habe ... das Gefühl ... als ob ...«

Lange saßen die beiden da und schwiegen. Dann fügte Aintre hinzu: »Du darfst Garet nicht ein ganzes Jahr vom Dienst suspendieren. Begreif doch, wie sehr ihn das alles frustriert hat! So schwer bin ich nicht verletzt.«

»Deine Nase – ist sie gebrochen?«

»Nein. Ich kann sie nicht berühren, aber gebrochen ist sie nicht. Es wird ein Veilchen werden, mehr nicht.«

»Willst du bei mir bleiben, Aintre?«

»Bleiben? Hierbleiben? Bei dir? Ich hatte gehofft, zur Portage zurückzukehren. Sie stellen dort eine Streitmacht auf. Hauptsächlich Shumai. Sie wollen die Portage die ganze Saison über bewachen.«

»Um nahe bei Gowens Grab zu sein oder um nach Stel Ausschau zu halten? Glaubst du, das ist gut?«

Aintre begann wieder zu schluchzen. Ahroe legte der jungen Frau die Hand auf die Schulter. »Wenn du hierbleibst, könntest du mir helfen. Ich glaube, ich kann mich darauf verlassen, daß du mir erzählst, was die Leute denken. Ich brauche jemanden, der ehrlich zu mir ist. Garet hat nichts getan, als mich zu schelten.«

»Nimm es ihm nicht übel«, sagte Aintre. Dann legte sie ihre Hand auf die von Ahroe und hielt sie fest. »Ich werde hierbleiben«, sagte sie. »Wenn du Garet als Gardist zur Portage schickst, bleibe ich.«

»Aha. Dann ist meine ganze Familie im Tantal-Gebiet. Wie kann ich das tun?« Aintre reagierte nicht. »Ich werde die Protektorin darum bitten«, fügte Ahroe hinzu. »Ich bin einverstanden.«

»Es ist fast Morgen. Du mußt ein wenig schlafen.«

Ahroe seufzte. »Viel Zeit habe ich nicht dazu. Es tut mir leid, daß ich dich aufgeweckt habe.«

»Das hast du nicht. Ich habe auch nachgedacht.«

»Und Schmerzen gehabt?«

»Das auch ein wenig.«

Ahroe stand auf und zog ihre Hand weg. »Leb wohl, Aintre. Darf ich dem Gardisten sagen, er soll deine Sachen in meine Unterkunft schaffen?«

»Ja. Laß mich noch ein wenig hierbleiben. Leb wohl, Leiterin der Garde.«

Ahroe schlüpfte hinaus. Der Gardist stand völlig verdutzt da. »Gardist, sieh nach Aintre und frag sie, ob sie irgend etwas braucht. Wenn nicht, kannst du gehen. Es ist alles in Ordnung. Sie wird bei mir bleiben.«

Der Mann senkte den Blick. »Jawohl, Leiterin der Garde.«

Als Ahroe auf die Straße hinaustrat, erhellte frühe Dämmerung die Stadt. Eine Gestalt stand im Dämmerlicht da und wartete. Ahroe erkannte Mokil, den alten Sentani-Führer einer Sternenbande, der beim Kampf in Nordwall dabeigewesen war. »Ahroe«, sagte er.

»Mokil? Du bist früh auf.«

»Ich habe auf dich gewartet, Ahroe. Du hast doch nicht die Absicht, zurückzutreten, oder?«

»Ich ... ich hatte ...«

»Nun, vergiß es! Wir brauchen dich. Keine Angst. Desdaan wird nicht ausbrechen. Das hier ist zu wichtig. Jetzt ist nicht die Zeit, um aufzugeben. Wir wissen alle, daß du Probleme hast. Das ist eine rein persönliche Sache. Dieses Treffen ist zu wichtig, als daß es von persönlichen Dingen abhängig sein sollte. Bleib! Wir stehen alle hinter dir.« Er trat dicht an sie heran, sein grauer Haarschopf leuchtete im Frühlicht. Er klopfte ihr auf den Rücken wie einem Pferd, dann nahm er sie bei den Schultern, zog sie zu sich heran und blinzelte sie an. »Du solltest dir das Gesicht waschen.« Er drehte sich um, dann sagte er noch über die Schulter: »In einem Quadranten ist die nächste Sitzung. Wir sehen uns dann.«

Ahroe sah der gebückten Gestalt auf ihren krummen Beinen nach. Mokil wirkte ein wenig komisch. Sie drehte sich um und ging auf ihr Quartier zu, in seltsamer Hochstimmung, bis ihr Raydi wieder einfiel. Sie hatte Aintre nicht nach Raydi gefragt.

DREIZEHN

Hoch oben in der Stadt Pelbarigan stand Sagan, die Protektorin, mit dem Rücken zu Garet und sah aus dem Fenster. Er stand starr und reglos da. Sie wippte eine Papierrolle, die sie hinter dem Rücken hielt, auf und ab. »Ist das alles, was du zu melden hast?« fragte sie schließlich.

»Ja, Protektorin.«

»Du hast nichts verheimlicht?«

»Nein, Protektorin.«

»Etwas hast du verheimlicht!«

»Was, Protektorin? Ich habe mich bemüht, alles zu sagen, so schmerzlich es auch ist.«

»Schmerzlich? Für dich? Was ist mit Aintre? Wie war es für sie? Ein ausgebildeter Gardist, der zuläßt, daß sein ungezügeltes Temperament die Oberhand gewinnt? Das ist jedenfalls auch für mich schmerzlich, Gardist.«

»Ja, Protektorin.«

»Doppelt schmerzlich wegen der Beziehung, in der wir zueinander stehen.«

»Ja, Protektorin.«

»Dreifach schmerzlich, weil auch meine Schwiegertochter beteiligt ist.«

»Beteiligt! – Aber Protektorin, du glaubst doch wohl nicht ...«

»Genug! Das weiß inzwischen das ganze Tal – außer Stel vielleicht, und der hat Sorgen genug, wenn er noch lebt. All dein Zorn auf ihn wird daran nichts ändern. All deine Gemeinheit und deine Enttäuschung werden es nicht besser machen.«

»Wie kannst du ...«

»Kind. Ahroe ist dabei, eine Föderation zustandezubringen. Wer ist sonst so gut dafür geeignet? Niemand. Es ist

Zeit dafür. Die Quadrantenrätinnen haben alles durchgesprochen. Unsere persönlichen Verluste, unsere Scham müssen warten, solange das läuft – solange es nicht außer Kontrolle gerät. Es herrscht Uneinigkeit.«

»Und Vater. Hast du auch mit ihm darüber gesprochen?«

Sagan klopfte mit der Papierrolle gegen ihren Schenkel. »Er hat mich eines Tages angeschaut. Das war genug. Dabei wurde es besprochen. Er weiß nicht einmal von diesem Desdaan. Er hat mehr gelitten als Aintre. Aber das mußte so kommen. Und ich gab ihm keinen Hauch Mitgefühl.«

»Mußte so kommen, Protektorin?«

»Ahroe ist in eine neue Dimension aufgerückt. Es ist, als gingen sie Seite an Seite einen Weg entlang. Dann erreichen sie eine Gabelung, und während sie noch miteinander sprechen, nimmt der eine den einen Weg, und der andere den anderen, und sie unterhalten sich in immer größerem Abstand miteinander, bis sie einander nicht mehr hören können.«

»Und Mutter? War es für sie nicht qualvoll?«

»Natürlich. Solche Dinge sind unter gutwilligen Menschen keine berechnete Böswilligkeit. Sie war in tiefem Wasser, und eine Hand streckte sich ihr entgegen, eine Hand, die die Strömung kannte und wußte, wo das Ufer lag. So wie die Umstände waren, war Stel dazu nicht in der Lage.«

Garet sagte nichts. Schließlich drehte sich die Protektorin um und schaute ihn an, ihr Gesicht war eine undurchdringliche Maske. »Wir haben alle unsere Schwächen. Ahroe war einsam in ihrer neuen Rolle, und Stel in der seinen. Du warst in der frustrierenden Lage, den beiden zusehen zu müssen, und hattest noch einen besonderen Zorn auf deinen Vater, weil der nicht in eine parallele, eine dem angepaßte Rolle hineinwuchs. Und ich hatte den Wunsch nach einer Familie – die jetzt völlig in alle Winde zerstreut ist wie Blätter im Herbst.«

»Was, möchtest du, soll ich tun, Protektorin?«

»Das steht alles hier drinnen, in einem neuen Funkspruch

von deiner Mutter.« Sie reichte Garet die Papierrolle, der nahm sie, ging damit zum Fenster und breitete sie auf dem Fensterbrett aus, um sie zu lesen. Die Protektorin stellte sich neben ihn. Garet hielt das Blatt fest und las:

Protektorin: Garet wird dir erzählen, was hier in Threerivers geschehen ist. Ich habe jedoch mit Aintre über seine Suspendierung gesprochen, und sie will nicht, daß es dazu kommt. Sie möchte, daß er mit der Sommergarde zur Portage geht. Das ist auch mein Wunsch. Sie will, daß er seinen Posten wiederbekommt. Da das Unrecht ihr widerfahren ist, habe ich eingewilligt. Ich habe Aintre gebeten, bei mir zu bleiben, in meinem Quartier, und im wesentlichen das zu tun, was bisher Garet gemacht hat. In ihr habe ich endlich jemanden gefunden, der mir die Wahrheit sagt. Keinem von euch habe ich zu danken. Nur der Information halber, ich war nicht untreu. Das heißt, ich war es nicht im wörtlichen Sinne, aber ich sehe jetzt ein, daß ich es im Geiste war und fast an der Grenze dazu stand. Ich habe die ganze Zeit in einem Narrentraum gelebt. Wenn du mich absetzen willst, habe ich nichts dagegen einzuwenden. In diesem Fall werde ich mit deiner Erlaubnis nach Norden gehen, um Stel und Raydi zu suchen. Die Aufgabe hier ist jedoch nicht vollendet. Ich stelle aber jetzt fest, daß niemand hier meinen Rücktritt will. Mokil und sein Kreis haben mein Verhalten wegen meiner Leistungen akzeptiert. Du kannst nur schlecht von mir denken. Ich denke im Augenblick gar nicht, weil diese Konferenz fast jeden meiner Gedanken ausfüllt. Wenn sie vorüber ist und ich meine Rolle ausgespielt habe, ist es mir egal, was aus mir wird. Dann habe ich Zeit genug, mir selbst im Dunkeln gegenüberzutreten, mich selbst im Spiegel anzuschauen. Ich muß offen zu dir sein. Wenn Stel und Raydi nicht zurückkehren, weiß ich nicht, was ich tun werde. Ich glaube jedoch, daß ich in diesem Falle für Pelbarigan keinen Wert mehr habe. Ahroe. Leiterin der Garde.

Garet schaute verwirrt auf. »Was wirst du tun, Protektorin?«

»Ich habe ihr einen Funkspruch geschickt. Hier ist eine Kopie davon.«

Garet nahm das kleine, zerknüllte Blatt, das sie ihm reichte, und las:

Ahroe. Garet wird versetzt, wie du verlangt hast. Frag Aintre nach Stel. Wir verlassen uns alle auf dich und kennen deinen großen Wert. Unsere Liebe ist mit dir. Sagan, Prot.

»Was meinst du mit: ›Frag Aintre nach Stel‹?«

»Aintre erzählte mir, sie glaubt, daß Stel und Portain ...«

»Verflucht sei er! Verflucht! Verflucht!«

»Mäßige dich! Wenn Stel und Portain auf eine Beziehung zutrieben, was nur natürlich ist, es war nicht genug Zeit.«

»Natürlich? Ich verstehe nicht. Ein alter Mann wie er, und Portain, eine hübsche junge Frau. Das gibt doch keinen ...«

»Stel hat ihr das Leben gerettet, Garet. Du kanntest ihren Vater. Er hat sie verwirrt und zurückgestoßen. Stel wäre beinahe für sie gestorben und hätte es auch bereitwillig getan. Aintre sah, wie sich Portain veränderte. Sie hatte versucht, ihre Autorität unter Beweis zu stellen, und plötzlich liebte sie ihn einfach. Was du auch denken magst, er ist kein Niemand. Er hat viel geleistet. Und jetzt wollen wir ein zweites Boot wie die ›Tatkraft‹ bauen und haben, obwohl er soviel Vorarbeit geleistet hat, unglaublich viele Schwierigkeiten. Obwohl wir seine Pläne haben, stoßen wir ständig auf Probleme.«

»Ich verstehe nicht. Es ergibt keinen Sinn.«

»Muß denn alles im Leben einen Sinn ergeben? Für dich? Kannst du nicht versuchen, zu leben, das Leben zu akzeptieren, sinnvoll oder nicht, nur mit ein wenig Anstand?«

»Anstand?«

»Du hast dich sehr schlecht benommen, Garet, weißt du. Sehr schlecht. Ohne Anstand, gemein, taktlos, selbstgerecht und brutal. Das bist du.« Er wollte protestieren, aber sie hob die Hand. »Tatsache, Wahrheit. Kein Aber, Garet! Stell dich dir selbst! In deinem Inneren wird die Heilung erfolgen – für dich. Selbst wenn sich alle anderen schlecht benehmen. So. Und jetzt kannst du gehen und darüber nachdenken. Geh!«

Garet verneigte sich und wollte gehen, aber seine Großmutter sagte: »Noch etwas.« Er blieb stehen. »Du mußt einen Brief an Aintre schreiben, der mit dem nächsten Boot flußabwärts geschickt werden soll. Das kann deine erste Lektion in Anstand sein.«

»Einen Brief an Aintre? Wie kann es ... nachdem ich ...«

»Du könntest dich ausnahmsweise einmal darin üben, ein traditioneller Pelbar-Mann zu sein. Das ist nicht nur schlecht. Ich will dir nicht befehlen, das zu tun. Ich fordere dich dazu auf. Als Verwandte. Im Augenblick schäme ich mich deinetwegen genug. Ich habe dir nichts getan. Da kannst du doch sicher etwas für dich selbst tun. Geh jetzt! Ehe du zur Portage aufbrichst, komm noch einmal zum Tee zu mir!«

Weit im Norden, am seltsamen Gelände des grünen Sees ging Stel allein den Abhang hinauf. Eine Reihe Peshtak beobachtete ihn von unten, während er dem kleinen, warmen, übelriechenden Bach aufwärts folgte. Vor sich sah er Dampf und einen mattgelben Rand um einen Tümpel. Als er ihn erreichte, sah er die Quelle aufwallen. Er tauchte einen Finger hinein, riß ihn dann vor der Hitze zurück. Seine Füße knirschten auf Schwefelverkrustungen, ganzen Haufen davon, viele kristallin, die um die Quelle herumlagen. Stel brach Brocken davon ab und legte sie in einen Rindenkasten, den er mitgebracht hatte, dann drehte er sich um und ging den Hügel wieder hinunter.

Schon als er sich den Peshtak näherte, sah er, daß sie nervös waren. »Scht«, sagte Hesit. »Wir verschwinden jetzt von hier, ehe die Tantal kommen.« Sie begannen schnell nach Süden zu traben, um den Hügel herum, Stel folgte schwerfällig mit seiner Schwefellast und blieb allmählich zurück.

Fast zwei Ayas südlich der Quelle holte er die anderen wieder ein. Sie saßen und warteten auf ihn. Stel ging keuchend und schwitzend an den Posten vorbei zu der Gruppe und ließ den Kasten mit dem Schwefel in ihrer Mitte niederfallen.

Als er wieder zu Atem gekommen war, sagte er: »Gut. Das gibt eine Waffe.«

»Um die Sprengstoffe zu machen, wie du sagtest? Was ist mit den anderen Mineralien, die man dazu braucht?«

»Nein, nicht direkt Sprengstoffe. Feuer. Mir ist wieder eingefallen, was Eolyn mir beigebracht hat.«

»Eolyn?«

»Jemand von den Leuten aus der Kuppel. Das ist wirklich Schwefel. Wir konnten in Pelbarigan durch kontrollierte Verbrennung unserer Kohle welchen herstellen. Haben ihn daraus gewonnen. Aber das hier ist ein gebrauchsfertiger Vorrat. Wir können schweflige Säure machen.«

»Was können wir machen?«

»Das ist ein Wasser, das ein Loch durch deinen Körper brennt. Wir können es aus diesem Zeug fabrizieren. Sie hat uns gezeigt, wie man das macht. Es uns beigebracht. Wenn wir noch ein paar andere Dinge hätten, könnten wir Schwefelsäure machen, die ist noch schärfer. Dann könnten wir aus dem Material vom See mehr Phosphor gewinnen. Wie die Dinge liegen, habe ich einen Plan. Wir müssen eine große Menge dieser Phosphorknollen sammeln und sie im Wasser aufbewahren. Und wir brauchen einen Töpfer, der uns ein paar Gefäße macht – ganz spezielle.«

»Pelbar, ich verstehe überhaupt nichts. Was erreichen wir damit?«

»Erreichen? Ganz einfach, wir brennen die Stadt Ginesh nieder.«

»Niederbrennen?«

»Ja. Der Stoff in diesem See kommt in der Natur eigentlich nicht vor. Das hat Eolyn gesagt. Ich weiß, daß es dieser Stoff ist, weil er brennt, wenn er an die Luft kommt. Unter Wasser brennt er nicht. Diese kleinen Knollen sind mit etwas ummantelt, was sie gehindert hat, sich unter Wasser zu verbinden. Wenn es trocknet, entfachen sie Feuer.«

»Pelbar, du mußt dich deutlicher ausdrücken.«

»Es ist so: Wir holen uns etwas von dem brennenden Stoff, machen flache Pfannen, fügen den Stoff hinzu, bedecken ihn mit Wasser, stellen die Pfannen irgendwo in der Stadt auf, wo wir wollen, und wenn das Wasser trocknet, fängt der brennende Stoff Feuer.«

»Das ergibt keinen Sinn«, zweifelte Hesit.

»Aber doch. Die Frau aus der Kuppel, Eolyn, unterrichtet uns in Chemie. Darin, wie die Stoffe der Erde funktionieren. Schon jahrelang jetzt. Ich habe euch erzählt, was mir am See passiert ist. Wir könnten sogar Verstecke in ihrer neuen Flotte finden und die Pfannen mit diesem Stoff dort so aufstellen, daß das Wasser herausfließt, wenn sich das Boot im Wind neigt. Wenn wir um die Pfannen herum Zunder legen, können wir die ganze Flotte verbrennen.«

»Ich dachte, du willst deine Tochter holen, Pelbar«, sagte Hesit.

»Das wollte ich auch, Hesit. Aber wir sind den Tantal zu nichts verpflichtet. Schließlich haben sie damals fast ein Drittel der Leute von Nordwall getötet. Und sie wollen Iver angreifen. Außerdem habe ich die Beobachtung gemacht, wenn man den Menschen etwas gibt, was ihnen genügend Sorgen macht, vergessen sie für einige Zeit,anderen zur Last zu fallen. Euch bin ich etwas schuldig – euch allen.«

»Uns etwas schuldig?«

»Wenn wir zusammenhalten, können wir auch ihre Fähigkeit verringern, euch zu schikanieren. Außerdem ...«

»Außerdem was?«

»Wenn sie euch nicht mehr bedrohen, tretet ihr vielleicht der Föderation bei.«

»Für dieses Ereignis würde ich keine Kartoffeln einlagern.«

»Warum nicht?«

»Sie würden verfaulen.«

»Schade. Nun. Will jemand mit mir zum See kommen?«

Die Peshtak blickten sich an. Stel konnte ihre Angst riechen. »Nein«, sagte Hesit.

»Ich. Ich gehe mit«, sagte Aspar.

Alle schauten ihn an. »Gut«, sagte Stel. »Aber jetzt noch nicht. Ich möchte, daß du erst ganz gesund wirst.«

Als Dahn in dieser Nacht in ihrem Pfeilboot langsam an der Westküste des Bittermeeres entlangruderte, sah sie Lichter vor sich. Sie trieb vorsichtig, leise darauf zu. Über das Wasser schallten hohle Laute zu ihr herüber, dann die Stimmen von Tantal. Sie arbeitete sich noch dichter heran. Männer waren dabei, drei Schiffe zu entladen. Dahn ruderte das Pfeilboot langsam in südlicher Richtung rückwärts, wendete dann und ruderte einen ganzen Ayas weit nach Süden, schließlich wandte sie sich wieder der Küste zu und ruderte langsam an Land.

Endlich berührte das Boot mit leichtem Knirschen den Strand. Sie stieg leise heraus, hob es auf und trug es keuchend den Strand hinauf zwischen flache Dünen. Dann ging sie erst am Wasser entlang auf die Tantal zu, schließlich entfernte sie sich vom Meer. Mitternacht war vorbei, als sie in die Nähe des Tantal-Lagers kam, das von Fackeln erleuchtet war. Männer bewegten sich zwischen Bäumen und Gebüsch, luden Kisten aus und stellten kegelförmige Zelte auf. Dahinter konnte sie die lange Rinne des Portage-Grabens sehen. Lautlos kroch sie zurück und weiter den Strand hinunter. Einmal duckte sie sich ins Dünengras, als eine Tantal-Patrouille in der Dunkelheit langsam vorbeizog. Es dauerte einige Zeit, bis sie ihr Boot fand; sie trug es in den Wald. Stel hatte ihr gesagt, daß der Cog-Fluß sich vom Bittermeer in westlicher Richtung entfernte. Und sie wußte, daß er nicht weit sein konnte.

Endlich neigte sich das Land vor ihr ein wenig, und bald darauf erreichte sie das Ufer des kleinen Flusses. Frösche quakten ihre tröstlichen Bekanntmachungen. Sie kniete lange Zeit da und lauschte. Dann setzte sie das Boot mit einem leisen Platschen ins Wasser, ruderte langsam nach Süden und legte etwa vier Ayas zurück, ehe die ersten Zeichen der Dämmerung den Osten in perlmuttfarbenes Licht tauchten. Sie fand einen umgestürzten Baum, stieg, das

Pfeilboot hinter sich herziehend, hinauf und trug es vom Fluß weg. Als es dämmerte, steckte sie in einem tiefen Dickicht. Moskitos umschwirrten sie. Sie rieb sich systematisch mit Schlamm ein und richtete sich darauf ein, den ganzen Tag abzuwarten, während der Hunger an ihr nagte. Mit dem Ködermesser kappte sie Binsenstengel und aß das Mark heraus, dann grub sie die Wurzeln aus, um sie mitzunehmen, bis sie sie waschen konnte. Als die Sonne hoch am Himmel stand, schlief sie schließlich ein. Spatzen hüpften nahe heran, musterten sie mit geneigtem Kopf, und ein Fuchs trottete gegen den Wind heran und lief beinahe in sie hinein, ehe er stehenblieb und dann mit wehendem, rotem Schwanz davonrannte. Aber die Tantal hatten keine Ahnung von ihrer Anwesenheit, während sie weiter die Portage befestigten.

Nachdem Stel noch fünf Tage lang im Lager der Peshtak Pläne und Experimente gemacht hatte, glaubte er endlich, einige Fortschritte zu sehen. Trotz der primitiven Bedingungen war es ihnen gelungen, Säure herzustellen. Sie hatten dabei das Lager mit Gestank verpestet und Proteste von allen Seiten ausgelöst, besonders an dem einen windstillen, schwülen Tag.

Als es dämmerte, wurden sie durch Klopfen an einem hohlen Stamm in der Mitte des Lagers geweckt. Stel wälzte sich von seiner Fasermatte und stand auf. Die anderen gingen schon auf das Feuer in der Mitte zu. Stel folgte ihnen. Eine Peshtak-Patrouille war zurückgekehrt, schweißglänzend vom Laufen, und mit ihnen ein dünner, kahlköpfiger Mann in einem formlosen, grauen Hemd. Er sah bleich und müde aus.

»Das ist ein schweineknabbernder Kastrierter. Unsere Plünderer haben einen Kastrierten befreit.«

»Wie meinst du?«

»Er ist ein Peshtak. Ein Gefangener der Tantal. Ja, das tun sie. Sie wissen, daß danach ihr Gefangener bei uns nicht mehr willkommen ist.« Aspar schauderte.

Hesits Gruppe trabte heran. Der Mann hatte einen Becher warmer Brühe in der Hand und schaute Stel an. »Ist er das?« fragte er.

»Ja. Er wird deinen Platz einnehmen.«

Alle lachten, als Stel wild um sich schaute. »Du wirst nur so tun, Stel«, sagte Hesit. »Das heißt, wenn dich die Fettsteiße nicht dabei erwischen. Sonst heißt es, hallo, Piepmatz!« fügte er mit Fistelstimme hinzu, und alle brüllten vor Lachen. Der Kastrierte schaute zu Boden.

Der Truppführer der Peshtak trat vor. »Er war auf den Schiffen. Wir haben ihn vor zwei Nächten bei einem Raubzug vom Strand geholt. Haben ein Schiff verbrannt. Sie haben es gerade aus der Gegend der Ruine Cwilgan hergebracht, wo sie sie bauen. Er heißt Oad.«

»Oad die Kröte«, sagte ein Mann. Die übrigen schüttelten sich vor Lachen.

»Es gab eine Zeit, da hättest du dafür geblutet«, sagte Oad.

»Jetzt hast du für mich geblutet.« Sie lachten wieder.

»Er hat seine Schuld mit kostbaren Steinen bezahlt«, sagte ein anderer Mann.

»Freut mich, dich kennenzulernen, Oad.« Stel trat vor. »Ich heiße Stel Westläufer.« Er streckte die Hände zum Shumai-Gruß aus und umfaßte die des verwirrten Mannes leicht. »Hast du mitgeholfen, die Schiffe zu bauen?«

»Nein. Ich arbeitete in der Stadt. Ich habe das neue Schiff nur saubergemacht.«

»Gut. Wenn ich deinen Platz einnehmen soll, mußt du mir eine Menge erzählen. Ich will jemanden treffen, der Suffis heißt.«

»Bist du wirklich ein Pelbar? Ein fischbäuchiger Pelbar? Ich dachte, die machen wieder dreckige Witze. Dann bist du der ...«

»Meine Tochter Raydi. Ist sie dort? In der Stadt?«

»Ich habe Gerüchte über ein irres Pelbar-Mädchen gehört. Gesehen habe ich sie nicht. Wenn du Sufy erreichen kannst – *du* nennst sie besser Suffis –, kann sie es dir sagen. Sie weiß über alles Bescheid. Aber ich bin müde. Diese Männer haben mich den ganzen Tag durch die Büsche geschleift.«

»Nur, um dich nach Hause zu bringen, Oady, mein Junge.«

»Nach Hause? Was will er dort? Damit ihm die Weiber zwischen die Beine greifen, um sich von dem Unglück persönlich zu überzeugen?« sagte einer der Männer. Wieder lachten alle. Oad wurde unter ihren Witzeleien immer kleiner. Er trank seine Brühe aus und setzte den Becher ab.

»Ich lege mich jetzt schlafen«, sagte er und schlurfte auf eine Mattenhütte zu. Die anderen sahen ihm mit einer Mischung aus Heiterkeit und Mitleid nach.

Für Stel hatte eine Zeit des Wartens begonnen – bis Oad sich erholt hatte. Er spürte eine Hand auf seinem Arm und schaute, als er sich umdrehte, in das grinsende Gesicht von Hesit.

»Wir fangen mit dem Haar und dem Bart an«, sagte er. Wieder lachten die anderen. Stel setzte sich, und Hesit begann mit einem scharfen Messer an seinem Haar herumzusäbeln, während die Umstehenden vor Vergnügen johlten. Es war eine lange Prozedur, und in ihrem Verlauf fühlte sich Stel immer elender, immer mehr wie ein Krüppel. Endlich zog Aspar ein Messer ab und rasierte Stel sorgfältig Kopf und Bart, er war sehr vorsichtig und zuckte selbst zusammen, wenn er ihn beinahe schnitt.

Das Ergebnis rief weiteres Gejohle und Gelächter der Peshtak hervor. Stel zog alle seine Kleider bis auf seine Leibbinde aus und schüttelte die Haare heraus.

»Ich sehe ein Problem«, sagte Hesit.

»Problem?«

»Schultern. Kräftige Arme. Brustkorb. Wo hast du das her?«

»Ach, von der Arbeit. Ich werde mich klein machen.«

Aber als Oad endlich erwachte, es war schon fast dunkel, glaubte auch er, daß es ein Problem sei. »Dein Rücken«, sagte er. »Er ist wie ein Pfeil. Laß die Schultern hängen! Richte die Augen nach unten! Geh nicht so. Schlurfe! Latsche daher! Vergiß nicht, du bist ein Sklave ohne Volk. Wenn du nicht dort bist, bist du nirgends.«

»So darfst du nicht denken, Oad. Du kannst nach Pelbarigan gehen. Dort wirst du irgendwo einen Platz finden.«

»Als Krüppel?«

»Nein. Keine Angst. So, wie es jetzt bei uns zugeht, besonders in Threerivers, haben wir Platz für alle möglichen Leute.«

»Bei den Pelbar wärst du kein Krüppel«, sagte Ench. »Das sind alles von Frauen beherrschte Kastrierte.« Wieder ging ein Lachen durch die kleine Gruppe von Männern. Stel spürte einen Augenblick lang Verbitterung. Darin steckte Wahrheit – wenigstens nach seiner Erfahrung.

Stel stieß Oad an. »Bist du fähig zu reisen? Geh von hier aus einfach nach Westen – eine lange Strecke! Irgendwann mußt du auf das Heart-Fluß-System treffen. Folge ihm nach Süden bis Nordwall. Ganz einfach. Kannst du dich im freien Gelände ernähren?«

»Ich bleibe erst einmal hier.«

»Warum?«

»Du mußt sicher auch wieder hierherkommen. Um das Feuer vorzubereiten, von dem du gesprochen hast. Wir werden tauschen.«

»Du willst wieder zurückgehen?«

»Wenn du sie verbrennst, mache ich selbst die Fackel.« Stel schaute ihn überrascht an.

Hesit schlenderte auf die Gruppe zu. »Bist du bereit, Stel? Wir müssen heute nacht weit laufen. Morgen nacht müssen wir dich in die Zisternen einschleusen.«

»Fertig. Bist du sicher, daß sie deine Abwesenheit nicht bemerkt haben, Oad?«

Der Peshtak lachte verbittert. »Die betrachten uns nicht als Menschen. Nur als Nummern. Die anderen haben bei der Zählung sicher die Attrappe hochgehalten. Nein. Das haben wir früher schon gemacht. Sie zählen unsere kahlen Köpfe ab und treiben uns hinein, damit wir Fischsuppe essen. Fischdarmsuppe muß man wohl eher sagen.«

»Das Kurzschwert gehört dir, Oad. Gib acht darauf!«

Oad hob die Hand, er sah seltsam aus in Stels Kleidern, die ihm viel zu weit waren. Aspar, der neben ihm stand, grinste. Er sollte diesmal nicht mitlaufen. Hesits Trupp stellte sich in einer Reihe auf und begann den Lauf nach Norden.

»Ich glaube immer noch, daß ich zu alt bin, um im Dunkeln herumzurennen«, sagte Stel.

»Dann spar dir deinen Atem!« knurrte Hesit.

In Threerivers trat Ahroe in ihr Zimmer und fand Aintre beim Lesen. Sie nahm den Kopf der jungen Frau in die Hände und drehte ihn nach oben. »Nun, jetzt siehst du besser aus. Das Veilchen verblaßt. Die Augen sind aber immer noch rot. Sind sie in Ordnung?«

»Ja.«

»Warum tränen sie? Darfst du denn lesen?«

»Laß nur.«

»Was ist das? Von deiner Familie?«

»Von Garet.«

»Ach?«

»Er schreibt, es tut ihm leid.«

»Das ist wirklich eine Hilfe.«

»Die Protektorin hat ihn veranlaßt, den Brief zu schreiben.«

»Das hat er dir gesagt? Wie tölpelhaft. Ich habe seine Erziehung wirklich vernachlässigt.«

»Nein. Er schreibt, sonst hätte er nicht den Mut dazu gehabt. Wie ironisch.«

»Ich verstehe nicht.«

»Daß der große Garet, der Sohn von Ahroe und Stel, im Westen geboren, als Baby weiter gereist als je ein Pelbar zuvor, der beste Gewehrschütze in der Garde, mir diesen Brief schreiben sollte. Aintre, der Unauffälligen.«

Ahroe beugte sich hinunter und küßte sie. »Für Aven sind wir alle ungefähr gleich auffällig«, sagte sie. »Bist du in der Lage, ein paar Briefe für mich abzuschreiben?«

»Ja.« Aintre faltete den Brief zu einem kleinen Quadrat und steckte ihn in ihre Tunika.

Am nächsten Morgen ruhte sich der Peshtak-Trupp in den flachen Hügeln südlich von Ginesh aus. Stel kletterte vorsichtig auf einen Baum und schaute auf die Stadt hinunter, die in ziemlicher Entfernung jenseits von unebenem Gelände und bebauten Feldern lag. Er sah eine quadratische Stadt, von einer hohen Mauer, teils aus zugespitzten Balken, teils aus Steinen umgeben. Dahinter erblickte er Dächer und in der Mitte einen freien Platz mit einem großen Gebäude auf einem kleinen Hügel: der Tempel Blans, des Großen Gottes der Alten, wie Oad ihm erklärt hatte. Die Religion der Tantal konzentrierte sich auf das gewaltige Bronzeidol, das vor Jahrhunderten aus einer Ruine ausgegraben und zur Küste des Bittermeeres gebracht worden war. Ginesh war um die Statue herum entstanden.

»Blan ist grausam«, hatte Oad gesagt. »Mit der Zeit läßt er alle Priester einschrumpfen, bis sie so aussehen wie wir. Wir müssen fast alle Arbeiten an ihm übernehmen. Er ist so mächtig, daß er alle vernichtet, die in seine Nähe kommen. Nicht auf einmal, sondern langsam. Man hat uns so rasiert, damit wir aussehen wie die alten Priester. Sie glauben, daß Blan seine Diener so haben will.«

»Er muß radioaktiv sein«, hatte Stel gesagt. »Ich werde mich darum kümmern, wenn ich nahe genug herankomme.«

Jetzt, im Baum, berührte Stel den Detektor, den ihm Celeste gegeben hatte. Er hätte gerne gewußt, ob er noch funktionierte.

An diesem Abend arbeiteten sich Hesit und Stel nach Einbruch der Dämmerung durch das unebene Gelände zu dem Bach vor, der Ginesh mit Wasser versorgte. Er floß unter der Mauer hindurch in ein großes Tunnelgewölbe, das von einem Gitter aus Eisenbändern geschützt war, aber die Peshtak im Innern hatten eines der Bänder gelockert, so daß man es entfernen und wieder einsetzen konnte.

Als die Stadt undeutlich vor ihnen aufragte, schickte sich Hesit zur Rückkehr an. »Vergiß nicht«, sagte er, »du gehst durch den Zisternenbereich bis zum dritten Rohr dahinter. Da kriechst du hinein und arbeitest dich vor, bis deine linke Hand, wenn sie hinaufgreift, ein Sims spürt. Das führt dich dann zu Suffis.«

»Ich danke dir, Hesit. Sei vorsichtig. Bleib in Sicherheit!«

»Du auch.«

Sie drückten sich die Hand, und Hesit tauchte gebückt und lautlos ins Bachbett zurück.

Stel tauchte unter und glitt auf das Gitter zu. Er fand die lose Stange, drehte sie, wie man es ihm gesagt hatte, schwamm hinein und setzte sie wieder ein. Vor ihm lag der schwarze Tunnel, das Wasser strömte langsam hindurch. Stel glitt weiter und tastete mit der linken Hand die Mauer ab. Endlich kam er in ein offenes Wasserbecken. Darüber befand sich ein Gewölbe, von dort hingen Eimer über das Becken. Stufen führten herab. Eine einzelne Lampe erhellte den Raum, und ein Wärter saß schlafend auf einer kleinen Bank daneben. Stel schwamm dicht an der Wand bei den Stufen durch die Kammer, so daß ihn der Wärter nicht sehen konnte. Er zählte die Rohre und glitt in das dritte, das sehr eng war. Er fragte sich schon, ob er das richtige Rohr erwischt hatte, als er endlich ein Sims fühlte und sich über den Rand hinaufzog. Als er in völliger Dunkelheit um sich tastete, merkte er, daß er wieder in einem Tunnelgewölbe war, wahrscheinlich in einem Überlaufkanal. Die Enge und Schwärze des Tunnels bedrückten ihn immer stärker, aber er rutschte auf den Ellbogen weiter. Von hier ab hatte er keine Anweisungen mehr. Endlich erreichte er eine scharfe Rechtsbiegung. Nachdem er noch ungefähr sechs Armlängen weit gekrochen war, sah er vor sich ein kleines Licht. Er kroch darauf zu, langsamer jetzt, setzte jede Hand vorsichtig auf die feuchten Steine auf, und hob jedesmal das Knie. Endlich erreichte er einen Seitengang, eine Rinne, die in den Tunnel mündete, in dem er sich befand. Neben der Rinne befand sich ein kleiner, im Licht einer Lampe schwach erhellter Raum. Neben der Lampe saß eine Gestalt und döste. Sie hatte langes, dunkles Haar und trug die gleiche, grobe Kleidung wie er. Als er sich durch das Loch zu der Rinne vorarbeitete, schaute die Gestalt auf.

»Oad? Eine Botschaft? – Du bist nicht Oad! Sie haben einen Ersatz geschickt.«

»Stel. Stel Westläufer aus Pelbarigan. Bist du Sufy?«

»Für dich Suffis. Was bist du? Ich verstehe nicht.«

»Ich bin ein Pelbar. Ich bin hergekommen, um meine Tochter zurückzuholen. Sie heißt Raydi. Hast du sie gesehen?«

»Die Kleine? Mit der sind sie gerade beschäftigt. Sie ist bei einer Familie von der Zentralen Weisheit. Was soll das? Wer hat dich geschickt?«

»Hesit. Kennst du Hesit?«

»Er hat dich geschickt? Er hat dich nicht getötet?«

»Noch nicht.«

»Komm schnell! Duck dich! Du kannst nicht so stehen. Wir müssen uns beeilen, wenn wir es noch zur Abendzählung schaffen wollen.«

Suffis führte ihn durch eine verwirrende Reihe von Gängen, von denen einige nach Kanalisation rochen, und dann einen kleinen, steilen Tunnel hinauf, der zum Quartier der Kastrierten führte. Ehe sie das Gitter hob, klopfte sie zweimal leicht daran. Von oben kam ein einzelnes, hölzern klingendes Klopfsignal zurück.

Suffis machte Stel ein Zeichen, und er mußte sich an ihr vorbei durch den schmalen Tunnel zwängen. Als er auf gleicher Höhe mit ihr war, hielt sie ihn an und betastete seine Schultern. Im schwachen Licht konnte er ihren skeptischen Blick sehen. »Wenn sie dich fangen, schneiden sie dir die Eier ab. Dann ist es vorbei mit deiner Männlichkeit.«

»Viel ist davon im Augenblick nicht übrig, nachdem ich meine Tochter verloren habe.«

»Such einen, der Mour heißt. Tu genau, was er sagt.« Sie lächelte flüchtig. »Wie alt bist du?«

»Zweiundvierzig.«

»Ha. Fast so alt wie ich.«

»Ich bin zu alt, um in Tunnels herumzukriechen.«

»So alt fühlst du dich gar nicht an, finde ich. Wir reden morgen nacht weiter, wenn ich wegkann. Hoffentlich hast du einen Plan. Einen guten.«

»Mehrere. Vielleicht muß ich in die Stadt hinein und wieder hinaus. Wir werden versuchen, euch alle rauszuschaffen.«

»Mach keine Witze! Die sind nicht dumm. Manchmal sind sie fast dumm. Aber man muß achtgeben. So. Und jetzt denk wie ein Sklave! Steh gebückt!« Sie stieß ihn in die Rippen und schob ihn nach oben.

Stel hob das Gitter und sah zwei Reihen von Männern, die ihn mit leerem Blick anstarrten. Er zog sich hinauf und legte das Gitter an seinen Platz zurück. Ein Mann schlurfte auf ihn zu.

»Mour?«

»Mour. Und du?«

»Stel. Stel Westläufer. Ich bin Pelbar. Suffis meinte, ich soll tun, was du sagst.«

»Komm hier herüber! Wir werden uns bald für die Drecksabendzählung zusammendrängen. Sprich kein Wort! Schau zu Boden! Hier. So.« Er machte ein empörtes Gesicht. »Sogar ein Arsch von Tantal wird dich herausfinden. Mach dich schlaff!«

Irgendwie kam Stel durch die Abendzählung, durchgeführt von einem dünnen, schlaksigen Halbwüchsigen, der die Sklaven mit einem Spieß herumstieß und sie angackerte und gelegentlich anspuckte. Keiner reagierte. Der Tantal ging bald wieder, knallte die Tür zu, fuhr dann mit seinem Spieß über die Stangen und schrie zurück: »Schlaft fest, ihr leeren Säcke!«

»Das kannst du dir in den Arsch stecken, du Schweinstal«, flüsterte ein Mann neben Stel.

In dieser Nacht legte sich Mour auf die Strohpritsche neben Stel, und sie flüsterten lange miteinander. Stel spürte eine Hoffnungslosigkeit in dem Mann, die er unbedingt überwinden mußte, wenn sie Fortschritte machen wollten. Es war, als hätte jemand die übliche Bissigkeit der Peshtak aus Mour herausgesaugt. Stel erkannte auch, daß diese Hoffnungslosigkeit ihren Grund hatte: diese Männer würden, ihrer Männlichkeit beraubt, in der Peshtak-Gesellschaft nie wieder einen Platz finden. In dieser Hinsicht glaubte er, ihnen neue Hoffnung bieten zu können.

»Mour, wenn wir euch alle hier herausbekommen, könnt ihr zu den Pelbar gehen. Da gibt es genügend Platz für euch. Die Peshtak, die den Angriff auf Threerivers überlebt haben, wohnen dort, und auch eure Abgeordneten bei der Föderationskonferenz.«

»Die Hurensöhne würden uns verachten. Du hast sie gesehen. Wie haben sie Oad angeschaut?«

»Das macht nichts. In Threerivers gibt es alte Siveri, ein paar Sentani, Shumai, einige Alats und ein paar Atherer. Einige Abgeordnete dort kommen aus dem fernen Westen. Die Pelbar würden euch aufnehmen. Und wenn es euch da nicht gefällt, könntet ihr alle euch einen anderen Platz suchen und eine eigene Gemeinde gründen. Es würde funktionieren. Da bin ich ganz sicher.«

»Wir kommen hier niemals raus. Du kennst sie noch nicht.«

»Würdest du es versuchen? Würdet ihr alle es versuchen?«

»Versuchen? Versuchen würden wir es schon. Wenn es wirklich eine Chance gibt. Aber du mußt mit Sufy sprechen. Sie ist die Aufseherin. Sie wird es einrichten, wenn es möglich ist.«

»Die Aufseherin?«

»Ja. Ihr vertrauen sie einigermaßen. Sie haben bei uns nie einen Spion einschleusen können. Wir wissen zu genau, wie man sie erkennt. Sie sterben. Sie ... sie muß manchmal bei ihnen bleiben. Dann nimmt sie ihre Seele zwischen die Zähne und beißt darauf. Sie ist irre entschlossen, niemals nachzugeben. Sie sagt, im Innern ist sie unversehrt. Wir auch, sagt sie. Sie weiß nicht, wie es ist.«

»Es stimmt, Mour. Du bist unversehrt.«

»Niemals. Niemals wieder.«

»Es ist so. Du hast deine Unversehrtheit verlegt. Vergraben. Wir werden sie dir wieder ausgraben.«

»Hör zu, Pelbar! Versuch nicht, uns einen Haufen blöde falsche Hoffnungen zu machen! Aber vergiß auch das nicht! Wir lassen sie bezahlen. Irgendwie. Selbst wenn es uns das Leben kostet – was davon noch übrig ist.«

»Mal sehen, ob wir es nicht billiger machen können.«

»Egal wie. Egal wie.«

Endlich schliefen sie ein. Um Mitternacht öffnete ein Wächter klirrend die Tür und ging zwischen ihnen hindurch, einen Spieß stoßbereit in der Hand. Ein zweiter stand mit einer Lampe in der Tür. Sie gingen geräuschvoll hinaus. Einige von den Peshtak bewegten sich ein wenig, aber die meisten blieben reglos. Erst jetzt, als Mour eingeschlafen war, fiel Stel der Gestank in dem Raum auf. Er konnte nicht schlafen. Wieder beschloß er, zu beten, aber wieder tauchte das vertraute Problem mit seinen Gefühlen gegenüber Aven auf. Er hatte jedoch gesehen, daß Aven die klarste Gottesvorstellung war, die er bisher kennengelernt hatte. Er beschloß, auf die vertraute Weise zu beten und dann sein Gebet mit eigenen Worten zu erweitern, da sich seine Ansichten geändert hatten. Plötzlich war ihm, als befinde er sich auf völlig unbekanntem, unsicherem Boden – eine Stelle in seinen Gedanken war fremder als der Ort, an dem jetzt sein Körper zwischen den schlafenden Sklaven lag. Aber er wußte, wenn er jemals gebetet hatte, dann mußte er es jetzt tun.

In der nächsten Nacht kam Sufy nicht. Mour erklärte, daß sie wahrscheinlich nicht konnte. Irgendein Soldat hatte Anspruch auf sie erhoben, und sie mußte ihm willfahren. Stel hatte den Tag mit Wischen und Schrubben verbracht, in einer Mannschaft, die in den Häusern der Oberschicht arbeitete, welche im Westen, nahe an der Mauer, zusammengedrängt lagen. Die Tantal behandelten ihn, als sei er Luft. Sie wirkten nicht so brutal wie ihr Militär. Die Häuser waren meist aus Stein, hatten hübsche Reliefs und bequeme Grundrisse.

In einem Heim hörte Stel von oben seltsame Musik und aus vollem Herzen kommendes, fröhliches Gelächter. Er bildete sich langsam seine ersten Ansichten über Ginesh, aber bisher war es ihm noch ein Rätsel. War das Militär irgendwie außer Kontrolle geraten? Wie konnte die Gesellschaft solche Widersprüche enthalten?

Sufy kam auch in den beiden nächsten Tagen nicht. Am vierten Tag ging sie auf der Straße an ihnen vorbei, mit einem Bündel Kleidung in der Hand. Sie schaute sie nicht an, sondern zuckte nur leicht mit dem Kopf, als sie da vorbeikam, wo sie die Straße fegten.

Mour rückte dicht an Stel heran. »Sie will sagen, deine Tochter ist da oben. Nein. Schau nicht hin! Halte die Augen gesenkt! Wirf nur einen kurzen Blick hinauf, wenn du dich umdrehst.«

Das tat Stel, und er sah ein Steinhaus mit vergitterten Fenstern, hoch und mit dicken Mauern, ohne Verzierungen. »Was ist das?« fragte er.

»Eine Residenz. Das ist ihre Bezeichnung dafür. Da wohnt der Informationsmeister. Eine große Kartoffel bei der Zentralen Weisheit.«

»Bei was?«

»Spion. Der Leiter aller Spione in der Stadt. Sie werden ihr sonderbares Zeug zu essen geben, dann alle ihre Gedanken herauslöffeln wie ein rohes Ei aus seiner Schale, und ihre eigenen dafür hineinpissen. Vielleicht ist es schon zu spät.«

Stel schauderte und begann, heftiger zu kehren.

»Langsamer, Pelbar!« sagte Mour. »Nicht so schnell!«

Dahn hatte sich bei Nacht in ihrem Pfeilboot den Cog hinuntergeschlichen. Als sie den Arge erreichte, ruderte sie ungehemmter, aber immer nur bei Nacht. Als sie gerade in einem Weidendickicht rastete, hörte sie leises Singen und

Geräusche von Booten. Sie schob das Dickicht ein wenig beiseite und schaute hinaus. Ein großer Trupp Männer ruderte stromaufwärts. Sie erkannte mehrere Boote wie das ihre, und einige Pelbar-Kleidungsstücke. Auch blondere Männer mit langem, geflochtenem Haar waren darunter. Sie kauerte sich wieder zusammen, wußte nicht, was sie tun sollte. Aber sie waren sicher auf dem Weg zur Portage. Bestimmt hatten sie soviel Erfahrung, daß sie sich ihr mit Vorsicht nähern würden. Sie biß sich auf die Lippen. Als dann die letzten nicht weit entfernt an ihr vorbeizogen, stand sie unversehens auf und schrie: »Wartet!«

Sofort drehten die Boote bei. Die Männer, die Waffen hatten – seltsame, keulenähnliche Dinger –, drehten sich um. Dahn winkte, und das Leitboot kam im Bogen zurück, die ganze Flottille stieß auf sie zu, während sie in den Fluß hineinwatete, und plötzlich wurde sie sich ihrer zerlumpten Kleidung bewußt. Sie faßte den Bug des ersten Bootes, das auf sie zuglitt. Dahinter schob sich ein Pfeilboot heran, das von einem jungen, blonden Mann im Bug und einem großen, mit rötlichem Haar im Heck gesteuert wurde.

»Ganz allein?« fragte der Rothaarige. »Brauchst du Hilfe?«

»Ich ... ich bin Dahn. Peshtak. Ich bin in Stels Boot auf dem Weg nach Pelbarigan.«

»In Stels Boot? Hast du Stel getroffen?«

»Ja. Ich habe euch angehalten, weil die Tantal an der Portage sind.«

»Ha. Das dachte ich mir. Wieviele?«

»Ich weiß nicht. Drei Schiffe. Zwanzig Hände vielleicht oder mehr.«

»Zwanzigmal zwei Hände?«

»Eine.«

Der Rothaarige stieg aus dem Boot und watete mit erhobenen Händen zu ihr ans Ufer. Sie zögerte. »Gib mir deine Hände, Kleines«, sagte er. Zitternd legte sie sie gegen die seinen. Lachend klatschte er noch zweimal darauf. »Ich bin Blu und lebe in Pelbarigan. Meistens. Wo ist dein Boot?«

Dahn machte eine Handbewegung zu den Büschen hin, und Blu ging an ihr vorbei und drang ins Weidendickicht ein.

»Hungrig?« fragte der Junge in Blus Boot. Er hielt ihr einen rundlichen Laib hin.

Dahn nahm ihn und biß hinein. Das Brot war hart und aromatisch, sie kaute mit Heißhunger daran, und plötzlich brach sie in Tränen aus. Blu trat von hinten heran und legte den Arm um sie, dann hob er sie auf wie ein Kind und setzte sie in der Mitte des längeren Bootes ab. Er hatte Stels Nachricht auf dem abgeflachten Stock in der Hand. Die gab er dem Mann hinter Dahn.

»Destri«, rief Blu. »Such eine freie Insel. Wir müssen uns erst einmal damit befassen.« Ein Mann in einem Pfeilboot hob sein Ruder und machte sich auf den Weg flußaufwärts. Blu kletterte in Stels Boot, und alle fuhren weiter den Fluß hinauf. Dahn kam sich fremd und verloren vor. Schließlich wandte sie sich dem Mann zu, der im Heck ihres Bootes stand. Wieder fegte ein sonderbares Gefühl über sie hin. Der Mann hatte Stels Gesicht, war aber jung und straff, mit einem anderen Zug, finster und wild, der Stel abging.

»Du ...«

»Ja?«

»Stel. Du siehst so aus wie er.«

Der junge Mann runzelte die Stirn. Sie mußte ihre Feststellung langsam wiederholen. Er senkte den Blick. »Ich war sein Sohn«, erwiderte er. »Aber er hat mich verleugnet.«

Wie meinte er das wohl? Sie überlegte. Dann sagte sie: »Aber Stel und ich sind jetzt blutsverwandt.« Sie hob ihren Daumen mit der Narbe. »Also bist du mein Bruder.« Sie lächelte. Er starrte sie an, dann lächelte er zurück.

Während alle auf der Insel rasteten und aßen, beschrieb Dahn dem Kreis von Männern ihre Erlebnisse, Stels rechtzeitiges Eingreifen, ihre Rettung und seinen Aufbruch. Sie mußte langsam sprechen und einige Passagen wiederholen. Blu war offensichtlich höchst interessiert daran, etwas über die Tantal an der Portage zu erfahren. Sie beschrieb, was sie gesehen hatte und schloß: »Inzwischen haben sie ihre Wohngräben fertig und auch ihre neuen Raketen aufgestellt. Es wird schwer sein, sie auszuheben.«

Blu runzelte die Stirn und überlegte. »Vielleicht. Aber sie sind jetzt in unserem Land. Sie sind nicht auf Schiffen. Sie haben keine Stadt. Wir haben die Würfel in der Hand. Sie dürfen nur die Augen ablesen. Wenn nötig, haben wir einen großen Teil des Sommers zur Verfügung. Ich habe in Nordwall einen Onkel an die Tantal verloren. Diesmal gehen wir auf Jestaks Art vor, auf die Art der Pelbar. Und dich schicken wir mit jemandem flußabwärts, junge Frau.«

»Nein. Ich will mitkommen. Ich habe hier Stels Sohn gefunden.« Sie drehte sich leise lachend um und streckte ihm die Hand entgegen. »Er hat mir aber noch nicht gesagt, wie er heißt.«

»Garet. Und du bist ... Dawn?«

»Dahn.«

Blu grinste jungenhaft. »Garet wird auf dich aufpassen, Dahn. Dann komm eben mit uns, aber halte dich von den Kämpfen fern.«

»Vielleicht kann ich euch die Flüsse hinaufführen.«

»Den Cog werden sie beobachten. Wir verlassen die Flüsse, ehe wir ihn erreichen.«

VIERZEHN

Endlich hob Suffis eines Nachts nach der Zählung der Wache das Gitter, und Stel glitt das Loch hinunter und folgte ihr in den Tunnel. Wieder zwängten sie sich durch ein Labyrinth und gelangten endlich in einen kleinen Raum. Sie steckte mit Zunder eine kleine Öllampe an, lehnte sich gegen die Steinmauer und betrachtete ihn. Er saß ihr schräg gegenüber. Selbst wenn sie die Knie anzogen, berührten ihre Füße die andere Wand.

»Pelbar. Hast du jetzt eine bessere Vorstellung, wo du hineingeraten bist?«

»Eine Schweinerei. Wirklich eine Schweinerei. Ich wollte Raydi holen, aber es ist leicht einzusehen, daß ich nicht fortgehen kann, ohne alle mitzunehmen.«

»Nicht alle. Die Farmarbeiter lassen wir hier.«

»Warum? Sind sie keine ...?«

»Peshtak? Doch. Aber sie sind wirklich in das System eingegliedert. Sie wurden alle gefangen, als sie noch klein waren, man hat sie mit Drogen behandelt, ausgebildet und geformt. Sie glauben jetzt, daß die Tantal recht haben. Sie *kennen* nichts anderes.«

»Ich verstehe nicht.«

»Genau dasselbe, was sie jetzt mit deiner Tochter machen. Aber langsam, weil sie soviel wie möglich aus ihr herausholen wollen.«

»Sie ist noch jung. Viel kann das nicht sein.«

»Viel mehr, als du dir vorstellst. Sie hat ihr ganzes Leben bei euch verbracht, nicht wahr?«

»Natürlich.«

»Dann wird sie ihnen alles erzählen, woran sie sich erinnert. Danach werden sie sie mit ihren Methoden umformen und sie zur Farmarbeit abstellen.«

»Umformen?«

»Wir wissen nicht genau, wie das alles gemacht wird. Aber wir wissen, daß sie mit der Zeit alles in sich aufnehmen und ihnen glauben wird. Dann ist sie unbrauchbar. Sie wird ihr ganzes Leben lang für sie schuften und noch davon überzeugt sein, daß sie im Recht sind.«

Stel schauderte. »Haben sie das auch bei dir versucht?«

»Sie versuchen es bei allen neuen Gefangenen. Mit den Drogen können sie uns vielleicht verwirren, aber bei einem erwachsenen Peshtak kommen sie nicht durch. Das wissen sie jetzt. Also brechen sie die Männer nur, indem sie sie kastrieren, und die Frauen durch ... Mißhandlung und sexuelle Demütigung.«

»Laß nur. Ich verstehe es nicht. Wieso es nicht funktioniert, meine ich.«

Sie lächelte ihn schief an. »Du kennst den Gesang des Propheten Fayur nicht. Er hat uns gelehrt, daß Haß eine Kraft ist. Beherrschte Wut ist nicht zu überwinden. Wie haben wir in unseren Bergen überlebt, von Feinden umgeben? Wir können hassen.«

»Aber die Kinder haben das noch nicht richtig gelernt. Ich verstehe.« Stel überlegte. »Das ist mir alles fremd. Die Pelbar gehen davon aus, daß Liebe eine Kraft und Haß Schwäche ist.«

Sufy prustete empört. »Deshalb habt ihr ja alle diese zehn Hände von Jahren hinter Mauern gelebt.«

»Aber jetzt nicht mehr. Ganz Urstadge wird sich um das Volk des Heart-Flusses scharen. Es geschieht schon jetzt. Sogar einige Peshtak sind dabei. Es hat keinen Sinn, uns zu hassen.«

»Im Augenblick haben wir genügend mit den Tantal zu tun. Hast du einen Plan?«

»Ein paar Ideen. Ich glaube, wir können die ganze Flotte und auch die Häuser in dieser Stadt verbrennen. Wir brauchen dazu nur einige Sachen in die Speicher und in die Laderäume der Schiffe zu bringen und darauf zu warten, daß Zeit und Verdunstung das ihre tun. Wir müssen uns beeilen, ehe die Invasionstruppe aufbricht. Wenn wir warten könnten, bis die Schiffe beladen sind, dann die Stadt ablenken und schließlich zwei oder drei Schiffe stürmen und rasch ablegen, wäre es zu schaffen.«

Sufy sah ihn finster an. »Einfach so?«

»Ich werde es dir erklären. Aber du mußt mir einiges erzählen. Ich verstehe diese Gesellschaft überhaupt nicht. Sie kommt mir so sonderbar vor. Die Armee unterscheidet sich so sehr von allen übrigen. Und der Tempel im Zentrum. Kannst du mir das alles erklären?«

Sufy seufzte. »Auch mir kommt es ziemlich merkwürdig vor. Das ist es auch. Die ganze Stadt ist eigentlich in drei Gruppen unterteilt. Und uns. Die Armee ist eine starke Kraft. Sie ist brutal und sehr stark. Aber sogar sie verhält sich gegenüber den Leuten von der Zentralen Weisheit sonderbar gefügig. Die Zentrale Weisheit unterteilt sich in zwei Klassen – die wirklichen Herrscher und die arbeitenden Priester. Die letzte Gruppe ist die Arbeiterklasse. Sie haben die Aufsicht über die Sklaven und arbeiten als Handwerker und Untergebene in der Stadt. Sie liefern der Armee junge Männer – als Abgabe sozusagen –, aber auch sie haben keine Macht. Sie gewinnen Macht durch das, was sie aus uns herausholen können. Das ist ihre wichtigste Möglichkeit, bequem leben zu können.«

»Woher hat diese Zentrale Weisheit soviel Macht?«

»Vom Tempel. Durch die Verehrung Blans. Sie haben alle überzeugt, daß die Tantal die Auserwählten Blans sind und daß sie selbst – die Familien aufgrund ihrer Abstammung – von Blan erwählt wurden, die anderen zu führen.«

»Blan. Das Idol.«

»Er ist ein Gott. Er ist wirklich mächtig. Er vernichtet Menschen. Sogar die Priester. Deshalb lassen sogar die arbeitenden Priester uns Peshta-Sklaven die meisten Dinge im Tempel machen.«

»Es ist gefährlich, wenn man ihm zu nahe kommt.«

»Wie – haben sie dir das gesagt?«

»Nein. Es ist offensichtlich. Ich habe schon Menschen gesehen, die durch Strahlung geschädigt waren. Blan ist nichts anderes als eine alte Statue voller Radioaktivität aus der Zeit des Feuers.«

Sufy zuckte voller Angst zurück, die sich langsam zu stillem Entsetzen auswuchs, als sie über das nachdachte, was Stel gesagt hatte. »Woher weißt du das?« fragte sie.

Stel erzählte ihr kurz von seiner Reise nach Westen und von den sterbenden Ozar, die er am Rand des Gebirges kennengelernt hatte. Er erklärte, was ihm Celeste und Eolyn von atomarer Strahlung gesagt hatten. Sie starrte ihn mit einer Mischung aus Unglauben und großem Respekt an. Schließlich sagte sie: »Du bist ein Gott.«

»Quatsch. Ich bin ein Vater auf der Suche nach seiner Tochter. Wir leben in einer seltsamen Welt, Suffis, und die Alten haben sie ... – nun, sie haben ihre Sonderbarkeit und ihre Schrecken verstärkt. Eolyn hat mir erzählt, daß früher einmal alle Menschen vom östlichen bis zum westlichen Meer eine Nation waren, eine Regierung hatten, unter einem Gesetz lebten. Und hier verhalten sich die Überlebenden zueinander wie Wilde.«

Die beiden sprachen bis tief in die Nacht hinein miteinander und beschlossen unter anderem, daß Sufy Stel den Trupps zuteilen sollte, die das Museum und den Tempel reinigten. Er verstand nicht, wie sie das arrangieren wollte, aber sie vertraute ihm an, daß die Sklaven eine ausgeklügelte Organisation besäßen, mit mehr Einfluß, als sich selbst die Informationsmeister träumen ließen.

»Das Museum«, erklärte sie, »ist eine Art Steckenpferd, aber dort findest du am ehesten – wie hieß das alte Metall, das du haben wolltest?«

»Platin.«

»Ja. Was immer das ist. Du wirst merken, daß der Museumswärter ein sonderbarer Mensch ist. Er heißt Fenn. Wir haben ihn eingeschüchtert, indem wir ihm erzählten, daß seine Mutter eigentlich eine Peshtak war, und daß er, wenn wir *das* an der richtigen Stelle bekanntwerden ließen, seine Stellung verlieren und zum Landwirtschaftssklaven degradiert werden würde. Er ist ein ziemlicher Feigling, aber ich glaube, das kommt vor allem daher, daß er nur Dinge sieht, die ganz in seiner Nähe sind.«

»Kurzsichtig.«

»Wie immer du es nennen willst. Er ist für einen Tantal ungewöhnlich freundlich, und das haben wir uns zunutze gemacht. Und wozu brauchst du nun dieses Metall?«

»Das Platin? Es wird uns helfen, die richtige Säure zu machen. Und damit können wir Phosphor herstellen, wenn wir die Mineralien aus dem seltsamen See verwenden.«

»Ich sehe es jetzt«, sagte sie. »Du bist ein Gott. Du bist das Gewicht, das die Waagschale herunterziehen wird – wenn du am Leben bleibst. Ich kann dir aber genauso gut schon jetzt sagen – wenn deine Tochter irgend etwas von dem Plan oder uns in Gefahr bringt, wird sie nicht überleben.«

Stel fröstelte, aber wie er so dasaß, sah er ein, wie berechtigt diese Bemerkung war. Die Last seiner Verantwortung kam ihm nun noch schwerer vor. »Ja«, sagte er. »Ich verstehe.«

»Und jetzt mußt du zurück. Du darfst mich Sufy nennen. Und du mußt mich umarmen, ehe du gehst.«

Stel war verblüfft. Sufy ließ sich auf die Knie nieder und beugte sich unter der niedrigen Decke zu ihm vor, sie legte die Arme um ihn, drückte ihn fest an sich und preßte dabei ihr Ohr heftig gegen das seine. Dann begann sie zu weinen, zuerst nur leise, dann immer tiefer schluchzend. Sie rieb seinen kahlen Kopf und küßte ihn. Stel hielt sie ebenfalls in den Armen und spürte, wie sich ihr harter Körper an seinem zu reiben begann.

»Ich ... ich bin verheiratet, Sufy«, sagte er.

»Ich weiß. Ich weiß. Es ist nur ... sie zwingen mich, scheußliche Dinge zu tun. Aber ich selbst ... Und alle die Männer hier sind ...«

»Nicht. Bitte sprich nicht darüber.«

»Hör zu, Stel! Ich tue alles, was sie wollen, wenn ich weiß, daß wir auf lange Sicht etwas dabei gewinnen. Soweit bin ich schon. Aber ich brauche ein wenig Trost. Ich muß wissen, daß dadurch etwas anders wird. Ist das zuviel verlangt?«

»Nein. Ich ... ich werde dir soviel Trost geben, wie ich nur kann. Meinen besten Trost. Aber ich ... ich bin meiner Frau nie untreu geworden. Und ich komme nicht über die Vorstellung hinweg, daß Raydi nicht hier wäre, wenn ich mich nicht einmal fast vergessen hätte. Dann wäre sie jetzt zu Hause.«

»Du würdest uns also um deiner Tochter willen alle im Stich lassen?«

»Jetzt nicht mehr. Ich bin hier. Ich habe mich verpflichtet. Entweder kommen wir alle raus, oder keiner von uns. Sufy, vielleicht bin ich abergläubisch. Ich weiß es nicht. Mir liegt überhaupt nichts an mir selbst. Aber ich weiß eines: Als ich meinen größten Fehler gemacht habe, da habe ich ... nur meine eigenen Interessen im Auge gehabt. Ich will das hier nicht auch verpfuschen.«

Sufy lehnte sich zurück. Dann beugte sie sich vor und küßte ihn sanft und vorsichtig auf den Mund. »Ich müßte dich eigentlich hassen«, sagte sie.

»Würde dir das Macht verleihen?«

»Diesmal nicht. Nicht über dich. Es ist Zeit. Weißt du, wie du zurückkommst?«

»Nein. Ausgeschlossen.«

»Komm! Du mußt es dir einprägen.«

Zwei Tage später wurde Stel dazu eingeteilt, das Museum und seine kleine Bibliothek zu reinigen. Sufy war fleißig gewesen. Stel wurde mit einer Mannschaft zum Viertel der Zentralen Weisheit geführt, dann sonderte ihn der Wächter in der Nähe eines merkwürdigen, kegelförmigen Gebäudes aus und schickte ihn mit seinen Lappen und seinem wassergefüllten Eimer hinein. Der Wächter klopfte mit dem Griff seiner Keule an die Tür. Von drinnen sagte eine scharfe Stimme: »Herein! Die Tür ist offen.« Der Wächter schob die Tür auf und stieß Stel hinein, wobei er ein wenig Wasser verschüttete. Stel blieb sofort stehen, um es aufzuwischen. Er hörte Schritte und sah zwei dürre lange Füße in Sandalen, mit ungeschickter Zehenstellung, am Rande der Pfütze stehen.

»Name?«

»Oad.«

»Was ist das, ein nicht sehendes Auge mit Augen im Inneren, ein Auge, das zerstört wird, damit Augen sehen können?«

»Wie?«

»Schon wieder so ein Knochenschädel.«

»Natürlich, Herr.«

»Haben denn die Peshtak keine Rätsel?«

»Ach, Herr, wir sind gerade erst aus dem Ei geschlüpft.«

»Ha. Sehr gut. Schau zu mir auf. Hmm. Warum summen dann die Insekten?«

»Das weiß jeder, Herr. Sie kennen den Text nicht.«

»Ist das schon so alt? Kennst du auch welche?«

»Du mußt mir sagen, wo ich saubermachen soll, Herr.«

»Schon gut, schon gut. Aber vorher ein Rätsel. Sag mir eins. Komm, komm! Sag schon!«

»Ich ... ich habe sie alle vergessen. Ich glaube, ich sollte nicht ...«

»Vergiß, was du solltest! Und sag mir dafür ein Rätsel.«

»Ja. Nun. Ich ... hm ... ich erinnere mich an ein Kinderrätsel von Bara.«

»Ja, ja. Ein Kinderrätsel. Sag es, sag es!«

»Niemand sieht meine glänzende Spur
von einem Fuß, der ein Schwanz ist nur.
Doch die Morgensonne zeigt, wo ich kroch,
und auf dem Rücken mein Haus trag ich noch.«

»Pah. Das muß aber für sehr kleine Kinder sein. Naja, nicht schlecht, aber die letzte Zeile verrät alles. Und jetzt fang mit dem Saubermachen an! Hier. Stell zuerst das alles hin! Nimm den Lappen! Wische alles ab! Laß dir Zeit dazu! Diese Geräte werden dich fast den ganzen Tag in Anspruch nehmen. Und alle Bücher, bis auf die alten in diesem Schrank. Morgen kommst du wieder. Du oder ein anderer. Wo hast du diese Narben her?«

»Narben? Oh, das war vor langer Zeit. Bin glücklich hier, Herr.«

»Quatsch! Vergiß nicht, freundlich zu sein. Laß dir Zeit! Und sag auch nicht mehr ›Herr‹ zu mir, außer, wenn jemand da ist. Fenn. Ich heiße Fenn. Los! Sag es!«

»Fenn.«

»Fenn. Warum hat man dich nur Oad genannt? Ein schleimiger Name. Los! Sieh mich an!«

Stel blickte zu Fenn auf, und als er ihn nun richtig anschaute, stellte er fest, daß der Mann jung, sehr groß und dürr war und große Schneidezähne und Sommersprossen hatte. Sein Gesicht wirkte intelligent und freundlich. Sein hellbraunes Haar stand vom Kopf ab wie Stroh. Stel sah, daß es dünn war – und nicht nur oben, sondern überall. Er runzelte ein wenig die Stirn.

»Du bist schon älter. Gut. Weniger Schwierigkeiten. Warum runzelst du die Stirn?«

»Du warst in der Nähe des Gottes?«

»Nein. Warum fragst du das?«

»Du siehst so aus.«

Fenn schlug die Augen nieder. »Alle hier im Museum sehen irgendwann so aus. Wir leben nicht lange. Blan hält diese Arbeit wohl für wichtig – wie die der Priester. Alle wichtigen Leute läßt er früh altern.«

»Um euch zu sich zu nehmen?«

»Ja.«

Stel wußte nun, daß es in dem Raum eine Strahlungsquelle geben mußte. Er ließ seine Augen umherschweifen. Auf den ersten Blick war nichts ersichtlich. Er mochte Fenn schon jetzt. Er senkte wieder den Blick, begann mit seiner Arbeit und staubte sorgfältig namenlose Artefakte aus alten Zeiten ab. Fenn stand in einer entfernten Ecke des Raums, kehrte Stel den Rücken zu und beugte sich über einen Tisch mit einigen kleinen Gegenständen darauf. Stel hielt sich fern von ihm und schob sich langsam auf die massiven, komplizierten Geräte zu, für die er, wie Fenn gesagt hatte, fast den ganzen Tag brauchen würde, um sie zu säubern.

Auf einigen der Apparate sah Stel einen Anflug von Rost. Einer sah aus wie ein Webstuhl, aber verwirrend kompliziert. Schließlich erreichte er ihn und begann, jedes der vielen Teile sorgfältig abzuwischen, dabei studierte er das Ding. Bald erkannte er eine Reihe von Merkmalen, die eindeutig Verbesserungen gegenüber dem Webstuhl der Pelbar darstellten, dort aber leicht eingebaut werden konnten.

Er warf einen Blick auf Fenn. Beobachtete ihn der Tantal? Er wußte es nicht. Nach einiger Zeit erhob sich Fenn, streckte sich und kam zu Stel herüber. »Oad. Was meinst du, was das ist?«

»Ein Folterinstrument?«

»Ha. Nein. Ich glaube nicht. Denk nach! Tragt ihr zu Hause nur Häute?«

»Nein, Herr ... ah ... Fenn.«

»Es ist also ein Rätsel. Ein Rätsel für dich zum Abstauben. Bist du sicher, daß du es nicht weißt? Du willst mir doch nicht ausweichen? Nein. Ich weiß, daß du mir ausweichen willst. Das könnt ihr – ausweichen. Sonst könnt ihr nichts. Nichts.«

»Nein, Fenn. Niemals. Das Gewebe deiner Worte ist für mich zu fein.«

»Ha. Du hast es also gewußt. Mit dir werde ich meinen Spaß haben. Sieh es dir an – es ist soviel besser als das, was wir verwenden, aber ich kann die Handwerker nicht dafür interessieren, es als Modell zu benützen. Narren. Sie kaufen lieber Tuch von den Seliganis, das meist in Innanigan hergestellt wurde und sich durch den Handel noch verteuert. Wir könnten selbst welches herstellen.«

Stel war bis zum Spätnachmittag damit beschäftigt, sorgfältig den Maschinenwebstuhl zu säubern, er bewunderte die Metallteile und prägte sich den Mechanismus ein, so gut er konnte. Dann begann er mit der zweiten Maschine, die er als eine Art von Mähmaschine erkannte. Auch sie war kompliziert und faszinierend. Als er fertig war, arbeitete er sich zu Fenn vor, der immer noch etwas ordnete, was, wie Stel jetzt sah, eine Sammlung alter Münzen war. Platin sah er keines. Als er sich dem jungen Mann näherte, zirpte plötzlich Celestes Strahlungsdetektor unter seiner groben Kleidung. Fenn schaute auf.

»Ja? Oad?«

»Hm. Äh. Mir ist noch ein Rätsel eingefallen. Aus der Kinderzeit.«

»Ja?« Der Detektor zirpte wieder. »Was?«

»Nichts. Nur etwas in der Kehle. Es geht so:

»Ich bin eine Muschel im Fleisch, meiner Spiralen
Schwung durchpulset stürmisch das Blut. Es hängt meine
kleine Zung'
unnütz, es sei denn, zur Zier. All diese Worte strahlen
in meinen Bau – und erhalten Bedeutung.«

»Viel zu einfach. Warum gehst du weg von mir? Du brauchst keine Angst zu haben.«

»Um meiner Sicherheit willen, Fenn. In dieser Ecke ist Blan.«

»Was? Was soll das heißen? Nun, das ist ein Rätsel.« Fenn wirbelte herum und wich zurück.

»Geh! Stell dich da hinüber an die Tür und halte dir die Ohren zu! Vielleicht ist es schon jetzt zu spät. Frage mich nicht, was ich damit meine! Man hat mir gesagt, daß du mit uns sympathisierst.«

»Ich bin ein echter Tantal. Was ...«

»Schon gut. Dann laß es! Es ist nicht so wichtig.«

Fenn schaute ihn an. Dann drehte er sich um, stellte sich neben die Tür und hielt sich die Ohren zu. Stel schaute ihn an. Dann ging er um den schrägen Tisch mit den Münzen und dem Buch voll sorgfältiger Notizen herum. Der Detektor ertönte wieder, dann begann er gleichmäßig zu zirpen. Stel ging auf ein Regal zu, auf dem eine lange Stange oder ein Rohr lag, auf dem einige Zahlen und Buchstaben eingeprägt waren. Das Zirpen verstärkte sich und wurde zu einem durchgehenden, hohen Pfeifen. Stel wich zurück, und es zirpte wieder. Dann ging er noch einmal näher heran, wieder setzte das durchgehende Pfeifen ein. Er machte ein paar Schritte rückwärts, drehte sich dann um und ging zu Fenn an die Tür.

»Werden dir die Zähne locker?«

»Die Zähne? Ein wenig. Das kommt von Blan. Was ...?«

»Wie ist deine Sehkraft?«

»Nicht ... nicht gut. Ich arbeite zuviel bei schwachem Licht. Ich ...«

»Wirst du mich schützen, wenn ich dir etwas sage, was zu deinem eigenen Nutzen ist?«

»Was? Ja. Wenn es nicht unloyal ist.«

»Es ist nicht unloyal gegenüber etwas Gutem. Die Stange auf dem Regal. Du mußt sie in eine Kiste legen und sie irgendwo hinausbringen und vergraben. Tief. Vergiß nicht, wo sie ist. Wenn nötig, mach ein Ersatzstück, das genauso aussieht. Diese Stange enthält Blan, den Gott. Vielleicht kannst du sie in den Tempel bringen und sie ins Innere von Blan stecken, wenn der Gott hohl ist.«

Schon bei dem Gedanken zuckte Fenn zurück. »Was? Ich ...«

Stel legte ihm die Hand auf die Schulter. »Ehe ich versklavt wurde, hatte ich einen Sohn, der dir ähnlich war. Ich will nicht, daß du an Blans Gift stirbst. Bitte. Du mußt das tun. Ich werde dir helfen, wenn ich kann.«

Fenn setzte sich. »Ich verstehe nicht.«

»Ich werde es dir auch nicht erklären. Nicht jetzt. Irgendwann einmal vielleicht. Deine Mutter war eine Peshtak, wie ich höre?«

»Was? Wer hat dir ...? Nun ja. Ich nehme an, alle Peshtak wissen das. Ich kann es nicht ändern. Aber ich bin ein loyaler Tantal. Du mußt mich deshalb hassen. Warum willst du ...?«

»Keine Angst. Ich werde nichts vor dir verlangen. Nur

Schweigen – das mußt du mir geben. Das ist doch wohl fair. Dein Leben gegen Schweigen.«

»Mein Leben?«

»Das Stück von Blan auf dem Regal. Es wird dich töten. Entferne es, und du lebst eine ganze Weile länger. Wer weiß, wie tief ...«

»Aber wenn der Gott mich will, warum sollte ich mich wehren?«

Stel schaute ihn an und seufzte. »Es liegt bei dir. Im Augenblick werde ich dir noch ein Rätsel aufgeben, wenn du willst. Aber die Antwort verrate ich dir nicht. Du mußt sie selbst finden. Ist dir das recht?«

»Gut.«

»Vergiß nicht. Du mußt selbst dahinterkommen:

Jenseits des Donnergrollens, wo
kein Wolkengipfel auf mehr steigt,
so dicht wie Odems Hauch, so nah
wie Herzschlag sieht mein Aug' und schweigt.
Fern von mir nur ist Angst, ich sah
brodeln den Zorn im dunklen Kern,
ausbrechen dann in Haß und Streit.
Bei Vogeljungen weil' ich gern,
doch ist der schwächste Stern noch nicht
wie ich so weit.«

»Pah. So etwas gibt es nicht. Das kann alles sein.«

»Vielleicht. Soll ich es dir noch einmal sagen, damit du es aufschreiben kannst?«

»Nicht nötig. Es ist so etwas wie Mut oder irgendein abstrakter Begriff. Wie dieses Buch der Alten. Na gut. Sag es nochmal, dann schreibe ich es für meine Sammlung auf.«

»Was für ein Buch?«

»Da drüben.« Fenn deutete auf einen Holzschrank, dann nahm er von einem Stapel neben den Münzen ein Blatt. Stel sagte das Rätsel noch einmal, es war eigentlich die zweite

Strophe einer Pelbar-Hymne. Er sprach es langsam vor, und Fenn schrieb es nieder. Stel achtete darauf, soweit wegzubleiben, daß sein Detektor nicht reagierte. Fenn dachte wieder stirnrunzelnd über das Rätsel nach. In diesem Augenblick öffnete sich die Tür, und der Wächter trat ein.

»Museumsbetreuer. Der Arbeiter. Bist du nicht zufrieden?«

»Ja, doch ja. Er ist einer der besten Hurensöhne. Schau! Er hat fast all die alten Dinge abgestaubt und gesäubert. Morgen kann er den Rest machen. Gut. Gut.«

»Was hat er jetzt gemacht?«

»Nichts. Ich habe ein Rätsel für das Museum gesammelt. Weißt du, was erst weiß ist, dann klar wird, dann braun und schließlich verschwindet?«

»Das weiß doch jeder. Der Schnee, er schmilzt, färbt dann den Fluß braun mit Schlamm und fließt schließlich weg. Kinderspiel. Komm! Gib mir den dreckigen Kastrierten. Das machst du also? Ihm solche Fragen stellen?«

»Nein. Nur ein paar. Er ist ein guter Saubermacher und ein schlechter Rätselsteller. Ich möchte ihn morgen wieder haben. Einen Tag wenigstens noch. Er ist gründlich. Bringt alles zum Glänzen.«

»Sowieso bloß dreckiger, alter Schrott. Kein Bedarf dafür.«

»Ja. Natürlich.«

»Du. Komm mit!«

Stel folgte ihm mit gesenktem Blick und schlurfend hinaus, dann schlug die große Museumstür hinter ihm zu.

Terog, der Informationsmeister, verhörte Raydi von neuem, als sie im Familienkreis bei der Spätsonnenerfrischung saßen. Das Pelbar-Mädchen sah blaß und gequält aus. Sie trug ein grünes Tantal-Kindergewand mit einem Stirnband aus Metall und sah fast genauso aus wie Orsin, die Tochter des Informationsmeisters, die neben ihr saß.

»So, Raydi, jetzt mußt du uns mehr darüber erzählen, wie sich dieses Boot ohne Ruder und ohne Wind bewegt hat.

Wir haben ein altes Buch, in dem davon gesprochen wird. Wir wissen alles darüber. Wir sind nur neugierig, ob dein früherer Vater den Motor wiederentdeckt hat, von dem auch das Buch spricht.«

»Ich weiß nicht, Informationsmeister, aber ...«

»Hm. Du mußt lernen, uns Vater zu nennen, Raydi. Es ist ein Unglück, was mit deinem früheren Vater geschehen ist. Aber wir werden unser Bestes tun, dich zu unserer eigenen Tochter zu machen. Und jetzt sprich weiter!«

Raydi zögerte und biß sich auf den Fingerknöchel.

Terog lächelte und murmelte: »Sprich weiter, unser Kind!«

»Ich weiß es nicht. Man schüttet Wasser vom Fluß hinein. Und macht ein Feuer, um das Wasser zu erhitzen. Und dann geht die Hitze durch dieses Rohr und bewegt ein heißes Ding hin und her. Das ist mit einem Rad mit Schaufeln dran verbunden, das hinten ist und sich herumdreht.«

»Vielleicht könnte uns Raydi ein Bild malen, Papa«, schlug Orsin vor.

»Ja, ja, ja. Später vielleicht. Nun, Raydi. Ist dieses Boot sehr schnell gefahren?«

»O ja. Als sie es zum erstenmal ausprobierten, funktionierte es nicht richtig. Und es fuhr so schnell, und sie konnten es nicht anhalten, es fuhr auf eine Schlammbank, und mein Vater fiel in den Fluß.«

»Hm. Gut. Er wurde doch sicher nicht schwer verletzt dabei, oder?«

»Nein. Aber er war ganz voller Schlamm.«

Orsin lachte. »Was hat er gemacht?«

»Er ist einfach im Schlamm stehengeblieben und hat auf das Boot gestarrt. Alle dachten, er sei verrückt.«

»Warum hat er das getan?«

»Er hat überlegt, was schiefgegangen war. Er hat es auch herausgefunden, als er da im Fluß stand. Ein paar Tage später sind wir schon aufgebrochen.«

»War das, als du dich im Boot versteckt hast?« fragte Orsin.

»Ja. Ich mußte dort bleiben, bis wir an Nordwall vorbei waren.«

»Nordwall.«

»Ja. Ich habe es nie gesehen. Ich wußte, daß wir dort waren, aber ich mußte in meinem Versteck bleiben. Es war furchtbar.«

»Ist Nordwall groß?«

»Ich weiß es nicht. Ich habe gehört, daß es jetzt von Shumai-Farmen umgeben ist. Es wächst. Es ist jetzt viel größer als damals, als ...«

»Hm. Als damals, als wir dort unser kleines Scharmützel hatten, meinst du.«

»Es tut mir leid. Ich wollte dich nicht daran erinnern.«

»Nun, das macht nichts, unser Kind. Wir haben die Erfahrung gemacht, daß man auch mit den friedlichsten Absichten manchmal auf Feindseligkeit stößt. Wir wollten nichts anderes, als für unsere Expedition nach Süden um Proviant für den Winter zu bitten.«

Raydi schaute ihn erstaunt an.

»Du hast zweifellos eine andere Geschichte gehört, unser Kind«, seufzte Terog. »Dein früheres Volk hat eine Grausamkeit in sich, die ... nun, lassen wir das, unser Kind. Wir wissen, daß es für dich schmerzlich sein muß.«

»Nein.« Raydi runzelte die Stirn. »Schmerzlich?«

»Ein besseres Verhalten zu lernen. Zu lernen, daß deine Gesellschaft zutiefst grausam war. Auf ihre Art noch schlimmer als die Peshtak. Wir hörten, daß deine frühere Mutter in der Armee ist – sogar als Offizier.«

»Sie ist Leiterin der Garde, Informationsmeister, aber ...«

Terog hob die Hände, um sie zum Schweigen zu bringen. »Raydi, unser Kind, du mußt lernen, uns Vater zu nennen! Wir bestehen darauf! Wir haben nicht auf allzuviel bestanden, aber du ißt an unserem Tisch hier, und wir müssen darauf bestehen. So. Jetzt ist es Zeit für deine Abendlehrstunde.« Er klatschte in die Hände. Ein kleiner, untersetzter Mann trat ein und nahm Raydi bei der Schulter. Sie senkte den Blick und stand auf, um ihm zu folgen.

»Vergiß nicht, unser Kind: Einprägen ist ein Weg zur Wahrheit – es macht sie zu einem Teil von dir! Hilf Porif, dich zu unterrichten. Arbeite mit ihm zusammen, und du wirst im Geiste so wachsen, wie du es körperlich getan hast. Dessen sind wir sicher.«

Raydi antwortete nicht, wurde aber mit gesenktem Blick weggeführt.

»Nun, was meinst du?« fragte die Frau des Informationsmeisters.

»Ich weiß nicht, Corpoll. Wir lernen langsam. Ich wünschte, ich wüßte, wie das Boot funktioniert. Mit einer Flotte davon könnten wir das ganze Meer kontrollieren. Nachdem dieses eine jetzt auf dem Meer ist – wenn wir nur einen Weg finden könnten, es an uns zu bringen. Es muß eine Möglichkeit geben. Das Mädchen sträubt sich. Ich wollte, ich könnte verstehen, wie sie es schafft, sich gegen Porif zu wehren. Sie ist bisher die härteste – härter als alle Peshtak.«

»Es ist Aven, Papa«, sagte Orsin. »Hat sie dir von Aven erzählt? Sie sagt, Aven ist Gott.«

»Gott? Aven ist Gott? Blan ist Gott, Orsin, und er gehört uns. Du siehst doch, wie die Peshtak-Kinder das lernen.«

»Ja, Papa. Ich wollte doch nur helfen.«

Terog saß da und klopfte die Finger gegeneinander. »Aven. Ich werde sie dazu bringen, mir alles über Aven zu erzählen. Vielleicht hilft die Hypnose, Aven zu eliminieren.«

Spät in dieser Nacht lockte ein leises Klopfen im Schlafsaal der Sklaven Stel ans Gitter im Boden.

Sufy flüsterte herauf: »Ich habe nur einen Augenblick Zeit. Was hast du erfahren?«

»Noch nicht viel. Ich glaube nicht, daß er uns hilft. Aber ich glaube auch nicht, daß er uns verraten würde. Etwas im Museum hat ihn mit Strahlung verseucht. Ich habe ihm gesagt, er soll es heute nacht vergraben. Hoffentlich tut er es. Platin habe ich keines entdeckt. Wahrscheinlich wäre es in

Ringen zu finden. Aber es gibt soviel, was ich noch nicht gesehen habe. Morgen werde ich mich noch einmal dort umsehen. Er hat von einem alten Buch gesprochen. Das muß ich sehen, aber es ist etwas für mich – hat nichts mit der Flucht zu tun. Letzten Endes könnte es die mächtigste von allen unseren Waffen sein.«

»Das verstehe ich nicht.«

»Ich auch noch nicht. Aber die Atherer suchen schon die ganze Zeit nach einem alten, religiösen Buch. Einem Quellenbuch für viele Religionen. Es …«

»Zu welchem Zweck?«

»Es spiegelt sich wider in ihrer Religion, in der der Pelbar, sogar in der von den Inseln im Osten. Wenn es das richtige ist. In Ideen liegt die wirkliche Macht, Sufy. Das weißt du.«

»Stel. Wir wollen hier herauskommen. Dazu brauchen wir Werkzeuge, Waffen.«

»Ja. Aber wenn wir wirklich herauskommen? Was dann? Wir müssen an den ganzen Krieg denken, nicht nur an diese eine Schlacht.«

»Im Augenblick reicht mir diese Schlacht völlig. Na gut. Du hast noch einen Tag im Museum. Dann kommt der Tempel Blans. Und dann ist es Zeit, dich wieder gegen Oad auszutauschen.«

»Richtig. Werde ich dich sehen?«

»Erst wenn du fortgehst – falls ich kann. Vergiß nicht: Kein Idealismus. Wir wollen keine alten Bücher mitnehmen. Das ist ein Krieg – ich meine das ganz verzweifelt ernst, Stel.«

»Richtig. Ich weiß. Keine Angst.« Stel streckte seine Finger durch das Gitter hinunter, und sie berührte sie, dann ging sie, ohne sich zu verabschieden.

Nahe an der Mündung des Cog-Flusses befand sich ein kleines Lager der Tantal, einen halben Ayas vom Strom selbst entfernt, in einer kleinen Schlucht verborgen. Von da schickten sie abwechselnd Trupps von zwei Männern, um den Fluß zu beobachten.

Ein Tantal saß mit einer Holzschüssel da und aß Eintopf.

»Puh. Du kochst wie ein Salamander, Enem.«

»Dann koch du doch! Aus diesem verfluchten Zeug hier kann ich nichts kochen. Wir haben nichts als Scheiße zum Kochen.«

»Scht«, sagte ein anderer. »Kein Streit! Still!«

»Wir sind nun schon so lange schweinsnasig still, daß ich schreien könnte.«

»Wir haben eine Aufgabe. Jetzt erfülle sie! Was hast du erwartet? Einen Leibsklaven mitzunehmen?«

Enem wandte sich um und wollte widersprechen, da hörte er hinter sich ein leises Gurgeln. »Hör zu, du irrer ...«, begann er und wirbelte herum, und da sah er, daß in der Brust seines Gefährten ein Pfeil steckte. Sein eigener Schrei wurde von einem Pfeil abgeschnitten, der ihn in den Rücken traf. Vier Tantal-Männer rannten von einem mit Gras gedeckten Schuppen herbei, aber da prasselte Gewehrfeuer in schneller Folge, und alle vier stürzten, gleichzeitig mit weiteren drei Männern draußen. In dem Lager wurde es still. Dann, nach einiger Zeit, begann weit unten in der blätterbewachsenen Schlucht eine Drossel zu singen. Fliegen landeten auf den Leichen und wurden nicht weggescheucht. Blätterschatten bewegten sich im Wind. Als sie länger wurden, spähte aus einem niedrigen Schlafschuppen auf der anderen Seite des Feuers ein Mann heraus. Er sah vier Leichen, aber sonst nichts. Sein Kopf drehte sich leicht zuckend wieder zurück.

Auf dem Abhang weiter nördlich machte Blu mit seinen Händen Zeichen – einer an der Schuppenöffnung, mindestens ein zweiter im Innern. Er winkte Garet, der sein Gewehr an die Backe legte und zielte, das zweite Auge halb geschlossen. Das Gewehr krachte, stieß zurück, und der Mann erschlaffte.

Dann sagte Blu: »Garet, Destri, Gurn, ihr setzt jetzt in Abständen von zwei Spannen Schüsse durch dieses Grasdach, fangt am Südende an.«

»Keine Aufforderung, sich zu ergeben?«

»Ich sehe kein Zeichen von ihnen.«

Die Schüsse der Gewehre krachten in regelmäßigen Abständen. Blu stand auf und ging langsam den Hügel hinunter.

»Blu«, sagte Garet. »Ich habe kein gutes Gefühl.«

Blu blieb stehen und hielt lange Ausschau. Dann machte er ein Zeichen nach Westen hinüber, ein Shumai kam die Schlucht herunter und ging lautlos zur Rückseite des Schuppens. Er bückte sich. Blu sah Rauch aufsteigen. Der Mann entfernte sich rückwärts und stellte sich hinter einen Baum. Garet machte sein Gewehr fertig. Flammen begannen sich knackend auszubreiten, der ganze Schuppen loderte auf, brannte, stürzte ein. Niemand kam heraus.

Blu schaute Garet an. »Nun, was sagt dir Sertine jetzt?«

»Sertine? Ich weiß nicht genau. Ist ER es, der uns warnt?«

»Ich spüre, wie ER mir sagt, daß immer noch etwas nicht stimmt. Wir werden die anderen wegschicken. Du und ich und Destri beobachten noch eine Zeitlang.« Blu flüsterte dies und gab dabei Destri, einem geschmeidigen, jungen Mann, ein Zeichen, sich jenseits der kleinen Schlucht aufzustellen. Blu und Garet verteilten sich. Die anderen verschwanden in die dichter werdende Dämmerung, ohne sich um Geräuschlosigkeit zu bemühen.

Die Rauchkringel wurden schwächer, die letzte Glut des verbrannten Grasschuppens sank zusammen, dann war das Feuer erloschen. Eine kühlende Brise fächelte sanft die kaum noch sichtbaren Baumwipfel. Moskitos umschwirrten die drei Beobachter im Dunkel, und sie scheuchten sie träge oder überhaupt nicht weg. Endlich ging der Mond auf. Zweig für Zweig, Ast für Ast, kletterte er hoch. Die drei blieben, wo sie waren, das Gefühl, daß da noch jemand war, verstärkte sich. Endlich sahen sie zwei Schatten sehr langsam in die Schlucht hinunterschleichen, einer kam dicht an Destri vorbei. Die beiden erreichten das Lager, beugten sich schattenhaft zu drei der Tantal-Leichen hinunter, bewegten sich dann auf den verbrannten Grasschuppen zu und blieben dort dicht nebeneinander stehen.

Garets Gewehr blitzte und krachte einmal auf, beide Männer stürzten, einer zuckte noch leicht. Garet und Destri schlichen langsam wieder in das kleine Lager hinunter. Garet hockte sich neben die Männer nieder. Beide waren tot.

»Na, Gar, ich hätte die ganze Zeit schlafen können«, sagte Destri leise.

»Ich weiß nicht. Hätte ich sie laufen lassen sollen? Was wollten sie hier?« Mit diesen Worten drehte sich Garet um. Hinter ihm stürzte plötzlich eine Gestalt aus der Asche des Schuppens. Destri sprang zur Seite, aber Garet wirbelte herum und wurde vom weit ausholenden Hieb eines Langmessers in den Oberschenkel getroffen. Er schrie auf und taumelte zurück, Destri riß seinen Gewehrlauf nach unten, gab einen schnellen Schuß auf den Mann ab und wandte sich dann wieder dem zerstörten Schuppen zu. Garet wälzte sich unter Schmerzen zur Seite. Der Tantal lag auf dem Boden, kroch aber auf Garet zu, dabei stieß er sein Messer in den Boden, um sich daran weiterziehen zu können.

Der Mann stieß seinen Atem in rauhen, krampfhaft rasselnden Stößen hervor, aber er gab nicht auf. Garet wälzte sich weiter und versuchte aufzustehen; Destri schwang seinen Gewehrkolben nach unten, es gab einen weichen Aufschlag, und der Mann rührte sich nicht mehr. Destri beugte sich zu Garet hinunter.

»Wie konnte er? – Leg deine Hand hier drauf und drück fest! Wie schlimm ist es?«

»Weiß nicht.« Destri drehte sich um und rief nach Blu, der in langsamem Trab den Hügel herunterkam.

»Eine Schlange ist dem Feuer irgendwie entkommen. Hat Garet erwischt.«

»So. Das war es also, was wir gespürt haben. Wie schlimm?«

»Weiß nicht. Soll ich ein Feuer anmachen?«

Blu drehte sich um und blies auf seinem gebogenen Kuhhorn einen langen, traurigen Ton. Dann nahm er sein Gewehr und scharrte mit dem Ende des Laufs in der kalten

Asche des verbrannten Schuppens herum. Er fand eine Leiche in dem Schuppen, dann ein tiefes Loch in einer Ecke. Auch den Rest des Geländes suchte er sorgfältig ab.

»Er war die ganze Zeit in dem Loch. Zugedeckt. Hat das Feuer überlebt. Die werden uns zu schaffen machen. Das sehe ich jetzt schon. Wie geht es Garet?«

»Ich ... ich bin in Ordnung. Die Wunde ist tief, aber das wächst schon wieder zusammen.«

»Nicht, wenn du gegen die Tantal kämpfst, dann nicht.«

Bald hörten sie trabende Schritte den Hügel herunter, und drei Männer tauchten aus der Dunkelheit auf.

»Blu?«

»Hier. Hört zu! Es muß noch mehr Wachtposten geben. Diese beiden sind sicher vom nächstgelegenen gekommen – das glaube ich jedenfalls. Sie müssen ein Kontrollsystem haben. Wenn sie nicht zurückkommen, melden es die anderen stromaufwärts. Gurn, du nimmst vier Mann, ihr geht zum Fluß und überquert ihn. Entfernt euch dann ein Stück davon und lauft stromaufwärts. Legt ihnen einen Hinterhalt. Wir können jetzt nur verzögern, daß sie es erfahren. Herausfinden werden sie es. Wir kommen an der Ostseite hinauf, weiter abseits. Hinterlaßt eine leichte Spur. Wir treffen uns wieder. Wenn wir euch verfehlen, geht ihr zur Portage. So, jetzt brauche ich vier Posten. Oben auf den Hügeln. Destri und ich müssen uns um Garet kümmern. Die übrigen helfen mit. Wir brauchen ein Feuer hinten im Lager und Wasser. Wir wollen ihn hier wegtragen.«

Als sie ihn auf einer Bahre durch den dunklen Wald schaukelten, versickerte für Garet die Realität. Die Sterne schienen zu verschmelzen und zu verlaufen. Er fühlte sich kalt und leer. Er spürte auch eine nagende Enttäuschung und hatte das Gefühl, zum Warten gezwungen und geschwächt zu sein. Als sie ihn endlich absetzten, nahm er Dahns kühle Hände auf seiner Stirn kaum noch wahr.

»Er ist ohnmächtig geworden«, sagte Blu. »Holt jetzt das Wasser! Dahn, geh zur Seite! Komm schon! Er ist bald wieder auf den Beinen.«

»Er ist so kalt.«

»Kalt? Atlan, mach Tee.« Blu hockte sich neben Garet nieder und fühlte seine Stirn und seinen Puls. Dann zog er Destris Hand von der Wunde. Dahinter quoll undeutlich sichtbar Blut hervor. Er legte Destris Hand zurück, als sei sie ein Gegenstand. »Tu viel Honig in den Tee, Atlan.« Dann stand Blu auf und runzelte die Stirn. »Legt ihm etwas unter die Beine!« Er beugte sich wieder hinunter. »Garet.«

»Hm. Ja.«

»Hör zu! Ich werde dich nach Nordwall schicken. Wir tragen dich zum Fluß. Atlan bringt dich hin. Dahn kommt auch mit.«

»Nein.«

»Doch. Hör zu! Wir müssen ohnehin jemanden schicken. Wenn sie die Portage befestigt haben, können wir Hilfe gebrauchen. Du kannst zurückkommen und mehr Männer mitbringen. Die Tantal werden bald genug wissen, daß wir hier sind. Wir können ruhig so bald wie möglich direkt da hinauftraben und ein paar von ihnen ausschalten, ehe sie die Köpfe runternehmen. Dann schicken wir jemanden nach Iver und setzen uns hier fest. Ohne Witz. Dein Gewehr wird uns fehlen. Aber du kannst es ja wieder mitbringen.«

»Ich werde ...«

»Garet«, sagte Destri. »Ich habe die Hälfte von deinem Blut auf meiner Hand und meinem Arm. Es geht nicht anders.«

»Mein Vater ...«

»Der ist weit weg. Der paßt schon selbst auf sich auf.«

Garet legte unsicher die Hand an seine Stirn. Dahn nahm sie herunter und hielt sie in ihrem Schoß.

Am nächsten Morgen ging Stel wieder unter Bewachung ins Museum. Wieder machte er sauber und staubte ab. Die radioaktive Stange war verschwunden. Fenn schwieg zuerst. Dann sagte er: »Ich habe es getan.«

»Herr?«

»Nicht ›Herr‹ – Fenn. Das habe ich dir doch gesagt. Warum verstellst du dich? Ich habe über dich nachgedacht. Ihr gehört alle zu etwas, was Sufy macht. Ich sehe es. Du bist anders. Ich glaube, du solltest mir erklären, was eigentlich vorgeht.«

Stel zögerte. »Was lebt in einem kalten Steinkasten, weit entfernt, von wo die Tantal niemals wiederkehren?«

Fenn war überrascht. »Du? Ich ...«

»Es ist ein Rätsel. Die Antwort könnte durchaus Tod sein.«

»Tod?«

»Ja, Tod. Und was bleibt zu Hause, unter den Rippen eines schönen, dichten, gewölbten Daches, durchdrungen von Strömen von Zuneigung, ernährt und ernährend, unermüdlich an der Arbeit für seine Freunde, hilfsbereit in endlosem Fleiß, verbreitet Wärme und Freude und bemüht sich, die vollkommene Beziehung des Ganzen zu bewahren?«

»Ich ... so viele Dinge. Es ... es hört sich an wie das menschliche Herz. Aber ...«

»Das menschliche Herz? Wo ist das Böse in dem Rätsel? Ist es ein Tantal-Herz? Ein Herz, das versklavt? Vielleicht eine bestimmte Art von Herz. Sicher nicht der Tod. Vielleicht die Art, wie wir uns heute zueinander verhalten könnten, ein Beispiel für das Leben.«

»Ich verstehe nicht. Was willst du?«

»Wischen, wie bisher. Du sollst in deiner Ecke arbeiten – nachdem ich drüben war und sie überprüft habe. Du sollst mir sagen, was ich tun soll, und mich nicht dabei stören. Du sollst dir überlegen, als welches der beiden Rätsel du mich haben möchtest.«

Fenn starrte Stel an, Furcht in den Augen. »Du willst etwas prüfen?«

»Um zu sehen, ob du dort sicher bist. Um zu sehen, ob Blan fort ist.« Stel ging an Fenn vorbei in die Ecke, wo die Tabletts mit den Münzen lagen. Sein Strahlungsdetektor sprach nicht an.

»Gut. Es wird dir nichts geschehen. So. Darf ich jetzt saubermachen?«

»Ja. Mach sauber!« Fenn wandte sich ab. Stel staubte ab, viel freier jetzt als zuvor, und untersuchte jedes Stück, mit dem er sich beschäftigte. Während er sich damit befaßte, traten zwei Tantal-Besucher ein, beides ältere Frauen von der Zentralen Weisheit. Stel sah, daß sie einfach Unterhaltung suchten und beim Herumgehen miteinander plauderten. Ihn sahen sie nur als Möbelstück. Er bewegte sich wie ein Schatten und sah weiter die Schränke durch. Die Frauen unterhielten sich ein paar Augenblicke lang mit Fenn über seine Arbeit mit den Münzen. Dann gingen sie. Stel fuhr mit seinem Tuch über den Rand einer unteren Schublade und zog sie dabei ein wenig auf. Sie war voll mit rostigen Stahlklumpen und Gegenständen aus alten Zeiten. Er ging die Reihe der Schränke entlang und warf dabei gelegentlich einen Blick zu Fenn hinüber, sah aber nur seinen gekrümmten Rücken. Er spähte weiter in Schubladen, fand zerbrochenes Tongeschirr von den Alten, Glasstücke, zusammengeknülltes, helles Metall, schließlich eine Lade mit altem Schmuck. Auf einen Blick entdeckte er eine Schnur, auf die eine Traube von Ringen aufgefädelt war. Stel hob sie aus der Schublade und ließ sie in seinen Eimer mit Schmutzwasser fallen. Die Ringe waren entweder aus Silber oder aus Platin, dessen war er sich nach dem, was Eolyn gesagt hatte, sicher. Er setzte seine Arbeit fort, da ging die Tür wieder auf.

Stel drehte sich nicht um, hörte aber Stimmen, einen älteren Mann, zwei Kinder. Eine Welle von Angst und Erregung durchspülte ihn, als er Raydis Stimme erkannte. Er drehte ihr den Rücken zu und wischte mit aller Sorgfalt den Steinboden.

»Und das ist unser Museum, wie wir es dir versprochen haben«, sagte der Mann. »Gab es da, wo du früher warst, etwas Ähnliches?«

»So etwas? Nein.«

Stel umkrallte den Lappen, zwischen seinen Fingern

spritzte Wasser heraus. Wenigstens war sie noch so weit sie selbst, daß sie lügen konnte. Er ertrug es kaum, ihre Stimme zu hören. Sie wirkte so erschöpft, so hilflos. Er fuhr mit dem Lappen peinlich genau zwischen den Steinen herum, während sie durch den Raum kamen. Er hörte, wie der Mann Raydi freundlich ausfragte und hartnäckig sondierte und bohrte.

»Und was ist das? Kennst du es?«

»Nein.«

»Komm! Du bist bestimmt klüger. Denk nach!«

»Es tut mir leid, Informationsmeister, ich kann nicht nachdenken. Dieses Getränk heute morgen, und dann bin ich mit dem Mann, der das Pendel hat, so lange aufgeblieben. Und habe gelernt. Ich kann nicht nachdenken.«

»Du mußt uns Vater nennen, Raydi. Hab Vertrauen zu uns. Es tut uns leid, daß man dich wachgehalten hat, aber es ist notwendig, daß du so schnell wie möglich lernst. Porif gibt sich alle Mühe, weil er dich liebt. So. Hast du nun da, wo du gelebt hast, niemals so etwas gesehen?«

»Nein. So nicht.«

»Aber etwas Ähnliches?«

»Ich weiß nicht.«

»Leben diese gottverlassenen Pelbar denn in Tierhäuten? Oder kaufen sie ihr Tuch?«

»Macht man damit Tuch?«

»In alten Zeiten hat man es getan. Du hast doch sicher schon solche Dinge gesehen.«

»Das machen alles die Männer. Tief unten in der Stadt. Dorthin bin ich nie gekommen. In den Wohnungen gab es kleine Geräte – um Gürtel zu machen. Aber nichts wie das hier.«

»Du bist also nie dorthin gekommen?«

»Nein. Aber ich kann dir zeigen, wie man Gürtel macht, wenn du willst.«

»Kind, dafür haben wir Dienstboten. Du mußt lernen zu herrschen. Jetzt werden wir dich dem Museumsbetreuer vorstellen. Fenn, wir möchten dich mit unserer kleinen

Tochter bekanntmachen. Das ist Raydi. Siehst du? Sie wird eine richtige Tantal – schnell im Geist und schön.«

»Raydi? Hallo. Möchtest du die Münzen sehen? Sie stammen alle von den Alten. Schau sie dir genau an. Hier ist ein Mann mit einer Feder im Haar.«

»Er sieht sehr unscheinbar aus«, sagte Raydi und blinzelte.

»Ja. Warst du ... kommst du von den Peshtak, Kind?«

»Nein. Ich bin eine Pelbar. Wir leben weit im Westen in steinernen Städten am Heart-Fluß.«

»Raydi! Du bist jetzt eine Tantal. Eine Tantal! Und jetzt vergiß diese gräßlichen Bestien in ihren kalten, steinernen Städten.« Der Informationsmeister blickte auf, als er Münzen klirren hörte. Fenn war gegen das Regal gestoßen, er stand mit weit aufgerissenen Augen da.

Der Informationsmeister funkelte ihn zornig an und nahm Raydi am Arm. »Nun, wir kommen wieder, wenn sich der Museumsbetreuer etwas beruhigt hat. Er ist offenbar krank. Oder verrückt. Komm!«

Stel sah, wie sich ihre Füße näherten, und kroch mit gesenktem Kopf zurück. Er hörte ein leises Murmeln. Raydis Füße standen vor ihm. Blitzartig wurde ihm klar, daß sie die Narbe auf seinem Handrücken gesehen hatte, wo er sich beim Bau der ›Tatkraft‹ verletzt hatte. Er zuckte zurück und tauchte die Hand in den Wassereimer.

»Was ist los? Belästigt dich diese irre Kreatur? Hinaus! Fort!« Stel schusselte auf allen vieren davon, während der Informationsmeister mit einem Stock auf seinen Kahlkopf einprügelte. Als er in eine Ecke kroch und mit gesenktem Kopf niederkniete, bearbeitete der erzürnte Tantal mit dem Stock seinen Rücken.

»Hör auf!« kreischte Raydi. »Du bist die Bestie! Du bist ein Schwein! Die Pelbar würden sowas niemals tun!«

Sofort hielt der Informationsmeister inne, drehte sich um und sagte: »Aber Raydi, du mußt verstehen. Du hattest niemals mit den Peshtak zu tun. Sie sind nicht – sie sind fast keine Menschen mehr. Wir wollen nur die Ordnung aufrechterhalten im Land. Jetzt bringen wir dich nach Hause, damit du dich beruhigen kannst. Wir übergeben dich Somnul. Er kann mit dir an deinen Lektionen arbeiten.«

»Ich habe das doch schon alles gepaukt. Ich kann es im Schlaf aufsagen.«

»Natürlich. Aber du mußt es lernen, weil es wahr ist. Du weißt noch nicht, wie wahr es ist. Komm!«

Stel hörte, wie die Tür hinter ihnen zufiel. Er setzte sich auf, Blut strömte ihm vom Kopf und tropfte auf den Boden. Er wischte sich mit dem Ärmel über den Kopf. Seine Arme schmerzten von den Schlägen. Fenn kniete neben ihm nieder und hielt ihm den Lappen hin.

»Nein«, sagte Stel. »Das Wasser ist schmutzig.«

»Jetzt verstehe ich. Du bist ein Pelbar. Willst das Mädchen holen.«

»Ein Rätsel: Welche Männer sind stumm wie die Steine?«

»Das weiß ich nicht. Ich will es auch nicht wissen. Du mußt hier verschwinden.«

»Ein Weiser und ein Toter. Wähle, Fenn! Was willst du sein?«

»Ich werde weise sein.«

»Gut. Und ich werde jetzt weiterarbeiten. Du kannst das alte Buch herausholen, von dem du gestern gesprochen hast, und mir daraus vorlesen.«

»Das Buch? Ich? Lesen?« Fenn sah, wie Stel ihn unter seiner blutüberströmten Stirn hervor anfunkelte. »Ja«, sagte er. »Ich werde lesen.«

Während Stel sich wieder ans Schrubben machte und das Blut trocknen ließ, ohne es abzuwischen, setzte sich Fenn zitternd auf einen Stuhl und fragte: »Was soll ich lesen?«

»Irgend etwas. Ich möchte wissen, wie es ist.«

»Ich weiß nicht, was.«

»Öffne es in der Mitte und lies!«

Fenn öffnete das Buch und starrte hinein. »Ich verstehe es nicht.«

»Lies einfach!« Stel tauchte seinen Lappen ein, nahm damit die Ringe, steckte sie in sein Gewand und schob sie unter seine Leibbinde.

»Ach, könnte ich nur zurück in die Vergangenheit,
in die Zeit, da Gott noch über mich wachte,
als Sein Licht noch über mir leuchtete
und ich sicher durch die Dunkelheit wandelte!«

Während Fenn stockend las und Stel den Boden wischte, das Blut langsamer tropfte und dann zu fließen aufhörte, wurde er ruhig und faßte den Entschluß, dieses Buch zu den Pelbar zu bringen, auch wenn er sonst nichts erreichte. Er wußte jetzt, daß er sich in größerer Gefahr befand denn je. Innerlich weinte er, wenn er daran dachte, wie tapfer sich Raydi zur Wehr setzte, aber er wußte, daß sie nicht ewig standhalten würde. Wenn sie ihren Geist den Tantal überließ, was würde sie ihnen dann alles erzählen?

Seine Gedanken blieben an etwas hängen, was Fenn gerade las. »Lies dieses Stück noch einmal, Fenn, bitte.«

Fenn blickte überrascht auf.

»Höre, o Herr, und sei mir gnädig;
sei meine Hilfe, o Herr.
Du hast meine Klagen in Tanz verwandelt,
du hast mir das Sackleinen abgenommen und mich in
Freude gehüllt
auf daß mein Geist dir Psalmen singen möge ohne Ende.«

Fenn hielt inne und wischte sich über die Augen. »Wie kannst du mir das antun?« fragte er.

»Es ist nicht leicht, Sohn, wirklich nicht. Aber ich habe nachgedacht.«

»Was?« Fenn machte ein überraschtes Gesicht.

»Wenn du je nach Westen kommen solltest, hätte man dort Bedarf und Verwendung für alles, was du über Münzen weißt. Und ...«

»Nach Westen? Ich?«

»Und ich kenne jemanden, der deine Augen so in Ordnung bringen könnte, daß du in die Ferne genauso gut sehen könntest wie in die Nähe.«

»Komm! Du gehst zu weit. Ich glaube nicht an Zauberei.«

»Keine Zauberei. Sie nennt es Optik. Natürlich gibt es nur einen Weg, wie es dazu je kommen kann – Schweigen.«

Fenn starrte ihn an.

FÜNFZEHN

An der Portage trabte ein Tantal-Soldat zum Baldachin des Kommandanten und salutierte steif, er keuchte, während er strammstand.

»Nun? Eine Meldung?«

»Ja, Komandant. Wir haben keine Meldung von flußabwärts.«

»Welcher Posten?«

»Der von Pleck, der nächste – der die anderen hätte sammeln sollen.«

»Wie lange überfällig?«

»Drei Sandmaße jetzt, Kommandant.«

Der Kommandant trommelte mit den Fingern aufs Knie. »Es ist noch früh. Melde dich wieder bei mir, wenn sie in zwei Sandmaßen noch nicht hier sind. Es ist ein kleiner Fluß. Wenn nur ein einziger Baumstamm darüberliegt, kann er sie aufhalten.«

»Kommandant, das ist fast nicht möglich, wenn ich das sagen darf. Die nächsten Wachtposten schicken in dem Fall einen Läufer.«

Der Kommandant erhob sich mit einem Satz, wütend über den Widerspruch und beunruhigt. Er wandte sich den Posten zu, die auf einer Plattform am Rand des langen Grabens standen. Die beiden Männer standen entspannt da und suchten mit den Augen die Wälder ab. Als aus dem Wald ein scharfer Knall herausfauchte, zuckte der eine leicht zusammen. Er legte die Hand an die Brust und kippte von der Plattform.

»Alarm! Alarm! Alarm! Geht in Deckung! Sofort! Sofort! Jetzt!« schrie der Kommandant und rannte davon, während entlang des Wachenkreises am Graben Gewehrschüsse krachten. Der Kommandant rannte noch, während weitere vier Männer zu Boden stürzten. Aus mehreren gut eingegrabenen Stellungen begannen seine Männer Raketen und Pfeile hochzuschleudern, blindlings in das dichte Laubwerk gezielt.

Innerhalb weniger als einer Sonnenbreite hatten sich die Tantal in ihre befestigten Stellungen geduckt, und in den Wäldern war es still.

»Sacchar, such den Süden ab!« sagte der Kommandant zu seinem Adjutanten. Der junge Mann nahm seinen Wappenhelm ab und kletterte zu einem Sichtfenster im Balken. Eine Weile sagte er kein Wort. »Nichts, Kommandant. Ich sehe keinen Angriff auf ...« Die Seite seines Gesichts zeigte plötzlich rote Spritzer, er bäumte sich auf und sackte zusammen. Der scharfe Gewehrknall folgte unmittelbar darauf. Sacchar stolperte die Leiter hinunter. Der Kommandant zuckte erst kurz zurück, dann beugte er sich über ihn. Sacchars Augen waren offen und blicklos.

»Diese feigen, irren, verlausten Pelbar-Hunde«, brüllte er. »Heute nacht schicken wir die ersten Suchpatrouillen aus!« Von Norden kam ein dumpfer Schlag. »Ha. Da. Wenigstens einen von ihnen hat es erwischt. Sein wurmzernagtes Gehirn klebt jetzt an den Bäumen.«

Gurn, der auf eine Sprengmine der Tantal getreten war, lag reglos da. Sein Leib war von Splittern zersiebt. Blu kam herangeeilt, beugte sich über seinen Freund und blickte dann grimmig auf.

»Sie haben eine Möglichkeit gefunden, Sprengstoffe zu legen, die auf uns warten. Tugge. Sei vorsichtig. Sammle hier alles auf, was du findest! Jedes Teil dieses Geräts. Wir müssen es studieren. Apri, Spure, gebt Tugge Deckung. Ein Zeichen von ihnen, und ihr verschwindet alle! Vergeßt nicht, keine Wege hinterlassen! Wir stellen selbst ein paar Fallen auf. Kommt! Aul, Bawn – ihr nehmt Gurn mit. Wir begraben ihn oben an der Küste mit Blick aufs Bittermeer. Ich hatte gehofft, diese Sache zu erledigen, ohne daß es Tote gibt – ich bin nicht mehr daran gewöhnt. Töricht, wie ich jetzt einsehe. Aber sie werden bezahlen. Sie werden dafür bezahlen!«

Blu bückte sich, hob Gurns Gewehr auf und rieb den Lauf an seinem Ärmel. Er schaute auf seinen Freund hinunter. »Ich versprech's dir, mein Junge, wenn Ruthan wieder ein Kind bekommt, wird es Gurn heißen – sei es ein Junge oder ein Mädchen.« Er wischte sich mit dem Handrücken über das rechte Auge. »So. Und jetzt zum Sammelplatz!«

Garet lag im Boot und sah Atlan zu, wie der ohne Unterbrechung den Fluß hinunterruderte. Das Gesicht des Shumai wurde von der Krempe eines groben, gewebten Hutes beschattet, aber die Sonne, die vom Wasser wiedergespiegelt wurde, tauchte sogar den im Schatten liegenden Teil in ein schwaches Licht. Der Schatten von Dahns Rücken lag auf Garets Gesicht, und der ihrer rudernden Arme spielte im Takt mit Atlans Armen über seinen Rücken. Garets Bein schmerzte dumpf. Er konnte das Fleisch kaum berühren, aber er fühlte sich auch zu schwach, es zu versuchen. Hoch oben schwebten zwei Geier in trägen Kreisen, aber hinter der stetigen Bewegung des schaukelnden Schiffes blieben sie bald zurück. Atlan machte eine Pause, tauchte seine Hand ins Wasser und betupfte sich das Gesicht.

»Das gibt Sonnenbrand«, murmelte Garet.

»Hmmmmm. Vielleicht.«

»Wie weit noch?« erkundigte sich Dahn.

»Wir sind gerade erst losgefahren, Mädchen«, erwiderte Atlan.

Garet wurde schläfrig und schloß vor dem Licht der hoch am Himmel stehenden Sonne die Augen. Dahn drehte sich um und schaute ihn an, dann nahm sie das Stofftuch, mit dem sie sich wuschen, und legte es ihm auf die Stirn, gleich über die Augen, dann ruderte sie im Takt mit Atlan weiter.

»Informationsmeister«, sagte Porif. »Es ist etwas geschehen. Ich dachte, wir hätten sie fast soweit, aber dann hat es einen Rückschlag gegeben. Sie ist äußerst zäh.« Die beiden standen auf der Straße im Bezirk der Zentralen Weisheit in Ginesh.

»Hast du sie nach Aven, dem Pelbar-Gott, gefragt?«

»Nur soweit, um zu wissen, daß wir diesen Namen niemals erwähnen sollten. Er regt ihren Widerstand an, sogar unter Hypnose. Er ist tief in ihrer Identität verwurzelt. Wir müssen den Stengel abbrechen.«

»Ich überlege. Gestern im Museum. Ich habe einen Fehler gemacht. Dieser stinkende Fenn. Ein sonderbarer Mensch. Er hat mich in Wut gebracht. Da habe ich einen Sklaven geschlagen.«

»In ihrer Anwesenheit?«

»Was denkst du denn? Wovon reden wir denn? Natürlich vor ihr.«

»Du brauchst nicht so mit mir zu sprechen, Informationsmeister. Wir sind nicht in der Armee.«

Terog warf ihm einen prüfenden Blick zu, sagte aber nichts. »Nun, heute ist Somnul an der Reihe. Mal sehen, wie es ihm ergeht.«

In Threerivers stand Desdaan Ahroe in ihrer Unterkunft gegenüber, die Hände hinter dem Rücken. Aintre saß mit dem Rücken zu den beiden und polierte den Ledergriff ihres Kurzschwerts.

»Die Peshtak haben Nachricht bekommen, daß die Innanigani einen Hochsommerangriff gestartet haben. Sie brauchen Gewehre«, sagte Desdaan.

»Sind aber nicht bereit, sich uns anzuschließen?«

»Dazu sind sie nicht bereit. Sie sehen das offenbar als Bedingung für den Beitritt an, als Test oder etwas dergleichen.«

»Was meinst du?«

»Ich weiß, daß die Sentani damit niemals einverstanden wären. Sie sind ohnehin schon skeptisch genug.«

»Was ist mit dir?«

»Was ich denke, wird durch meine Stellung als Repräsentant zur akademischen Frage.«

»Trotzdem, was meinst du?«

»Ich glaube, sie sind ein auf sich bezogener, gräßlicher Haufen, und wir werden fast genausoviel Schwierigkeiten mit ihnen haben, ob sie nun in der Föderation sind oder außerhalb davon. Aber beitreten müssen sie. Wenn wir ihnen keine Gewehre geben – und wir dürfen ihnen keine geben –, dann müssen sie einen anderen Grund haben, bei uns zu bleiben. Sie haben starke verwandtschaftliche Bindungen. So klein die Zahl dieser Abgeordneten hier ist, sie wollen bis dorthin zurück, um gegen die Innanigani und die Tantal zu kämpfen.«

»Was können wir ihnen denn geben?«

»Ich weiß es nicht. Im Augenblick weiß ich es noch nicht. Aber mir wird schon noch etwas einfallen.«

Stel und elf weitere Sklaven, alle mit Eimern, Besen und Wischlappen, wurden in den Vorraum von Blans Tempel geführt. Alle schlurften dicht hintereinander daher, die Augen gesenkt, den Mund fest geschlossen. »Halt!« sagte ein Wächter und schlug mit seinem Speerschaft auf den Boden. »Stellt euch dort in einer Reihe auf! Schaut, schaut, schaut! Hier hinein! Aufwachen! So, jetzt!«

Er trieb sie zu einer dichten Gruppe zusammen. Sie starrten zu Boden. Stel hörte etwas klirren, aber man hatte ihn gewarnt, nicht hochzuschauen, wenn sich der Priester des Tages näherte. »Es ist Aver, das Großmaul«, flüsterte der Mann neben Stel. »Da müssen wir uns auf eine Predigt gefaßt machen.« Der Wächter hörte etwas, konnte aber nichts tun, als zornig um sich zu starren.

»Meine Freunde und Mitdiener«, sagte eine tiefe Stimme. »Schaut auf zu mir!«

Stel hob den Blick und sah einen massigen, kahlköpfigen Tantal mir wäßrigen Augen, der den Metallplattenanzug eines Priesters trug, seine wogende Brust hob und senkte die Platten und die Verbindungsstücke, die alle poliert waren und im Lampenschein und im Licht, das durch die Fenster des Vorraums fiel, glänzten.

Aver klatschte zweimal in die Hände. »Ihr wißt, ich bin Aver, der Priester des Tages, dieses glorreichen Tages, an dem wir wieder einmal die Gunst genießen, Blan in seinem eigenen Tempel dienen zu dürfen. Es kommt uns nicht zu, darüber nachzudenken, ob sich aus seiner Gegenwart Folgen für uns selbst ergeben – wir haben nur getreulich und gut zu dienen und jeden Schmutzfleck aus seinem Blickfeld zu entfernen, der seinen Augen ein Greuel ist. Denkt nur daran, ihm zu gefallen. Darin findet ihr Einheit mit den Priestern, und auf diese Weise, obwohl ihr ein Leben der Sklaverei führt, findet ihr Freiheit im Dienst, in der Einheit mit uns, im Wissen, daß ihn Blan erfreut, dessen schreckliche Kraft über uns allen ist und uns zu ihm bringt, uns die sterbliche Kraft entzieht, auf daß wir uns ihm nähern und unser schlimmeres Ich durch sein besseres ersetzen. Es ist unser Opfer, damit seine Kraft als Antwort auf unsere Bitten in unserem Namen ausgreifen wird. Gnädig ist er, und er hat nicht den Wunsch, Schaden zuzufügen. Wir sind Zeugen, wie stark seine schreckliche Anwesenheit ist, die allein schon dadurch verletzt, daß er nahe ist. Diese Kraft beweist seine Macht in unserem Interesse, sobald wir uns in sicherem Abstand von seiner unglaublichen Macht befinden.«

Als Stel Aver beobachtete, stellte er fest, daß dessen Bewegungen sonderbar weibisch waren. Aver redete weiter, aber Stel vermochte ihm kaum zuzuhören. Die Atmosphäre war geschwängert mit etwas Obszönem, das ihm in den Nasenlöchern brannte, obwohl es keinen wahrnehmbaren Geruch gab. Aver klatschte wieder in die Hände, und ein junger Peshtak-Sklave, der nicht bei den anderen wohnte, trat hinter ihn und legte ihm sanft einen Mantel um die Schultern. Er war kahlgeschoren, wirkte aber nicht ungesund. Er bewegte sich sonderbar vogelähnlich, schnell und behutsam, und hielt die Augen auf den Boden gerichtet.

Stel hörte einen der Sklaven würgen. Sofort stürzten sich drei Wächter in die Sklavengruppe, stießen die Leute beiseite, zogen einen Mann heraus und warfen ihn zu Boden. Sie hielten ihre Spieße gegen seinen Kopf gepreßt, gerade so, daß die scharfen Spitzen die Haut ritzten und das Blut in Strömen herunterlief. Der Mann bewegte sich weder, noch sagte er etwas.

»Meine Freunde, ich danke euch für eure Wachsamkeit. Wir sehen, daß er ungeeignet ist. Blans Weisheit hat ihn erfaßt und bloßgestellt. In Blans Namen, entfernt ihn bitte und steckt ihn in eine andere Arbeitsgruppe. Mißhandelt ihn nicht ungebührlich. Kennzeichnet ihn gut. Wir werden uns später um ihn kümmern.« Einer der Wächter ritzte dem Mann mit der Spitze seines Spießes ein X in die Wange. Aus den Schnitten strömte das Blut, aber der Mann bewegte sich nicht.

»Gut. Dann können wir weitermachen. Wir müssen diese Prüfung um Blans willen durchführen, des Gottes von ganz Urstadge, der die Tantal als sein Volk erwählt hat und unter ihnen die Zentrale Weisheit als Leiter aller. Wer versagt wie dieser arme Narr hier, muß in Blans Namen gezüchtigt werden. Er wird seine Ebene finden, wahrscheinlich beim Fischesäubern, wenn er sich erholt hat.

Nun, Mosek, führ mich bitte ins Innere. Ich werde euch vorausgehen, ihr Diener, und ihr könnt beim Anzünden des Morgenopfers zusehen. Ach, Mosek, das mußt du heute für mich tun. Ich fürchte, dieser kleine Zwischenfall hat mich so aufgeregt, daß ich mich nicht so auf Blans Glück konzentrieren kann, wie ich sollte. Komm jetzt!«

Aver wedelte mit den Armen, und zwei Wächter öffneten die Metalltüren und stellten sich dahinter. Aver ging voran in einen großen, kegelförmigen Raum, den zentralen Tempelraum, den Stel von dem Berg hinter der Stadt aus gesehen hatte. Stel blickte sich um und bewunderte die Steine mit ihren aufeinanderfolgenden Fensterreihen, ein Mosaik aus Bruchstücken alten Glases, das ein merkwürdiges Licht in den Raum strömen ließ. Den Raum beherrschend, auf einem erhöhten Podest, lag eine gewaltige Bronzestatue eines fast nackten, liegenden Mannes mit einem seltsam leeren Lächeln auf dem Gesicht, die stilisierten Beine waren entspannt, das linke lag auf der Seite, das rechte Knie war gebeugt. Blan stützte sich auf eine Hand und hielt die andere nach oben, die Handfläche leicht gewölbt. Bronzelocken umgaben seine Stirn, und ein sonderbarer Kopfschmuck aus Bronze war darübergegossen. Es war offensichtlich eine alte Statue, die die Tantal irgendwo ausgegraben hatten. Stel achtete, genau wie die anderen, darauf, sich von Blan fernzuhalten.

»Kniet nieder!« befahl der Wächter. Das taten sie. Von Aver nach vorne gedrängt, trug Mosek, der Peshtak-Diener, auf einer reichverzierten Stange eine große, brennende Lampe in den Raum, stieg auf das Podest, hob die Lampe hinauf zu der Hand und stellte sie dort ab. Dann verneigte er sich, bis sein Kopf das Podest berührte, stand wieder auf und entfernte sich rückwärts. Stel hatte seinen Strahlungsdetektor umwickelt. Trotzdem konnte er ihn durch die Hüllen schwach zirpen hören. Mosek kehrte zu der kleinen Gruppe nahe der Tür zurück.

»Auf!« sagte der Wächter. »Macht jetzt sauber! Du da, du fängst bei der Plattform an und arbeitest nach hinten! Ihr drei geht da hinüber!«

Stel stellte sich hinter die Gruppe, und es gelang ihm, einen Arbeitsplatz im rückwärtigen Teil des Saales zu bekommen. Dort bemerkte er eine unauffällige Tür, die in die Rückwand eingelassen war. Er kniete nieder und begann zu putzen. Der Wächter blieb in der Tür und schrie Anweisungen, wenn es nötig war. Blan lag lauernd und riesig da, aus seiner neckisch hochgehaltenen Hand züngelten die Flammen der Lampe. In Stels Kopf entstand eine Idee. Er würde mit Sufy darüber sprechen. Er putzte weiter, noch ganz wund von den Schlägen, die er tags zuvor bekommen hatte. Hin und wieder warf er einen Blick auf das Götzenbild, entdeckte dabei eine kleine Öffnung hoch oben am Rücken und lachte vor sich hin, während der Detektor in seinem Bündel aus Lappen aufgeregt zirpte. Stel putzte im Takt dazu, mit leichten Bewegungen, beobachtete die anderen, hielt sich nahe an der Wand und umrundete die Statue in möglichst großer Entfernung. Wirkliche Arbeit verrichtete er nur wenig. Der Fußboden war schon zu Anfang sauber gewesen, und Stel war sicher, daß die Wachen nicht zurückkommen würden, um nachzusehen, wo er war. Er bemerkte, daß die jüngeren noch dichtes Haar auf den Köpfen hatten.

SECHZEHN

Es war spät. Sufy und Stel saßen in dem winzigen Raum unter der Stadt, inmitten der steinernen Abflüsse und Tunnel, und redeten miteinander.

»Ich dürfte etwa zwölf Tage weg sein. Zwei Nächte, ehe ich komme, machen wir ein Signalfeuer. Ich brauche mindestens fünfzehn Mann, um die Sachen hereinzubringen, die wir brauchen – vielleicht noch mehr.«

»Das wird schwierig sein.«

»Ich möchte überall in der Stadt verteilt in jedem Speicher einen teilweise gebrannten Topf aufstellen. In den Topf tun wir Phosphor und Wasser. Das Wasser verdunstet nach einiger Zeit, und der Topf wird zu Schlamm. In jedem Fall gibt es ein Feuer. Wenn man die Töpfe findet und sie zerbricht oder ausgießt, gibt es ebenfalls ein Feuer. Es wäre jedoch ideal, sie so zu verstecken, daß man den Ursprung der Feuer nicht findet – und das alles passiert, nachdem wir schon fort sind.«

»Hoffentlich schaffen wir das. Wir müssen. Mit Reinigungstrupps. Ich kenne mindestens zwanzig Männer, die dazu bereit sind. Schwieriger wird es, die Pfannen in die Schiffe zu bringen. Da werde ich Shad fragen. Er arbeitet schon fast das ganze Frühjahr bei den Schiffen.«

»Ich glaube, wir können Blan selbst zerstören, beim spätabendlichen Lampenentzünden. Wir können auch an fünf Stellen, die ich gesehen habe, den Südteil der Stadt in Brand stecken. Das wäre das Signal, um Feuer in den Wäldern zu legen und die Tantal abzulenken, während wir uns nach draußen vorarbeiten. Ich bin sicher, daß das die Armee anzieht. Hesit braucht nicht gegen sie zu kämpfen, er muß ihnen nur ausweichen. Am Museum müssen wir auch noch haltmachen – dabei brauche ich Hilfe.«

»Am Museum?«

»Da liegt die beste Waffe, die wir jemals haben werden – das alte Buch.«

»Wir werden nicht auf dein Buch warten, Stel. Wir können nicht gegen die Armee kämpfen. Wenn wir das müssen, lassen wir dich zurück, wenn du so herumjagst.«

»Ja, ich weiß. Raydi kommt auf jeden Fall heraus.«

»Dafür sorgst du.«

»Und die beiden Maschinen, von denen ich gesprochen habe. Wenn möglich, müssen wir sie auch mitnehmen.«

»Das ist doch eine Flucht und kein Umzug.«

»Wenn es irgend geht, müssen wir sie haben. Ich habe einen Plan. Besorge etwa zwanzig Mann, die sollen die Maschinen zur Reparatur zum Schmied tragen, kurz vor dem spätabendlichen Lampenentzünden. Fenn wird dort sein. Soweit können wir ihn einschüchtern. Und damit ist dann unser erstes Kontingent von Leuten auf dem Weg zu den Schiffen.«

Sufy schaute ihn zweifelnd an. »Dein Kopf«, sagte sie. »Was haben sie damit gemacht?«

»Im Museum. Der Informationsmeister kam herein und hatte gräßliche Laune. Er hat mich mit seinem Stock geschlagen. Aber ohne besonderen Grund. Ich war nur gerade zum Schlagen verfügbar.«

»Beug dich herunter!« Sufy streckte die Hände aus und betastete Stels geschorenen Kopf.

»Warum zählst du?«

»Wir müssen Oad die gleiche Anzahl von Verletzungen beibringen.«

»Dafür wird er mir ewig dankbar sein.«

Sufy küßte Stel auf den Kopf. »Küß mich richtig, Stel«, sagte sie. »Dann mußt du gehen.«

Stel zog sich zu Sufy hinüber in dem kleinen Raum, legte die Arme um sie und küßte sie liebevoll.

»Du klopfst mir den Rücken wie einem Kind«, sagte Sufy in seine Schulter hinein.

»Ach. Entschuldige.«

Sie lächelte ihn spöttisch an. »Macht nichts. Aber jetzt solltest du doch lieber gehen.«

Stel schlüpfte in den Tunnel hinunter und ging den Weg zurück, den er gekommen war. Bald glitt er durch den Zisternenraum hinaus zum Südende der Stadt, dann schob er sich mit äußerster Vorsicht durch das Gitter. Als er sich wohlbehalten von der Stadt entfernt hatte, merkte er, daß er so leicht atmen konnte, wie es ihm in der Stadt nicht möglich gewesen war. Er hatte gar nicht wahrgenommen, daß er die Last seiner Gefangenschaft als so drückend empfunden hatte.

Schließlich stieg er triefend naß aus dem Bach, hockte sich in der Nachtkühle nieder und blickte sich um. Dann ging er auf den Waldrand zu, gelegentlich blieb er stehen und lauschte. Als er näherkam, piepste ein aus dem Schlaf geschreckter Vogel. Stel ging langsam und leise auf den Laut zu.

»Stel.«

»Hier.«

»Komm! Sie haben eine Patrouille aufgestellt. Gut, Oad. Rein mit dir!«

Zur gleichen Zeit beugte sich im Inneren der Stadt Porif über Raydis schwankende Gestalt. »Noch einmal jetzt, Raydi. Sag es! Mit Blans Hilfe werden wir Tantal die Schwingen der Gerechtigkeit über die Peshtak breiten und ihnen Frieden bringen.«

»Mit Hilfe ... der Gerechtigkeit ...«

»Nein. Schau her! Die schwingende Scheibe wird dir helfen. Mit Blans Hilfe ...«

»Mit Hilfe Blans, des Peshtak ...«

»Schschsch ... setz dich auf! Ich werde dir aus den Gesetzen von Ginesh vorlesen. Du brauchst überhaupt nicht zu antworten, aber du mußt wachbleiben.« Er packte sie am Arm und schüttelte sie heftig. Sie zuckte zusammen, starrte ihn an und bemühte sich, ihre glasigen Augen offenzuhalten.

Mehrere Nächte später saß Ahroe im allgemeinen Aufenthaltsraum und sprach mit dem Peshtak Igant. »Das wäre es also in etwa, Pelbar. Wir haben eigentlich nicht viel gehört, was auf unser Wohlbefinden Einfluß hätte. Wir bezweifeln, daß ihr uns zu Hilfe kommen werdet. Diese Föderation ist für euch viel nützlicher als für uns. Auf jeden Fall verschließt sie uns den Westen.«

»Nicht, wenn ihr euch uns anschließt.«

»Dazu bin ich nicht allzu schnell bereit, wenn die Sentani dabei sind. Und da ist auch noch immer das strittige Territorium. Ich glaube, die schweinsfüßigen Seebewohner wollen es behalten.«

Ahroe zögerte mit ihrer Antwort, und in diesem Augenblick trat ein Bote ein, kam zu ihr und streckte ihr ein Papier entgegen. »Funkspruch aus Nordwall, Leiterin der Garde.«

»Danke.« Der Gardist salutierte, und sie lächelte ein wenig und öffnete die Botschaft. Igant sah, wie ein schmerzliches Zucken über ihr Gesicht ging. Sie las weiter. Schließlich sagte sie: »Kennst du ein Peshtak-Mädchen mit Namen Dahn?«

»Dahn? – Nein.«

»Sie ist in Nordwall. Sie ist aus Ginesh geflohen und auf unsere Expedition gestoßen. Sie ist sechzehn.«

»Ist sie gesund?«

»Das steht hier nicht. Ich nehme es an.«

»Was ist dann passiert?«

»Mein Sohn Garet. Er wurde verwundet. Sie sind zusammen in einem Boot gekommen.«

»Schlimm?«

Ahroe blickte ihn an, dann senkte sie den Blick, die Augen voller Tränen. Igant streckte die Hand aus und legte sie auf die ihre. Sie blickte auf und lächelte schmerzlich. »Ich gehe jetzt wohl besser«, sagte sie.

»Soll ich mitkommen?«

»Nein. Danke. Erkundige dich, ob jemand von deinen Leuten diese Dahn kennt. Sie kommt wahrscheinlich her.«

Igant stand auf und beobachtete Ahroes Rücken. Er war

gerade wie ein Baum, als sie den Raum verließ. Er kratzte sich den Hals, setzte sich dann wieder und schaute auf seine Hände.

Weit im Norden, nahe der Portage, arbeitete sich eine Tantal-Patrouille langsam durch die Dunkelheit auf das flakkernde Licht eines Lagerplatzes zu, der so versteckt in den Felsen lag und so klein war, daß man ihn kaum sehen konnte. Der Führer des Suchtrupps machte seinen Männern mit Fackeln ein Zeichen, im Bogen auszuschwärmen. Ja, die schlafenden Gestalten konnte er erkennen, aber einen Wachtposten fand er nicht. Er glitt um einen Baum herum, trat einen Schritt hinaus, dann noch einen. Plötzlich schoß etwas auf ihn zu. Er schrie.

Seine Männer rannten herbei, aber die schlafenden Gestalten regten sich nicht. Drei weitere Männer stürzten in Fallen. Weit im Norden hörten sie ein unheimliches Geheul und Gelächter, das sich zu einem schrillen Tremolo steigerte. Schnell und lautlos gingen sie den Weg zurück, den sie gekommen waren. Einen halben Ayas vom falschen Lager entfernt verfing sich ein Mann in einem Stolperdraht. Es knackte und rauschte im Dunkeln, ein gebogener Ast schwang von der Seite heran und spießte ihn mit seinen darangebundenen Pflöcken auf. Er schrie und wand sich. Seine Genossen versuchten, die Pflöcke zu entfernen, aber sie hatten Widerhaken. Der Mann lag da und wimmerte.

»Dreckige Pelbar. Wir müssen ihn zurücklassen. Wenn wir ihn mitnehmen, verrät er die ganze Nacht lang, wo wir sind«, sagte der neue Truppführer.

»Nein. Nein. Ich bin ganz still ... Aaaaahhhh«, ächzte der Mann.

»Nicht wahrscheinlich. Hör dich doch an!«

»Ich bleibe bei ihm«, sagte ein anderer.

»Nein. Du kommst mit. Sonst kriegen sie ihn und dich noch dazu. So. Komm jetzt!«

Der Truppführer übernahm die Führung und hielt einen Stab aufrecht vor sich. Er sah nicht, wie der Vetter des Verletzten im Dunkeln aus der Reihe ausbrach und zu ihm zurückkehrte.

»So, ganz ruhig«, sagte er und kniete nieder. »Vergiß die schlangenfressenden Metzger. Ich bringe dich zurück. So schwer bist du gar nicht verletzt.«

Der Mann stöhnte schwach.

»Keinen Laut jetzt! Sonst hören sie dich.«

»Geh! Geh mit den anderen! Sonst stirbst du auch.«

Eine fremde Stimme sagte aus der Dunkelheit. »Vielleicht braucht keiner von euch zu sterben. Keine Bewegung, du!«

Der Mann stand auf und wollte wegrennen, sah aber nichts und stieß einen wilden Schrei aus.

»Sie sind fort«, sagte die Stimme. »Ihr habt die Wahl. Wollt ihr leben oder sterben?«

»Leben«, sagte der Mann auf dem Boden.

»Heb deine Arme, du!«

»Tu's, Edel. Es ist eine Chance.«

Der stehende Mann spürte, wie jemand hinter ihn trat und ihm eine dünne Schlinge über den Kopf warf. Eine zweite zog ihm die Hände zusammen. Er spürte, wie er entschlossen, aber nicht grob entwaffnet wurde. Undeutliche Gestalten beugten sich mit leisem Gemurmel über seinen Vetter. Seine Hände wurden losgebunden, dann hinter seinem Rücken erneut gefesselt, und er wurde weggeführt. Von ferne hallte gedämpft eine Explosion durch die Nacht. Edel dachte triumphierend, daß eine der ausgelegten Sprengladungen wieder ein Pelbar-Schwein getötet hatte.

»Gut«, sagte eine Stimme. »Es hat funktioniert. War eigentlich wirklich nicht schwer. Eine gute Idee von den Tantal.«

»Komm jetzt! Laß uns zusehen, daß wir hier wegkommen.«

Edel spürte, wie eine Hand seinen Arm packte und ihn umdrehte. Dann straffte sich die Schlinge, und er stolperte durch den Wald hinterdrein.

Ahroe saß im Funkraum und wartete auf weitere Nachrichten aus Nordwall. Aintre und Desdaan saßen bei ihr.

»Sie werden ihn nach Pelbarigan bringen. Sie müssen. Eolyn wird sich ihn ansehen.«

»Wir könnten beten.«

»Beten?« Ahroe lachte ein wenig. »Ja. Ja.«

Ein schwaches Signal erschütterte den Klopfer. Der Gardist schrieb schnell die von Pelbarigan übermittelte Botschaft nieder. Er reichte sie Ahroe, die sich über die Lampe beugte und las: »Können ihn jetzt nicht transportieren. Vielleicht bald. Wunde stark entzündet. Müssen uns auf unsere Ärzte verlassen. Hätten Angst, wenn wir es uns gestatten würden. Müssen in unserem Vertrauen ruhen. Auch du. Avens Segen.«

Ahroe überlegte lange, dann wandte sie sich an Aintre und sagte: »Wirst du hingehen? Bitte, geh für mich!«

»Zu Garet? Ich?« Sie schaute erst Ahroe, dann Desdaan an.

Ahroe schlug die Hände vors Gesicht und wurde von Schluchzen geschüttelt. Desdaan erhob sich, um sie zu trösten, aber Aintre kam dazwischen und legte ihrer Leiterin der Garde den Arm auf den Rücken. »Ich werde gehen. Morgen früh«, sagte sie. Wieder schaute Aintre Desdaan an, der ungerührt im schwachen Lampenschein stand.

Morgenlicht drang durch die Bäume in Hesits Lager herunter. Stel hockte nahe an einem Holzkohlenfeuer und goß seine Mixturen in neuen Steingutgeschirren zusammen. Ein Kreis von Peshtak sah gelassen zu. Endlich hielt er das Gerät noch einmal über das Feuer. »Nicht einatmen«, sagte er. »Nein. Dieser Schritt müßte uns zu unserer Säure führen.«

Mehrere Peshtak sahen sich an.

»Danach«, sagte Stel, »werden wir viel mehr Phosphor bekommen.«

»Eine sonderbare Art, Tantal zu töten, Pelbar.«

»Besser als zu sterben, während man es versucht.«

»Davor habe ich keine Angst.«

»Auch tapfere Männer sterben. Aber wenn du am Leben bleibst, haben alle anderen viel mehr davon.«

»Von dem? Mehr haben?« fragte ein anderer Mann und lachte leise. »Mit seinem stinkenden Atem? Das alte Sumpfmaul?«

»Sei bloß still, du Blähdarm!«

Stel hörte, wie sie hinter ihm lachten und sich anstießen, während er zusah, wie sich die Schüssel über dem Feuer erhitzte. Wenn sie jetzt nicht brach ...

Etwa sechs Ayas nördlich der Portage gingen vier Pelbar-Gardisten auf sieben Bienenkörbe zu, die die ›Tatkraft‹ auf ihrer Fahrt nach Norden an einem Abhang stehengelassen hatte.

»Sonderbar, daß die Tantal die nicht entdeckt haben. Anscheinend schicken sie ihre Patrouillen nicht sehr weit weg.«

»Sie müssen sie gesehen haben. Sie haben sie wohl einfach nicht beachtet. Sie sehen normal aus.«

»Willst du die Deckel anheben und zusehen, wie sie arbeiten?«

»Um mich stechen zu lassen? Nein, danke.«

Zwei der Männer näherten sich den Stöcken, in denen die ankommenden und abfliegenden Arbeiterbienen summten. Plötzlich blitzte und krachte es, und der vorderste Mann flog in die Luft und stürzte zu Boden. Der Mann hinter ihm ließ sich fallen, wälzte sich schreiend weg und hielt sich die Ohren zu. Die beiden nächsten Stöcke waren explodiert, und die Luft war erfüllt von verwirrten und gereizten Bienen.

»Roll dich weg! Jase! Roll dich weg!« rief ein Gardist.

»Er hört nichts.«

Der zweite Mann regte sich nicht. Einer der anderen Gardisten eilte hinzu, packte ihn, nach Bienen schlagend, dann warf er ihn sich auf den Rücken und stolperte davon, während ihm der andere die Bienen vom Rücken schlug. Endlich, in sicherer Entfernung von den Stöcken, setzten die beiden den Verletzten ab. Blut sickerte ihm aus Mundwinkel und Ohren.

»Ich ... ich ...«, sagte er und verstummte. Ein Gardist streifte ihm eine zappelnde Biene aus dem Haar und schleuderte sie wütend beiseite. Dann schaute er seinen Gefährten grimmig an.

»Ich könnte mir denken, daß sie das teuer bezahlen müssen«, sagte der zweite Mann.

Schwaches Mondlicht drang in Ahroes Wohnzimmer. Sie trank im Schein einer kleinen Lampe Tee, auf dem Schoß hatte sie einen Stapel Papiere. Jemand klopfte an die Tür.

»Herein!« rief Ahroe.

Es war Desdaan. Er schlüpfte ins Zimmer, blieb mittendrin stehen und schaute auf sie herunter.

»Inzwischen dürften Garet und Aintre beide in Pelbarigan eingetroffen sein. Eigentlich müßte ich bald von ihr hören.«

Desdaan sagte noch immer nichts.

»Ich weiß noch, wie er ein kleines Kind war und ich allein im Westen Stel folgte. Einmal mußte ich in der Nacht weglaufen. Vor einigen Schuften, die sich die Jahv nannten. Sie wollten ihn von mir trennen. Um ihn zu einigen tierischen Männern in ein Lager zu stecken. Zu ihren Männern. Die sollten ihn aufziehen. Man verfolgte mich, aber wir konnten entkommen. Das ist so lange her. Aber ich empfinde immer noch genauso. Wenn ich ihn verliere ... er ist jetzt so schwierig. Er ist zornig und gehässig geworden. Zum Teil kommt es von seinem Vater. Aintre sagte, es liegt zum Teil auch an mir – an dir und mir. Er ist frustriert.«

»Aintre«, sagte Desdaan. »Ein Mädchen. Eine Dienerin. Sprichst du über uns mit Dienern?«

»Nein. Aber sie haben Augen. Und ich bin nicht wirklich ihre Herrin, weißt du. Ich bin nur ihre Vorgesetzte im Dienst. Du weißt, daß die Pelbar in mancher Beziehung wie eine große Familie sind.« Sie stand auf und ging auf ihn zu. Er nahm ihre Hände. »Ich weiß nicht, Des. Ich habe das Gefühl, daß mir alles aus den Händen gleitet. Es ist, als wäre die alte Welt tot für mich, aber nicht völlig tot. Ein Teil davon behauptet ständig, er lebt noch, ist noch wirklich, ist noch immer das einzig Wirkliche.«

»Das einzig Wirkliche?«

Sie sah ihn an, wie er da fast unsichtbar im vagen Mondlicht stand, der vollendete Diplomat, mit klarem Kopf, gemessener Sprache, der erfinderischste und rechtschaffendste aller Politiker, einen Kopf größer als Stel, vom Alter nur auf die anmutigste Weise berührt. Er zog sie sanft an sich. Draußen hörten sie Schritte auf dem Kies und lösten sich voneinander. Desdaan ging zum Fensterbrett und stützte sich darauf.

Jemand klopfte schnell dreimal hintereinander an die Tür.

»Herein!« sagte Ahroe.

Ein Pelbar-Gardist trat ein und sagte: »Die Botschaft, auf die du gewartet hast, Leiterin der Garde.« Er verneigte sich.

»Warte! Setz dich bitte! Vielleicht ist eine Antwort nötig.«

Der Gardist warf einen Blick auf Desdaan und setzte sich dann auf die Kante eines Stuhls.

Ahroe entfaltete das Papier, hielt es dicht an die Lampe und las. »Es ist von Aintre«, sagte sie. »›Garet sehr schwach, aber Eolyn sagt, er wird genesen. Habe Dahn kennengelernt. Sie ist jung und sehr dünn. Stel hat ihr an der Küste des Bittermeeres das Leben gerettet. Gemeinsam töteten sie zwei Tantal. Sie zeigte mir die Narbe an ihrem Daumen, wo sie ihr Blut mit dem seinen gemischt hat. Sie sagt, sie sei jetzt mit ihm verwandt, also auch mit dir. Sie will Garet nicht verlassen. Sie sagt, er ist ihr Bruder. Wir fragen sie über Ginesh aus – sie weiß viel darüber. Sie sagt, Stel ist auf dem Weg dorthin und Raydi sei ganz bestimmt dort. Wenn Garet genesen ist, sagt sie, will sie nach Threerivers kommen – mit mir, wenn ich zurückkehre. In Pelbarigan alles in Ordnung. Nordwall schickt Reiter zur Portage und per Schiff hundert Shumai-Gardisten. Avens Segen, Aintre.‹

Gardist, bitte bestätige den Empfang des Funkspruchs. Sag bitte, daß wir Garets wegen sehr froh sind.« Ahroe sah plötzlich sehr alt aus, wie sie da so still und seltsam klein in ihrem Stuhl saß. Der Gardist war aufgestanden. Sie lächelte ein wenig. »Sag ihnen bitte, ich werde morgen ausführlicher antworten. Ich glaube, ich werde den Peshtak diese Information bringen. Heute nacht noch. Denk daran – ich bin jetzt mit den Peshtak verwandt. Durch meine Ehe. Und sie legen soviel Wert auf Verwandtschaft. Ich frage mich, was wird dabei herauskommen?«

Der Gardist verneigte sich und ging. Ahroe schaute Desdaan an. »Nun?« fragte sie.

»Ich werde Geduld haben«, sagte er seufzend. »Einmal gehen alle Verhandlungen zu Ende.« Sie gingen gemeinsam zur Tür. Seine Hand strich über ihre Schultern.

Als Ahroe die Tür hinter sich schloß, sagte sie: »Stel ist ein seltsamer Mann. Das sieht ihm ähnlich. Wer weiß, wo er jetzt ist? Aber er greift mit seinem Finger über diese große Entfernung und berührt diese Konferenz. Das ist wieder die alte Welt, die sagt: ›Ich bin nicht tot.‹ Nun, ich will sehen, ob die Peshtak noch wach sind.«

»Sicher. Sie werden ihr albernes Glücksspiel spielen. Zu den Bewegungen der Würfel singen.«

Stel hockte nahe an einem Feuer in den Wäldern südlich von Ginesh. Inger, der Töpfer der Peshtak, hockte daneben. »So«, sagte Stel. »Jetzt paß auf! Das ist der Grund, warum die Töpfe diese Form haben müssen, mit der Schlinge nahe am Boden.« Er zog an einer Schnur, die oben über einen runden Topf führte und hinunter zu einer Schlinge, die tief an der anderen Seite befestigt war. Der Topf hing an weiteren Schlingen, die seitlich etwa auf halber Höhe angebracht waren. Als Stel an der Schnur zog, kippte der Topf um und entleerte seinen wäßrigen Inhalt auf einen Haufen Blätter darunter. Sie saßen im schwachen Feuerschein da und sahen zu. Nach einer Weile stieg Rauch von den Blättern auf, dann zischte plötzlich ein Feuerball auseinander, der Rauch wirbelte dichter, überwand die Feuchtigkeit und setzte die Blätter in Brand.

Stel grinste, sein Gesicht wurde vom Schein der phosphorgenährten Flammen seltsam von unten her beleuchtet. »Mehrere von denen also in jedem der fünf Speicher an der Südseite der Stadt. Das müßte sie ablenken.«

»Aber sie werden die Kastrierten holen, damit sie das Feuer löschen.«

»Das ist nur eine Sache der Zeiteinteilung. Die Sklaven müssen schon fort sein, wenn die Feuer ausbrechen. Man wird sich nicht damit aufhalten, uns zu verfolgen, wenn die Stadt niederbrennt. Wenigstens wird der größte Teil der Armee mit Feuerlöschen beschäftigt sein. Und wenn wir die Schlafsäle der Sklaven niederbrennen, denken sie vielleicht sogar, daß wir da drin in der Falle sitzen.«

»Das ist eine hauchdünne Chance, Pelbar.«

»Auf jeden Fall bringen wir sie völlig durcheinander. Und die anderen Krüge, die Schmelzkrüge, stehen in den Wänden anderer Häuser und verbrennen einfach im Lauf der Zeit, wenn sie zu Schlamm werden und sich auflösen. Oder wenn sie das nicht tun, trocknet das Wasser darin aus.«

»Das Feuer wird im Krug eingeschlossen bleiben.«

»Für den Fall, daß der Krug nicht durch die Hitze zerspringt, verstopfen wir ihn oben mit Spänen. Dadurch wird das Feuer noch oben aus dem Krug herausgetragen. Es verbrennt dann entweder die Schnüre oder greift auf die Mauern über.«

Sie standen auf und wichen vor dem sich ausbreitenden Blätterfeuer zurück. »Jetzt will ich dir erklären, was ich mir für Blan – den großen Götzen – ausgedacht habe«, sagte Stel. »Die Abergläubischen werden Angst bekommen, wenn sie ihren Gott verlieren. Das müßte sie verunsichern. Dazu brauchen wir nur diese Krüge mit Säure. Und beim Lampenentzünden jagen sie alles selbst hoch. Wir werden zu der Wasserstoffexplosion noch einiges Material aus ihrem Arsenal beifügen. Das ist das Zeichen für euch, überall am Rand des landwirtschaftlichen Gebiets Feuer anzuzünden.«

»Ich verstehe nicht viel von dem, was du da redest, Stel«, sagte Hesit. »Glaubst du wirklich, daß das alles funktioniert?«

»Ja. Und wenn nur die Hälfte davon klappt, kommen wir immer noch weg – jedenfalls die meisten von uns.«

»Ich wünschte, ich könnte da so sicher sein.«

Als sich an der Portage die Dämmerung über das Bittermeer ausbreitete, erhob sich der Kommandant der Tantal und blickte hinaus zu den beiden Schiffen, die ein Stück vor der Küste vor Anker lagen. Er wäre gern auf einem davon gewesen. Von seinen einhundertachtzig Mann hatte er siebenunddreißig verloren. Die übrigen waren unruhig. Die nächtlichen Suchtrupps fanden nichts. Auch am Tag kehrten zahlreiche Patrouillen mit leeren Händen zurück. Sie hatten einige Feinde getötet, aber nicht allzuviele. Die Sprengstoffallen waren höchst erfolgreich gewesen, hatten den Feind aber nur dazu angestachelt, seinerseits Fallen aufzustellen. Die Schwierigkeit war, daß er Gelände zu halten hatte, und zwar fern von zu Hause, ohne ausreichende Männer oder Befestigungsanlagen zur Verfügung zu haben. Auch hatte die Portage eine dazu ungeeignete Form.

Sein Adjutant brachte ihm heißen Sassafras und einen mit Ahorn gesüßten Kuchen, und der Kommandant stand da und überlegte, was sie tun würden, wenn es richtig Tag wurde. Vielleicht sollte er den größten Teil der Portage aufgeben und nur die Seeseite halten, in Sicht- und Schußweite der beiden Schiffe und ihrer Raketen. Er hatte Angst gehabt, ins Meer getrieben zu werden. Jetzt war er mehr um sein Überleben besorgt. Wenn er wenigstens Sklaven hätte, um Palisaden zu bauen.

Er hörte von fern einen Schrei, und als er aufschaute, sah er eine merkwürdige, zugebundene Holzkiste durch die Luft wirbeln. Er schrie auf und duckte sich. Die Kiste schlug neben dem Kochzelt auf. Sofort war die Luft ringsum mit zornigen Bienen erfüllt. Soldaten rannten schreiend herum, als am Wachenkreis des Lagers Pelbar-Waffen aufbrüllten. Männer stürzten zu Boden. Der Kommandant fluchte und wollte zu den Raketen- und Rohrwaffenstellungen. Plötzlich spürte er einen brennenden Schlag, und als er im Weiterlaufen nach unten schaute, merkte er, daß sein Arm blutete. Er stürzte sich in den erhöhten Ring des Wachenkreises, als die Männer im Inneren blindlings Raketen auf die grüne Waldmauer abzufeuern begannen. Eine zweite Kiste wurde geworfen, fiel herab und platzte am Rand des Wachenkreises auf. Wieder erfüllten Bienen die Luft, eine wildgewordene Masse, wirbelnd und stechend. Die Männer ließen ihre Waffen im Stich und versuchten, sich unter Dekken, Kleidung und untereinander zu verstecken. Mehrere sprangen über die Befestigungsanlagen und rannten davon. Doch jeder Fliehende stürzte unter dem Feuer der Pelbar.

Plötzlich verstummte der Lärm. Der Kommandant sprang, nach Bienen schlagend, auf und schrie: »Zu den Waffen! Faßt sie auf der Flucht! Die Suchtrupps greifen von den Flanken her an! Raus hier jetzt! Haltet Verbindung! Treibt sie in die Wälder!« Er rannte auf die Waldmauer zu, ein Auge fast geschlossen, mit blutüberströmtem Arm, schreiend. Von vorne kam ein einzelner Blitz. Er blieb stehen, als sei er gegen eine Wand gelaufen, dann sackte er zusammen. Vor der Küste begannen die Tantal-Schiffe Raketen auf den Wald abzuschießen, der an das Lager der Tantal grenzte. Schließlich drangen die Suchtrupps in den Wald ein, fanden aber nichts.

Später, bei Sonnenhochstand, bemerkte ein zurückkehrender Soldat leise zu seinem Nebenmann: »Nun wissen wir, daß diese Schweineväter die Sprengstoffe in den Bienenkörben gefunden haben. Ich frage mich nur, ob wir dort einen von denen erwischt haben.«

»Vielleicht. Auf jeden Fall haben wir sie damit auf eine irre Idee gebracht.«

»Ihr da unten. Haltet euer Drecksmaul!«

Der erste Mann warf dem Truppführer einen bösen Blick zu. Sein Gesicht brannte noch immer von den Bienenstichen, und der herunterlaufende Schweiß machte es noch schlimmer.

In Pelbarigan lag Garet still da und schaute zu Aintre auf. Sie las, ihre Augen schnellten über die Zeilen. Sie fing seinen Blick auf und sah ihn an, aber er drehte den Kopf weg.

»Daß du hergekommen bist – das beschämt mich sehr.«

»Ich bin so froh, daß es dir besser geht, Garet.«

»Bitte bleib nicht hier! Ich halte es nicht aus.«

»Die Leiterin der Garde hat mir befohlen zu bleiben – an ihrer Stelle. Du hast schon früher deutlich gemacht, daß du mich nicht ausstehen kannst, aber ...«

»Nein, nein, nein. Es ist nur ... nachdem ich dich verletzt habe, wie kann ich da ertragen, daß du hier bist?«

»Aber du hast dich doch entschuldigt. Das akzeptiere ich. Ich weiß, daß du außer dir warst.«

»Ich hätte mich besser beherrschen sollen. Ich hätte ...«

Sie legte ihm den Finger auf die Lippen. »Laß gut sein, Garet. Reg dich nicht auf! Auch Dahn muß manchmal schlafen, weißt du.«

»Du mußt zurück. Meine Mutter. Ich habe gehört, daß du bei ihr wohnst. Ich fürchte, sie ...«

»Du meinst, sie könnte mich hergeschickt haben, damit sie ungehindert mit Desdaan verkehren kann?«

Garet fuhr auf, kämpfte sich zum Sitzen hoch, schlug die Hände vors Gesicht und fiel wieder zurück. »Ja.«

»Du kannst sie nicht verteidigen, Garet.«

»Ich will sie ja nicht verteidigen.«

»Dann eben deinen Vater.«

»Ich habe keinen Vater.«

»Unsinn. Du weißt, daß das unvermeidlich ist. Wirst du jetzt stilliegen, wenn ich dir etwas erzähle?«

»Ich weiß nicht. Was?«

»Nun, dann sage ich eben nichts. Ich bin draußen. Ruf mich, wenn du etwas brauchst!« Sie erhob sich, legte ein Blatt als Lesezeichen in ihr Buch und wandte sich ab.

»Warte!« sagte Garet. »Ich bleibe liegen. Ich verspreche es.«

Aintre kam zurück und setzte sich. Sie legte die Hände in den Schoß und schaute darauf nieder. »Deine Mutter muß sich selbst entscheiden. Das kann ihr niemand abnehmen. Ich weiß, sie wollte, daß ich bei ihr wohne, eigentlich nicht nur, um den Riß zu heilen, den du verursacht hattest – sondern um in Sicherheit zu sein. Vor ihren eigenen Gefühlen. Aber auf diese Art kann man keine Ehe retten. Wenn sie nicht aus eigener Kraft überleben kann, dann bricht sie auseinander. Das mußt du einsehen. Ich habe miterlebt, wie deine Mutter damit kämpft. Sie befindet sich in ihrer Funktion als Konferenzleiterin wirklich auf unbekanntem Gelände. Sie braucht Desdaan, jedenfalls glaubte sie das. Er ist ein attraktiver Mann. Sie hat sich eindeutig in ihn verliebt – teilweise seiner Person wegen, teilweise, weil sie glaubt, über Stel hinausgewachsen zu sein, teilweise, weil sie das braucht, was Desdaan weiß und kann. Das glaubt sie wenigstens. Aber sie irrt sich. Ich war mit Stel zusammen. Er ist soviel wert wie ein Dutzend Desdaans – weil er echt ist. Und Desdaan spekuliert auf irgend etwas. Ich weiß nicht, worauf.«

»Aber wenn du meinst, ich kann mich zurücklehnen und zusehen, wie sie uns alle in Schande stürzt ...«

»Was hast denn bisher du getan?«

»Ich ...« Garet verstummte. Nach einiger Zeit sagte er: »Ich werde nicht hierbleiben. Ich gehe nach Iver – oder sonstwohin. Ich will in den Kampf an der Portage zurück.«

»Wir rechnen alle damit, daß du zurückgehst – sobald du gesund bist. Das ist deine Pflicht.«

»Warum mußt du so schwierig sein?«

»Erwartest du Mitgefühl von mir? Du bist selbst auch nicht sehr mitfühlend, weißt du.«

»Du willst sagen, ich bin ein Baby, nicht wahr?«

»Das mußt du selbst entscheiden, Garet. Du weißt, was du bist.«

Garet schaute sie an, dann blinzelte er. »Dreh mal deinen Kopf!«

»Warum?«

»Ich will sehen – ob ich dich verletzt habe. Ob man es sieht.«

»Du hast mich verletzt. Ich glaube nicht, daß man es sieht. Aber ich spüre es.«

»Ich weiß. Ich werde es wiedergutmachen. Bestimmt, Aintre.«

»Nein. Das kannst du nicht. Es ist geschehen. Wiedergutmachen kann man nichts. Ich trage dir nichts nach, aber ich werde mich immer vor dir fürchten.«

»Immer? Ich würde doch nicht ... Sei nicht albern.«

»Dieses Recht habe ich doch wenigstens, oder? Albern zu sein? Ich finde, andere Leute sind auch recht albern.«

Garet schaute zu ihr auf und beschattete mit einer Hand seine Augen. Dann wollte er sich im Bett von ihr abwenden, merkte aber, daß er es nicht konnte. »Ja«, sagte er. »Dieses Recht hast du. Du hast jedes Recht, das du willst, soweit es mich betrifft.«

Sie erhob sich. »Ich bin im anderen Raum, wenn du etwas brauchst.« In der Tür drehte sie sich um und schaute zurück.

Garet hatte die Hand über die Augen gelegt. »Aintre«, sagte er. »Was soll ich tun?«

Sie senkte den Blick und ging, ohne zu antworten.

Der Zentrale Rat der Stadt Ginesh bestand aus zwanzig Vertretern, die aus den zwanzig Familien der Zentralen Weisheit kamen. Einer der Vertreter, Pulsaf, führte den Vorsitz. Ein zweiter war der Informationsmeister Terog. Resif, der Kriegsgouverneur, war ein dritter. Zusammen mit Laisias, dem Meister der Priester, und Imlok, dem Produktionsgouverneur, bildeten sie die Exekutivgruppe.

»Ihr seht also«, schloß Resif, »daß wir schon jetzt mit den Pelbar zu tun haben. Wir hatten Verluste. Aus diesem Grund schlage ich vor, daß wir die Expedition dieses Sommers vorantreiben und uns nicht mit den Peshtak anlegen. Sie sind mit den Innanigani beschäftigt, und das nimmt einigen Druck von uns.«

»Ich mache mir Sorgen«, sagte Terog. »Die Peshtak sind ungewöhnlich ruhig. Bei denen tut sich etwas.«

»Unsere Patrouillen haben nichts dergleichen festgestellt, Terog, außer ein paar Zusammenstößen früher im Jahr. Bei einem davon haben wir Verluste erlitten. Er fand nachts statt, aber die Überlebenden berichten von einem Fremden, der bei den Peshtak war.«

»Ein Fremder?« fragte Terog. »Warum wurde das nicht gemeldet?«

»Es ist soeben erst ans Licht gekommen. Es war dunkel. Wir nehmen jedoch an, daß irgendeiner dieser verfluchten Schlangenfresser von einem Baum herunterkam und einen von unseren Männern getötet hat.«

»Spar dir deine Flüche bitte für die Armee auf, Resif! Von einem Baum?«

»Die Männer des Suchtrupps haben zusammengetragen, was sie zu sehen glaubten, und schließlich haben sich genügend von ihnen auf eine Version geeinigt, so daß wir einigermaßen sicher sein können, daß sie wirklich etwas dergleichen gesehen haben. Wir sind an die Stelle zurückgekehrt und haben dort einen speziellen Kurzbogen gefunden.«

»Was haben sie dann gesehen?«

»Sehr wenig. Nicht genug, um es zu beschreiben. Aber er war anders. Er ist mit den Peshtak fortgelaufen. Anscheinend war er gerade dabei, eine Falle aufzustellen, als wir kamen. Sie war noch da, als wir zurückkehrten, ganz zerschnitten.«

»Sonst noch ungewöhnliche Zusammenstöße?«

»Da war noch etwas mit unseren Gelberdesammlern. Nahe am feurigen Wasser – der verbotenen Stelle. Es müssen Fremde gewesen sein. Sie kamen direkt aus dem verbotenen Gebiet. Die können wir vergessen. Es ist ein vergifteter Ort. Sie sind inzwischen sicher tot.«

»Ich habe das Gefühl«, sagte Imlok, »daß wir gut beraten wären, die Pelbar in Ruhe zu lassen und die Peshtak unter Druck zu setzen. Sie waren immer schon unsere größte Gefahr. Nach allem, was ihr von dem Mädchen, der Pelbar-Gefangenen, berichtet habt, beabsichtigen sie nicht, uns anzugreifen, sondern wollen nur ihre Kolonie verteidigen. Es gibt hier, ganz in der Nähe, wichtigere Dinge.«

»Mein lieber Imlok«, sagte Terog, einen Federkiel zwischen den Fingern drehend, »die Folgerungen aus dem, was ich gesagt habe, sind viel weitreichender, als du annimmst. Ich habe den Bericht zusammengefaßt. Wir wissen von dem Mädchen, daß sie ein Boot gebaut haben, das ohne Segel fahren kann. Das macht es ihnen viel leichter, die Flüsse hochzukommen. Sie sind in der Lage, ungehindert auf dem Bittermeer umherzustreifen. Sie können diese nördliche Kolonie viel enger an sich binden. Diesen Wunsch haben sie durch ihren Angriff auf die Portage – das schwächste Glied – kundgetan.

Und was mir Sorgen macht, sind diese Leute aus der Kuppel. Sie verfügen über Kenntnisse der Alten. Die Fähigkeiten der Pelbar werden ständig größer. Lange, ehe die Kuppel entdeckt wurde, haben sie uns in Nordwall besiegt – obwohl wir den Sprengstaub hatten, und sie nicht. Jetzt haben sie ihn nicht nur, sondern haben auch noch Einzelwaffen damit ausgerüstet. Der Bericht von der Portage ist beunruhigend – zwölf Mann Verlust bei einem einzigen Angriff.

Vielleicht könnten wir einen – oder zwei – Angriffe auf die Peshtak unternehmen, als Warnung, sich nicht den Pelbar anzuschließen. Aber wir müssen unser Recht auf das nördliche Territorium geltend machen. Und wir müssen sie von den Rits fernhalten. Ich hörte, daß einige von denen in der Nähe der nördlichen Kolonie gesehen wurden. Unser Patrouillenschiff hat dort ein paar Boote an die Küste gejagt und mußte abziehen, weil die Pelbar sie verteidigten.«

»Vielleicht sollten wir uns auch anschließen«, sagte Laisias. »Blans Kraft reicht möglicherweise nicht so weit.«

Die ganze Gruppe schaute ihn erstaunt an. »Ich war mir nicht bewußt, daß wir uns auf die Kraft Blans verlassen«, sagte Pulsaf. »Vielleicht bei der Verteidigung von Ginesh, aber nicht zur Eroberung.«

Laisias holte tief Luft, aber als er sich umschaute, sah er nur feindselige Blicke.

»Wir wissen, Laisias, daß Blan in gewissen, politischen Fragen nützlich ist und die Nation um ein Symbol schart, aber ich glaube, es ist Blans Wunsch, daß wir uns auf unsere eigene Kraft verlassen und uns nicht auf ihn stützen, wie es minderwertigere Völker tun würden.«

»Blan hat bestenfalls indirekten Einfluß«, fügte Imlok hinzu. »Blan kann uns vielleicht helfen, Gefangene zu machen, aber ich habe festgestellt, daß unser Produktionswachstum von den Arbeitern kommt, nicht von Blan. Auf unseren Feldern wächst kein Produkt auf magische Weise. Keine Holzerzeugnisse formen sich von selbst in unseren Werkstätten. Kein Schiff ...«

»Ja. Wir verstehen dich schon«, sagte Pulsaf. »Terog, hast du von dem Mädchen noch etwas erfahren? Ist sie schon gebrochen?«

»Sie ist gebrochen, ja, aber ich glaube, wir müssen noch mehr von ihr erfahren. Sie bleibt in meiner Familie. Bei ihrem jetzigen Geisteszustand ist es für sie schwer, Träume und Realität auseinanderzuhalten. Wenigstens verachtet sie jetzt nicht nur die Pelbar, sondern auch ihre eigene Familie. Ich vermute, daß es da gewisse eheliche Spannungen gab, als sie fortging. Sie stammt aus einer äußerst wichtigen Familie. Ihre Mutter führt im Augenblick den Vorsitz der Versammlung in ihrer südlichsten Stadt und bemüht sich, das zustande zu bringen, was man dort die Heart-Fluß-Föderation nennt.

Ihr Vater ist von weniger hohem Rang, aber er ist sehr weit gereist, und er war es, der als erster in die Kuppel eindrang. Er hat sich offenbar viel mit dem Mädchen beschäftigt. Es ist deutlich zu erkennen, daß sie ihn sehr liebt. Sie behauptet, er habe unsere Leute an der Portage durch eine Explosion besiegt, die durch etwas gezündet wurde, was sie ›Funk‹ nennt. Erklären kann sie es nicht. Ihre Worte ergeben keinen Sinn. Angeblich werden damit über große Entfernungen Signale durch die Luft geschickt, ohne daß man sie sehen oder hören kann.

Sie sagt auch, daß sie ihren Vater hier in der Stadt gesehen habe. Sie habe ihn an einer Narbe an der Hand erkannt. Aber das stimmt nicht. Ich habe den Mann identifiziert, den sie meinte – ein Kastrierter namens Oad, dem wir im Museum begegneten. Ich habe ihn auf den Kopf geschlagen. Die Wunden hat er immer noch. Seine Hände zeigen die üblichen Narben. Sie hat sich geirrt.

Ich habe versucht, von ihr zu erfahren, wie das Boot funktioniert, und da machen wir einige Fortschritte, aber sie hat offenbar wenig auf Details geachtet.«

»Wieso glaubt sie, daß er hier in der Stadt sein könnte?« fragte Resif.

»Nur, weil sie sich wünschte, daß er kommt – daß er sie rettet. Das ist doch nur verständlich. Aber inzwischen hat sie mich als ihren Vater akzeptiert. An ihn verschwendet sie kaum mehr einen Gedanken. Wir haben ihr gesagt, daß er bei der Portage getötet wurde, aber das hat sie nie geglaubt. Sie meint, daß sein Leben durch irgendeinen Zauber geschützt ist.«

»Ich möchte nur eins wissen«, sagte Resif.

»Ja?«

»Hätte es der Mann sein können, der angeblich bei den Peshtak ist – derjenige, dem die Suchpatrouille begegnet ist? Und der in dem kleinen Boot, der dem Peshtak-Mädchen – der Armeesklavin – geholfen hat?«

Terog runzelte die Stirn, dann klatschte er nach einem Diener und befahl ihm, Raydi vor die Ratsversammlung zu holen. Inzwischen sprachen sie über die Einsatzbereitschaft der Flotte.

Bald kehrte der Diener mit dem Mädchen zurück, das frisch gewaschen und gekämmt war, aber mit leerem Blick um sich schaute.

»Guten Morgen, unsere Tochter«, sagte Terog. »Erzähl uns nun von diesem Mann – wie hieß er doch? Von diesem Stel?«

Raydi zuckte zusammen. »Was ... was ist mit ihm, Vater?«

»Könnte es sein, daß er sich den Peshtak angeschlossen hat, um uns anzugreifen?«

»Ich ... ich weiß nicht, Vater. Hm ... die Pelbar fürchten die Peshtak.«

»Und dieser Stel. Würde er sie so sehr fürchten, daß er sich nicht mit ihnen zusammentun würde?«

Raydi zögerte. »Ist er in der Gegend? Ist er hier? Hat er sich ihnen angeschlossen?«

»Würde er versuchen, sich ihnen anzuschließen, Raydi?«

»Er ... er hat immer irgend etwas versucht. Es könnte sein, Vater.«

»Aber er hatte keinen Erfolg mit dem, was er versuchte?«

»Nein. Ja. Manchmal. Aber nicht immer.«

»Und was könnte er in der Nähe von ... Also, könnte er wissen, wie man den Sprengstaub macht, der explodiert?«

»Natürlich. Das ist nicht schwer, bis auf das weiße Zeug. Ich habe schon dabei zugesehen.«

»Das erklärt, was die Peshtak am feurigen Wasser zu suchen hatten, Terog«, sagte Resif. »Er ist hier und bringt ihnen bei, wie man Sprengstaub macht.«

»Das versucht er vielleicht, aber das ›weiße Zeug‹ ist hier nirgends zu finden. Er hat schon verloren.«

»Du wirst mich beschützen, Vater, nicht wahr?«

»Ja, unser Kind. Natürlich. Nun, was glaubst du? Könnte er fähig sein, diese Peshtak zu irgendeinem Angriff zu vereinen?«

»Angriff? Auf uns? Unsere Mauern – werden sie uns nicht schützen?«

»Ja. Natürlich. Aber würde er es versuchen? Das mußt du uns sagen. Es ist sehr wichtig.«

»Alle sagen immer, daß er allein arbeitet. Mein Bruder Garet war deshalb immer wütend auf ihn. Du wirst mich beschützen, nicht wahr?«

»Ja, ja. Wir lassen nicht zu, daß du uns weggenommen wirst. Er arbeitet also alleine, nicht wahr? Warum lächelst du?«

»Er vergißt andere Menschen. Einmal vergaß er zu kommen, als er ein Flötensolo spielen sollte. Die ganze Stadt wußte, daß er beim Winterfest ausgelassen wurde.«

»Er ist also vergeßlich, und er macht viele Fehler?«

»Ja. Viele Fehler. Er hat ständig irgendwelche Ideen, aber nur einige davon funktionieren.«

»Offensichtlich«, sagte Laisias, »hat die an der Portage funktioniert.«

Terog warf ihm einen schnellen Blick zu.

»Vater, du wirst mich beschützen, nicht wahr? Wenn Stel noch lebt? Wenn er hier ist?«

»Ja, unsere Tochter. Wir haben es dir versprochen. Du kannst jetzt gehen. Sieh zu, ob du dich für Porif noch genauer an das Boot erinnern kannst.«

»Ja, Vater.« Raydi verneigte sich leicht und ging mit dem Diener hinaus.

»Wenn jemand ein Boot baut, das ohne Segel fährt, dann eine Explosion auslöst, die einen Angriff regelrecht vernichtet, der ist kein Narr«, sagte Pulsaf. »Wir sollten uns vorsehen. Der Kerl ist gefährlich.«

Resif stand auf. »Ich werde sofort eine verstärkte Patrouille an die verbotene Stelle schicken. Wir werden uns den gesamten Wachenkreis ansehen. Ich möchte nur wissen, ob sie ihn wirklich in der Stadt gesehen hat.«

»Nein. Das habe ich nachgeprüft. Sie war verwirrt. Es geschah genau zu dem Zeitpunkt, als sie am Zerbrechen war. Porif bestätigt das. Ihr Geist war eine einzige Sturzflut von Bildern. Sie sah mich und dachte an ihn. Jetzt bin ich ihr Vater.«

»Was wird sie dann denken, wenn du sie auf die Felder hinausschickst?« fragte Laisias.

»Wer weiß? Bis dahin ist sie verbraucht. Ich überlasse sie Imloks Leuten. Die werden sicher mit ihr fertig. Als Armeehure ist sie noch zu jung.«

Alle lachten. »Vielleicht hält sie es durch«, sagte Resif. »Vielleicht kann man sie doch noch für die Armee verwenden.«

Blu stand da und schaute zu, wie seine Männer Gräber für die drei Gardisten aushoben, die beim letzten Angriff von einer Tantal-Rakete getötet worden waren. Er runzelte die Stirn. Ein Shumai-Gardist trabte heran und blieb keuchend stehen. Blu drehte sich ein wenig nach hinten.

»Sie schicken jetzt Einzelkundschafter aus. Heute morgen haben wir zwei getötet. Aber wir sind sicher, daß noch mehr da waren.«

»Irgendwelche großen Patrouillen?«

»Nein. Wir sind auf keine gestoßen. Sie sind gut, diese einzelnen Männer – lautlos wie die Schatten.«

»Das müssen sie auch sein, wenn sie gegen die Peshtak kämpfen wollen.«

»Und wenn sie das Lager finden?«

»Das ist weit entfernt. Von einer großen Streitmacht würden wir erfahren, ehe sie es erreichen könnte.« Blu zögerte und überlegte. »Adow, kannst du uns ein neues Lager bauen? Näher gelegen? Eines, das sie finden könnten?«

»Was? Schon wieder einen Köder?«

»Ja. Aber überzeugender. Ich bin es leid, Männer zu verlieren. Ich habe darüber nachgedacht. Ich möchte ein richtig schönes, schmutziges Ding abziehen. Sie trinken doch Alkohol, nicht wahr?«

»Das hat Eth gesagt. Ich ...«

»Nun, dann machen wir ihnen welchen. Guten Stoff – nur mischen wir ein bißchen Methanol darunter.«

»Was?«

»Holzalkohol. Er blendet und tötet. Wir werden ihn in guten Schwarzbeerwein mischen. So. Wenn wir mit dem Begräbnis fertig sind, werde ich es euch erklären. Diesmal verlieren wir zwar ein paar Vorräte, aber keine Männer – hoffe ich.«

»Vorräte?«

»Die gibt es doch wohl in jedem Lager. Es muß echt aussehen, wenn sie uns daraus vertreiben.«

Adow runzelte die Stirn. »Das kommt mir nicht sonderlich heldenhaft vor.«

»Ja. Genau wie Bienenkörbe mit verstecktem Sprengstoff. Stell es dir vor wie eine neue Art von Falle. Und wir müssen unsere Wachenkreisposten verstärken. Diese Einzelkundschafter müssen wir ausfindig machen, auch wenn sie noch so gut sind.«

Blu hörte ein Hüsteln hinter sich. Die Gardisten waren bereit für die Begräbniszeremonie. Ein Stück hinter ihnen sahen die beiden Tantal-Gefangenen niedergeschlagen zu. Der Verwundete lag bleich und reglos da. Sein Freund, der neben ihm an einen Pfahl gebunden war, scheuchte Fliegen weg.

In Pelbarigan saß Dahn am Rand von Garets Bett; er brachte ihr das Lesen bei. Sie besaß einige Grundkenntnisse, aber die waren so ungenügend, daß es ihn schockierte. Schließlich legte er die Rolle nieder und seufzte.

»Dahn, willst du für mich nach Threerivers gehen?«

»Jetzt? Ohne dich? Nein.«

»Du mußt. Um mit meiner Mutter zu sprechen.«

Dahn runzelte die Stirn. »Ich habe es versucht. Was habe ich falsch gemacht?« fragte sie leise.

»Du? Nichts. Es ist nur ...« Er verstummte.

»Wenn du mit Aintre allein sein willst, gehe ich ein wenig spazieren. Aber ich will nicht so weit weg.«

»Darum geht es nicht. Ich ... ich möchte, daß du Achtung vor meiner Mutter hast. Aber sie muß von dir erfahren, daß Stel dich gerettet hat. Sie ... sie hat sich von ihm entfernt. Ziemlich weit.« Garet schaute zu Dahn auf und sah, daß sie die Hände vor den Mund gelegt hatte.

Sie stand auf, ging zum Fenster und starrte hinaus. »Ich will nicht fort. Es würde komisch aussehen.«

»Dort gibt es Peshtak.«

Sie drehte sich um und schaute ihn an, dann blickte sie zu Boden und flüsterte: »Ich kann nicht.«

Garet begriff plötzlich, daß sie sich gerade deshalb Sorgen machte. Würden sie sie aufnehmen, nachdem sie eine Tantal-Sklavin gewesen und – grausam mißhandelt worden war?

»Na, schon gut. Komm her und küß mich, kleine Schwester! Ich glaube, ich muß jetzt schlafen.«

Sie kam wirklich, küßte ihn flüchtig, drehte sich dann um und ging. Garet wartete eine Weile, dann richtete er sich unter Schmerzen auf, wälzte sich auf die Seite, setzte die Füße auf den Boden und erhob sich. Er zuckte ein wenig zusammen. Zuerst hüpfte er auf einem Bein, dann merkte er, daß sein verletztes Bein das Gewicht tragen konnte. Er humpelte zur Tür und schaute hinaus. Der Gang lag im Dunkeln, wurde von der kleinen Lampe in einer entfernten Nische kaum erhellt. Er wandte sich zurück, schloß lautlos die Tür und humpelte zum Schrank, um seine Kleider zu holen. Dann würde er eben selbst gehen. Man brauchte kein heiles Bein, um ein Pfeilboot zu rudern. Trotzdem zuckte er zusammen, als er sich sein Kurzschwert umschnallte.

In Ginesh, im Sektor der Zentralen Weisheit schaute Syst, ein junger Vater, von dem Pflockspiel auf, das er gerade mit seinem Sohn spielte. Seine Tochter sang in ihrem Zimmer ein merkwürdiges Lied. Syst lauschte. Ihre klare Stimme trug die Melodie langsam, in gemessenem Rhythmus zu ihm:

»Wie Stromes Fluten spät im Lenz
sind eisig noch vom Winterschnee,
obwohl Jungvögel fliegen längst,
in dichtem Laub die Eichen steh'n,

so hängt deines Abschieds Kälte hier,
magst auch in Avens Hut du sein,
so beten wir, auch wenn wir dir ...«

»Novis«, rief Syst. »Novis, komm auf der Stelle her!« Ein schlankes Mädchen mit rotem Haar erschien erschrocken in der Tür. Sie hatte einen Kamm in der Hand, in dem sich eine dünne, wirre Haarsträhne verfangen hatte.

»Was hast du da gerade gesungen? Was auf Blans großer Welt war das?«

»Ach, nichts. Nur ein Lied, das das Pelbar-Mädchen immer gesungen hat. Ich habe es drüben bei Orsin gehört.«

»Nie, nie, nie wieder wirst du das singen, hörst du? Niemals. Nicht in diesem Haus und auch nicht außerhalb davon. Es ist böse und gefährlich.«

Novis schob die Unterlippe vor. »Ich finde – es ist ganz hübsch«, sagte sie leise.

»Nein. Es ist nicht hübsch. In meinem eigenen Haus zu falschen Göttern zu singen. Niemals!«

Novis begann zu weinen. Sie drehte sich um und wollte heulend den Gang hinunter.

»Novis, komm sofort her! Sofort!« brüllte ihr Vater.

Novis erschien in der Tür, heftig schluchzend und japsend.

»Was ist los? Kannst du eine so einfache Bitte nicht ertragen?«

»Du hast mich angebrüllt. Ich habe nichts getan.«

»Ich habe dich nicht angebrüllt. Ich versuche einfach, dir etwas begreiflich zu machen. Komm her!«

Novis kam in den ausgestreckten Arm ihres Vaters und kletterte, immer noch ein wenig schluchzend, auf seinen Schoß. »Sie singt nicht mehr, Vater – das Pelbar-Mädchen. Sie starrt nur vor sich hin.«

»Gut. Du bist am Zug, Andish.«

»Nein. Du. Ich habe gezogen, während du Novy angebrüllt hast.«

»Ich *habe* nicht gebrüllt, verdammt nochmal! Ich wollte nur in meinen eigenen vier Wänden für Ordnung und rechtmäßige Frömmigkeit sorgen.«

Novis begann wieder zu weinen.

»Hör auf! Hör sofort auf!« sagte Syst und schüttelte sie leicht.

»Sie hat uns allen eine Menge Lieder beigebracht«, bemerkte Andish lakonisch, während er drei Pflöcke seines Vaters übersprang und sie dann ostentativ in die Holzschachtel neben dem Brett klappern ließ.

»Nun, die solltest du lieber schnell wieder vergessen. Wir wollen so etwas hier nicht hören.«

Andish wechselte einen flüchtigen Blick mit seiner Schwester, während ihr Vater einen Pflock drei Felder weiter bewegte und zwei Pflöcke seines Sohnes nahm. Andish bemühte sich, Gelassenheit zu zeigen, streckte langsam die Hand aus und übersprang vier der letzten sechs Pflöcke seines Vaters.

»Wie kann sich bei dem ständigen Rummel ein Mensch auf etwas konzentrieren?« maulte Syst. »Sieht so aus, als hättest du diesmal schon gewonnen, Andish. Möchtest du von vorne anfangen?«

»Vielleicht sollten wir zuerst dieses Spiel zu Ende bringen, Papa«, sagte Andish und bemühte sich, seinen Triumph zu verbergen. »Um auch sicherzugehen, daß ich es wirklich gewinnen kann. Wer ist eigentlich Aven, Papa?«

An der Portage zum Bittermeer saßen die drei Tantal, die sich seit dem Tod des Kommandanten die Führung teilten, auf einem der Schiffe um einen Tisch.

»Wir brauchen die Männer kaum zu gefährden, wenn wir diese Seite der Portage befestigen. Wir können trotzdem verhindern, daß die Pelbar sie benützen – und nur dann zum Kämpfen herauskommen, wenn sie mit einer Streitmacht anrücken«, sagte Eff.

Lynd seufzte. »Schön. Dann überlassen wir ihnen also im wesentlichen das ganze Gebiet und begnügen uns mit dem Rest. Sie müssen das als Rückzug ansehen.«

»In diesem Punkt muß ich dir zustimmen, Eff«, sagte Iturge, der Sohn von Laisias, dem Meister der Priester. »Ich glaube, wir müssen den Angriff vorantreiben. Pech für uns, daß sie so ein schweinisches Glück hatten, bis wir anfingen, meine Einzelkundschafter auszuschicken. Wir ...«

»Wir haben schon vier schlammfressende Kundschafter verloren. Das ist wirklich großartig.«

»Bitte. Laß mich zu Ende sprechen! Das könnte sich durchaus gelohnt haben für die Information, die der letzte mitgebracht hat – den Standort ihres Hauptlagers. Ein Irrtum ist ausgeschlossen. Er hat sogar ein kleines Bronzegehäuse von einer ihrer Waffen und einen geschnitzten Trinkbecher mitgebracht.«

»Einen Shumai-Becher«, sagte Eff. »Das war unübertrefflich. Und was passiert, wenn der Besitzer danach sucht? Dann findet er Zeichen und womöglich eine Spur.«

»Ach, du bist zu nervös. Nicht einmal die Peshtak finden Zeichen, wo unsere besten Kundschafter vorbeigezogen sind. Das kann aber durchaus bedeuten, daß wir die drekkige Schlangenbrut heute nacht angreifen müssen. Wir sollten fast die ganze, verfügbare Streitmacht nehmen und nur genügend Männer hierlassen, um dieses Ende des Grabens zu verteidigen. Wir treiben sie mit der Kraft Blans im Rükken vor uns her. Dann brauchen wir sie nur noch diesen Sommer zurückzuhalten, bis die Hauptstreitmacht ihre Kolonie vernichtet hat, danach besteht kein Grund mehr für sie, diese Portage noch zu benützen.«

»Träume.«

Iturge stand auf und funkelte ihn an. »Mein Entschluß steht fest. Ich dulde keinen Widerspruch! Vielleicht sind wir im Rang gleich, aber es ist kein Geheimnis, daß ich am besten plaziert bin. Diese Art von Stellung entsteht aus der Klugheit, das kann ich dir sagen.«

»Dann führst du also den Angriff an?« fragte Lynd.

Iturge starrte ihn zornig an. »Nein. Du.«

»Ich? Ein kleiner Offizier ohne Familienrückhalt soll deine brillanten Vorstellungen ausführen? Ein so brillant ausgearbeiteter Plan muß doch sicher ebenso brillant ausgeführt werden. Ich werde es nicht tun!«

»Du weigerst dich also.«

»Nur über meine Leiche.«

»Dafür könnte ich schon sorgen.«

Lynd sprang auf, riß sein Messer aus dem Gürtel und hielt es Iturge an die Kehle. »War das eine Drohung?«

Iturge schaute ihn verächtlich an. »Na los! Stoß zu! Und warte, wie lange du dann noch lebst.«

»Die Aussichten sind in keinem Fall besonders gut. Wir

haben schon jetzt den Kommandanten und dreiundsechzig Mann verloren.«

Iturge schoß einen Blick zu Eff. »Du steckst wohl mit ihm unter einer Decke?«

»Ich? Nein. Ich bin nur Zuschauer.«

»Na gut. Ich werde den Angriff tatsächlich führen. Und wenn er erfolgreich ist, werde ich mich um euch kümmern. Und ich versichere euch, daß der Vorteil dabei etwas mehr auf meiner Seite liegen wird.«

»Einverstanden«, sagte Lynd und lachte lange. »In dieser Hinsicht habe ich keine Befürchtungen.«

»Du mußt die Operation aber beobachten«, sagte Iturge. »Eff bleibt als Verantwortlicher hier.«

Lynd zog wieder sein Messer, aber Iturge war zurückgewichen und hatte ebenfalls die Waffe gezückt. »Ein hübsches Bild«, meinte Eff. »Haben wir noch nicht genug Feinde? Bitte steckt alle beide eure Waffen ein und vergeßt nicht, wer wirklich der Feind ist!«

Widerwillig gehorchten sie. »Gut. Wir müssen uns jetzt vorbereiten, damit wir rechtzeitig aufbrechen«, sagte Iturge. »Ruft die Bootsleute!«

Spät in dieser Nacht glitt die siebzig Mann starke Tantal-Streitmacht aus ihrem Lager in die von Insekten summende Dunkelheit und folgte Iturges Kundschafter nach Nordwesten zu dem Lager, das er gefunden hatte. Ohne ihr Wissen waren an diesem Morgen die Reiter von Nordwall eingetroffen und lagerten zwei Ayas südlich der Portage, sie machten Seile aus Lindenrinde, indem sie schmale Streifen abzogen und jeweils drei zusammenflochten. Blu hatte sich mit ihnen abgesprochen und wollte gerade aufbrechen, als man ihm die Bewegungen an der Tantal-Basis meldete.

»Vielleicht könnten wir diese ganze Belagerung heute nacht abschließen, Arey«, sagte er zu einem schlaksigen, sommersprossigen Mann, der beim Seilemachen zusah. Arey trug die braune Tunika eines Pelbar-Gardisten, dazu enge Shumai-Hosen, und das blonde Haar hatte er zu einem Shumai-Schwanz geflochten.

Arey schaute Blu prüfend an. »Wieviele Leute hast du bisher verloren?«

»Dreizehn. Ich weiß, daß die anderen mindestens fünfzig verloren haben. Aber ich möchte keinen einzigen mehr verlieren, wenn es irgend geht. Wenn wir dieses Schiff auf Grund setzen und in Brand stecken könnten, veranlaßt sie das vielleicht zum Abzug.«

»Dafür werden wir sorgen. Wir brauchen etwas zu tun, so oder so.« Arey wandte sich Blu zu, und sie schlugen in einer lässigen Shumai-Abschiedsgeste die Hände aneinander. Der Reiter war aus dem fernen Westen gekommen. Auf dem Boden stand er ein wenig krummbeinig, aber wenn er auf einem Pferd saß, schien er mit dem Tier verwachsen zu sein. Er sah Blu nach, als der mit drei Mann in westlicher Richtung davontrabte. Er drehte sich um, schaute zum Seilemachen hinüber, beugte sich dann vor und spuckte aus. Sein eigenes, braunes Pferd drehte sich bei dem Geräusch um und legte die Ohren zurück.

Die Tantal bewegten sich fast völlig geräuschlos durch den Wald und fanden zwei Stolperfallen, als sie sich dem Lager näherten. Beiden wichen sie aus und machten sie im Dunkeln unschädlich. Vor sich sahen sie den schwachen, flakkernden Schein von Lagerfeuern und hörten singende und lachende Stimmen. Iturge winkte, und die Männer begannen auszuschwärmen und sich mit schußbereiten Bogen langsam vorwärtszubewegen. Zwei Männer schleppten eine tragbare Rohrwaffe, und ein dritter die Munition dafür. Geräuschlos stellten sie die Waffe auf und richteten sie auf das Lager. Die anderen Männer gingen weiter, so dicht heran, daß sie Schatten erkennen konnten, die sich bewegten. Plötzlich gellte ein Shumai-Schrei auf, die Männer im Lager erstarrten, dann rannten sie davon, als die Tantal, ohne auf das Feuer der Rohrwaffe zu warten, brüllend angriffen.

Als sie auf die Lichtung rannten, krachten aus der Dunkelheit von ferne mehrere Flinten. Sie konnten Männer hören, die krachend im Wald durchs Unterholz brachen, schickten einen Schwarm Pfeile hinter ihnen her und liefen schnell durch den vom Feuer erhellten Bereich in den Wald dahinter.

Iturge fluchte. »Fast. Nun, das Lager haben wir. Verbrennt es! Nein. Wartet. Sammelt zuerst soviel ein, wie ihr nur könnt. Schaut. Decken. Fleisch. Reißt die Dächer von diesen Hütten herunter! Seht nach, ob ihr Pläne oder Karten finden könnt. Was ist das – ein Faß? Schaut. Becher.« Er beugte sich zu einer teilweise leergegessenen Holzschale hinunter und hob einen halbleeren Shumai-Becher hoch. Er roch daran. »Beerensaft?« Er tauchte einen Finger hinein und kostete. »Der hat's wirklich in sich. Ist noch jung, aber es ist Brombeerwein.« Er schlug mit seinem Langschwertgriff auf das Faß. In der Ferne hörte er Gewehrfeuer und Geschrei.

»Kommandant«, rief ein Kundschafter. »Sie sind abgehauen wie die Hasen. Das kann nicht das Hauptlager sein. Es ist nicht groß genug. Und jetzt haben wir die Überraschung verdorben ...«

»Ja, ich weiß. Wir sollten uns zurückziehen. Ich bin einverstanden. Aber geordnet. Organisiere die Männer. Sie sollen alles verbrennen, was sie nicht tragen können. Legt ein paar Sprengsätze. Und das nehmen wir auch mit.« Er lachte und klopfte an das Faß.

Der Kundschafter salutierte und machte sich an die Arbeit. Iturge lehnte sich einen Augenblick an das Faß, dann schüttete er den Rest des Weins aus dem Becher in ein Feuer daneben. Es zischte und loderte auf.

Inzwischen saßen drei Reiter ab und wateten südlich der beiden vor der Küste verankerten Schiffe ins Bittermeer. Ein leichter Nebel half, sie zu verbergen. Sie schleppten das jetzt fast einen Viertel Ayas lange Seil hinter sich her und wateten erst geduckt, dann schwammen sie langsam am

Ufer entlang auf das näher liegende Schiff zu. Sie hatten das Gefühl, als ob eine Reihe von Feuern am Ufer ihre Gesichter direkt anstrahlte, obwohl sie sich die Haut mit Fett und Holzkohle geschwärzt hatten. Endlich, gerade, als das Seil fast zu schwer wurde, um es noch weiterzuziehen, erreichten sie die Ankerkette. Ein Mann tauchte hinunter. Der Seeboden fiel ziemlich steil ab, und er kam nicht so weit hinunter, wie er gehofft hatte, ehe er das Tau an die Kette knüpfen mußte. Aus weiter Ferne hörten sie gerade noch das Gewehrfeuer. Sie glitten davon.

Kurz darauf begann sich das Tantal-Schiff langsam zu drehen, aber in der aufkommenden Brise schien das nicht unnatürlich zu sein. Einem der Wächter kam es vor, als bewege sich das Schiff. Nein. Das konnte nicht sein. Doch, plötzlich war er sicher. Als sich das Tempo steigerte, schrie er, aber mehrere Augenblicke lang herrschte Verwirrung unter den Männern.

»Die Ankerkette. Laßt sie heraus. Wir werden geschleppt«, schrie ein Mann vom Mast, von wo aus er in die dunkle Ferne gespäht hatte. Mehrere Männer rannten und machten die Kette los, aber als sie das taten, straffte sie sich, und das Schiff bewegte sich weiter. Die Kanoniere bemannten ihre Raketenstellungen, während die Kette abrollte und schließlich in der Ankerklüse steckenblieb, wo zwei Männer verzweifelt versuchten, sie loszuhämmern. Ehe ihnen das gelang, blieb das Schiff mit einem Ruck stehen, es war auf Grund gelaufen. Ein Mann erhob sich und stürzte blutend auf Deck nieder, während am Ufer Gewehrfeuer aufblitzte. Die Kanoniere jagten Raketen in die Wälder, aber immer wieder fand eine Gewehrkugel ihr Ziel.

In den Feuerpausen hörten die Schiffer ein seltsames Donnern, und dann sahen sie im Dunkeln Gestalten, die sich an der Küste entlangbewegten. Ein seltsames Heulen, hoch und entsetzlich, stieg aus der Masse auf. Als eine Rakete in der Nähe einschlug, sah die Mannschaft große Tiere, auf denen rittlings Männer saßen. Ein Tantal kreischte auf und sprang kopfüber ins Wasser, um zum zweiten Schiff zu schwimmen. Trotz der Verwünschungen der Offiziere folgten ihm mehrere andere.

Brandpfeile fuhren aus den Wäldern, und die Tiere näherten sich spritzend im seichten Wasser. Die Tantal konnten ihre Pfeile nicht gefahrlos über die Reling schießen, denn inzwischen brannte das Schiff an mehreren Stellen, und sie waren im Feuerschein deutlich sichtbar. Einige Leute sprangen vom Heck, als die ersten Shumai-Reiter über die Reling kletterten, aber die Verbliebenen zückten ihre Schwerter und traten den Feinden entgegen. Die ersten paar Angreifer wichen wieder zurück, aber bald schafften es mehrere, an Deck zu kommen und begannen, die Tantal wegzufegen, die den Rückzug antraten und sich mit ihren Schwertern deckten. Die Gewehrschützen an der Küste feuerten weiter, direkt zwischen die Leute hinein, ohne einen von den eigenen zu treffen. Sehr schnell waren die letzten Tantal vom Heck gesprungen und schrien um Hilfe. Das zweite Schiff schickte sofort einen Schwarm kleiner Raketen hoch, von denen eine auf Deck explodierte und vier Shumai tötete. Die anderen Angreifer breiteten das Feuer schnell über das ganze Schiff aus, dann gingen sie seitlich über Bord und zogen ihre Opfer mit sich.

Am Ufer rannte eine Tantal-Streitmacht den Strand herunter auf das brennende Schiff zu, aber auch sie hörten das Donnern der Pferdehufe und das Shumai-Geheul. Einen Augenblick lang schwankten sie, dann kehrten sie um. Schwere, hustende Explosionen kamen von den Reitern, als die anfingen, ihre Sattelwaffen abzuschießen, sie jagten die Tantal den Strand hinunter und überholten die langsameren, während sie sich dem Wachenkreis des Lagers näherten. Vom Lager kamen ein paar Pfeile, ein Pferd wieherte schrill und stürzte, aber ein zweiter Reiter erfaßte den gestürzten Shumai, wendete zwischen den hin- und herlaufenden Pferden und galoppierte mit ihm den Strand entlang. Ein Tantal stolperte verstört und hinkend hinter den Reitern her, der Mann an der Spitze beugte sich vor, sein Schwert fuhr durch die Luft, und der Tantal stürzte zu Boden. Die anderen Reiter folgten, zwei von ihnen banden ein Seil an das gestürzte Pferd und schleppten es den Strand hinunter. Als das verbliebene Tantal-Schiff Raketen abfeuerte, fielen seine Kanoniere den Gewehrschüssen der Gardisten zum Opfer.

Iturges Männer hörten den Lärm vor sich, als sie durch den Wald zurückkehrten.

»Laß doch das Drecksfaß fallen«, sagte ein Kundschafter.

»Niemals. Wir brauchen eine Belohnung für unsere Nachtarbeit«, schrie Iturge. »Keine Angst. Wir teilen gerecht. Heute nacht haben wir ihnen wirklich einen Schlag versetzt.«

»Ja, mit den Toten teilen wir«, murmelte ein Mann im Dunkeln.

»Wer war das?« brüllte Iturge. Er erhielt keine Antwort. Die Tantal rannten auf ihr Lager zu, während das Feuer des brennenden Schiffs in der Dunkelheit vor ihnen loderte.

Früh am nächsten Morgen spähte Iturge durch die Balkenritzen des Wachturms auf das noch immer rauchende Wrack seines Schiffes. Er hatte neun Männer im Pelbar-Lager verloren, und weitere siebenundvierzig waren beim Kampf um das Schiff gefallen. Jetzt würde ihn Lynd sicher ablösen lassen. Nun, er kam ohnehin aus einer Priesterfamilie. Er hätte gleich dort bleiben sollen, aber er fürchtete die schwächenden Auswirkungen von Blans Macht. Er würde in den Priesterberuf zurückkehren, auch wenn sein älterer Bruder aufgrund des Erstgeburtsrechts das beste Amt hatte. Es war immer noch besser, als ein hinterhältiger Tod in diesen vergammelten Wäldern. Vielleicht wollte ihn Blan strafen, weil er sein Amt verschmäht hatte.

Jemand klopfte an die Leiter. Es war Lynd, der mit sonderbarer Miene zu ihm aufschaute. »Was gesehen?« fragte er.

»Nichts, was wie diese Menschentiere aussieht. Das müssen Reiter gewesen sein. Wir haben gehört, daß die Barbaren im Westen Tiere haben, die sie Pferde nennen, auf denen man sitzen kann. Die Innanigani wissen davon – aus alten Zeiten.«

»Hier. Was zu trinken für dich. Deine Männer haben letzte Nacht das Faß angezapft – die Hauptbeute deines Raubzugs. Hier. Wir haben dir etwas aufgehoben. Der Wein ist gut.«

»Ich habe jetzt keinen Durst. Wir müssen einen Plan ausarbeiten.«

»Trink nur, Iturge«, sagte ein grauhaariger Kundschafter grinsend. »Auf unser Wohl. Bitte.«

Iturge blickte auf einen Kreis von Männern hinunter, die fröhlich ihre Becher erhoben hatten. »Wir können die Beute ruhig genießen«, rief ein Mann lachend. »Was, Kommandant?«

Iturge schien überrascht. Sie waren offenbar einverstanden. Wenigstens hatte jemand etwas gewonnen. Na schön. Er nahm den Becher. Er war ziemlich groß. »So viel? Na gut, wie ihr wollt.«

Iturge trank den Becher leer, nur einmal setzte er keuchend ab. »Gut«, sagte er dann. »Ein Tantal-Jahrgang ist es natürlich nicht, aber für die Wilden ist es ein guter Wein. Wenn wir sie versklavt haben, können wir sie an diese Arbeit stellen.«

»So«, sagte Lynd. »Hast du jetzt da draußen am Schiff etwas gesehen?«

»Nein.«

»Schau noch einmal hin! Sie haben eine Flagge für dich vorbereitet, eine besondere Überraschung.«

Iturge stieg wieder auf die Leiter und schaute, die Augen mit der Hand beschattend. War ihm der Wein zu Kopf gestiegen? Was war das? Auf das Segel war sein Name gemalt, und was noch? Eine obszöne Geste. Fuchsteufelswild drehte er sich um. Die Männer unter ihm lachten zu ihm herauf. Er zog sein Messer und wollte die Leiter hinunter, aber die schien sich zu biegen und zu schwanken. Er stürzte, stand wieder auf, aber die Männer wichen zurück. Stolpernd und schreiend jagte er hinter ihnen her. Sie liefen zwischen Männern hindurch, die auf dem Boden lagen. Iturge blieb stehen und sah sich verständnislos um. Waren die alle sturzbesoffen. Er stieß einen Mann mit dem Fuß an, der bewegte sich nur ein bißchen. Dann stupste er einen zweiten an, wälzte ihn auf den Rücken. Die Zunge des Mannes rollte heraus, seine Augen blickten ins Leere.

Iturge sprang hoch und wich mit einem zittrigen Schrei zurück. Lynd schaute ihn aus dem Kreis von Männern heraus an. »Sie haben alle von dem Wein getrunken, Iturge. Er war vergiftet. Du wirst Eff unter den Toten finden. Und weitere neununddreißig Männer. Mit den übrigen Toten bleiben uns gerade noch genügend Leute, um das Schiff zu bemannen und uns aus dem Staub zu machen. Viel Spaß bei deinem Sieg über das Pelbar-Faß!«

Er lachte und trabte mit den anderen Männern davon, Iturge torkelte hinter ihnen her. Er wollte den Finger in den Hals stecken, stolperte und saß schließlich im Sand. Die Männer liefen weiter, als ihnen Landeboote entgegenkamen. Aus den Wäldern krachten wieder die Pelbar-Gewehre, fliehende Tantal stürzten. Als die Tantal-Soldaten hinter den Booten hinauswateten, fielen die Männer in den Booten ab und wendeten. Bald schwammen Lynds Männer hinterher.

Als Lynd sich schließlich selbst über die Seitenwand eines Bootes schwang, schrie er: »Ihr stellt euch gegen uns, was? Ihr werdet schon sehen, was ihr davon habt.«

Alle vier Männer im Boot lagen auf dem Boden. Einer atmete rasselnd und keuchend, winkte unbestimmt mit der Hand und sagte: »Runter, Kommandant! Leg dich hin!«

Lynd drehte sich um, zuckte zusammen, als ein Gewehrschuß ihn traf, und kippte dann über die Seite. Mehrere Soldaten brachten das Boot zwischen sich und die Küste und begannen, aus Leibeskräften auf das verbliebene Schiff zuzuschwimmen.

Im Lager bahnte sich Blu seinen Weg durch die Toten dorthin, wo der keuchende Iturge lag. Er stellte seinen Fuß auf das Handgelenk des Tantal und wand ihm das Messer aus der Hand. Iturge schaute mit verschwommenem Blick zu ihm auf.

»All das wäre nicht nötig gewesen, Tantal.«

»Du dreckiger Schlangensohn, du verfluchter, beschissener Barbar«, murmelte Iturge. Er schien ein wenig aufzuleben. »Wir ... haben euch eine irre Überraschung hinterlassen.« Er lachte leise, aber das Lachen ging in ein Gurgeln über, und er brach zusammen.

Blu stand auf und schaute Arey an, der sein Pferd im Schritt durch das Tantal-Lager führte. »Er sagte, er hat uns eine Überraschung hinterlassen. Was das wohl ist?«

»Bestimmt nichts Gutes.« Arey stellte sich in die Steigbügel. »Schau! Sie haben Segel gesetzt. Sie ziehen ab.« Er ließ einen langgezogenen, schaurigen Schrei ertönen und galoppierte auf die Küste zu, dann raste er weiter, während eine Tantal-Rakete genau an der Stelle einschlug, wo er eben noch gewesen war.

Am Ufer boten die Pelbar ihren beiden Gefangenen ein verlassenes Boot an. Zwei Gardisten machten mit ihren Händen einen Sitz und trugen den Verwundeten hin. Sie setzten ihn vorsichtig im Boot ab, schoben es hinaus und gaben ihm einen letzten Stoß.

»Dann lebt wohl«, sagte ein Gardist. »Möge Aven eure Heimreise beschleunigen. Und möge SIE euch dort behalten.« Der Verwundete starrte ihn an, aber keiner sagte ein Wort.

Ein Gardist blies ein langes Signal zu dem abziehenden Tantal-Schiff hinüber, dann rief er dem Boot zu: »Der Wind ist nicht stark. Wenn ihr kräftig rudert, holt ihr sie ein.«

Der Tantal begann zu rudern, eine Weile pumpten seine Arme noch, dann hörte er plötzlich auf. Vom Ufer aus sah man, daß er und der zweite Mann miteinander debattierten, während der Ruderer sich ausruhte und die Ruder schräg nach oben hielt wie ausgestreckte Flügel. Er schaute sich um, dann blickte er wieder nach vorne. Schließlich wendete er langsam das Boot und ruderte zurück.

»Was ist los? Ihr könnt es schaffen, da bin ich sicher«, sagte ein Gardist, als das Boot zischend auf den Sandstrand auffuhr.

Der Ruderer stand auf und trat ins seichte Wasser. Er blinzelte ins Sonnenlicht. »Wir sind zu der Ansicht gekommen, daß wir hier mehr Zukunft haben. Wir wollen bleiben. Ständig kämpfen wir gegen jemanden. Vielleicht gibt es für uns etwas zu tun. Wir machen sicher keine Schwierigkeiten. Wir hören, daß sich alle anderen euch anschließen. Vielleicht hättet ihr auch für uns Platz.« Er schaute zu Boden. »Habt ihr?«

»Ich werde fragen. Ich denke schon.« Der Gardist half ihnen, das Boot weiter den Strand hinaufzuziehen.

SIEBZEHN

Garet erwachte und sah das Sonnenlicht auf seinem Arm und einen nickenden Farnschatten wie einen Vogel mit vielen Flügeln. Einen Augenblick lang schwebte er im Dämmerzustand, dann war er mit einem Ruck hellwach. Er hatte sich zu einer Flußinsel treiben lassen, als er schließlich erkannte, daß seine Kräfte der Reise nicht gewachsen waren. Dort hatte er sich zwei Tage lang aufgehalten, hatte gefischt und sich ausgeruht. An diesem Morgen fühlte er sich besser. Er stand auf, streckte sich und ging zum Flußufer, um sich das Gesicht zu waschen. Der Tag war schon im dritten Morgenviertel, und seine Unruhe hatte sich wieder eingestellt. Es war Zeit zum Aufbruch.

Plötzlich bemerkte er flußabwärts ein kleines Pfeilboot mit einem systematisch arbeitenden Ruderer. Klein und fern, mit blitzendem Ruder, kam es anscheinend von der nächsten Insel herunter. Jemand suchte nach ihm. Garet beschattete die Augen. Der zierlichen Gestalt nach nahm er an, daß es Dahn war. Er kehrte zu seinem Feuer zurück, schürte es, indem er blies und fächelte, und legte Laub darauf, damit sich Rauch entwickelte. Als Dahn anlangte, hatte er seine Leinen nachgesehen und zwei Welse gefunden, die schon auf dem Feuer waren.

Sie sagte nichts, als sie das Boot ans Ufer schob und Garet sich bückte, um es hochzuziehen. »Ich habe viele Schwierigkeiten gemacht. Es tut mir leid. Komm und iß ein wenig Fisch!«

»Geht es dir gut?«

»Ja. Jetzt ist es besser. Du bist also allein?«

»Ja. Wir haben dich vermißt. Wir sind nach Threerivers gefahren, aber da warst du nicht. Aintre wollte zurückkommen, aber ich bin sofort aufgebrochen.«

»Aha. Dann hast du also nicht ...«

»Ich habe niemand getroffen. Ich will nicht ...« Sie beendete den Satz nicht.

Garet packte sie am Arm. Sie wehrte sich, aber er zog sie an sich und legte die Arme um sie. Sie preßte die ihren an den Körper. »Kleine Schwester, wir fahren zusammen. Ich werde nicht tun, was du meinst. Hier draußen ist alles anders. Und die Peshtak sind auch nicht das einzige Volk. Du kannst so lange bei uns bleiben, bis du selbst fortgehen willst. Oder bis jemand dich heiratet.«

Dahn entspannte sich. »Mich heiraten? Wer würde ...«

»Viele Männer. Jetzt komm und iß!«

Dahn war ausgehungert, und Garet sah die anderen Angelleinen nach und fand noch einen Wels, den er für sie briet. Dann setzten sie sich in ihre beiden Pfeilboote und fuhren stromabwärts. Am Spätnachmittag sahen sie drei Boote flußaufwärts rudern. Als sie näherkamen, erkannte Garet Aintre und weitere drei Gardisten, aber in einem Boot saßen drei fremde Männer. Dahn blieb zurück. Es waren Peshtak mit langem, offenem, glänzend schwarzem Haar. Einer hatte einen Bart; in seinem Haar waren graue Strähnen zu sehen.

Die Boote glitten nebeneinander, der Gardist im Bug von Aintres Boot ergriff das Boot von Garet. »Du kannst einem ganz schön auf die Nerven gehen, Garet«, sagte Aintre. Er antwortete nicht. Er beobachtete Dahn, die in ihren Schoß schaute, als das Peshtak-Boot nahe an das ihre heranglitt und die Männer in Bug und Heck danach griffen. Sie hob den Blick nicht.

»Du bist groß geworden, Dahn Perda von Stoneridge«, sagte der Mann mit dem Bart. Ihre Augen schnellten hoch. »Tarsh? Du bist also nicht tot?«

»Nein. Und du auch nicht.« Er lachte lange und laut. »Ich will hier draußen Fleisch für unsere Leute jagen, während sie reden.« Er schob das Boot weiter und faßte sie am Arm. Sie schaute die drei Männer an wie ein erschrockenes Kaninchen. »Kannst du zu uns herüberwechseln, ohne in den

Fluß zu fallen? Wir wollen viel erfahren. Wir rudern, und du brauchst dich nur zurückzulehnen und mit mir zu sprechen.«

Dahn errötete und wechselte schweigend Platz mit dem Peshtak in der Mitte. »Jenry, Char, das ist Dahn Perda, die Nichte meines Vetters. Sie ist auf einem langen Umweg hierhergekommen.« Die beiden hoben die Hände zum Gruß, die Handflächen nach vorne gerichtet. Char grinste Dahn jungenhaft an. Er schien etwa in Garets Alter zu sein und war dünn und muskulös.

Garet wandte sich wieder Aintre zu. »Ja, vermutlich bin ich wirklich eine Nervensäge. Das tut mir natürlich leid. Du fährst also nach Threerivers zurück.«

»Ja. Was sonst?«

»Dann kümmerst du dich um Dahn? Ich glaube, es geht alles klar mit ihr. Ich sehe es. Ich will nach Norden.«

»Sei nicht albern. Wir können morgen früh in Threerivers sein.«

»Ich will zurück zur Portage am Bittermeer.«

»Dort wirst du nicht gebraucht. Die haben da oben noch hundert Gardisten und ein paar Reiter.«

»Ja. Nun, dann leb wohl. Leb wohl, kleine Schwester.« Garet wendete sein Boot und ruderte hinüber zu dem langen der Peshtak. Dahn streckte die Arme nach ihm aus und umarmte ihn. Garet nickte den anderen Peshtak zu, und Tarsh ergriff seine Hand.

»Es geht schon klar mit ihr«, sagte Tarsh. Er hatte schon die Sprechweise des Heart-Flusses angenommen.

Garet stieß sich sanft ab und begann gegen die Strömung zu rudern.

»Garet«, rief Aintre.

Er drehte sich um. »Was ist?«

»Eine Nachricht für deine Mutter?«

»Nein. Vielleicht sagst du ihr, daß es mir gut geht.«

»Zum Teufel mit dir, Garet! Wir haben tagelang nach dir gesucht.«

»Ich war nicht verlorengegangen – wenigstens nicht mehr als sonst. Aven sei mit euch, Aintre, Gardisten. Ich danke euch für eure Mühe und bedaure, die Ursache dafür gewesen zu sein.« Garet wandte sich wieder ab und begann zu rudern.

Aintre hatte die Zähne zusammengebissen. Der Gardist im Heck begann das Boot zu wenden. Widerstrebend setzte sie ihr Ruder ein. Garet wußte, daß sie bei Ahroe sein würde, deshalb ging er fort. Mit einem Achselzucken. Aintres Zorn wollte sich nicht legen, und erst allmählich begriff sie, daß es eigentlich eine Art Schmerz war. Als sie sich das nächste Mal umdrehte, war Garet nur noch ein kleiner Punkt vor dem glänzenden Wasser, nahe am Ostufer, abseits der Strömung.

In dieser Nacht kamen, ehe der Mond aufging, sechsundzwanzig schwer beladene Gestalten aus dem Wald heraus und stiegen südlich von Ginesh in das Bachbett. Wie zuvor glitten sie nahe der Stadtmauer ins Wasser und schwammen zu dem vergitterten Eingang, wo das Wasser in die Zisternenkammer strömte. Zehn Kastrierte erwarteten sie dort, und Sufy. Die Ausrüstung wurde nach innen gebracht, einen Teil davon legten sie vorsichtig auf die schräge Wand, den Rest brachten sie tief in die Stadt hinein. Hesit nahm Stels Hand, ehe er und seine Männer gingen.

»Ich wünsche dir alles Gute, Pelbar. Mögen wir uns wieder einmal begegnen. In diesem Leben.«

»Ja. Sucht in jedem Fall im Westen nach Hilfe für eure Schwierigkeiten. Durch wirkliche Einigkeit bekommen wir Kraft.«

»Vielleicht. Jetzt haben wir erst diese Aufgabe zu erfüllen.«

»Ja.«

»Mögest du deine Tochter finden.«

»Hoffentlich. Leb wohl.«

Als sie durch die Zisternenkammer schwammen, schlief der Wächter tief und fest, einer von Sufys Freunden hatte ihn betäubt. In zwei Etappen wurden die Feuerbomben, die Säure und ein Waffenvorrat von Hand zu Hand in die unteren Tunnels der Stadt gereicht. Stel spürte die Aufregung der anderen flackern wie fernes Wetterleuchten. Er spürte auch ihre Ruhe und Entschlossenheit wie die Stille, die solch weit entfernte Blitze begleitet. Ihn selbst durchrann ein Strom von Angst und Sorge, aber als sie am nächsten Morgen davonschlurften, um die Stadt zu säubern und zu fegen, war er merkwürdig ruhig. Alles war angelaufen. Es gab kein Zurück mehr, und selbst ein Teilerfolg würde ein schwerer Schlag für die Tantal sein.

In dieser Nacht meldeten die Schiffsmonteure, daß es ihnen gelungen war, siebzehn der gerillten Tabletts tief in den Frachträumen von Tantal-Schiffen zu befestigen, gut versteckt warteten sie dort entweder darauf, daß das Wasser verdunstete, oder daß das Schiff sich im Wind neigte, sie ausgeleert und die Chemikalien entzündet würden.

Die Tantal waren ihrerseits in ihrem Eifer, die letzten Vorbereitungen für die Expedition gegen Iver voranzutreiben, unaufmerksam und hastig. Sie konnten nicht jeden Sklaven, jedes Paket und jedes Bündel im Auge behalten, deshalb gelang es den Peshtak, während sie Sprengstoffe vom Magazin zu den Schiffen transportierten, volle neunzehn Beutel mit Sprengstaub und Raketenpulver abzuzweigen, sie allmählich durch den Tunneleingang zum Tempel zu bringen und sie tatsächlich auf kleinen Plattformen mit Erschütterungspolstern, wie Stel es ihnen erklärt hatte, in das Götzenbild Blans zu senken. Wie üblich blieben die Wächter vor den Türen, so weit entfernt von dem Götzen, wie es ihre Pflicht gestattete.

Stel unterwies auch die Peshtak in der Errichtung von falschen Feuerauslösern in Speichern, dazu entfernte er ein kleines Stück Schindel, so daß das Sonnenlicht durch eine Glaslinse auf ein Nest aus Holzkohlenfasern und Zunder fiel. Wenn nach dem Auszug der Sklaven die Speicher zu brennen anfingen, wollte er die Tantal eine Zeitlang über die wirkliche Ursache im unklaren lassen, denn er hoffte auf Bedingungen, die das Feuer auf die ganze Stadt übergreifen ließen, wenn das möglich war. Die Peshtak wollten Phosphorkrüge in die Wände der Keller stellen, aber Stel riet, angeblich wegen der Feuchtigkeit, davon ab, sein eigentlicher Grund war jedoch, daß er das Leben der Tantal retten, sie aber gleichzeitig militärisch wehrlos machen wollte.

Als der vierte Abend herankam, schien alles bereit. Stel und die Peshtak spürten das Prickeln der Spannung. Nach Sonnenuntergang, ehe die Abendlampe entzündet wurde, mußten sie die letzten Vorbereitungen treffen. Zwanzig Krüge mit Schwefelsäure lagen im Tunnel hinter dem Tempel. Hesit sollte die Wälder und Farmhütten anzünden, wenn er die Flammen von den Gebäuden im Süden sah. Stel hoffte, Blan zu zerstören und sogar das Tempelgebäude zu beschädigen, um die Tantal noch weiter zu verwirren und ihren Aberglauben zu wecken, während sich die Peshtak auf die Schiffe verzogen und er Raydi holte.

Nach Sonnenuntergang schlug der Tantal Somnul auf den Gong im Haus des Informationsmeisters. Raydi kam an die Tür, senkte den Kopf und ließ ihn ein.

»Nun, mein Kind, sind dir noch weitere Einzelheiten über die Verteidigungsanlagen von Pelbarigan eingefallen?«

»Sehr wenig, Meister Somnul«, erwiderte sie mit leerem Blick. »Nur die Bolzenschleudern, die man früher verwendete. Aber die sind jetzt nicht mehr in Gebrauch.«

»Hast du sie gesehen?«

»Nur in einem Lagerraum. Jetzt verläßt man sich auf die Rohrwaffen.«

»Warum wirft man sie nicht weg?«

»Sie werfen wenig weg, Meister Somnul. Manchmal lachen sie selbst darüber. Es kommt daher, daß sie von alters her gewohnt sind, in einer ummauerten Stadt zu leben. Ich habe das nie kennengelernt, aber die alten Leute erinnern sich daran.«

»Ich verstehe.« Somnul drehte sich um, als der Informationsmeister eintrat. »Ach, Terog. Ich habe nach den Angaben unserer Informantin hier den ganzen Plan von Pelbarigan aufgezeichnet. Sie kennt sich insgesamt recht gut aus.«

»Ja. Sie ist sehr kooperativ. Du runzelst die Stirn? Was ist los?«

»Eine Sache – du erinnerst dich an den Sklaven, den du auf den Kopf geschlagen hast? Der, den wir überprüft haben?«

»Ja. Eine Verwirrung im Geist des Kindes.«

»Hast du noch einen Sklaven geschlagen?«

»Ich? Nein. Aber das kommt doch recht häufig vor.«

»Ich weiß nicht. Ich bin fast sicher, daß ich zwei Männer mit ähnlichen Verschorfungen gesehen habe. Einer arbeitete auf den Schiffen, und der zweite wischte die öffentliche Treppe in unserem Sektor.«

»Hmmm. Es hätte nicht zweimal derselbe sein können?«

»Das bezweifle ich. Die Zeit dazwischen war zu kurz.«

Der Informationsmeister zögerte und drehte sich, die Hände auf dem Rücken verschlungen, um. Dann sah er Somnul wieder stirnrunzelnd an. »Ich glaube nicht, daß das etwas zu bedeuten hat. Die Sklaven müssen gezüchtigt werden, und wir sind viele. Wir werden das jedoch morgen früh nachprüfen.« Er warf einen Blick auf Raydi. Ihre Unterlippe zitterte. »Keine Angst, unser Kind. Wir werden uns um dich kümmern. Dich soll kein Barbar bekommen.« Er wandte sich wieder an Somnul und sagte: »Laß die Wächter, nur zur Sicherheit, um Mitternacht einen Rundgang machen und diese beiden Männer für ein Verhör morgen früh aussondern. Vorsicht kann nicht schaden.«

»Das werde ich tun.«

In diesem Augenblick senkten drei Peshtak-Sklaven, lauter alte Männer und Freiwillige, von hinten Säureflaschen in Blans Körper und klopften sanft darauf, als sie aufprallten, damit die Bodenstöpsel hineingetrieben und die Säure innerhalb der Statue freigesetzt wurde. Schon ehe sie damit fertig waren, konnten sie das Zischen hören, als die Säure mit der Bronze reagierte. Bald konnten sie es auch riechen. Endlich beendeten sie ihr Werk und versiegelten, wie Stel es ihnen gesagt hatte, das quadratische Loch im hinteren Teil der Statue. Etwas sollte drinnenbleiben, was das war, verstanden sie nicht so ganz. Geschrei aus der Ferne lenkte die Wächter ab, und ein Mann stahl sich um Blan herum zur Vorderseite, kletterte auf den großen, liegenden Körper und fädelte ein schweres, schmales Paket mit Sprengstaub und einer langen Lunte durch die Hand. Nur zur Sicherheit, dachte der Mann – ein Echo von Stels Worten. Er wußte nicht, was das bedeuten sollte, aber er vertraute dem Pelbar mit den grauen Augen.

Als die Peshtak-Sklaven durch die Hintertür hinausschlüpften, hörten sie den jungen Priester in Begleitung von Wächtern kommen, um die Lampe in Blans Hand neu zu entzünden. Die drei Männer im dunklen Tunnel lachten erleichtert und stahlen sich davon.

Inzwischen rutschte jeder Peshtak, dem das möglich war, in das Abflußrohr im Sklavenschlafsaal. Die weiblichen Sklaven warteten. Einige von ihnen waren mit Tantal-Soldaten beschäftigt, da ein paar schon immer früh am Abend kamen, um die eine oder andere zu besteigen, weil sie es nicht mochten, wenn sich schon ein halbes Dutzend anderer vor ihnen bedient hatte.

Im Tempel seufzte Une, ein Neffe von Laisias, angewidert, während er die Lampe an der Tür anzündete und sie an der langen Stange einhakte, mit der er sie zu Blans Hand hinaufheben würde. Ein Jugendfreund von ihm stand Wache an der Tür. »Ich wußte doch, daß ich besser die Militärlaufbahn eingeschlagen hätte«, bemerkte er.

»Du kannst wieder fort. Ich muß hier stehenbleiben«, entgegnete sein Freund.

»Aber weiter entfernt, Dower.«

»Nahe genug. Du hast den einflußreichen Onkel.«

»Schau ihn dir nur an, da drin, mit seinem leeren Lächeln. Wieso macht es ihm solchen Spaß, uns alle langsam umzubringen?«

»Wer weiß schon, was einem Gott Spaß macht? Aber beleidige ihn nicht, Une. Er hat Macht. Wir sehen es. Tu deine

Pflicht aus ganzem Herzen, dann beschützt er dich vielleicht.«

»Armer Dower. Du hast zu vieles für bare Münze genommen. Du merkst gar nicht, wie die Leute von der Zentralen Weisheit uns alle an der Nase herumführen.«

»Wir merken das schon. Aber was können wir tun? Es ist eben nicht anders.«

»Ja. Es ist nicht anders.« Une hob die Stange, betrat den Tempelboden und schritt, das Abendgebet singend, auf den Gott zu. Blan lächelte rätselhaft auf ihn nieder, aus leeren Augen, die so lang waren wie Weidenblätter. Was war das da oben in seiner Hand? Ein Fetzen Stoff? Nun, er würde ihn mit der Lampe beiseitewischen und seine Pflicht in aller Eile erledigen. Als er an den Stoff stieß, sah er plötzlich ein seltsames Aufblitzen und hörte ein Zischen. Er ließ die Stange fallen und drehte sich um, aber als er den ersten Schritt machte, sprengte der eingeschlossene Wasserstoff aus der Säurereaktion Blan, entzündete den Sprengstoff und jagte Une, Dower, den zweiten Wächter, Blan selbst, das Dach und die Wände in einem gewaltigen, plötzlichen Blitzen und Krachen in die Luft. Fünf Sklaven, die am Südende der Stadt Abenddienst hatten, zogen an Schnüren, kippten versteckte Phosphortöpfe um und liefen dann schreiend auf den Tempel zu, als wollten sie zu Hilfe eilen.

Im Haus des Informationsmeisters erholte sich Terog schnell von der schweren Erschütterung. Er wischte sich die Fensterscherben von seiner Kleidung, stand auf und rief drängend: »Somnul, Somnul!«

Sein Gefährte wälzte sich herum und stand auf. Er öffnete die Vordertür und schaute zum Tempelbereich hinüber, der jetzt in der ersterbenden Glut rot leuchtete. »Ach ... ich ... der Tempel! Terog! Der ganze Tempel ist weg! Blan! Blan ist zornig!«

Der Informationsmeister drängte ihn von der Tür weg. »Blan? Unsinn! Du hast wirklich keine Ahnung! Jetzt begreife ich alles. In dreckigem gelben Feuer soll er verrotten!«

»Was? Wer? Was willst du ...«

»Der Pelbar. Stel. Er ist doch hier. Der geierfressende Bastard. Er muß der Vater des Mädchens sein.«

Hinter ihm kreischte Raydi vor Angst auf. Sie drehten sich um und sahen, wie sie die Fäuste an den Mund preßte und weinte.

»Ich hole die Soldaten. Es muß der mit den Narben am Kopf sein. Sie hat uns doch die Wahrheit gesagt. Hier! Du!« brüllte Somnul einem Trupp Soldaten zu, die von den Schiffen kamen und vorbeiliefen.

Sie blieben nicht stehen. »Es ist Blan!« schrie einer von ihnen zurück. »Blan!«

»Warte!« sagte der Informationsmeister und griff nach Raydi. »Nicht nötig. Wir brauchen nur hierzubleiben. Er wird kommen. Um sie zu holen. Bewaffne dich!«

»Was ist mit der Stadt?«

»Die wird sich um sich selbst kümmern. Wir holen uns die Ursache.«

»Was ist das für ein Schein – da drüben, im Süden? Diese därmefressenden Peshtak-Schweine, es sieht so aus, als würde die ganze Stadt brennen!«

»Was? Wo?« Der Informationsmeister zerrte Raydi zur Tür, dann wandte er sich zu Somnul. »Schnell! Hol die Familie von oben! Versteck sie im Tunnelgang. Geh dann und hole deine Angehörigen! Dann komm zurück! Bring deinen Sohn mit! Wir werden hier warten. Auf ihn.« Weitere Soldaten liefen vorbei. Der Feuerschein in der Stadt breitete sich allmählich aus.

Der Informationsmeister fesselte Raydi die Hände und zischte ihr ins Ohr: »Vergiß nicht, wir können dich nur retten, wenn du mitmachst! Er wird kommen, aber hab keine Angst. Wir werden uns um dich kümmern. Aber du mußt uns helfen.« Er band sie an den Fuß einer massiven Eichentruhe und rannte nach draußen, wo er zwei vorbeilaufende Soldaten anhielt. Sie rangen kurz mit ihm, bis er sich zu erkennen gab, dann folgten sie ihm mit gezückten Schwertern ins Haus.

»Da hinüber«, sagte der Informationsmeister. »Hinter

diese Verkleidung. Wenn ihr dagegendrückt, bewegt sie sich. Du. Hinter den Tischrand. Tötet ihn nicht, wir wollen, daß er die Rache eines Tantal kennenlernt!«

Die Familie kam die Treppen heruntergeeilt und verschwand um die Ecke, dem Tunnel zu, Raydi kreischte hinter ihnen her. Im Osten stieg ein neuer Feuerschein auf, als das niedrige Sklavenschlafhaus in Flammen aufging. Der Informationsmeister schlüpfte in einen Schrank. Raydi blieb allein zurück, völlig verängstigt. Auf ihren Wangen, die vor Tränen glitzerten, lag der rote Schein des fernen Feuers. Im Süden dröhnte das Wummern von explodierenden Tantal-Raketen.

Stel verließ das Museum, aus dem zweiundzwanzig Sklaven vor der ersten Explosion unter Fenns zitternder Leitung erfolgreich zwei Maschinen zum Strand befördert hatten. Ein weiterer hatte sich das alte Buch in den Hosenbund gesteckt. Stel schlich wie ein Schatten an den rennenden Soldaten vorbei, die anscheinend überall waren, zum Haus des Informationsmeisters.

Im vorderen Raum war alles merkwürdig ruhig, trotz der Schreie und Explosionen in der Ferne. Raydi spürte plötzlich einen Schatten in der Dunkelheit, aber ehe sie aufschreien konnte, glitt ein Tuch über ihren Mund. Sie wehrte sich leicht.

»Scht, Kleines!« flüsterte eine Stimme. »Bald bist du hier draußen und wieder zu Hause.«

Als ihre Hände freikamen, stürzte der Informationsmeister mit gezücktem Messer vor und rief: »Jetzt, jetzt, jetzt!« Stel wirbelte zu ihm herum, aber jemand packte ihn von hinten und riß ihm die Arme auf den Rücken. Er wehrte sich, aber drei Männer überwältigten ihn, und einer schlug mehrmals auf ihn ein, bis der Informationsmeister ihm befahl, aufzuhören. Sie rollten Stel auf den Bauch und fesselten ihm die Hände auf dem Rücken. Der Informationsmeister lachte, als er eine Lampe anzündete. Stel rang nach Atem. Wieder strömte ihm das Blut vom Kopf. Einer der Soldaten hielt sich das rechte Bein, das ebenfalls blutete.

Stel keuchte: »Raydi, roll ein Tuch zusammen und drück es dem Mann gegen das Bein! Er verliert Blut.« Sie schrie, und der Informationsmeister ohrfeigte Stel zuerst mit der rechten Hand, dann mit der linken.

Er wandte sich an den stehenden Soldaten. »Gut gemacht. So. Jetzt nimm deinen Freund und flick ihn zusammen! Hier ist alles unter Kontrolle. Dieser Mann muß uns noch einiges erzählen, danach darf er ein wenig leiden. Das wirst du auch zu sehen bekommen.«

»Aber er ...«

»Geh! Geh jetzt! Sonst verblutet dein Freund. Geh nur! Geh! Keine Angst! Ich werde dafür sorgen, daß du reich belohnt wirst.«

Der Mann zögerte, dann half er seinem verletzten Kameraden schweigend zur Tür hinaus.

Der Informationsmeister wandte sich an Stel. »Ich weiß nicht, wie du das gemacht hast – noch nicht. Aber du wirst es uns erzählen.« Er zog ein kleines gekrümmtes Messer aus der Tasche und hielt es hoch. »Unsere Tochter wird uns helfen, es herauszufinden.« Raydi kauerte sich hinter den Informationsmeister. »Siehst du? Du bist jetzt der Feind. Der Geist eines Kindes ist etwas Wunderbares in den Händen eines Meistertöpfers, wie ich es bin. Man kann ihn formen. Es kann ein Fisch, ein Frosch oder eine leere Schale daraus werden. Sie ist jetzt unsere Tochter und wird uns helfen, das Messer zu halten, das dir ins Fleisch schneidet.«

Raydi wimmerte.

»Und du wirst sprechen, sonst passieren ihr andere, ziemlich unangenehme Dinge.«

»Sprechen? Im Sprechen bin ich gut, Tantal. Worüber gibt es denn etwas zu sagen? Es sieht so aus, als hättest du gewonnen.« In der Ferne, nach Norden hin, waren Schreie zu hören.

»Schwierigkeiten auch an der Küste? Nun, darum wird sich die Armee kümmern. Deine Vogelscheuchen von Peshtak-Freunden sind den Soldaten nicht gewachsen. Und jetzt, als kleines Vorspiel, glaube ich, daß deine Verstellung ein Ende haben sollte.«

»Ich glaube, das ist schon geschehen, Tantal, aber du mußt zugeben, daß einiges davon nicht nur Verstellung war.«

»Du Geierfresser! Ich meine deine Verstellung als Kastrierter.« Der Informationsmeister hob sein Messer. »Für die anderen bleibt noch genug übrig. Sie müssen mir meine kleine Rache vorab schon genehmigen. Du hast mich zum Narren gemacht. Deinetwegen werde ich es ziemlich schwer haben. Wenn du schon wie ein Kastrierter aussehen willst, dann sollst du auch einer sein.«

Stel lachte verbittert. »Ironischerweise habe ich wenig zu verlieren, Tantal. Eigentlich gar nichts. Einen Toten kann man nicht umbringen. Er lacht nur darüber.«

Der Informationsmeister zögerte, er war enttäuscht, weil Stel sich nicht wehrte und nicht um Gnade flehte. »Ja«, sagte er. »Unsere Raydi hat mir von deiner untreuen Frau erzählt. Sie hat mir auch erzählt, wie du fast jedesmal versagst, wenn ...«

Stel schaute den Informationsmeister an, als der zögerte, stockte und sich dann, die Hand an die Seite gepreßt, umdrehte. Ein kurzer Pfeil ragte aus seiner Brust. Sufy und Mour stürzten durch die Tür und stießen Terog beiseite. Sie bückten sich, schnitten Stel los und packten dann Raydi, alles so schnell, daß es wie eine einzige, verschwommene Bewegung wirkte.

»Hinten hinaus! Durch ihre Tunnel. Schnell! Drei von unseren Schiffen haben schon abgelegt und wollen losfahren. Kannst du mitkommen?«

»Aven sei Dank, Sufy. Ja. Aven sei Dank, daß ihr gekommen seid.« Stel rappelte sich hoch, warf sich Raydi mit einem Schwung über die Schulter, während sie ihr Entsetzen hinausschrie, und folgte Sufy durch das Haus. Im Tunnel stiegen sie über Somnuls Leiche und liefen über feuchte, schlüpfrige Steine auf die Küste zu. Der Sektor der Zentralen Weisheit hatte sich selbst, wie er dachte, mit geheimen

Fluchttunnels geschützt, aber die Peshtak hatten in den Jahren, in denen sie als Haussklaven arbeiteten, davon erfahren.

Weiter vorne wurde im flackernden Licht ein Peshtak mit gezücktem Schwert sichtbar, der auf sie wartete. »Kommt schnell!« brüllte er. »Wenn wir jetzt nicht laufen, müssen wir kämpfen. Und dann wird's schlimm für uns.«

Gebückt kamen sie unter der Nordmauer von Ginesh heraus. An der Küste brannten sieben Tantal-Schiffe, und der Strand war mit toten Peshtak und Tantal übersät. Die vier Schiffe, die sie hatten erobern wollen, lagen schon ein Stück weit draußen, die Segel zum Teil gesetzt. Während sie über den Strand rannten, sahen sie von Osten her einen Trupp Tantal kommen. Vom letzten Schiff blitzten Raketen auf, Geschosse flogen im Bogen auf die Soldaten zu, stießen herunter, explodierten und jagten sie auseinander.

Sufy watete hastig in das seichte Wasser, wo ein kleines Boot mit vier Peshtak an den Rudern wartete. Sie drängten sich hinein, Stel kippte Raydi von der Schulter, und sie stießen ab. Raydi hörte nicht auf zu schreien. Stel neigte sich zu ihr, aber Sufy reichte ihm einen Tantal-Bogen.

»Hier«, sagte sie. »Du sagtest, du könntest einen brauchen.«

»Hast du auch Pfeile?« fragte Stel und drehte sich um. Sie streckte ihm einen hin. Er nahm ihn am Schaft, wandte sich zurück und legte ihn auf die Sehne, aber kein Soldat war mehr in Schußweite. Hinter ihnen leuchtete das andere Ende der Stadt Ginesh orangefarben im wütenden Feuer. Stel schaute hin und fragte sich, ob die in den Speicherwänden verborgenen Feuer, die auf einen späteren Ausbruch warteten, überhaupt nötig waren. Das Geschrei hinter ihnen schien schwächer zu werden, und das Kratzen und Schaben der Ruder und Raydis Schluchzen wurden deutlicher, während sie sich von der Stadt entfernten. Stel drehte sich um und schaute auf seine Tochter nieder, eine starke Welle von Zorn und Schuldgefühl überkam ihn angesichts ihres Zustands. Am Ufer hörte er erneut Geschrei und sah die schattenhaften Gestalten von Tantal-Soldaten. Er stand auf, hob den Bogen und schickte einen Pfeil hoch hinaus in ihre Richtung. Im Dunkeln konnte er seinen Flug nicht verfolgen und auch nach dem wirren Geschrei nicht beurteilen, ob er getroffen hatte. Als er sich umdrehte, lag Raydi schluchzend an Sufys Brust.

»Stel«, sagte sie. »Man hat deine Tochter völlig gegen dich eingestellt. Wir müssen noch einmal genau dasselbe mit ihr machen, damit wir sie dir zurückgeben können.«

»Dasselbe?«

»Wir wissen nicht genau, was es war. Hartnäckigkeit, Hypnose, Drogen vielleicht, Schmerz. Bis ihr Geist noch einmal nachgibt.«

»Raydi«, sagte Stel. »Kennst du mich nicht? Das ist doch nicht wahr, oder?«

»Geh weg von mir, du Mörder!« brüllte das Mädchen und wand sich.

Stel fühlte sich plötzlich kraftlos. Er legte die Hände vors Gesicht.

»Stel«, sagte Sufy.

»Schon gut«, erwiderte er. »Keine Härte. Und keine Hypnose. Keine Drogen. Keine Härte.«

»Aber was bleibt dann noch?«

»Ich weiß es nicht. Vernunft. Beharrlichkeit. Im Augenblick haben wir aber zweifellos andere Sorgen. Nach allem, was wir bisher ertragen haben, kann ich das vermutlich auch noch aushalten.«

Vor ihnen ragte das vierte der Schiffe aus der Dunkelheit auf. Keine Lichter waren zu sehen, und es schien sich im leichten Wind kaum zu bewegen.

ACHTZEHN

Den Rest der Nacht und den folgenden Morgen empfand Stel als surreal, als der Schein brennender Schiffe und Gebäude in Ginesh unendlich langsam in einer sehr schwachen Brise hinter ihnen zurückblieb. Die Peshtak-Flüchtlinge holten die langen Ruder heraus, die im Frachtraum aufbewahrt wurden,und gingen damit auf das untere Deck, steckten sie durch die Raketenluken und ruderten. Sie bewegten sich langsam, todmüde.

Als die Sonne aufging, sahen sie hinter sich einen langen Fächer von Tantal-Schiffen, die ebenfalls gerudert wurden. Bald ließen die flüchtigen Peshtak und die Tantal kleine Boote zu Wasser, bemannten sie und versuchten, die großen Schiffe von vorne zu schleppen. Langsam, aber unerbittlich, kamen die Tantal näher. Stel ließ sich von einem alten Schiffsarbeiter der Peshtak, der beim Einbau der Raketengeschütze mitgeholfen und zugesehen hatte, wie die Tantal damit übten, zeigen, wie diese Waffen funktionierten. Die Peshtak mußten Raketen aus dem Frachtraum bringen und sie neben den Geschützen aufstapeln. Aber jeder Kampf gegen die siebenundzwanzig Schiffe, die ihnen folgten, schien aussichtslos.

Sufy kam zu Stel, der nahe am Heck des letzten Peshtak-Schiffs, der ›Flucht‹, stand. Beide betrachteten schweigend, mit gerunzelter Stirn ihre Verfolger.

»Wir kommen nicht um einen Kampf herum«, sagte Stel.

»Ich mache mir Sorgen wegen der kleinen Boote«, sagte Sufy. »Wir haben sie beschädigt. Wenn sie jetzt anfangen zu sinken, wissen die Tantal, was los ist.«

»Was? Ihr habt die Rettungsboote beschädigt?«

»Armer Stel. Ich habe es dir nicht gesagt. Du hast ein zu weiches Herz. Wenn diese Schiffe untergehen, möchte ich, daß auch die Menschen dabei sind. Keine Gnade. *Sie* hätten auch keine. Sie würden sich erholen und wieder gegen uns Krieg führen.«

»Würdest du sie aufsammeln?«

»Nein.«

Stel antwortete nicht. Er hatte gedacht, sie hätten ein Übereinkommen. Die Tantal sollten in ihre kleinen Boote gehen, wenn die Schiffe zu brennen anfingen. Sonst würde das Blutbad zu groß. Während er zurückschaute, füllte sich eines der kleinen Boote plötzlich und sank, die Männer darin schrien auf und klammerten sich an das Boot. Die Tantal holten Männer und Boote mit dem Schlepptau ein. Bald ging ein zweites, am Schiff befestigtes Boot unter. Stel lachte leise, als die Tantal-Schiffe ihren Schwung verloren.

»So sieht es also aus«, sagte Sufy. »Die Falle ist zugeschnappt, aber das Huhn ist nicht drin.«

»Die große Falle noch nicht.«

»Wann geht deine Konstruktion los, Pelbar?« fragte ein Mann, der in der Nähe stand.

»Wir brauchen Wind. Bei dieser schwachen Brise kann es ewig dauern.«

»Wir haben nicht ewig Zeit«, sagte Sufy.

Der Mann drehte sich um. »Na, so wie sich die Wolken zusammenballen, könnten wir schon etwas Wind bekommen.«

Stel schaute hin. In der schwülen Luft türmten sich Gewitterwolken auf, große Massen mit grauen Schluchten, aber er bezweifelte, daß der Sturm rechtzeitig kommen würde.

»Wie gut kannst du mit den Tantal-Waffen zielen?« fragte er den alten Peshtak.

»Ich? Nicht gut. Sie können es manchmal. Sie haben einen Dreckshaufen Übung.«

»Schau mal, was du mit den zwei kleinen Booten machen kannst. Sie sind recht nahe beieinander.«

»Nein. Zu weit weg.«

Wie als Antwort schoß das nächste Tantal-Schiff eine Rakete in hohem Bogen auf sie ab. Sie stieg zuerst rasch, dann langsamer, schwebte einen Moment, dann stürzte sie herunter und löschte sich selbst, als sie mit einem hohlen Platschen im Wasser hinter dem Heck versank.

»Versuch es!« sagte Stel.

Der alte Peshtak machte ein skeptisches Gesicht. Er und zwei weitere Männer richteten den Raketenwerfer sorgfältig aus, stritten leise miteinander, hielten dann den Zunder daran und traten zurück. Das Geschoß blitzte auf, flog im Bogen hoch, schien sich zu drehen und kam fast zwanzig Armlängen links von einem der kleinen Boote herunter.

»Wir sollten uns die Raketen lieber aufsparen. Von denen treffen wir nie einen«, sagte der Mann.

»Nicht nötig. Es geht sowieso unter«, meinte Stel. Das Boot sank schon. Er beobachtete, wie die Tantal auf den Decks der größeren Verfolger hektisch die kleineren Boote untersuchten. Sufy wirkte niedergeschlagen. Der Tag verging langsam, und sie glitten alle wie verzweifelte Schlafwandler hindurch.

Die Tantal-Schiffe im Süden schienen allmählich besser voranzukommen und begannen langsam und systematisch Raketen auf das Paradeschiff ›Ungestüm‹ südlich von der ›Flucht‹ abzuschießen. Schließlich traf auch eine, und die Peshtak mußten sich tummeln, um Brände zu löschen. Die Tantal höhnten und bliesen Hörner, während sie die Notlage ihrer Sklaven feierten.

»Diese stinkenden Schlammfresser«, murrte der alte Peshtak. Er richtete die Heckrakete wieder aus und schoß sie ab. Sie ging weit fehl, genauso wie die vorige. Er versuchte es noch einmal. Sie flog über das vorderste, kleine Boot hinweg. Die Tantal winkten spöttisch zu ihnen herüber. Das Tantal-Schiff, das ihnen am nächsten war, jagte eine Rakete los. Auch sie ging fehl, hatte aber die richtige Weite.

Der alte Peshtak schickte wieder eine Rakete los, die aufstieg, sich neigte und nach unten tauchte, ein kleines Boot genau in der Mitte traf und es so vollständig zerstörte, daß das Schlepptau schlaff zwischen die Holztrümmer fiel. Keiner der Ruderer war mehr zu sehen.

Die ›Ungestüm‹ wurde wieder getroffen, und diesmal griff das Feuer rascher um sich. Die Peshtak an Bord ließen ihre Boote zu Wasser, dann wendeten sie das Schiff, verließen es und retteten sich auf Stels Schiff.

Das nahm sie an Bord, verlor dabei aber an Vorsprung, und nun machten die drei Tantal-Schiffe dahinter mit ihren Raketen Ernst. Eine explodierte auf der Nordseite des Decks und verletzte zwei Peshtak schwer.

Der alte Peshtak feuerte jetzt stetig Raketen ab und traf schließlich das Vorderdeck des direkt dahinter fahrenden Tantal-Schiffes. Die Peshtak jubelten, aber jetzt schossen von vier Tantal-Schiffen Raketen auf sie zu, und zwei weitere trafen. Sufy schickte alle, die nicht an Deck benötigt wurden, nach unten und gesellte sie den dort arbeitenden Ruderern zu.

»Schaut euch die Segel an«, rief jemand aus der Takelage. »Wir haben Wind!«

Es war nicht viel, aber das Schiff krängte ein wenig. Beide Seiten mußten ihr Ziel neu einstellen, als die auffrischende Brise die Raketen vom Kurs abbrachte. Stel starrte nach hinten, während er dem alten Peshtak beim Laden half. Es schien nichts zu passieren. Was konnte schiefgelaufen sein?

Er wandte sich an Sufy. »Kann es sein, daß sie den Phosphor gefunden haben?« fragte er sie.

Sie lächelte. »Nein. Sie haben ihn nicht gefunden. Schau!«

Stel drehte sich um und sah, daß eines der entfernteren Tantal-Schiffe brannte, der Rauch aus dem Rumpf wurde im auffrischenden Wind horizontal davongetragen.

Plötzlich explodierte an Deck eine weitere Tantal-Rakete, und Stel wurde zu Boden gerissen. Sein Kopf dröhnte. Er machte den Mund auf und zu, hustete, konnte kaum atmen. Seine Augen tränten vom Rauch. Seine Arme schienen bleischwer. Als er aufschaute, sah er den alten Peshtak schlaff über die Reling hängen. Er wollte zu dem Mann hinkriechen und ihm helfen, aber während er sich quälend langsam bewegte, wie durch Schlamm, rutschte der andere mit der Bewegung des Schiffes, kippte vornüber und stürzte über das Heck.

Stel schrie auf und machte einen kraftlosen Satz. Die Stimme kam aus dem Takelwerk: »Steuermann, drei Kerben nach Norden. Du dort, hol dieses Dreckssegel ein!« Fast im selben Augenblick traf ein Windstoß das Schiff und ließ es stark krängen. Es begann in den Wind zu laufen, schnitt durchs Wasser, so hart wie möglich am aufkommenden Sturm. Stel zog sich hoch. Er konnte erkennen, daß nun zwei weitere Tantal-Schiffe brannten, dann ein viertes. Er kroch zum Raketenwerfer am Heck, lud ihn, richtete ihn und löste ihn aus, als die ersten Regentropfen zu fallen begannen, dann schlugen die schweren Tropfen wie geworfeltes Korn zischend auf das schrägliegende Deck. Stel sah, daß auch das Tantal-Schiff, das ihnen eng auf den Fersen war, brannte. Lange Flammenzungen leckten aus den Raketenluken im Lee. Plötzlich brach es in einem Feuerschwall auseinander. Die Tantal gaben die Jagd auf, weil sie spürten, daß etwas schrecklich schiefgelaufen war.

Der erste Anprall des Sturms ging vorüber, der Wind blieb aber, und als Stel kniend an der Reling lehnte und mit immer noch dröhnendem Kopf hinüberschaute, sah er, daß alle Tantal-Schiffe bis auf zwei brannten. Der Wind wurde stärker. Die Tantal ließen voller Hektik Boote zu Wasser. Einige sanken sofort, andere hüpften wie gefüllte Schläuche in der schweren See und wurden nach Süden auf die ferne Küste zugerudert.

Stel seufzte. Er und seine Gefährten waren in Sicherheit – wenigstens im Augenblick. Wo war Sufy? Er drehte sich um und sah mehrere Männer niederknien. Er wollte aufstehen, schwankte und rutschte aber, und kroch schließlich auf die Gruppe zu. Sufy lag mit verdrehtem Körper in der Mitte. Stel nahm ihr Handgelenk. Er fühlte ihren Puls.

»Hier. Streckt sie aus!« sagte er. »Langsam. Nicht den

Rücken bewegen! Rollt sie!« Ihre Beine waren an einer Seite verbrannt, und eines stand merkwürdig schräg ab. Als die Männer es langsam herumdrehten, regte sie sich und schrie. Stel setzte sich mit einem Seufzer auf. Er schaute den Mann neben sich an. Es war Oad.

»Ich hätte nie gedacht, daß ich einmal froh sein könnte, jemanden vor Schmerzen schreien zu hören«, sagte Stel.

Oad antwortete nicht, sondern starrte zu Boden. Regen oder Tränen zogen Streifen über seine Wangen.

»Steuermann, fünf Kerben nach Süden«, rief der Mann aus dem Takelwerk.

»Fünf Knoten, du Schweineschnüffler«, erwiderte der Steuermann.

»Wer ist hier ein Schweineschnüffler?« rief der andere herunter.

Der Steuermann lachte, fuhr leicht zusammen und heulte dann grölend los.

»Halt das Rad fest!« rief der Mann im Takelwerk. »Schwenk uns nicht herum, sonst kentern wir. Was ist denn los? Bist du verrückt geworden? Willst du uns alle ertränken? Halt das Steuer ruhig! Der Wind ist etwas abgeflaut, aber es ist ein guter, blanverpißt gleichmäßiger Wind.«

»Du da oben«, kreischte eine Frau mit hoher Stimme. »Keine Tantal-Ausdrücke mehr. Wenn du schon fluchen mußt, dann auf Peshtak.«

Der Mann im Takelwerk lachte. Mehrere andere stimmten ein.

Als Stel Sufys Kleidung richtete und ihr ein zusammengerolltes Tuch unter den Kopf legte, lächelte sie schwach.

Er beugte sich dicht an ihr Ohr. »Sufy? Kannst du mich hören? Kannst du die Augen aufmachen?«

Sie runzelte verständnislos die Stirn. »Was ... was glaubt ihr denn? Wollt ihr mich hier oben liegenlassen ... damit ich naßgeregnet werde ... den ganzen Nachmittag? Ahhhhhh. Vielleicht wäre es besser so. Nein. Nicht bewegen!« Sie öffnete ein Auge einen Spalt breit. »Stel, du alte Kanalratte.

Was haben sie ... mit mir gemacht?« Sie blinzelte zu ihm auf. »Was haben sie mit dir gemacht?«

»Mit mir? Oh, mir fehlt nichts.«

»Was ist mit dir? Stel, ich kann dich nicht hören. Nein, schrei nicht! Laß nur! Wir sind frei, nicht wahr? – Frei!«

NEUNZEHN

Während die brennenden Tantal-Schiffe zurückblieben, entspannte man sich auf den drei Flüchtlingsschiffen. Die Peshtak brachen zusammen, sogar zum Feiern zu müde und zu erleichtert. Die Peshtak-Matrosen, die einander über das Wasser hinweg grüßten, setzten große Segelflächen, um Abstand zwischen sich und die Tantal zu legen.

Für Stel, der auch müde war, war der Nachmittag eine Qual. Er war verletzt, wenn auch nicht schwer. Zu seiner Angst um Sufy kam noch die um Raydi, die sich wehrte und gegen alle ankämpfte. Irgendwie war es ihm überlassen, über das weitere Vorgehen zu entscheiden.

Stel hatte noch kaum angefangen, darüber nachzudenken, als die Peshtak auf dem südlich längsseits fahrenden Schiff die Meldung herüberschickten, daß sie Corpoll, die Frau des Informationsmeisters, und ihre Tochter Orsin gefangengenommen hatten und beabsichtigten, die beiden zu foltern, um für ihr eigenes Elend Rache zu nehmen. Auch Fenn war als Gefangener auf der ›Flucht‹ eingesperrt, aber ihn verachteten die Peshtak als Feigling und verspürten wenig Lust, ihm Schaden zuzufügen.

Stels Proteste wegen der bevorstehenden Folterung verhallten unbeachtet, aber schließlich brachte er die Peshtak dazu, das Ereignis zu verschieben. Er wollte Sufy die Angelegenheit erklären, die unten in der Koje des ehemaligen Tantal-Kommandanten lag, gepflegt von den Männern und den Frauen aus der Armee, aber sie warf sich vor Schmerzen hin und her und bekam Fieber. Ihre Pfleger waren bestürzt. Sie achteten und liebten sie sichtlich.

Stel teilte die Leute auf der ›Flucht‹ dazu ein, den reichlichen Bestand an Vorräten zu ordnen und Unterkünfte und Aufgaben zuzuweisen, und er führte eine Zählung der

Flüchtigen durch. Danach ruderten er und Oad hinüber zur ›Sturmwolke‹ und trugen den Leuten dort dieselben Arbeiten auf. Glücklicherweise genoß Stel fast so etwas wie Verehrung, und alle hatten noch immer größten Respekt vor ihm, weil er Blan zerstört und die Stadt in Brand gesteckt hatte. Oad fuhr weiter zur ›Tanwolf‹, während Stel auf die Peshtak einredete, sie sollten ihn Corpoll und ihre Tochter besuchen lassen.

»Glaub aber ja nicht, daß wir diese Fischbäuche aufgeben«, sagte ein alter Peshtak. »Sie müssen die Schuld für die übrigen bezahlen.«

»Die übrigen haben bezahlt. Denk nur, wieviele ertrunken, verbrannt, tot sind! Damit solltet ihr euch zufrieden geben.« Stel schauderte. Der Mann schaute ihn ziemlich feindselig an. »Es ist eure Entscheidung«, sagte Stel. »Ich will nicht, daß es so aussieht, als setze ich euch unter Druck.« Er legte dem Mann die Hand auf die Schulter. »Wir sind Verbündete, Freunde. Ich weiß es. Ihr regiert euch jetzt selbst.«

»Damit ist es entschieden.«

»Aber ...«

»Ha. Was jetzt? Wie bei den Tantal! Immer so ein Aber!«

»Jeder von uns kann entscheiden. Ich auch. Ich hatte gehofft, einen Platz für euch zu finden – euren eigenen Platz im Westen.«

»Na und. Wir brauchen deinen beschissenen Westen nicht. Wir können uns selbst etwas schaffen.«

»Ja. Natürlich. Aber nicht zu Hause. Anderswo. Können wir das nicht alles hinter uns lassen?«

»Das verstehst du nicht. Was diese Schlangenbäuche getan haben. Sie können nie genug bezahlen.«

»Nein. Das können sie nicht. Aber auf diese Weise laßt ihr nur euren eigenen Geist verdorren. Der ihre ist schon pulvertrocken und weht davon wie Staub.«

Eine der Frauen aus dem Armeepuff, sie hatte die Hände verbunden, wo sie vom Rudern Blasen bekommen hatte, trat an Stel heran, legte ihm einen Arm um die Schultern und schaute ihn schelmisch an. »Es ist schön, frei zu sein«, sagte sie. Sie lachte, küßte ihn auf die Wange, dann begann sie plötzlich zu weinen, legte die Arme um ihn und preßte ihr Gesicht an seine Schulter. Sie hängte sich an ihn wie eine Klette. Stel machte keinen Versuch, sie abzuschütteln, sondern drückte sie an sich wie ein Vater. Sie preßte sich lange an ihn, dann ließ sie los und schaute auf.

»Was sollen wir tun?« fragte sie. »Wir haben kein Zuhause, wo wir hingehen können.«

»Wir werden euch ein Zuhause schaffen. Kommt nach Westen!«

»Es hat keinen Sinn. Nach alledem ... nach ...«

»Das hat Sinn genug. Wie heißt du?«

»Omis. Ich ...«

»Später? Kann ich später mit dir sprechen?« Stel verstand nicht, warum der alte Kastrierte, mit dem er gesprochen hatte, ein so haßerfülltes Gesicht machte, als er ihn über den dunklen Kopf des Mädchens hinweg anschaute.

»Später?«

»Ich verspreche es. Es gibt viel zu tun. Aber es wird klappen. Bestimmt.«

Sie schien nicht überzeugt, ließ ihn aber los. Ein paar Sekunden lang hielt sie seine Hand noch fest.

Stel wandte sich wieder an den alten Peshtak. »Kann ich sie sehen? Mit ihnen sprechen? Mit den Gefangenen?«

»Glaub ja nicht, daß das einen Unterschied macht.«

»Nein.«

»Also dann hier hinunter.«

Er führte Stel zu einer schmalen Treppe weiter vorne. Die stieg er geduckt hinunter, dann wandte er sich im Dunkeln einer kleinen Holztür zu und zeigte darauf. Ein Peshtak-Wächter saß neben der Tür und war eingenickt. Er stand auf und trat schläfrig zur Seite, um Stel vorbeizulassen. Stel quetschte sich hinein, tastete in der dunklen Kajüte herum und fand zwei Gestalten, gefesselt und geknebelt. Der Raum stank entsetzlich. Die Kleidung der Frau war zerrissen, und ihr Körper wies tiefe Kratzspuren auf, offensichtlich von Fingernägeln. Das Gesicht war schrecklich zerschlagen, ein Auge schwarz und zugeschwollen. Dem Mädchen war offenbar nichts geschehen.

Stel kniete neben der Frau nieder, zog sie hoch, richtete ihr die Kleider und befestigte sie, so gut er konnte. Sie stöhnte und schaute ihn durch das geöffnete Auge an. Stel nahm ihr den Knebel ab und die festen Schnüre, mit denen ihre Arme und Beine gefesselt waren. Dann fesselte er sie wieder, aber lockerer, und rieb ihr die Gliedmaßen, um die Durchblutung wieder in Gang zu bringen. Hinter sich hörte er ein Geräusch, und als er sich umdrehte, sah er drei Peshtak schweigend in der Tür stehen.

»Ihr solltet sie wegbringen«, sagte Stel. »In irgendeine andere Kajüte. Sie werden diese besudeln, und dann müßt ihr sie wieder säubern.«

»Säubern? Wir lassen sie, wie sie ist.«

»Ihr oder jemand anderer will sie sicher wieder einmal benützen.«

»Wir zwingen sie oder die kleine Schweineschnauze zum Saubermachen. Ihre letzte Tat.«

»Das dürft ihr nicht – ihr müßt beweisen, daß ihr besser seid als sie. Wenn ihr das nicht seid, hat es keinen Sinn, sie als Unterdrücker zu vernichten.«

Einer der Männer spuckte aus. »Wem müssen wir denn etwas beweisen? Wir haben gesiegt. Wir sind entkommen. Wir haben gelitten. Und jetzt werden sie für alles bezahlen.«

»Sie haben bezahlt. Bis der Sommer vorüber ist, wird es kein Ginesh mehr geben. Ist das nicht genug?«

»Nein. Sie können nie genug bezahlen.«

»Wenn sie das nicht können, dann streicht die Schuld – wenigstens für diese beiden. Es sind nur Frauen. Sie sind nicht in der Armee. Es sind nicht die Männer.«

»Du weißt, daß du kein stichhaltiges Argument hast. Wir sind dir dankbar, aber misch dich hier nicht ein!«

Stel stand auf, er mußte sich in dem niedrigen Raum dukken. »Nein. Für oder gegen Rache gibt es kein Argument.

Sie ist nur so erbärmlich. Rache ist das Geschäft von Feiglingen, die ihr Mütchen an Wehrlosen kühlen.«

»Was willst du damit sagen?«

»Genau das, was ich gesagt habe.«

Das Mädchen wand sich und schrie durch den Knebel hindurch, und Stel beugte sich zu ihr und begann, ihre Fesseln zu lockern. Über die Schulter hinweg sagte er: »Ich habe gesehen, wie Hesits Männer Oad behandelt haben – ihren eigenen Mann – euren eigenen, der ist wie ihr. Ihren Freund. Einen Peshtak, der gelitten hatte. Trotzdem war er eine Zielscheibe für ihren Spott. Vergeßt das nicht! Auch für euch wird es zu Hause keinen Platz geben. Ihr müßt das alles fallenlassen. Wir werden euch eine Heimat im Westen schaffen. In Iver oder in einer der Städte am Heart. Oder wir helfen euch, selbst einen Anfang zu machen. Das wird natürlich nicht immer funktionieren – weil ihr alt werdet, ohne Kinder zu haben. Verstehst du nicht? Ihr müßt etwas weiter denken.«

»Wenn man sich eine Klapperschlange in die Tasche steckt, kann man damit rechnen, daß sie einen früher oder später vergiftet, das heißt weiterdenken.«

»Richtig. Es sind Schlangen, und Grausamkeit ist auch eine Schlange. Wenn ihr sie nicht haben wollt, setzt sie in ein Boot und laßt sie gehen.«

»Wenn du eine Schlange gehen läßt, vermehrt sie sich und kommt mit noch mehr Schlangen zurück.«

»Wasser«, sagte das Mädchen hustend.

»Still«, krächzte ihre Mutter. »Du sollst diesen Dreck um nichts bitten.«

Die Peshtak lachten. »Siehst du, Stel? Deine reizende Klapperschlange.«

»Du machst es nicht leichter«, sagte Stel zu Corpoll.

»Du. Stel. Vater dieses elenden Biests, das wir die ganze Zeit bei uns aufnehmen mußten. Dieser Versager. Du willst uns helfen? Da muß ich lachen.«

»Warum auch nicht?« fragte Stel. »Vielleicht tut es dir ganz gut, wenn du lachst.« Spontan schnitt er ihr eine Grimasse, dann eine andere, schließlich zog er vor dem Mädchen eine Fratze, aber sie fang zu weinen an. Ohne zu überlegen streckte Stel die Hand aus, zog sie an sich und streichelte ihr den Rücken. »Ruhig, Kleines. Es tut mir leid. Es tut mir leid.« Er wandte sich an die Peshtak und fragte: »Was dagegen, wenn ich ihnen Wasser hole?«

Sie schauten ihn schweigend an. »Bitte«, sagte Stel. »Ich kann das nicht ertragen, wenn man Kinder leiden läßt für etwas, das sie überhaupt nicht verstehen.«

»Du bist unbegreiflich, Pelbar. Erst planst du, eine ganze Stadt zu verbrennen, und dann machst du dir Gedanken wegen dieser zwei Schweineschnauzen.«

Stel rieb sich das Ohr. »Es ist nie das Volk als Ganzes. Es ist das System. Die Menschen könnten auch anders sein.«

»Aber das sind sie dreckigerweise nicht. Wenn du die Menschen rettest, rettest du das irre System. Es steckt in ihrem Kopf. Den mußt du zerschlagen.«

»Nein. Menschen können sich ändern.«

»Oder bleiben wie sie sind. Hol ihnen das Wasser, Pelbar! Nur zu! Aber treib uns nicht zu weit!«

Sie traten zur Seite, und Stel drückte sich vorbei. Er ging an Deck, holte einen Eimer, band ihn an ein Tau und schöpfte damit über die Seitenwand Wasser. Als er in die Kajüte zurückkam, sah er, daß man den beiden Gefangenen Kot in Gesicht und Haare geschmiert hatte. Die Peshtak waren fort. Er holte einen Lappen und wusch die beiden, so gut er konnte. Das Mädchen weinte, und ihre Mutter verfluchte ihn. Stel ging wieder an Deck, säuberte den Eimer, brachte frisches Wasser und einen Becher hinunter und hielt ihn den beiden Frauen an den Mund, damit sie trinken konnten. Die Frau des Informationsmeisters trank wirklich, widerwillig zuerst, dann gierig, und als Stel den Becher zurückzog, keuchte sie.

Sie schaute spöttisch zu ihm auf und sagte: »Du bist und bleibst Dreck, Pelbar. Daran kannst du nichts ändern.«

»Was macht das, solange ich euch Wasser bringen kann?«

»Ich habe Hunger«, sagte das Mädchen.

Stel zog ein Brot heraus und fütterte das Mädchen Bissen für Bissen, dann befeuchtete er ihr die Lippen wieder mit Wasser.

»Möchtest du auch etwas?« fragte er Corpoll.

»Ja, damit ich es dir ins Gesicht spucken kann, du Hund!«

Stel schaute sie an, entschied, daß sie es ernst meinte, verließ den Raum und schloß die Tür. Einer der Peshtak, der Wächter, war zurückgekehrt und lehnte lässig außerhalb der Türöffnung. »Vielleicht hast du recht. Sie scheint wirklich ein gräßliches Weib zu sein«, sagte Stel. »Trotzdem, warum erniedrigt ihr euch, indem ihr sie mißhandelt?«

»Sufy will dich sprechen«, sagte der Mann. »Sie haben herübergerufen.«

Stel eilte an Deck und stieg über die Seite in sein Boot. Als er im Kommandantenraum eintraf, wo Sufy lag, mußte er nach der Helligkeit draußen erst blinzeln, um etwas sehen zu können.

»Sufy«, sagte er. Sie antwortete nicht. Eine junge Frau, die bei ihr saß, runzelte die Stirn und deutete auf ihr Ohr. Stel berührte Sufy mit der Hand an der Schulter.

Sie fuhr auf und drehte sich um. »Stel«, sagte sie in merkwürdigem Flüsterton. »Ich ... ich kann nichts mehr hören. Ich habe Fieber. Ich ... weiß nicht. Vielleicht ist das das Ende für mich. Aber es hat sich ... gelohnt. Wirklich. Ich würde es noch einmal genauso machen.« Sie hob kraftlos einen Arm, und er rückte nahe heran und legte seine Wange an die ihre.

»Es hat sich gelohnt«, sagte er. »Aber du wirst nicht sterben.«

»Ich kann dich nicht hören. Was?«

Stel trat zurück und lächelte. Er formte die Worte mit dem Mund. Sie schaute mit schmalen Augen zu ihm auf, runzelte leicht die Stirn und sagte: »Na gut. Denken kannst du das schon, Stel, wenn du willst.« Sie lachte ein wenig. »Vielleicht hast du sogar recht.«

Stel blieb schweigend bei Sufy sitzen, hielt ihre Hand und versuchte zu beten.

Schließlich öffnete sich die Tür und Oad streckte den Kopf herein. »Deine Tochter, Stel. Wir mußten sie fesseln. Du solltest lieber kommen.«

Stel küßte Sufy, dann folgte er Oad durch den schmalen Gang zum Offiziersraum, den man für Stel und Raydi hergerichtet hatte. Sie lag auf einem Bett und wand sich in ihren Fesseln. Zerbrochenes Geschirr und Essen lagen im Raum verstreut. Stel starrte sie an und spürte, wie ihm die Augen brannten. »Danke, Oad«, murmelte er.

Der Peshtak legte Stel die Hand auf die Schulter. »Sie haben in ihrem Geist herumgepfuscht, Stel. Aber man kann ungeschehen machen, was geschehen ist.«

»Das hat Sufy auch gesagt.«

»Wir werden dir helfen, Stel. Du wirst sehen.«

»Danke. Ich kann es brauchen. Alles läuft schief.«

»Nicht alles. Schau! Zweihundertsechsundneunzig von uns sind jetzt wieder frei.«

»Ja.« Stel wurde etwas fröhlicher. »Das ist gut. Es ist ein Anfang. Darauf können wir aufbauen.« Er wandte sich Raydi zu, die ihre gefesselten Beine streckte und nach ihm treten wollte. »Laß uns lieber eine Weile allein, Oad! Danke.«

Der Peshtak lächelte matt und verließ den Raum. Stel setzte sich zu Raydi auf das Bett und nahm ihr langsam den Knebel ab. Sie spuckte ihn an. »Dreckiger Pelbar. Peshtak-Liebchen. Wir kriegen dich schon. Keine Angst. Du glaubst, du hast gesiegt. Ich werde nie wieder eine Pelbar sein. Darüber bin ich hinaus.«

Stel strich ihr das Haar aus dem Gesicht, blieb lange sitzen und schaute sie an, während sie ihn weiter mit den schlimmsten Ausdrücken beschimpfte, die sie bei den Tantal gelernt hatte. Endlich sagte sie: »Nicht einmal deine Frau oder deinen Sohn hast du halten können, du leere Schlangenhaut.«

Zum erstenmal antwortete Stel: »Nein. Du hast recht. Und meine Tochter auch nicht, so wie es aussieht.«

»Ich bin nicht deine Tochter. Ich werde es niemals sein. Niemals!«

»Das macht nichts«, brachte Stel ruhig heraus.

»Das ist auch besser so.«

»Wichtig ist, daß du frei bist, und deinen Geist werden wir auch wieder befreien, damit du die Dinge richtig sehen kannst.«

»Ich bin jetzt zum erstenmal frei – von dem ganzen Unsinn über Aven.«

»Kannst du dich noch daran erinnern? An irgendwelche Gebete?«

»Wer will die schon? Du legst mich nicht herein.«

»Blan ist dir also lieber?«

»Er hat Macht. Blan kann die Hand ausstrecken und zerstören. Mit unsichtbarer Kraft. Das hast sogar du gesehen. Er hat die Tantal erwählt, und ich gehöre zu ihnen.«

»Blan ist jetzt nur noch ein Loch im Dach. Wir haben ihn hochgejagt. Du müßtest schon eifrig suchen, um die Trümmer zu finden. Und dann hättest du nur radioaktives Metall. Mehr war er nicht. Nur eine alte Statue, die tödliche Strahlung aus der Zeit des Feuers abgab. Du bist zu intelligent, um so etwas einen Gott zu nennen. Blan ist schlicht überhaupt nichts mehr.«

Raydi überlegte. »Das sagst du nur so. Schon wieder eine Lüge.«

»Keine Lüge. Wirst du brav sein, wenn ich dich losbinde? Wirst du wieder Sachen kaputtmachen? Du kannst es dir aussuchen. Du kannst hierbleiben und brav sein, oder gefesselt werden, oder du kannst ungefesselt unten in einem leeren Lagerraum bleiben.«

»Ich verspreche dir gar nichts, du stinkender Fetzen. Du Dreckhaufen. Du Gestank aus fauligen Blättern. Du Haufen ...«

Stel schob ihr sanft den Knebel wieder in den Mund und lachte sie an. »Ich stimme dir in allem zu, meine liebste Raydi. Aber keine deiner Beschimpfungen – die übrigens nicht sonderlich einfallsreich sind – ändert etwas an den Tatsachen. Du bist als Pelbar geboren. Du bist frei aufgewachsen. Man hat dich gefangengenommen. Jetzt glaubst du diesen Geistesverdrehern. Aber du wirst wieder frei sein. Nichts kann deine Freiheit aufhalten. Sie wird kommen. Wenn ich sie dir nicht zurückgeben kann, dann kann es jemand anders. Wir können dich mehr lieben, als du hassen kannst. Du kannst ruhig jetzt schon aufgeben, denn wir haben dich zurückgewonnen – ganz gleich, wie lange es dauert, wir haben dich zurückgewonnen.«

Dann machte Stel systematisch den Raum sauber und wollte gehen. Vorher zog er ihr noch mit einem Griff den Knebel aus dem Mund und schloß vor ihren Schreien und Beschimpfungen mit lautem Lachen die Tür, innerlich aber fühlte er sich leer und verzweifelt.

Als er das Deck erreichte, traf er Omis, die junge Frau, die er auf der ›Sturmwolke‹ kennengelernt hatte und die auf ihn wartete.

»Ich muß mit dir sprechen.«

»Komm mit nach vorne.« Sie gingen auf den Bug des Schiffes zu, der fast genau in die untergehende Sonne zeigte.

»Ich weiß nicht, was ich tun soll.«

»Wieso?«

»Du wirst nichts verraten?«

»Nein. Ich verrate nichts.«

»Ich bekomme ein Kind.«

»Gut. Diese Gruppe hier braucht neue Menschen.«

»Bitte hör zu! Es ist ein Kind der Armee. Sie werden es töten. Der Vater ist ein Tantal.«

»Wenn das Kind kommt, können sich die Pelbar darum kümmern.«

Omis schaute ihn mit Tränen in den Augen an. »Ich will mein Kind selbst haben.«

»Du kannst es haben. Ich sehe nicht, wo die Schwierigkeit liegt. Das ist doch gar kein Problem. Was? Gibt es sonst noch etwas?«

»Du wirst mich nicht verraten?«

»Nein.«

»Der Vater. Ich liebe ihn. Er ist ein Mann aus der Armee,

ein Tantal. Ich kann es nicht ändern. Ich liebe ihn. Er heißt Ibran. Er ist ein guter Mann. Wir ...«

»Wir? Ich dachte ...«

»Er liebte mich auch. Ich weiß es. Wir haben zuviel Zeit miteinander verbracht, um ...«

»Du weißt, daß das Kind von ihm ist?«

»Ja. Ganz sicher. Er hatte Freunde. Sie haben ihn auch beschützt.«

»Woher weißt du, daß er noch lebt?«

»Ich weiß es nicht.« Sie begann zu schluchzen, faßte sich dann und schaute nach hinten zu den Peshtak-Männern an Deck. »Was soll ich tun?«

»Ich weiß es nicht, Omis. Wenn ich helfen kann, tue ich es. Ich kann dir einen guten Platz für das Kind versprechen – und auch für dich. Aber der Vater ...«

»Wenn er noch lebt, wird er kommen. Er wird mir folgen. Ich weiß es. Wir haben sogar davon gesprochen, zu meinen Leuten zu fliehen, aber sie hätten ihn getötet, und mich dazu.«

Stel blickte in den Schein der untergehenden Sonne. Noch ein Problem. Das hier war eine Belastung für die Allianz, denn wenn es einem Tantal irgendwie gelang, bis ins Pelbar-Gebiet zu kommen, und es bekannt wurde, daß die Pelbar mitgeholfen hatten, eine Verbindung zwischen ihm und einer Peshtak zu stiften, wären die Peshtak wütend. Aber es war ein menschliches Problem. War es nicht der Sinn von Gesellschaften, sich um die Individuen darin zu kümmern? Es würde einen Weg geben. Er sah mehrere Möglichkeiten. Mit einem freundlichen Lächeln wandte er sich wieder Omis zu.

»Dir ist etwas eingefallen. Nun gut. Ich werde warten.«

»Verhalte dich still! Versuch die Schwangerschaft noch eine Weile verborgen zu halten. Du glaubst nicht, daß das einfache Probleme sind, oder? Noch etwas – warum bist du geflohen?«

»Ich wollte nicht bleiben. Unser Kind wäre ein Landwirtschaftssklave geworden. Das wollte ich nicht. Selbst wenn ich Ibran verlieren sollte. Du mußt einsehen ...«

»Natürlich. Der Mann hat Glück.«

Omis drückte ihm die Hand und verließ ihn. Er schaute nach Westen und lauschte auf die Rufe der Männer, während sie ihr Boot losband und zur ›Sturmwolke‹ zurückruderte. Die Sonne ging unter, und als Stel aufschaute, sah er die Schattenstreifen über den Himmel gleiten. Ihm hatte der große Sieg nur neue Probleme gebracht. Er spürte die gleiche Vorahnung wie damals im Frühling, als Ahroe bei Sonnenuntergang fortgefahren war.

Ohne zu überlegen kletterte er ins Takelwerk, als wolle er über die hereinbrechende Dunkelheit hinausgelangen, aber es war, als folge ihm die Dämmerung den Mast hinauf. Er kletterte so hoch, wie er es wagte, das Schiff schwankte einschläfernd in einer leichten Brise, der Mann am Steuer warf verstohlene Blicke zu ihm herauf. Als die Dämmerung den ganzen Himmel überquerte und zu ihnen hinuntersickerte, blickte Stel nach Osten. Er glaubte dort ganz undeutlich drei Schiffe zu sehen – oder waren es Schatten? Er starrte hin.

»Was siehst du?« rief eine Stimme von unten.

»Ich weiß nicht. Mir war so, als seien da Schiffe. Vielleicht habe ich mich getäuscht.«

Zwei Männer kletterten in die Takelage, der kleinere wagte sich noch höher als Stel. Alle drei starrten nach Osten.

»Ich sehe nichts«, sagte der eine Mann. »Bist du sicher?«

»Nein. Sicher bin ich nicht«, erwiderte Stel.

In diesem Augenblick erspähten alle drei einen schwachen Lichtschimmer, der sofort wieder verschwand. »Aha«, sagte der Mann ganz oben. »Da war doch etwas. Und das kann nur eines bedeuten.« Er beugte sich nach unten und rief: »Ein Licht. Ein Licht weit achtern.«

»Alle Lichter aus!« brüllte der Schiffsführer. »Du da. Ruf hinüber! Wir fahren heute nacht nach Norden. Mour. Was ist mit den Raketen? Hast du eine Mannschaft dafür?«

»Haben wir, Orry. Alles bereit, und auch genügend Geschosse.«

Stel blieb oben in der Takelage, während es immer dunkler wurde. Er war erschöpft. Schließlich kletterte er hinunter und tastete sich den schmalen Gang entlang zu Sufys Kajüte. Der Mann bei ihr hatte eine kleine Lampe angezündet, da alle Luken geschlossen worden waren. Stel setzte sich Sufy gegenüber und nahm ihre Hand.

»Stel?« fragte sie.

Er streichelte ihr die Hand. Der Mann erhob sich und verließ mit einem unmerklichen Nicken zu Stel hin die Kajüte. Stel blieb lange Zeit bei Sufy sitzen, versuchte zu beten und sang schließlich leise vor sich hin. Er spürte, wie Sufys Hand im Schlaf erschlaffte. Die Lampe flackerte und erlosch. Er ertappte sich, wie er in die Dunkelheit starrte, während sich das unsichtbare Schiff unter ihm auf den sanften Wogen des Bittermeeres hob und senkte.

ZWANZIG

In der Stadt Threerivers lauschte die Föderationskonferenz Igant, dem Abgeordneten der Peshtak, als er seine Rede beendete. »In der Sache der Territorialgrenzen bin ich der Meinung, daß die Peshtak nicht allein in ihrem eigenen Interesse handeln. Dieses Treffen hier gäbe es nicht, wenn nicht alle Völker glaubten, es sei in ihrem Interesse. Ja, meine Freunde, wir haben erlebt, wie bestimmte Abgeordnete in ihrem ganz persönlichen Interesse handelten, ohne Rücksicht auf die Interessen des Ganzen.«

Im Raum wurde Unruhe spürbar. Igant fuhr fort: »Man fordert die Peshtak auf, einen Weg durch ihr Territorium zu öffnen. Man fordert uns auf, die Feindseligkeiten einzustellen und Kohle zu liefern. Man fordert uns auf, mit den Tantal zu verhandeln, die uns versklavt haben. Man wird uns auffordern, die Last der Verhandlungen mit den Städten im Osten, insbesondere mit Innanigan, zu tragen, das in unser Territorium vorrückt. Aus unserer Sicht haben wir viel aufzugeben und wenig zu gewinnen, es sei denn, ihr gebt uns die Waffen, die auch ihr habt, und unterstützt uns gegen die Innanigani.

Da ist auch noch die Sache mit dem Binhan-Territorium, das früher uns gehörte, das aber die See-Sentani, wie ihr alle wißt, besetzt halten und für sich beanspruchen. Es sollte von Rechts wegen bei jeder Abmachung uns zugesprochen werden. Für sie ist es unwichtig. Wir haben deshalb keinen Streit angefangen, weil wir andere, dringendere Konflikte haben. Trotzdem gehört das Land von unseren Vorfahren her uns.« Igant setzte sich.

»Möchte jemand dem Abgeordneten von Yougyan antworten?« fragte Ahroe. Sie schaute die drei Sentani-Abgeordneten an. Keiner erhob sich, um das Wort zu ergreifen.

Das beunruhigte sie vage. Sie wollten also das Binhan-Territorium eindeutig behalten. Es war unbestritten, daß sie es nur widerrechtlich an sich gebracht hatten. Trotz ihrer persönlichen Sympathie für die Sentani war das eine merkwürdige Sache.

Bival, die Abgeordnete von Threerivers, stand auf. »Ich möchte zu dem Thema etwas sagen.« Bival, die Planerin der soeben im Bau befindlichen, neuen Stadt Threerivers war mittelgroß, mit dunklen Haaren, ein wenig abgehärmt, von ihren Mundwinkeln zogen sich Falten nach unten, und ihre ein wenig hundeähnlichen, dunklen und feuchten Augen ließen sie eher traurig als streng wirken.

Sie glättete ihr langes, braunes Gewand und begann. »Die Abgeordnete von Threerivers«, sagte Ahroe innerlich seufzend und machte sich auf eine lange, theoretische Stellungnahme gefaßt.

»In dem, was Igant gesagt hat, scheint mir viel Wertvolles enthalten zu sein«, begann Bival. »Aber wenn ihr mir gestattet, etwas zu erläutern, dann glaube ich, daß auch ein Makel darin zu finden ist, Igant, wenn ich so sagen darf. Es ist ein Makel, dessen wir uns alle schuldig gemacht haben, und er besteht darin, daß wir versuchen, eine Einheit zu bilden, dabei aber getrennt bleiben und unsere jeweiligen Interessen wahren wollen. Ich möchte das gerne näher erläutern, indem ich von zwei Aspekten der alten Stadt Threerivers spreche, die von Craydors Leuten gebaut wurde, der Stadt, die jetzt in Trümmern am Flußufer liegt.

Als architektonisches Werk war Threerivers makellos und schön, vielleicht das erstaunlichste, schönste Bauwerk der jetzigen Welt, alle Mauern waren nach Pelbar-Art ineinander verzahnt. Wie wir vor einigen Jahren beim Angriff auf Nordwall sahen, konnten die Tantal diese Mauer nicht Stein für Stein einreißen, weil sie sich wie ein einziger Stein verhielt und daher viel stärker war. In Threerivers war es genauso, und doch hatte die Gründerin, ohne daß jemand von uns das wußte, geplant, daß die Stadt einstürzen sollte, wenn man einen geheimen Stein entfernte. Dieses Wissen hatte sie dann geheimgehalten, so daß die Stadt Hunderte von Jahren völlig unversehrt stehenblieb, bis die Bedingungen sich so entwickelten, daß der Stein entfernt werden mußte.

Das war insofern eine traurige Lektion für mich, als ich zum Teil mit verantwortlich war für den Einsturz der Stadt – nicht durch etwas, was mit der architektonischen Planung zu tun hatte, sondern weil ich an der Fehlentwicklung im menschlichen Bereich mitgewirkt hatte.

Die menschliche Seite der Stadt hatte ihre Mängel. Wieder war, in der Sprache der Pelbar, Craydors ursprünglicher Plan stabil. Obwohl darin die für die Lebensweise der Pelbar typische, weibliche Vorherrschaft vorgesehen war, schloß er auch Würde für alle ein; Duldsamkeit und Beschränkung der Macht seitens der Herrschenden; Freundlichkeit, Fürsorge und Rechte für jeden Bürger.

Obwohl die Stadt weiterhin fest stehenblieb, verfiel die menschliche Seite der Konstruktion. Bestimmte Gruppen strebten nach mehr Macht. Unterdrückung wurde zuerst üblich, dann extrem. Gruppen entfernten sich voneinander in ihrer Macht, ihrem Können, ihren Sympathien. Endlich wurde das Gewebe der Gesellschaft zu stark gestreckt – und zerriß.

Was ich daraus gelernt habe, ist, daß eine Gesellschaft, will sie erfolgreich sein, mehr auf einem Muster des Dienens aufgebaut sein muß, als auf einem des Herrschens. In gewissem Sinne sollten die Peshtak und die Sentani darüber streiten, wer von beiden in der Lage sein müßte, dem anderen das Binhan-Territorium zu überlassen, nicht darüber, wer es behalten sollte. Anders ausgedrückt: Wenn eine Föderation funktionieren soll, muß jede Seite folgendermaßen denken: Wenn das Binhan-Territorium den Peshtak gehört, dann gehört es auch mir, denn wir sind eins; wenn es den Sentani gehört, gehört es ebenfalls mir, denn wir sind eins.

Wir verlangen eine neue Dimension des Denkens, in der es Grenzen geben mag, die aber ungehindert überschritten werden dürfen. Es mag verschiedene Regierungen geben, aber jeder Mensch kann in jeden Bezirk übersiedeln. Wenn eine Gruppe von Peshtak sich entschließen sollte, nach Westen zu ziehen und sich am Isso niederzulassen, müßte ihnen das frei stehen, weil sie zur Föderation gehören. Wenn ein Pendler nach Pelbarigan zieht, wird er Bürger dieser Stadt, denn sie befindet sich in der Föderation, auch wenn seine Familienbindungen vielleicht in den westlichen Bergen liegen.

Das müssen wir unter einer Föderation verstehen. Jeder Stein in der Mauer erkennt jeden anderen an, weil er ein Teil derselben Mauer ist. Keiner sucht einen Vorteil für sich, denn das schwächt das Ganze. Keiner sucht seine Position zu seinem persönlichen Nutzen auszuschlachten. Ihr mögt sagen, das sei wider die menschliche Natur, aber innerhalb der Gesellschaften, die es schon gibt, vorausgesetzt, sie sind gesund, funktionieren solche Systeme schon sehr gut. Warum wollen wir unsere Sympathien nicht einfach weiter ausdehnen? Nur mit einer solchen Einstellung werden wir obsiegen, ganz gleich, welches System wir auf dem Papier aufstellen. Es ist möglich. Wir müssen Sperren gegen mögliche Machtausweitungen einbauen, denn wenn wir glauben, zur Gerechtigkeit fähig zu sein, müssen wir auch den Wunsch nach Macht mit Argwohn betrachten und abzuwehren suchen. Er hat Threerivers zu Fall gebracht und würde auch die Föderation zu Fall bringen. Und wenn der Sturz von Threerivers uns hier als Unglück erschien, der Sturz der Föderation wäre ein noch viel größeres Unglück.«

Bival starrte an die Decke. »Ja«, fuhr sie etwas zerstreut fort, »der Verfall einer Familie erscheint denen, die sie verlieren, schlimm genug. Das ist nichts anderes. Solche Strukturen verfallen nur, wenn jemand nach persönlicher Macht strebt – wenn er persönliche Vorteile sucht, anstatt dienen zu wollen. Ich habe diesen Fehler einmal gemacht. Jetzt sehen wir das hier in viel größerem Maßstab – dieses Rangeln um Vorteile. Sicher wird es in den Beratungen unserer Zentralregierung in Zukunft solche Streitigkeiten geben, wenn eine Region Mineralien besitzt und eine andere Nahrungsmittel, oder wenn die eine Bildungsstätten und Fabrikationseinrichtungen besitzt und eine andere wenig Menschen hat, aber viele Rohstoffe.

Ausschlaggebend ist jedoch der Geist, in dem solche Streitgespräche geführt werden. Es gibt keinen Grund, warum wir diese Einstellungen nicht festsetzen können, genauso wie die Regeln unserer Gemeinschaft, warum sie nicht als Bräuche und Konventionen funktionieren sollen. Jeder Stein in der Mauer hat seinen Platz, und ohne ihn ist die Mauer schwächer.« Bival machte eine Pause und schaute sich um. Die Abgeordneten wirkten teilnahmslos. »Es ist eine Sache der Gleichheit, des Dienens und der Gerechtigkeit«, sagte sie und setzte sich unvermittelt.

»Wir müssen konkret beim Thema bleiben«, sagte Ahroe. Sie war verärgert, weil Bival sie offensichtlich angegriffen hatte, um so mehr, weil sie sah, daß der Angriff, abstrakt gesehen, gerecht schien, so wenig er auch auf die tatsächliche Situation anzuwenden war. »Wir müssen in unserer Diskussion über bestimmte Gebietsgrenzen vorwärtskommen. Ich halte es für richtig, die Peshtak-Delegation daran zu erinnern, daß wir das Schlußdokument weiterhin unter der Voraussetzung diskutieren müssen, daß es angenommen wird, ob sie sich nun dazu entschließen kann oder nicht. Alle Abgeordneten, alle Gruppen haben das Recht, irgendwann dabeizusein oder nicht, wenn das Dokument ratifiziert oder abgelehnt wird. Wer weiß? Vielleicht wollen es die Pelbar selbst nicht annehmen.« Sie lächelte ein wenig. »Ich sehe an der Sanduhr, daß wir unsere Sitzungszeit schon überzogen haben. Ich werde die Kartographen bitten, das Binhan-Territorium im Augenblick noch nicht zuzuordnen, wenn damit alle einverstanden sind, können wir trotzdem weitermachen.«

Das hatte Desdaan vorgeschlagen, zuversichtlich, daß die See-Sentani, wenn die Peshtak zu stark protestierten oder schließlich der Föderation doch nicht beitraten, das Territorium mit seinen Lehm- und Mineralvorkommen, seinen

Wäldern, dem Wasser und dem fruchtbaren Schwemmboden behalten könnten.

Als Ahroe den Saal verließ, sah sie Dahn, ins Gespräch mit dem jungen Peshtak Char vertieft. Nach der ersten Begegnung mit Ahroe hatte sich Dahn kühl und distanziert verhalten. Jetzt schaute das Mädchen sie nicht an, obwohl Ahroe an Chars Lippen sah, daß er Dahn von ihrer Anwesenheit informierte. Wieder ein Ärgernis. Ahroe hatte das alles allmählich satt. Selbst in Igants Rede schien ein Bezug auf Desdaans Interesse an ihr enthalten.

Weiter vorne wartete Aintre auf sie. »Eine Botschaft, Leiterin der Garde«, sagte sie. »Garet ist vor vier Tagen an Nordwall vorbeigefahren.«

Garet war, stetig stromaufwärts rudernd, an Nordwall vorbeigefahren. In Pelbarigan hatte er gehört, daß die ›Wagemut‹, ein neues Dampfboot, schon zur Portage aufgebrochen war. Die ›Wagemut‹, ein Schwesterschiff der ›Tatkraft‹, nach Stels Plänen gebaut, war mit Problemen behaftet gewesen und hatte drei Tage in Nordwall festgelegen, während neue Teile geschmiedet wurden.

Als Garet um die Biegung fuhr, erblickte er vor sich, am linken Ufer vertäut, das Boot. Er konnte Hammerschläge hören und nahm an, daß Brennstoff an Bord genommen wurde, aber als er sich dem Schiff näherte, sah er, daß auch der Motor teilweise zerlegt war.

Als er längsseits glitt, rief ihn die Mannschaft freudig und frustriert zugleich an.

»Schwierigkeiten?« fragte Garet.

»Wie üblich. Das ist so ein Motor. Ich glaube, wir hätten lieber rudern sollen.«

Garet lachte. »Das würdest du nicht sagen, wenn du es versucht hättest. Ich mache es jetzt zum zweitenmal in dieser Saison. Ein Kinderspiel ist es nicht. Was ist denn los?«

»Das Lager und das Gehäuse des Ventilschafts hauptsächlich. Wenn es so dicht ist, daß nicht massenhaft Dampf austritt, dann sitzt auch der Schaft so fest, daß er nicht funktioniert. Hier. Am Gehäuse.«

»Oh. Darüber habe ich endlose Diskussionen gehört. Laß mal sehen!«

Der alte Mechaniker, der das Schieberventil auseinanderbaute, stand auf und wischte sich über die schweißglänzende Stirn. Er war ärgerlich. »Mit Vergnügen«, sagte er. »Ich glaube nicht, daß es richtig gemacht wurde. Aber so stand es auf der Zeichnung.«

»Wo sind das Zusatzgehäuse und die Ringplatte?«

»Was?«

»Sie gehört hier oben drauf, auf das Gehäuse geschraubt. Dailith und Stel haben lange genug darüber gesprochen.«

»Ist aber nie in die Zeichnungen gekommen.«

»Sie hatten dieselben Schwierigkeiten. Und sie haben auch hier, an diesem Schaft, ein Kardangelenk angebracht. Sie haben festgestellt, daß er durch die Auf-Ab-Belastung zum Brechen neigt.«

»Spülicht«, sagte der alte Mechaniker. »Wie soll ich denn ...«

Garet war selbst überrascht, wieviel er über diesen Motor wußte. Zu Hause war es unmöglich gewesen, diesem Thema auszuweichen. Innerhalb eines Viertels Tageslicht nach Sonnenhochstand hatten sie eine Platte gefunden, die neue Dichtung angebracht, die notwendigen Löcher gebohrt und die Platte aufgeschraubt. Was den Schaft anging, so hatte der Mechaniker schon angefangen, ein Ersatzteil zu machen – einschließlich des Kardangelenks, das Garet vorschlug –, als sie losfuhren.

»So einleuchtend«, bemerkte der alte Mechaniker, als sich der Motor drehte und sie sich flußaufwärts wühlten. Er wischte sich wieder die Stirn.

In Pelbarigan tagte der Rat. Was als Haushaltssitzung und Industriebericht begonnen hatte, war langsam in eine Debatte über die Föderationskonferenz übergegangen. Sagan, die Protektorin, runzelte die Stirn, als Sobri, eine alte Konservative, monoton über die ungerechtfertigten Kosten der langen Tagung und den unverhältnismäßig hohen Anteil schwafelte, den die Pelbar zu tragen hatten. Endlich machte sie einen Augenblick Pause.

Sagan dachte, sie wolle sich setzen. Sie blieb aber stehen, schaute zu Boden und sprach dann weiter. »Ich bin auch, das muß ich gestehen, etwas verblüfft über die Stellung unserer eigenen Obrigkeit in dieser Angelegenheit – darüber, daß offensichtlich familiäre Stellung und persönliches Verhalten unserer Teilnehmer durcheinandergebracht werden. Das Thema mag für ein Gespräch in dieser Runde vielleicht unpassend erscheinen, aber ...«

»Das ist es in der Tat, Sobri«, unterbrach Sagan. »Es geht über den Bereich der gegenwärtigen Diskussion hinaus, glaube ich. Die Konferenz hat sich in die Länge gezogen, weil es dort nicht nur um Entscheidungen geht, sondern um einen Erziehungsprozeß. Die Kosten sind hoch. Aber der Gewinn wird groß sein. Wir müssen uns damit abfinden. Auf lange Sicht werden wir Handelsbeziehungen anknüpfen, unser Gebiet sichern, und allen Völkern eines sehr großen Gebietes Brüderlichkeit bringen.«

Sagan hielt inne, und in das Schweigen warf Sobri die Bemerkung: »Und unsere Söhne verraten?«

Sagan stand mit rotem Gesicht auf. Sie öffnete den Mund, schloß ihn dann wieder. Einen Augenblick lang schaute sie zu Boden. »Kontinuität in der Delegation ist von höchster Wichtigkeit, genau wie der hohe Rang des Abgeordneten von Pelbarigan. Der Gewinn wird beträchtlich sein. Und hiermit ist die Sitzung vertagt.« Sie drehte sich um und ging, während die Gardisten mit ihren Schwertgriffen auf den Boden klopften.

Sobri hob die Hände und trat auf den freien Platz in der Mitte des Gerichtssaals. »Ich schlage vor, obwohl die Protektorin das versäumt hat, unsere Sitzung mit einem Gebet zu beenden.« Es klang scheinheilig, aber selbst Sagans Partei konnte dagegen kaum etwas einwenden. Der Zeitgeber wurde eingestellt, und die Familienvertreter blieben während der üblichen zwei Sonnenbreiten sitzen, die Handballen gegen die Augen gedrückt. Einige beteten auch.

Am Morgen wurde Stel dadurch geweckt, daß jemand sanft seine Hand schüttelte. Er erwachte verwirrt und merkte, daß er immer noch neben Sufy saß, die ihn anlächelte und verlangte: »Sag etwas, Stel. Irgend etwas.«

Er schüttelte den Schlaf ab und sagte: »Gestern abend haben wir im Osten ein Licht gesehen.«

»Du sagtest, ihr habt im Osten ein Licht gesehen«, wiederholte sie. »Merkst du etwas?«

»Du hast es gehört? Du kannst wieder hören?«

»Ja. Aber was ist mit diesem Licht?«

»Ich weiß es nicht. Wir haben es gesehen. Fühlst du dich besser – auch sonst?«

Er legte ihr die Hand auf die Stirn. Das Fieber schien zurückgegangen.

»Ich glaube, ich bleibe am Leben, Stel«, sagte sie und warf ihm einen rätselhaften Blick zu.

»Seht ihr irgend etwas?« rief der Informationsmeister, der auf einer Bahre auf der ›Blansmänner‹ lag, dem größten der vier Tantal-Schiffe, die die Verfolgung aufgenommen hatten.

»Heute morgen noch nicht, Informationsmeister«, erwiderte der Mann auf dem Mast.

»Flottenmeister, bist du sicher, daß wir so schnell fahren, wie wir nur können?«

»Ja. Schnell genug. Oder borgst du uns dein blanverpißtes Hemd, damit wir es auch noch setzen?«

»So kannst du nicht mit mir reden, Flottenmeister!«

Der Mann warf dem Informationsmeister hinter dessen Rücken einen wütenden Blick zu. Wer war denn der Informationsmeister, daß er so mit ihm redete? Besonders ausgezeichnet hatte der sich ganz gewiß nicht. Er hatte die Katastrophe doch eigentlich heraufbeschworen.

»Vielleicht haben sie sich ein wenig nach Norden gewandt. Auf die neue Siedlung zu.«

»Wir können die Streitmacht aber nicht teilen, oder?«

»Nein. Nicht, wenn wir sie schlagen wollen. Wir müssen sie sozusagen überrumpeln.«

»Flottenmeister, nimm Kurs nach Norden!«

Der Mann zögerte, dann sagte er zum Rudergänger: »Drei Kerben nach Norden.«

»Ja, Sir. Drei Nord.«

EINUNDZWANZIG

Stel unterhielt sich mit Sufy, solange die sich dazu in der Lage fühlte. Irgendwann schlief sie ein. Er war enttäuscht, daß sie sich wegen der Folterung der Frau und der Tochter des Informationsmeisters nur so unbestimmt geäußert hatte. Alles verwirrte sich immer mehr, besonders als er entdeckte, daß sie ihn offensichtlich gern hatte.

Er trat kurz in die Kajüte, die er mit Raydi teilte. Oad und ein zweiter Peshtak sprachen mit ihr über die Schandtaten der Tantal.

Oad wandte sich an Stel. »Sie ist zäh, Pelbar. Sie gibt nicht auf.«

»Verfluchte Hunde und Hundesöhne«, murmelte Raydi. Oad ohrfeigte sie. »Trotzdem Hunde.« Oad ohrfeigte sie wieder. Stel konnte es kaum ertragen.

»Du gehst jetzt besser weg, Stel«, sagte Oad.

Raydi schaute zu ihm auf, aber als sich ihre Augen begegneten, las er nichts als haßerfüllte Abneigung darin.

»Ich weiß nicht, Oad. Wir haben sie nie mißhandelt.«

»Du hast nichts anderes getan, als mich zu mißhandeln! Wir sind erwählt. Blan hat uns erwählt. Wir werden am Ende siegen.«

»Du könntest genauso gut sagen, ein Stein hat dich erwählt, ein Baumstamm, eine Wolke«, erklärte Stel und legte seine Hand auf Oads Schulter. »Ich weiß zu schätzen, was du tust, Oad. Ich bin dir dankbar. Wir werden es weiter versuchen, wenn du dazu bereit bist.«

»Bereit? Ich habe gesehen, wie sie Pilze und Schimmel verwendet haben, um unsere Kinder in hirnlose Tiere zu verwandeln. Das ist das erstemal, daß ich Gelegenheit bekomme, etwas dagegen zu tun. Irgend etwas.«

Stel ging, immer noch besorgt, nicht nur Raydis wegen,

sondern auch wegen ihres Reiseziels, denn einige der Peshtak wollten nach Iver, die anderen zum Heart-Fluß. Er machte sich auch wegen der Gefangenen Gedanken und wegen des Lichts, das er in der Ferne gesehen hatte, außerdem über Sufys Gefühle für ihn. Seine eigenen Gefühle hatte er unterdrückt, aber sie begannen nun in seine Gedanken hochzusteigen.

Ahroe – wenn sie hier wäre – würde mit der ganzen Situation fertig. Er hatte keine Erfahrung, kein Interesse an solchen Verwicklungen. Würde er sie je wiedersehen? Er grübelte, wie ihre Beziehung dann wohl aussehen würde. Er versuchte, diesen Gedanken abzuschütteln, aber es gelang ihm nicht. Er zwang sich dazu, stellte ihn sich als Kerzenflamme vor, die er mit den Fingern ausdrückte. Es schien nicht zu funktionieren. Nachdem er es dreimal gemacht hatte, schien er aber doch an etwas anderes denken zu können.

»Stel!« sagte ein Peshtak, der heranschlurfte. »Ich habe mir die Waffen angesehen. Die, die wir aus dem Museum geholt haben. Ich verstehe überhaupt nichts von Maschinen, aber ich kann mir nicht vorstellen, wie wir die jemals einsetzen sollen. Und wenn, können wir sie jetzt herrichten? Was ist, wenn das Licht Tantal-Schiffe waren?«

Darauf war Stel nicht gefaßt. Er hatte seinen kleinen Schwindel im Augenblick vergessen. Der Webstuhl und die Erntemaschine standen sicher im Frachtraum dieses Schiffs. Wie würden es die Peshtak aufnehmen, wenn er ihnen erklärte, wozu die beiden Maschinen wirklich gut waren? »Sie werden uns hier nicht helfen, Gure. Aber im Heart-Fluß-Gebiet werden sie euch sehr nützlich sein. Alleine können wir nichts damit anfangen. Aber wir können sie verkaufen oder nachbauen.«

»Verkaufen? Du meinst, wir haben soviel riskiert, um ...?«

»An die Pelbar. Schließt euch mit ihnen zusammen, und ihr profitiert davon. Wenn ihr weiterfahrt, werde ich dafür sorgen, daß ihr einen guten Preis dafür bekommt – so viel, daß ihr damit einen Anfang machen könnt, weit mehr als den üblichen Gästeanteil der Pelbar.«

»Bist du aufrichtig zu uns?«

»Gure. Manchmal ist eine Straße nicht gerade, wenn sie durch hohe Berge führt, aber sie ist trotzdem der kürzeste Weg, um dahin zu kommen, wohin man will. Das Buch. Was ist mit dem alten Buch?«

Gure schaute ihn scharf an. »Das Buch ist in Sufys Kajüte. In der Truhe. So. Das ist eine aufrichtige Antwort. Bekomme ich jetzt auch eine?«

»Ich habe Sufy eine gegeben, ehe wir aufgebrochen sind, Gure. Sie wird sie dir sagen. Kannst du das akzeptieren?«

»Es bleibt mir wohl nichts anderes übrig. Aber wenn ich mir nur vorstelle, daß wir das Zeug mitten in einem Kampf über die Bordwand gehoben haben ...«

»Ich will, daß ihr frei seid, Gure. Ich will, daß ihr das Gefühl habt, niemandem etwas schuldig zu sein und nicht manipuliert zu werden.«

»Warum bist du dann nicht offen zu uns?«

»Ich versuche es ja. Ich bemühe mich darum, daß die Tantal ein wenig für das bezahlen müssen, was sie euch angetan haben. Das ist eine aufrichtige Antwort. Und ich will, daß die Pelbar in den Genuß dieser Geräte kommen. Das gebe ich zu. Aber wenn sie in diesen Genuß kommen, profitiert ihr davon.«

»Ich verstehe gar nichts. Aber ich akzeptiere, was du sagst.« Gure legte Stel die Hand auf die Schulter, und Stel erwiderte die Geste. Er machte sich Gedanken darüber, wie man die früheren Sklaven in das Volk des Heart-Flusses eingliedern könnte, besonders in ihrem jetzigen Zustand und mit ihren geringen Kenntnissen.

Als Gure sich abwandte, kehrten Stels Gedanken zu dem alten Buch zurück. Er mußte anfangen, es abzuschreiben. Vielleicht halfen ihm die Peshtak dabei.

Er ging wieder zu Sufy und fand sie im Bett sitzend, wo sie sich mit Peshtak von den beiden anderen Schiffen besprach. Sie schaute ihn ein wenig traurig, aber ziemlich entschlossen an. »Stel. Ich wollte gerade nach dir schicken. Wir haben uns folgendermaßen entschieden: Wir haben abgestimmt und herausgefunden, daß mehr als die Hälfte von uns an euren neuen Ort gehen wollen. Wir glauben, daß wir dort größere Chancen haben. Wahrscheinlich geht es dort freier zu.«

»Iver.«

»Ja. Iver. Wir haben sogar Karten aus dem Vorrat des Flottenmeisters, auf denen man sieht, wie man dahin gelangt. Die anderen aber wollen den Heart hinunter ins Pelbar-Gebiet.«

»Aber ...«

»Ich gehe nach Iver. Du mußt die anderen zur Portage bringen. Du kannst die ›Flucht‹ nehmen. Wir nehmen die ›Sturmwolke‹ und die ›Tanwolf‹. Wenn du das Schiff nicht durch die Portage bringst, mußt du es dort verbrennen.«

»Ich ...«

»Wir nehmen die Frau des Informationsmeisters mit. Du nimmst die Tochter – und natürlich Fenn. Wir geben dir die Tochter, wenn du uns nicht danach fragst, was mit der Mutter passiert.«

»Wie kann ...«

»Du bekommst das Buch und die Maschinen aus dem Museum.«

»Die gehören deinen Leuten. Ich will nur das Buch.«

Ein Peshtak griff in die Truhe, holte es heraus und reichte es Stel. Der nahm es, glättete den Einband, betrachtete es einen Augenblick lang und schaute dann wieder Sufy an.

»Morgen früh werden wir uns trennen. Von Verfolgerschiffen haben wir nichts mehr gesehen. Wenn wir viele Segel setzen, sind wir ohnehin vor den Tantal dort. Du mußt uns einen Brief geben. Habt ihr eine Fahne, die wir aufziehen können?«

»Ich zeige euch, wie man sie zeichnet. Sie ist aus braunem Tuch, spitz zulaufend, darauf sind Sonnenblumen in der Form von Pells Sternen angeordnet, der Gruppe, die die Shumai die Wildgans nennen. Ich verstehe immer noch nicht ...«

»Ich würde dir raten, die beiden Mädchen auseinanderzuhalten, sonst behinderst du die Fortschritte bei der Befreiung deiner Tochter. Vielleicht probieren wir es bei dem Tantal-Mädchen aus.«

Stel schauderte. »Nein. Bitte, das nicht! Laßt sie, wie sie ist.«

»Du bist weich, Stel. Zu weich.« Sie hielt inne. »Andererseits bist du der Mann, dem wir die Zerstörung von Ginesh verdanken.«

Er lächelte wehmütig. »Das war offenbar leichter, als das Denken eines einzigen Kindes zu ändern. Ich verstehe jetzt, wie es einst zur Zeit des Feuers kommen konnte – genau auf diese Weise. Es ist so schwer, zu einer Übereinkunft zu gelangen. Neue Waffen zu entwerfen ist so einfach, so mechanisch.«

»Ja. Nun, im Augenblick haben wir genug zu tun. Für Philosophie ist keine Zeit. Laßt ihr mich jetzt alle einen Augenblick lang mit Stel allein? Ich muß zum Abschluß noch ein paar Dinge mit ihm besprechen.«

Die Peshtak verließen schweigend den Raum. »Setzt du dich zu mir?« fragte Sufy. Stel gehorchte. »Weißt du noch, wie wir uns unter Ginesh umarmt haben, alte Kanalratte? Einmal müssen wir das noch tun.« Sie streckte die Arme nach ihm aus und flüsterte: »Vorsichtig. Ich bin immer noch ziemlich wund.« Als sie sich umarmten, sagte sie: »Ich wünschte, du gehörtest mir – wirklich mir.«

Stel antwortete nicht, aber er streichelte das Haar, das ihr über die Ohren fiel, und glättete es.

»Wenn du deine Frau nicht zurückbekommst, Stel, besuchst du mich dann?«

»Ja.«

»Du bist ein Mann mit Ehrgefühl, Stel.« Sie hielt inne. »Ich glaube aber schon. Du bekommst sie zurück. Wenn nicht, ist sie nicht viel wert.«

»Sie ist viel wert, Sufy. Wenn du nach Süden kämst und sie kennenlerntest, würdest du es sehen.«

»Aber du mußt verstehen, daß ich das nicht kann. Es sei

denn, du kommst gleich mit mir. Wie es jetzt ist, bin ich im Norden besser aufgehoben.«

»Ich kann nicht ...«

»Ich weiß. Aber du möchtest, nicht wahr?«

»Ja.«

»Nun, das reicht. Und jetzt müssen wir anfangen, die Leute aufzuteilen. Du mußt gehen, Stel. Küß mich noch einmal.«

Das tat er, dann erhob er sich und nahm sein Buch. »Noch etwas, Stel.« Er drehte sich um. »Ich glaube nicht, daß sie die Frau foltern werden. Sie kann uns von Nutzen sein, wenn sie am Leben bleibt – das habe ich ihnen gesagt. Ich glaube, die Tantal fahren nach Iver. Was noch von ihnen übrig ist. Ich glaube auch nicht, daß eure Peshtak das Kind foltern werden. Das macht keinen Spaß, wenn die Mutter nicht zusehen kann.« Sie lächelte säuerlich. Stel lächelte zurück und fragte sich dabei, wie ironisch sie diese Feststellung wohl gemeint hatte. Dann ging er.

Bis zum späten Nachmittag waren alle umgestiegen. Stel hatte die Pelbar-Fahne aufgezeichnet. Die Gefangenen wurden an Deck gebracht und getrennt, die Mutter schrie. Sufy stellte sich vor sie hin und sagte: »Auf Stels Bitte hin gestatten wir dir, dich von deiner Tochter zu verabschieden. – Noch etwas. Wir haben uns darauf geeinigt, ihr kein Leid zuzufügen, unter einer Bedingung: Du mußt ihr sagen, sie soll alles tun, was Stel verlangt. Wenn nicht, wird sie es zu spüren bekommen. Bis sie stirbt. Wirst du ihr das sagen? Verstanden?«

Die abgemagerte, schmutzige Frau sagte fast flüsternd: »Ja.« Sufy verspürte plötzlich Mitleid mit ihr, zeigte es aber nicht. Nachdem die beiden sich verabschiedet hatten und auseinandergerissen worden waren, ruderte man das Mädchen zur ›Flucht‹ hinüber, und bald trennte sich die Gruppe, das Mädchen stand an Deck, hielt Stels Hand und schaute weinend hinüber zu ihrer Mutter auf der ›Sturmwolke‹. Stel nahm ein Horn, blies einen langen Pelbar-Abschiedsgruß und empfing von einem der Schiffe eine heisere Erwiderung.

»Steuermann!« rief der Schiffsführer. »Acht Kerben nach Süden. Du da oben, paß auf diese Bäume auf. Langsamer werden hier. Langsamer.«

»Orsin«, sagte Stel. »Ich nehme dich jetzt mit, dann kannst du baden. Wirst du brav sein?«

Das eingeschüchterte Mädchen sagte nichts, folgte ihm aber, als er sie am Arm zupfte.

Später ging Stel in den Frachtraum hinunter, um Fenn zu besuchen, und fand den schlaksigen Museumsbetreuer in tiefer Niedergeschlagenheit. Er blickte erschrocken zu Stel auf.

»Was wirst du mir antun?« fragte er.

»Antun? – Nichts. Wir mußten dich mitnehmen, weil wir dich für die List brauchten, mit der wir an die Maschinen herankamen, die die Leute an den Strand brachten. Dann konnten wir dich auch nicht gehen lassen. Sieht so aus, als hätten wir dich jetzt auf dem Hals.«

»Wie lange? Was werden sie tun?«

»Nichts. Du solltest mit uns nach Pelbarigan kommen. Sieh dich dort einmal um. Wenn du dann nach Hause willst, geben wir dir einen Geleitbrief.«

»Wie kann ich nach Hause? Ich sehe nicht so gut – nur wenn etwas ganz nahe ist.«

»Ein Grund mehr für dich, nach Pelbarigan zu kommen. Wir haben jemanden, der das in Ordnung bringen kann – Celeste, die Frau aus der Kuppel.«

Fenn schaute ihn überrascht an. »Was? Was wird sie machen?«

»Sie wird dir einfach nur Linsen geben, die das ausgleichen. Es müßte funktionieren. Ich glaube, ihr werdet euch auch sympathisch sein. Ihr seid euch ziemlich ähnlich.«

»Ähnlich?«

»Ihr seid beide lernbegierig und ruhig. Wer weiß?«

»Wer weiß was?«

Stel lachte. »Na, Celeste soll dich einmal ansehen.« Er lachte wieder.

Fenn kratzte sich den Kopf. »Ich finde, es gibt doch nur

sehr wenige wirklich lustige Dinge auf der Welt«, sagte er dann.

»Das ändert sich noch. Vielleicht.«

»Wo sind wir?«

»Auf dem Weg zur Bittermeer-Portage. Glaubst du immer noch an Blan?«

»Glauben? Ich habe natürlich Angst vor ihm – oder hatte sie. Ich nehme an, er existiert nicht mehr. Ihr habt ihn anscheinend zerstört. Ich habe mich nie sehr viel mit der ganzen Sache befaßt. Blan war hauptsächlich etwas, womit die Wohlhabenden die anderen beherrschen konnten. Das war alles so offensichtlich. Seltsam nur, daß dabei alle mitgemacht haben.«

»Das ist in vielen Gesellschaften so, Fenn. Sie haben alle ihre Mittel. Wer weiß, vielleicht entschließt du dich noch, dich im Westen niederzulassen.«

Fenn sagte nichts, sondern schaute ihn nur traurig an.

Der Informationsmeister saß an Deck und zuckte zusammen, als er sich zurücklehnte, um nach oben zu blicken. »Etwas zu sehen?« fragte er zum hundertsten Mal.

»Nichts zu sehen, Sir.«

»Flottenmeister!« rief der Informationsmeister.

»Ja?«

»Ich habe es mir überlegt. Sie könnten überallhin fahren, aber wahrscheinlich wollen sie entweder zur Portage oder zur neuen Siedlung. Ich nehme an, sie fahren zur neuen Siedlung, denn dort bekommen sie am schnellsten massive Unterstützung. Steuere die neue Siedlung an, und zwar so schnell du nur kannst.«

»Sind wir stark genug, um mit ihren Bewohnern fertigzuwerden?«

»Stell mir keine Fragen! Tu, was ich dir sage!«

»Wer wird dich unterstützen? Vergiß nicht, wir sind nicht zu Hause. Ich habe ein Recht darauf, deinen Plan zu erfahren.«

Der Informationsmeister funkelte ihn zornig an. »Vergiß

du nicht, wo dein Platz ist! Wenn wir zurückkehren, zeige ich ihn dir.«

»Falls wir zurückkehren. Falls du zurückkehrst. Immerhin, wenn ich dich samt deinem Stuhl aufhebe und über Bord werfe, ich bezweifle, daß auch nur einer meiner Männer einen Finger rühren würde.«

»Und was würdest du dann tun? Man würde in Ginesh davon erfahren.«

»Ich? – Ich habe einen Plan. Aber ich habe nichts dagegen, nach dem deinen vorzugehen, wenn er auch nur einen Funken Vernunft enthält. So. Und jetzt erkläre ihn mir!«

Der Informationsmeister hatte eigentlich kaum einen richtigen Plan, aber er war der Meinung, sie müßten den flüchtigen Peshtak schaden und die Pelbar der Schiffe berauben, die sie sonst bekommen würden. Die Tantal sollten zeigen, daß sie doch noch zu kämpfen verstünden, sich dann zurückziehen und wiederaufbauen. Wenn möglich, würde man die Frau und die Tochter des Informationsmeisters befreien – falls sie tatsächlich gefangen waren, wie es einige der Soldaten behauptet hatten.

Der Flottenmeister seufzte, überlegte und stimmte dann zu. Er fand das Ganze wenig sinnvoll und sehr riskant. Aber er war auch wütend über die Zerstörung von Ginesh und fand, das Schiff könne ruhig ein Wagnis eingehen, um aus dem ganzen Schlamassel noch etwas Positives herauszuholen. Möglich wäre es. Bei Sommerende konnten sie immer noch nach Osten fahren, nach Seligan vielleicht – bestimmt nicht zurück nach Ginesh.

Er studierte seine Karten, dann sagte er: »Rudergänger, vier Kerben nach Norden!«

»Vier Kerben, Sir«, erwiderte der Mann mit einem Seitenblick auf den Informationsmeister. »Jetzt geht's wieder los«, flüsterte er vor sich hin.

In Ginesh blickte Oberwaffner Rass, der Garnisonsoffizier, von seinem Tisch auf. »Was hast du gefunden?« fragte er.

»Das hier, Oberwaffner. Ein Gerät, um mit Sonnenlicht

Feuer anzuzünden. Siehst du? Ein Stückchen Glas, das das Licht konzentriert auf diesen Zunder richtet. Durch ein kleines Loch in den Schindeln fällt Licht darauf. Wenn die Sonne scheint, entzündet sich ein Feuer.«

Der Offizier nahm das Gerät und studierte es. »Hm«, sagte er. »Sieht nicht so aus, als würde es funktionieren, was meinst du?«

»Bisher sind elf Häuser verbrannt, Oberwaffner. Irgend etwas muß daran schuld sein. Wir haben schon vierzehn von diesen Dingern hier gefunden, jedes in ein Dach eingebaut.«

Ein Schrei unterbrach ihn von draußen. »Feuer! Schon wieder ein Feuer!« Ein Horn wurde geblasen. Der Oberwaffner rannte hinaus und beschattete seine Augen gegen das blendende Sonnenlicht. Schon züngelten Flammen aus dem Dach eines Hauses zwei Reihen weiter nördlich, und ein Schwarm von Männern mit Eimern und Leitern schien nichts ausrichten zu können. Während sie noch zusahen, fing weiter im Osten bereits ein zweites Haus zu brennen an.

»Schau dir das Licht an, Oberwaffner. Es muß daran liegen. Wir müssen die Suchtrupps verdoppeln.«

»Tu das!« Der Mann rannte davon. Der Oberwaffner stand da und überlegte. Er war sicher, daß einige Brände bei Nacht ausgebrochen waren. Er war erleichtert, daß die Peshtak nicht angegriffen hatten. Sonst war alles schiefgelaufen. Aus der Ferne hörte er ein Horn und sah weit am östlichen Ende der Stadt, wo die Häuser der Armeefamilien dicht zusammengedrängt standen, ein weiteres Haus brennen. Das würde Schwierigkeiten geben. Er drehte sich um und schaute nach der Windfahne.

In Threerivers überraschte die Peshtak-Delegation die Konferenz damit, daß sie zu spät kam, als sich die Shumai und die Emer gerade auf eine für beide Seiten annehmbare Grenze einigten. Igant gab zu erkennen, daß er sprechen wolle. Ahroe setzte ihn auf ihre Rednerliste, mit einem Blick auf Desdaan, der ein wenig erstaunt schien, obwohl sein Gesicht undurchdringlich blieb.

Endlich kam Igant an die Reihe. Er begann: »Wir haben über Bivals Kommentar nachgedacht und in seinem Licht unsere Position bezüglich des Binhan-Territoriums überprüft. Wir haben einen Vorschlag zu machen, denn uns liegt, genau wie allen anderen, viel daran, zu einer wirklichen Einheit zu gelangen. Wir sind bereit, das strittige Gebiet zu gleichen Teilen mit den Sentani zu teilen. Es hat mehr oder weniger die Form eines Blattes, hat eine Länge von etwa dreihundertachtzig Ayas und mißt nach eurem Zahlensystem an der breitesten Stelle, die ziemlich weit im Nordwesten liegt, einhundertzwanzig Ayas. Wenn man durch die Mitte eine Linie zöge, wie die Mittelader eines Blattes, und es bekäme jeder die Hälfte, wäre das Problem vielleicht zu lösen. Natürlich ist dazu das Einverständnis der Sentani-Delegation erforderlich. Wir halten dieses Angebot für großzügig, da wir immer noch der Ansicht sind, daß das ganze Territorium traditionell uns gehört.« Igant setzte sich.

Ahroe schaute zu den Sentani hinüber. Desdaan wirkte völlig verblüfft. »Wünscht die Sentani-Delegation auf das Angebot zu antworten?« fragte sie.

Desdaan stand mit einigermaßen rotem Gesicht auf. »Ich ... im Augenblick nicht, Vorsitzende. Der Vorschlag ist sicher sehr verdienstvoll, aber wir müssen ihn gemeinsam überprüfen – was wir heute abend tun werden. Wir werden zu gegebener Zeit darauf antworten.«

Als Ahroe zu Igant zurückschaute, glaubte sie, auf seinem Gesicht ein leichtes Feixen zu sehen. Was hatte das zu bedeuten? Waren die Sentani nicht zu einem Kompromiß bereit? Warum nicht? Das Angebot schien großzügig, und es würde aus einer Sackgasse herausführen, in die diese Beratungen wiederholt gekommen waren.

Sie würde Desdaan am Abend danach fragen, wenn sich eine Gelegenheit ergab. Sie hatte gespürt, daß sich die Sympathien ein wenig verschoben hatten. Wenn sie weiterhin von Nutzen sein wollte, mußte sie makellos neutral bleiben. Wieder schaute sie zu Desdaan hinüber. Sein schlanker, wie gemeißelt wirkender Kopf erschien ihr als der Inbegriff männlicher Feinheit, Empfindsamkeit und Einsicht. Ein jungenhaftes Grinsen konnte sie sich bei ihm nicht vorstellen – so wie Stel es gerne aufsetzte, um jede Gelegenheit lächerlich zu machen. Aber hier stimmte etwas nicht. Was war es?

ZWEIUNDZWANZIG

Zwei Tage später, nach Sonnenhochstand, verkündete Ahroe den versammelten Abgeordneten: »Wir haben unsere Vorschriften in bezug auf den Handel recht mühelos zum Abschluß gebracht. Morgen werden wir einen Antrag bezüglich eines gemeinsamen Währungssystems behandeln – die Ergebnisse einer Ausschußstudie. Jetzt ist noch ein Punkt aus unseren vor kurzem getroffenen Gebietsentscheidungen übrig: Ist die Sentani-Delegation in der Sache des Binhan-Territoriums zu einer Entscheidung gelangt?« Sie blickte zu Desdaan hinüber, der ihr die Ansichten der Sentani in dieser Sache nicht anvertraut hatte.

Desdaan stand auf. »Leiterin, wir sind nicht bereit, die Angelegenheit zum jetzigen Zeitpunkt zu besprechen. Bei dem Vorschlag der Peshtak tauchen einige Probleme auf, hauptsächlich, daß das beste Land in ihrem Sektor liegen würde, und daß wir ihnen mit großem Verlust drei Sommersiedlungen überlassen müßten. Falls es dazu käme, müßte irgendeine Entschädigung vorgesehen werden. Wir arbeiten gerade an einer anderen Formel. Die Angelegenheit wird am Ende sicher gerecht entschieden werden, und wir wollen die Konferenz damit nicht aufhalten. Wir empfehlen daher, wie schon einmal, die Grenze im Augenblick noch unbestimmt zu lassen.«

Ahroe warf Igant einen schnellen Blick zu und fing ein leichtes, sarkastisches Lächeln auf. »Wünscht die Peshtak-Delegation die Angelegenheit zu besprechen?« fragte sie. Igant hob beide Hände, das Zeichen der Peshtak für Verneinung.

»Schön«, sagte Ahroe. »Dann müssen wir zur Unterstützung der Ausbildung übergehen. Hier wurde die Frage nach einer von allen unterstützten Bildungseinrichtung aufgeworfen. Möchte sich jemand zu diesem Thema äußern?«

Um diese Zeit trat auch in Pelbarigan der Rat zusammen. An der Spitze einer sehr erstarkten konservativen Partei hatte wieder Sobri das Wort ergriffen. »So will ich nun die Protektorin fragen, ob sie tatsächlich schriftlich oder, was dasselbe ist, über Funk, unserer Chefabgeordneten Ahroe Westläufer mitgeteilt hat, sie unterstütze das Verhalten dieser Abgeordneten – ihr persönliches Verhalten – während der Beratungen in Threerivers.«

Sagan zögerte. Sie hatte den Verdacht, daß Sobri sich irgendwie eine Kopie des Funkspruchs beschafft hatte. Dessen Sinn war anders, als es den Anschein hatte. So, wie die Diskussion gelaufen war, konnte es den Konservativen durchaus gelingen, der Konferenz die Unterstützung Pelbarigans völlig zu entziehen. Sobri hatte abgewartet, bis die hohen Kosten offenbar geworden waren. Darauf hatte sie dann noch die religiöse Frage gesetzt, die Frage der Integrität der Pelbar und ihrer Gebietsrechte, und Ahroes geteilte Loyalität. Ohne den letzten Punkt konnte Sagan, da war sie ganz sicher, den anderen standhalten.

Es war gewiß übertrieben. Sie war überzeugt davon, daß Ahroe keine gräßliche Ungehörigkeit begangen hatte – noch nicht. Aber sie war auf die fremden, strudelnden Gewässer der Föderationskonferenz hinausgestoßen worden und hatte bei dem Sentani-Abgeordneten von den Langen Seen Hilfe gefunden. Er hatte sie dabei unterstützt, eine Verfahrensweise auszuarbeiten, eine Geschäftsordnung, und im Verlauf dieser Arbeit hatte sie ihre Zuneigung auf ihn übertragen. Jedenfalls sah es so aus.

»Wir warten auf eine Antwort, Protektorin«, sagte Sobri. »Gibt es eine? Die Frage ist doch sicher sachlich.«

Sagan seufzte. »Ich bin mir bewußt, daß sich meine Schwiegertochter anormal benimmt, was ihr ja sicher alle wißt. Ich weiß auch, daß sie von allen Pelbar-Frauen bei weitem am meisten herumgekommen ist und die größte Erfahrung besitzt. Ihre Fähigkeiten im Verwaltungsbereich sind ausgeprägt. Sie genießt Sympathien bei den Shumai und Sentani und …«

»Ach ja, bei den Sentani ganz sicher«, warf Sobri ein.

»Hast du mit mir gesprochen, Sobri?«

»O nein, Protektorin. Ich habe nur eine allgemeine Bemerkung gemacht.«

»Und du bist der Meinung, daß diese Bemerkung in Ordnung war?«

»Nein, Protektorin, und ich möchte mich dafür entschuldigen, aber du mußt zugeben, daß Gerechtigkeit darin lag.«

»Keine Ordnung, aber Gerechtigkeit, Sobri? Wenn das deine Ansicht ist, wo bleibt dann dein Argument?«

»Keine Haarspaltereien, Protektorin. Wir wissen alle, wovon wir sprechen.«

»Protektorin«, sagte Alance, eine gemäßigte Abgeordnete. »Wenn du fertig bist, möchte ich gerne eine Erklärung abgeben.«

Die Protektorin zuckte die Achseln. »Ihr kennt alle die einzelnen Punkte, die ich vorbringen würde. Sie wurden oft genug dargelegt. Du kannst gerne das Wort haben, Alance.« Sagan fragte sich, was dabei herauskommen würde.

»Kann ich dich vorher unter vier Augen sprechen?«

Sagan war schockiert. Sie blickte sich im Raum um. Schweigende Gesichter sah sie, viele ernste und einige unfreundliche. »Gut, wenn der Rat einverstanden ist. Können wir eine Pause von sechs Sonnenbreiten einlegen?« Sie erhob sich und zog sich aus dem Gerichtssaal in den dahinterliegenden Raum der Protektorin zurück. Alance folgte ihr, blieb vor Sagan stehen und sah sie, die Hände vor der Brust gefaltet, an.

»Nun, Alance, worum geht es?«

»Protektorin, ich fürchte, wenn du alles so weiterlaufen läßt wie bisher, könnte Sobri gewinnen. Wenn sie gewinnt, gewinnt sie alles. Möglicherweise ziehen wir uns dann völlig von der Konferenz zurück.«

»Das darf nicht sein.«

»Es könnte aber sein, ob du es wünschst oder nicht, Protektorin. Ich will dir die Wahl zwischen mehreren Anträgen lassen, die ich zu stellen gedenke. Keiner davon wird dir gefallen. Aber ich werde den stellen, den du wählst, und hoffe, noch etwas zu retten. Die Sache mit Ahroe hat die Leute tief erregt.«

»Was kann ich wählen?«

»Daß Ahroe ihres Postens als Chefabgeordnete enthoben und durch Jestak ersetzt wird, der zwar ein Mann ist, aber bei den Außenstämmen große Achtung genießt. Oder, daß du in einer offenen Wahl noch einmal als Protektorin kandidierst. Oder, daß wir den Vorgängen in Threerivers unsere Unterstützung entziehen.«

Sagan überlegte. »Du hast also vor, einen dieser Anträge zu stellen?«

»Ja. Das sind deine Möglichkeiten, soweit ich es sehe. Ich glaube, die erste von den dreien schadet dir und Pelbarigan am wenigsten. Es gibt eine, wenn auch nicht große Chance, daß Sobri selbst Protektorin wird, wenn du deinen gegenwärtigen Kurs weiterverfolgst. Wenn du die Konservativen auf diesem Gebiet nicht respektierst, mußt du ihnen vielleicht auf allen anderen Gebieten weichen.«

»Ich verstehe. Geschieht das alles aus Achtung vor Stel? Meinem Sohn?«

»Die meisten von uns sind verheiratet, Protektorin. Die Entrüstung darüber, daß du eine Frau unterstützt, die deinen eigenen Sohn verrät, ist weit verbreitet. Ich habe den Verdacht, daß wir von Stel viel mehr halten als du, aber es ist durchaus möglich, daß du dich bemühst, die ganze Sache nur mit Blick auf das Wohl der Gemeinschaft zu sehen, und dabei deinen Sohn opferst.«

»Würde es meinem Sohn etwas nützen, wenn ich Ahroe tadelte?«

»Wenn du ihr Verhalten billigst, nützt du ihm bestimmt nicht. Aber selbst wenn wir Stel beiseite lassen, spiegelt das unser Verhalten zueinander in den Augen anderer wider. Wenn Stel auch ein Mann ist, so war er doch treu und verdient es einfach nicht, auf diese Weise abgeschoben zu werden.«

»Ich verstehe. Danke, Alance. Ich möchte, daß du mich jetzt allein läßt, damit ich über die Alternativen nachdenken kann. Ich komme gleich in den Gerichtssaal zurück.«

Alance zuckte leicht zusammen. Sie hatte keine Übereinkunft und kein Bündnis mit Sagan erreicht. Sie handelte eindeutig im Interesse der Stadt. Hatte Sagan persönlich einen Streit mit ihrem Sohn? »Gut, Protektorin«, sagte sie ruhig und kehrte in den Gerichtssaal zurück.

Während der Sonnenschlitz über den Zeitgeber auf dem Boden wanderte, versammelte sich der Rat allmählich wieder. Sagan saß in ihrem Vorzimmer und dachte nach. Ahroe hatte zuviel Gutes mit zuviel Kompetenz geleistet, um sie so zu entbehren. Sie sah keinen Vorteil für Stel, ganz gleich, was geschah. Für Pelbarigan und die Föderation konnte sie es nicht beurteilen. Sie wollte die Konservativen nicht vor den Kopf stoßen, wenn sie in der letzten, schädigenden Frage – der Frage mit Ahroe – wirklich eine Mehrheit hatten. Ein Gardist klopfte an die Tür, und sie erhob sich und kehrte in die Versammlung zurück. Als sie sich setzte, wandten sich alle Augen ihr zu.

Sagan blickte in die Runde und sagte: »Ich verkünde zwei Sonnenbreiten Gebet zu dieser wichtigen Zeit der Veränderung. Gardist, stell den Zeitgeber ein!«

Die Ratsmitglieder blickten ängstlich um sich. Sobris Augen funkelten triumphierend. Langsam nahm der Rat die Gebetshaltung ein, und als die Zeit vorüber war und der Gardist klopfte, richteten alle ihre Aufmerksamkeit wieder auf die Protektorin.

»Rätinnen«, begann sie. »Vielleicht habe ich dieses Amt schon zu lange inne. Vielleicht habe ich den Kontakt verloren. Ich habe immer versucht, mein Privatleben, meine persönlichen Wünsche, meine Familie von den Angelegenheiten der Stadt zu trennen. Offenbar bin ich damit gescheitert.

Ich habe mich jedoch bemüht, unsere Abgeordnete bei der Föderationskonferenz zu unterstützen, nicht aus persönlichen Gründen, wie ihr eigentlich wissen müßtet – nicht, weil ich mit ihrem persönlichen Verhalten immer einverstanden war, sondern weil ich ihre Fähigkeiten höher schätzte als die jeder anderen Pelbar-Frau. Natürlich hätten wir uns mit einer geringeren Rolle begnügen und die Leitung einer der anderen Gesellschaften überlassen können – wie es vielleicht bald der Fall sein wird. Vielleicht ist unsere Rolle auch dann groß genug, wenn wir der Konferenz als ortsansässige und stützende Gesellschaft dienen. Dazu habe ich sicher nichts zu sagen.

Alance hat mir mitgeteilt, daß ich mich geirrt habe. Ich glaube, sie hat vielleicht recht. Deshalb will ich jetzt abdanken, mich aus diesem Gremium zurückziehen, und empfehle, daß ihr aus euren Reihen sofort eine neue Protektorin wählt. Von einer Verzögerung rate ich ab. Ich bin sicher, daß diese Wahl noch am heutigen Abend durchgeführt werden kann. Ich habe es genossen, in eurer Gesellschaft zu sein, und bedauere meine Fehler. Möget ihr alle erfolgreich sein. Möge Avens Segen auf euch alle niedergehen. Möge eure Weisheit die Stadt und die Föderationskonferenz zu reineren und besseren Entscheidungen und Handlungen führen.

Als letzte Amtshandlung empfehle ich euch, daß ihr euch ein Achtel vor Sonnenuntergang hier versammelt, um die neue Protektorin zu wählen. Guten Tag.«

Einen Augenblick lang saß der Rat schweigend da, lange genug, um zu sehen, wie Sagan die Amtskette abnahm, und zu hören, wie sie klirrend auf das Rednerpult vor ihr gelegt wurde. Sagan erhob sich, stieg vom Podest und ging auf die Seitentür zu, als sich die Stimmen im Raum zu einem aufgeregten Geschnatter erhoben. Alance starrte erstaunt hinter ihr her. War es Stolz? Hatte sie nur deshalb eine andere Wahl getroffen, um die Möglichkeiten zu vermeiden, die Alance ihr geboten hatte? Sie schien Sobri in die Hände zu spielen. Dann schaute Alance Sobri an und war nicht mehr so sicher.

Sagans Motive wurden ihr klarer, als sich der Rat wieder

versammelte. Zuerst hochgeachtet, war Sagan unter Beschuß geraten, aber als sie sich aus dem Rat zurückzog und überhaupt keinen Versuch mehr machte, ihn auf seinem künftigen Weg zu führen, wie es jeder von Alances Anträgen vorgeschlagen hätte, hatte sie sich plötzlich eine Woge von Sympathie erworben. Eine Nominierungsabstimmung ergab die Namen Sobri, Apan, eine Gemäßigte ohne besondere Verdienste, aber mit tadellosen Manieren, und Alance selbst.

»Ich wollte mich nicht nach oben drängen«, flüsterte sie der Rätin neben sich zu. Sie erntete ein dünnes Lächeln als Erwiderung.

Beim nächsten Wahlgang schied Apan aus, und im darauffolgenden wurde Alance zu ihrem großen Erstaunen Protektorin von Pelbarigan. Sie ging zum Rednerpult und nahm die Amtskette in Empfang; als sie aufschaute, bemerkte sie Sobris wütendes Gesicht.

»Ratsmitglieder, ich bin erstaunt«, sagte sie. »Als ich heute morgen aufwachte, überlegte ich, ob ich morgen Zeit haben würde, Pfennigkraut zum Trocknen zu sammeln. Mit keinem Gedanken dachte ich an dieses Amt. Ich werde mein Bestes für euch tun und bitte euch zu diesem Zweck um eure Unterstützung und euer Gebet. Da ich weiß, daß dies der allgemeine Wunsch ist, werde ich Ahroe Westläufer, unsere Chefabgeordnete, bitten, von ihrem Amt zurückzutreten. Ich möchte jedoch um einen kleinen Aufschub bitten, bis ein Ersatz gewählt ist. Ich wünsche in dieser Angelegenheit auch einige Beratung.«

»Protektorin.« Sobri war aufgestanden und hatte sich zu Wort gemeldet.

»Ja, Sobri.«

»Es wurde gemunkelt, du wolltest vielleicht, daß Jestak von Nordwall zurückkehrt, um unser Abgeordneter zu werden. Ich möchte die Ansicht äußern, daß das revisionistisch und heterodox ist. Er ist ein Mann. Noch nie wurden wir in einer so wichtigen Sache von einem Mann vertreten.«

»Aber du wirst vielleicht zugeben, daß Jestak sowohl in der Regierung wie auch bei den anderen Völkern große Erfahrung gesammelt hat, und daß er sich ihnen als würdiger und starker Abgeordneter empfehlen würde.«

»Das darf nicht sein, Protektorin.«

»Hast du denn einen Vorschlag, Sobri?«

»Ich? Ich würde Eques als fleißige und urteilsfähige Person empfehlen, Protektorin.«

Die Angesprochene stand mit offenem Munde auf. »Ich, Protektorin? Ich teile Sobris Ansichten in vielen Dingen. Aber ich bin nur selten aus der Stadt und ihrer nächsten Umgebung hinausgekommen. Meine Erfahrungen beschränken sich auf lokale Angelegenheiten und auf die Verwaltung der Industrie. Ich finde jedoch, daß es auf der Hand liegt, wer für diesen Posten in Frage kommt.«

»Wer, Eques?«

»Ich weiß, daß einige nicht meiner Meinung sein werden, aber wer von uns hat lange Regierungserfahrung? Wer hat eine Gesellschaft geführt? Wer hat sich soeben als bescheiden und frei von Machtgier erwiesen? Wer ist zu alt, um sich durch die Versuchungen, die die Freiheit von der Familie mit sich bringt, anfechten zu lassen?«

Sobri keuchte. »Nein«, sagte sie.

»Du meinst doch nicht ...?« Ein allgemeines Raunen schwoll zu lautem Rufen und schließlich zu einem Stampfen der Akklamation an.

Kurz darauf betrat Alance die Wohnung der Protektorin, lehnte sich an einen Türrahmen und sah zu, wie vier Gardisten Sagan halfen, ihre Sachen zu packen. Die ältere Frau blickte auf. »Ach, Alance. Eine Überraschung, Protektorin. Du bist es persönlich. Ich hatte so eine Ahnung. Nun, du siehst recht erfreut aus. Du wirst noch merken, daß es kein Vergnügen ist. Protektorin zu sein bedeutet eine Last nach der anderen, und jede schwerer als die letzte.«

»Ich bin erfreut, Sagan, aber nicht deshalb. Wir haben auch eine neue Chefabgeordnete für die Konferenz gewählt.«

»Wen, Protektorin?«
»Dich.«

Am nächsten Morgen fand Stel endlich Zeit, das alte Buch wieder aufzuschlagen, er glättete die Seiten und hatte sich bald darin vertieft. Raydi starrte ihn vom Bett aus an, wo sie immer noch gefesselt lag. Sie begann zu summen. Er schien es nicht zu bemerken. Sie summte lauter. Er blickte einen Augenblick hoch und lächelte. Sie atmete ein und hielt die Luft so lange an, bis sie rot im Gesicht wurde. Er schien es nicht zu bemerken. Sie änderte ihre Taktik und stieß einen langen Schrei aus, der mit einem Schwall von Tantal-Verwünschungen endete.

Stel blickte auf und sagte: »Dieses Buch stammt aus dem Museum von Ginesh, also kann es doch gar nicht so schlecht sein, oder? Möchtest du, daß ich dir daraus vorlese?«

»Hinaus, du Schlangenhaut!«

Stel grinste sie an. »Vielleicht könntest du noch etwas lernen. Die Tantal haben das Ding schließlich aufbewahrt, nicht ich.«

»Handelt es von Blan?«

»Ihn habe ich noch nicht gefunden. Aber ich habe auch noch nicht sonderlich viel darin gelesen.«

»Wenn du ihn findest, höre ich zu. Bis dahin verschließe ich meine Ohren und schreie.«

Sie erwartete eine Antwort, aber Stel schien wieder völlig vertieft in das Buch, während das Schiff in der Morgenbrise schwankte und der Sonnenlichtkreis vom Fenster quer über die Wand hüpfte. Raydi starrte auf den Lichtfleck. Er war wie Porifs Medaillon. Sie schlief wieder ein, und Stel las weiter, seine Augen glitten nach rechts und fuhren ruckartig zurück, manchmal machten sie eine Pause, manchmal starrten sie an die gegenüberliegende Wand.

Nach einiger Zeit sichteten die beiden Peshtak-Schiffe Land. Die Leute berieten sich und beschlossen, nach Norden zu fahren und Iver zu suchen.

»Ich mache mir Sorgen, Sufy«, sagte der Schiffsführer.

»Warum? Die Tantal?«

»Ja. Kein Platz mehr, um vor ihnen herzufahren und sie bei Nacht abzuhängen. Sie könnten uns an dieser Küste festnageln.«

»Schlimmstenfalls verbrennen wir die Schiffe und rennen um unser Leben.«

»Aber der Verlust, der Verlust.«

»Das ist wahr. Aber sie würden auch nicht gewinnen.«

Auf der ›Blansmänner‹ beugte sich der Informationsmeister über einen Tisch, den schwankendes Licht von oben beleuchtete. Er grübelte über der Karte.

»Ich glaube, wir sind etwas nördlich der Pelbar-Siedlung. Wir sollten also nach Süden abdrehen und von Norden darauf zuhalten.«

»Hast du einen Plan?«

»Nein. Keiner von uns ist je dagewesen.«

»Dann werden wir mehrere Pläne entwerfen und nach dem vorgehen, der paßt.«

»Und wenn keiner paßt?«

»Einer wird passen. Einer muß passen.«

»Die Peshtak müssen also doch zur Portage gefahren sein – oder wir haben sie verfehlt.«

»Das kann man jetzt noch nicht sagen.«

Die Tantal fuhren den Rest des Tages und in die Nacht hinein an der Küste entlang nach Süden. Endlich rief der Ausguck auf dem Leitboot: »Lichter! Lichter voraus!«

»Löscht alle Lichter!« schrie der Flottenmeister. Der Befehl wurde nach hinten weitergegeben, und gleich darauf waren alle vier Schiffe in Dunkelheit gehüllt. Bald mußten sie in der leichten Brise nach Südosten kreuzen, vom Ufer weg, mit wenig Segelfläche, während die Schiffskommandanten zum Leitschiff ruderten, um sich zu beraten.

Am Ufer hämmerte ein Junge an die Tür des Gardistenquartiers. Dailith öffnete. »He, Noth, was ist los? Frösche gefangen?«

»Nein. Lichter. Ich habe Lichter auf dem Wasser gesehen. Nach Norden hin. Dann sind sie ausgegangen.«

Die Gardisten umdrängten ihn. »Sterne, die sich im Wasser spiegeln?« fragte einer.

»Irrlichter«, bemerkte ein zweiter.

»Das neue Boot von Pelbarigan?«

»Zu früh.«

»Jemand, der fischte?«

Die Gruppe zerstreute sich. Noth rieb sich verlegen den Kopf. Dailith legte den Arm um ihn. »Ehrlich. Ich habe sie wirklich gesehen. Sie waren da.«

Dailith hockte sich neben ihn. »Wenn ich mitkomme, zeigst du mir dann, wo?«

»Komm nur. Ich zeige es dir.«

Am Küstenturm rief Dailith hinauf: »Gardist, hast du Lichter auf dem Wasser gesehen?« Es kam keine Antwort. »Gardist!«

Dailith hörte etwas rasseln. »Tinge hier«, sagte eine schläfrige Stimme.

»Hast du auf dem Wasser draußen irgendwelche Lichter gesehen?«

»Dailith? Nein. Keine Lichter. Wovon denn?«

»Da! Da schau!« kreischte Noth schrill.

Undeutlich zeichneten sich einen Augenblick lang weit entfernt die Schatten von vier Umrissen vor dem Wasser ab, dann verschmolzen sie wieder mit der Dunkelheit.

»Kein Horn, Tinge, kein Horn!« befahl Dailith und spurtete den Hügel hinauf. Ein paar Augenblicke später stürmte er ins Quartier der Gardisten. »Raus, raus!« rief er. »Da ist etwas auf dem Wasser. Yean, Culd, kommt mit mir und helft mir, die ›Pusterich‹ anzuheizen!« Er verschwand, während sich die Gardisten noch ganz verschlafen anblinzelten.

»Sie machen am Ufer ein Feuer, Flottenmeister«, sagte ein Mann vom Mastausguck.

»Nicht so laut! Auf Kurs bleiben. Wir kommen schon rum. Raketenschützen bereit?«

»Alles bereit, Sir.«

Der leichte Wind schien sich zu legen, die Segel flappten. Die Tantal fluchten, aber da frischte der Wind wieder etwas auf, ganz sanft und leicht.

»Das Feuer kommt heraus, Flottenmeister. Irgendein Boot.«

»Dann haltet Kurs! Ganz still! Keine Lichter! Gib das weiter!« Die Tantal schwangen nicht herum, sondern glitten, in Dunkel gehüllt, nach Südosten. Dailith und acht Gardisten tuckerten langsam in den Nebel hinaus, ohne etwas zu sehen.

»Dailith, wir tappen in einen Hinterhalt von Schatten«, sagte ein Mann.

»Kann sein, aber irgend etwas wirft die Schatten.«

Weiter vorne bewegten sich die Tantal-Schiffe wie Rauch. Ein Mann im Bug des Leitschiffs sah auf der Küstenseite, ganz nahe, einen weiteren Umriß auf sich zugleiten. »Ihr da draußen, ihr Fischdarmfresser. Paßt doch auf! Ihr haltet genau auf uns zu. Ihr werdet uns noch rammen.«

Ein Peshtak an Bord der ›Sturmwolke‹ packte seinen Kameraden an der Schulter. »Die Tantal«, sagte er. »Blas den Zunder an! Ich lade.«

»Sie sind zu nahe. Vielleicht sind da noch mehr.«

»Blas ihn an!«

Auf der ›Blansmänner‹ lief der Flottenmeister an die Reling und starrte in die Dunkelheit hinaus. »Ich kann das nicht verstehen«, sagte er. »Wie konnte es ... Raketen! Raketen! Es sind die Peshtak!« Er sah im Dunkeln etwas aufleuchten, dann einen Blitz, als die Rakete heranschoß und die Schiffsseite unter ihm wegsprengte.

Die Tantal schwenkten ihre Raketenwerfer herum und erwiderten das Feuer, vier Raketen, die sich alle in die Seite von Sufys Schiff, die ›Sturmwolke‹, bohrten, den Fuß des

Hauptmastes trafen und ihn in einem Feuerschauer zerfetzten. Die ›Sturmwolke‹ begann zu krängen, und die Peshtak sprangen auf der abgewandten Seite ins Wasser, während auch die anderen Tantal-Schiffe anfingen, Raketen auf sie abzuschießen.

Auf der ›Tatkraft‹ schrie Dailith: »Da habt ihr eure Schatten. Da habt ihr Noths Froschjagd. Steuert hart zur Küste! Mehr Dampf!« Das Wasser schimmerte im Schein der zwei brennenden Schiffe, als die ›Tatkraft‹ auf den Schauplatz zudampfte.

»Es sind wirklich Tantal. Gegen wen kämpfen sie denn?«

Mehrere Raketen schossen auf die ›Tatkraft‹ zu, trafen sie aber nicht. Als die Pelbar an die brennende ›Sturmwolke‹ herankamen, sagte ein Gardist: »Seht mal, das ist doch Pells Fahne! Was? Schau! Dahinter kommt noch ein Schiff.« Die nachfolgenden Peshtak versuchten verzweifelt zu wenden, hatten aber bei dem schwachen Wind ihre liebe Not damit.

Die ›Tatkraft‹ fuhr an die vier Rettungsboote voller Peshtak heran. »Wer seid ihr?« rief Dailith.

»Peshtak aus Ginesh. Stel hat geholfen, uns zu befreien. Kennst du Stel?«

Dailith johlte auf. »Er hat dieses Boot hier gebaut. Abschotten. Den Dampf abschotten, Culd. Wie können wir euch helfen?«

»Holt die restlichen Leute vom Schiff.«

»Fahrt ans Ufer. Wenn die Tantal euch bedrohen, flieht in den Wald. Andernfalls rudert nach Norden, nach Iver. Culd, gib ihr Dampf, schwenk sie um das Schiff herum!« Während sie im Bogen um die ›Sturmwolke‹ herumfuhren, die jetzt schnell sank, drängten sich die Peshtak schwimmend und auf Planken liegend und wassertretend auf sie zu. Eine Tantal-Rakete raste über das Schiff hinweg und explodierte in der Nähe. Die Gardisten zogen so lange Peshtak an Bord, bis schließlich keine mehr kamen.

»Heiz ein, Culd!« rief Dailith. Die ›Tanwolf‹ hatte inzwischen in das Gefecht eingegriffen. Raketen schossen hinüber und herüber. Sie war in der Fast-Flaute noch immer nicht mehr als halb herumgekommen. Im Feuerschein konnten die Leute eine Bootsladung von Peshtak erkennen, die das Schiff rudernd herumzuziehen versuchten.

Als sie Fahrt aufnahmen, rannte eine Frau kreischend an Deck der brennenden ›Sturmwolke‹. In diesem Augenblick kippte das Schiff langsam zur Seite, rollte herum und rutschte in das dunkle Wasser.

Dailith atmete tief ein. »Gütige Aven. Ich glaube nicht, daß wir sie retten können.«

»Macht nichts«, sagte eine Frau dicht neben ihm. »Das war die Frau des Informationsmeisters. Eine blanverpißte Tantal. Ich bin Suffis. Ich leite diesen Teil der Flucht. Könnt ihr dem anderen Schiff helfen?«

Dailith schaute sie überrascht an. »Culd, Volldampf voraus!« sagte er. »Suffis. Hast du Stel gesehen?«

»Er ist mit dem anderen Schiff unterwegs zur Portage. Er hat seine Tochter befreit. Könnt ihr das Schiff retten?«

»Natürlich. Wir sind ja schon dabei.«

Sufy schaute ihn verständnislos an. »Ihr habt keine Waffen.«

»Nur Gewehre. Und einen Motor.«

»Das hat Stel gebaut?«

»Das hat er. Ich habe ihm dabei geholfen.« Dailith drehte sich um und rief: »Wie sieht's mit Brennstoff aus?«

»Nicht gut, Dai. Er geht dahin wie Tau in der Morgensonne.«

»Wir verbrennen die ›Tanwolf‹ – das andere Schiff«, schlug Sufy vor. Dailith verstand offensichtlich nicht, was sie meinte. »Dreht dicht bei. Ich sage ihnen, sie sollen Planken abreißen«, fügte Sufy hinzu.

Dailiths Miene hellte sich auf. »Natürlich!« sagte er. Als sie sich auf das andere Schiff zuwühlten, konnten die Pelbar Pells Banner in der fast unbewegten Luft hängen sehen. Ein Jubelschrei trieb über das Wasser auf sie zu. Sie glitten unter der leeseitigen Reling heran, und Sufy rief hinüber und verlangte Holz. Dann legten sie Tempo zu und dampften hinaus zum Ende des Taus; als sie näherkamen, drosselten sie den Dampf wieder.

»Gebt uns das Tau!« schrie Sufy. »Hangelt euch daran zurück. Wir brauchen euch, ihr müßt Holz zum Verbrennen herüberreichen. Schnell!«

Eine Tantal-Rakete explodierte auf dem Achterdeck der ›Tanwolf‹, und ringsum regnete es Feuer. Die Explosion zerschmetterte das Ruder und tötete den Steuermann, aber eine Reihe von Peshtak mit Wassereimern löschte die Flammen bald. Das Tau straffte sich, als die ›Tatkraft‹ daran zog.

»Vorsichtig!« rief Dailith. »Wir wollen nicht, daß das Tau reißt.«

»Nicht zu vorsichtig«, widersprach Sufy. »Sie haben sich eingeschossen.«

Sie zogen langsam davon und setzten zu einem großen Bogen an, um nach Iver zurückzuschwenken, wo jetzt am Küstenturm ein Leuchtfeuer brannte. Sie mußten bald anhalten, bis die Männer im kleinen Boot mehr Brennstoff nach vorne gereicht hatten.

»Ich bin froh, daß die Fahrt nur kurz ist«, sagte Dailith. »Sonst hätten wir am Ende nichts mehr zu schleppen.«

Im Laufe der Nacht fuhr die ›Tatkraft‹ ihren weiten Bogen aus, und die in der Flaute festliegenden Tantal mußten im Schein ihres brennenden Schiffs hilflos zusehen. Endlich frischte der Wind auf. Segel flatterten und füllten sich.

»Rudergänger, auf Ostkurs gehen!« rief der Flottenmeister der Tantal. Der Informationsmeister, der von der schnellen Verlegung von der ›Blansmänner‹ noch Schmerzen hatte, lehnte an der Reling und sah mit starrem Blick zu, wie die Peshtak geschleppt wurden.

Ein Mann trat neben ihn. »Terog«, sagte er. Der Informationsmeister runzelte die Stirn ob dieser vertraulichen Anrede. »Ich habe eine schlechte Nachricht für dich.«

»Schlimmer als das hier?«

»Dieser Mann. Wir haben ihn auf dem Schiff aufgelesen, das wir gekapert haben.«

Der Informationsmeister drehte sich um. Vor ihm stand ein Peshtak, noch in seinem Sklavenhemd, triefend naß. Der Mann hielt den Kopf erhoben. Sein Gesicht war voller Blutergüsse und schwoll an.

»Ein Kastrierter. Was ist mit ihm?«

»Er sagt, deine Frau war auf dem Schiff, das wir getroffen haben. Er sagt, er sah sie untergehen, als es sank.«

Der Informationsmeister schlug mit der Faust auf die Reling, dann vergrub er das Gesicht in den Händen. »Dann soll er auch untergehen. Hängt ihm ein Gewicht um und werft ihn über Bord.«

»Da ist noch etwas, Terog.«

»Was?«

»Er sagt, dieser Stel hat deine Tochter. Sie sind zur Portage gefahren. Er sagt, Stel würde das Mädchen gegen ihn austauschen.«

»Gegen ihn? Meine Tochter? Gegen ihn?« Terog drehte sich um und schaute zurück, wo noch ein paar schwimmende Holzstücke flackerten. »Dann habt ihr sie also gefangengenommen und gefoltert.«

»Wir hätten das schon getan. Sie hat es mit ihrem Schandmaul mehr als einmal verdient. Aber Stel wollte es nicht. Er hat Sufy überzeugt. Er wollte überhaupt nicht, daß sie gefangengenommen wurden. Du hast keine Ahnung, wie irre der ist. Er wird das Mädchen gegen mich austauschen. Ich weiß es.«

Der Informationsmeister drehte sich um und schlug den Mann hart ins Gesicht. Der Mann blinzelte das Brennen weg und hielt den Kopf weiter aufrecht. Als er sich umdrehte, sah er den Flottenmeister dicht daneben stehen. Terog murmelte: »Dann fahren wir also.«

»Wirklich? Du meinst, das willst *du,* nicht wahr?«

Der Informationsmeister seufzte. »Ja, ich meine, das will *ich*, Flottenmeister.«

»Wir werden fahren. Aber nicht wegen deiner Tochter. Wir brauchen dieses maschinengetriebene Schiff, das sie haben. Unsere einzige Chance. Das hier bekommen wir nicht. Vielleicht klappt es dort. Sie können keine Streitmacht von der Größe dieser Siedlung haben. Wir haben das Überraschungsmoment vertan. Das neue Schiff ist unsere einzige Chance. Damit können wir wieder aufbauen. Aber jetzt fahren wir nach Osten. Geradewegs nach Osten.«

Der Informationsmeister schaute nach Osten. Kein Morgenschimmer streifte das schwarze Wasser vor ihm.

DREIUNDZWANZIG

Es war früh am Morgen. Wie immer jetzt, legte sich Stel zurück und las in dem alten Buch. Raydi war kaum zugänglicher geworden, und schließlich hatte Stel, der nicht wollte, daß sie so hart angefaßt wurde, Oad gebeten, eine Weile damit aufzuhören, ihren Geist umpolen zu wollen.

»Sie wird glauben, daß sie gewonnen hat«, hatte Oad gemeint.

»Vielleicht. Ich weiß deine Arbeit zu schätzen, aber sie sieht ganz zerschlagen aus.«

»Die Prellungen bringt sie sich selbst bei, Stel, weil sie mit dem Kopf gegen die Wand schlägt, um nicht zuhören zu müssen.«

»Ja. Das hast du schon gesagt. So ist das also. Ich begreife nicht, wie man ihr den Geist so zerrütten konnte. Nun, wir haben Zeit. Sie wird noch lange zu Hause sein.«

»Als Fremde, Stel.«

»Hoffentlich nicht, Oad. Hoffentlich nicht.«

Stel erinnerte sich später an dieses Gespräch, als er zu Raydi aufschaute, die halbwach und noch immer an ihr Bett gefesselt war. Sie hatte sich an ihn gewöhnt. Sie war nicht mehr so streitsüchtig. Aber die alte Raydi war sie nicht.

»Was für ein sonderbares, altes Buch. Aber jetzt habe ich die Stelle über Blan gefunden, Raydi«, sagte er.

»Lüg nicht!«

»Er hat nur einen anderen Namen – Dagon. Hier. ›Nachdem die Philister die Bundeslade erbeutet hatten, brachten sie sie von Eben-ezer nach Ashdod; und dort trugen sie sie in den Tempel Dagons und stellten sie neben Dagon selbst auf. Als sich die Leute von Ashdod am nächsten Morgen erhoben, war Dagon herabgestürzt und lag mit dem Gesicht nach unter vor ...‹«

Raydi kreischte und wand sich. »Nein, nein, nein! Das ist nicht das gleiche, du Lügner! Lügner!«

Stel legte einen Finger auf die Stelle und seufzte. »Du hast recht. Es ist nicht das gleiche. Von Blan war nicht mehr soviel übrig, nachdem wir ihn in die Luft gejagt hatten.«

»Nein, nein, nein, nein, nein, nein! Du wirst schon sehen. ER ist da. Und sie werden mich retten.«

»Du bist schon gerettet worden, Kürbis. Blan ist nichts, überhaupt nichts. Er hat keine Eigenschaft und keine Macht, die ...«

Wieder kreischte Raydi auf. Stel fühlte Zorn in sich hochschießen, aber der verwandelte sich in Schuldgefühl. Er stand auf, beugte sich über Raydi, küßte sie auf die Stirn und verließ die Kajüte. Ein wildes, triumphierendes Aufleuchten ging über Raydis Gesicht, aber es verschmolz zu Traurigkeit.

In Iver schlossen sich die Peshtak – einhundertvierzig waren es hier – der Gemeinde an und wurden sofort an die Arbeit geschickt. Mit siebenundzwanzig Rits und drei jungen Shumai, die mit den ursprünglichen Siedlern nach Norden gekommen waren, wurde die Kolonie gemischt und tolerant. Bei einer Versammlung am Abend nach ihrer Ankunft erzählte Suffis alles, was sich ereignet hatte. Die Gardisten interessierten sich besonders für die Feuerquelle, die Stel entwickelt hatte, aber keiner der Peshtak konnte genau erklären, was dabei passiert war. Die Pelbar wurden sehr ernst, als Suffis Raydi erwähnte und davon erzählte, wie sie sich gegen alle Anstrengungen wehrte, ihren Geist zu befreien.

Dailith konnte es kaum erwarten, mit der ›Tatkraft‹ zur Portage hinunterzufahren und die Garnison vor der Bedrohung durch die drei verbliebenen Tantal-Schiffe zu warnen. Die Verstärkungen waren schon lange nach Hause zurückgekehrt. »Und wenn sie Stel und die anderen draußen auf dem Bittermeer erwischen?« fragte er. »Kein Zweifel, sie würden siegen.«

»Dann fahr lieber, Dai«, sagte der Gardehauptmann. »Nimm sechs Männer mit Gewehren mit! Aber bleib nicht zu lange! Sie müßten die Portage fast gleichzeitig mit dir erreichen.«

Nach dem Treffen hielt Portain Dailith draußen in der Dunkelheit auf. »Bleib nicht zu lang, Dai!«

»Was ist los?«

»Etwas, was du irgendwie regeln mußt. Ich weiß nicht so recht, wie das nach Pelbar-Gesetzen ...«

»Du meinst ...«

»Ich bin schwanger, Dai.«

Dailith lachte. »Keine Sorge. Ich werde einfach eine Nachricht schicken. Wir sind hier nicht unter dem Daumen von Pelbarigan. Das ist ein neuer Ort. Ich bezweifle, daß Eolyn es überhaupt bemerkt. Die Botschaft wird nur eine kleine Unterbrechung ihrer Studien sein.«

»Sei dir da nicht zu sicher, Dai! Es ist eine Sache, einen Ehemann zu ignorieren, aber es ist etwas ganz anderes, wenn er einen verläßt.«

Am Morgen gab Suffis Dailith einen Brief für Stel und sah zu, wie sich die ›Tatkraft‹ langsam die Küste hinunter entfernte. Portain stand neben ihr. »Wie geht es Stel?« fragte sie.

»Stel? Er macht sich große Sorgen um seine Tochter und wegen der Zerstörung, die er angerichtet hat.«

»Du liebst ihn, nicht wahr?«

Suffis überlegte, schaute erst Portain, dann das kleiner werdende Dampfboot an und sagte dann: »Ja. Aber ich habe mich nicht so richtig hineinfallen lassen. Wie könnte ich auch? Du kennst ihn. Er ist empfänglich. Das sind fast alle Männer. Vielleicht spürt man, daß da etwas in ihm ist, was sich einem entgegenstreckt. Aber eigentlich ist er nur verwirrt. Er ist ein ›Einfrauenmann‹. Ich verstehe eine Menge von Männern, weißt du. In dieser Richtung. Ich hatte keine andere Wahl. Wie ist sie denn, diese Ahroe, daß sie ihm solche Schwierigkeiten machen konnte?«

»Ahroe? Die ist in Ordnung. Steckt bis zum Hals in der

Politik. Sie wollte nur dienen, aber es hat sie mit Haut und Haaren aufgefressen. Ist mit ihr durchgegangen. Wir sind für das, was wir uns da in Threerivers aufgetan haben, nicht erzogen. Ahroe ist schon in Ordnung. Sie dachte immer, sie sei hart wie Stahl – stand für das ein, woran sie glaubte. Aber jetzt schwankt sie, stolpert. Stel hilft ihr nicht. Er geht seine eigenen Wege. Er ist wie ein Reiher. Er steht am Rand und schaut zu. Zwar wird er ständig ins Geschehen hineingezogen, aber am glücklichsten ist er, wenn er draußen im Dünengras liegen und zusehen kann.«

»Er hat mir von dir erzählt.«

»Aha. Er gibt mir die Schuld, nicht wahr?«

»Er gibt nur sich selbst die Schuld.«

»Er sollte sie mir nur geben. Ich war hinter ihm her.«

»Ich weiß. Und ich bin sogar froh darüber, weißt du. Wenn du das nicht getan hättest, säße ich immer noch in Ginesh, wäre wahrscheinlich gerade aus dem Bett eines Offiziers gekommen und würde mich für die Arbeit in der Armeeküche fertigmachen.«

Portain schauderte.

»Dein Reiher hat das alles geändert, Portain. Vielleicht steht er am Rande. Ich weiß, was du damit meinst. Er wollte nur seine Tochter holen. Er mußte hineingezogen werden – damit er einsah, daß wir alle von dort wegmußten. Hesit half ihm, das einzusehen. Ich auch. Wir haben ihn benützt, aber er hat gesehen, daß es berechtigt war. Er wird nie ein Typ sein, den Vorgesetzte wirklich mögen, oder Menschen, die Gruppen beherrschen. Er wird nie richtig hineinpassen. Er braucht Raum für sich selbst. Aber er ist ein Typ, den jede Gesellschaft braucht – die Stimme aus dem Schilf. Du bist schwanger, nicht wahr?«

Portain fuhr zusammen. »Wie ...?

»Mit so etwas kenne ich mich aus. Wer? Es muß Dailith sein.«

»Wie kannst du ...? Ja. Es ist Dailith.«

»Wenn ich irgendwie helfen kann, tue ich es gerne.«

Die ›Wagemut‹ war mitten auf der Portage und rollte langsam auf den Stämmen dahin, die die Pelbar-Gardisten vor ihr auslegten. Vier lange Taue reichten bis an den Rand der Portage-Rinne, an jedem davon hingen Männer. Plötzlich krachte und donnerte es heftig, die Vorderseite des Boots wurde hochgerissen und fiel, zertrümmert und brennend, wieder zurück. Zwei Männer stürzten zu Boden und rührten sich nicht mehr.

Die Leute waren erschrocken, faßten sich aber schnell, rannten den Abhang hinunter und warfen Erde auf das Feuer. Bald war es gelöscht.

Blu beugte sich über das zerschmetterte Boot. »Das war es also, was der Tantal meinte. Er hat uns eine Falle hinterlassen. So tief vergraben, daß das Gewicht eines Bootes nötig war, um sie auszulösen. Was ist mit den Männern?«

»Alg ist tot. Urvi ist schwer verletzt.«

»Zieht das Boot etwa zwanzig Armlängen zurück! Was meinst du? Kann man es reparieren?«

»Ein einziges Durcheinander, Blu. Es ist ein einziges Durcheinander. Ich glaube, wir können es reparieren.«

»Gut. Jetzt müssen wir einen Holzschlitten bauen. Schwer. Stapelt alles darauf. Wir ziehen ihn das restliche Stück.«

»Glaubst du, daß vor uns noch eine Falle ist?«

»Die Tantal sind raffiniert. Es ist durchaus möglich.«

Nur etwa zweiundzwanzig Armlängen weiter flog auch der schwere Schlitten auseinander und warf Erde und Stämme in die Luft. Aber die Taue waren lang und alle Menschen weit genug entfernt.

»So«, sagte Blu. »Setzt das wieder zusammen, dann ziehen wir es das letzte Stück.«

»Nach zwei Fallen wissen sie sicher, daß wir etwas dergleichen tun würden.«

Blu blieb stehen und überlegte. »Wir machen es trotzdem. Der Schlitten muß schwer sein. Nur ein Tau diesmal. Lang.«

Die Gardisten waren müde und schwitzten, und einige warfen ihm mürrische Blicke zu. Sie brauchten den größten

Teil des letzten Viertels nach Sonnenhochstand, bis sie den schweren Schlitten langsam über die Portage gezogen hatten. Die Arbeit wurde doppelt erschwert, weil Blu darauf bestand, daß die Männer sich an den Rand stellten und das Tau ins Wasser hineinführten. Die Rollstämme mußten während der Ziehpausen plaziert werden, damit niemand in Gefahr kam.

Endlich glitt der Schlitten an den Rand der Dünen hinaus. Die Gardisten jubelten. »Kümmert euch nicht um die Rollstämme. Wir lassen ihn den Abhang hinunterrutschen!« rief einer, sein Ruf wurde von einer Erschütterung und einem Aufbrüllen abgeschnitten, der ganze Strand schien in einem V-förmigen Stück hochgerissen zu werden, das sich von der Vorderseite des Schlittens nach vorne ausbreitete. Die Gardisten rappelten sich mit dröhnenden Ohren wieder auf. Die Portage-Rinne endete jetzt in einem bogenförmigen Graben.

»Gut«, rief Blu. »Wir setzen alles wieder zusammen und ziehen es ganz bis ans Wasser.«

»Diese Hunde!« fluchte ein Mann. Aber er schloß sich den anderen an, die sich am Rand des Lochs versammelt hatten.

Stel tastete sich in den dunklen Frachtraum hinunter, wo Orsin gefangengehalten wurde. Sie lag reglos da. Es roch bestialisch. Er weckte sie, setzte sie auf. Sie schaute ihn verängstigt an.

»Was ... was habt ihr mit meiner Mutter gemacht?«

»Sie ist mit den anderen gefahren. Nach Iver. Wie geht es dir? Ich habe dich vernachlässigt. Ich war zu sehr mit Raydi beschäftigt.«

»Diese dreckige Heidin. Wir mußten sie so lange ertragen mit ihrem Gekreische und Herumgebrülle. Sie ist also auch hier. Ich hasse sie.«

»Wirklich? Warum?«

»Euch alle. Dreck seid ihr! Ich mußte ihr meine Kleider und alles leihen.« Orsin zögerte. »Was wirst du mit mir machen?«

»Kleines, es wäre besser für dich, wenn du nicht so reden würdest. Suffis hat dich von deiner Mutter getrennt, um mir einen Gefallen zu tun. Sie glaubt, die Peshtak würden dich niemals foltern, wenn deine Mutter nicht zusehen kann.«

Orsin keuchte. »Du ... du willst mich also versklaven?«

»Die Pelbar versklaven niemanden.«

»Dann eben die Peshtak.«

»Sie können nicht nach Hause. Das müßte dir doch klar sein. Du weißt, was man mit ihnen gemacht hat. Sie kommen mit uns.«

»Gemacht? Niemand hat etwas gemacht. Diese Schweine.«

Stel starrte sie an. In seinem Kopf formte sich eine Idee. Er fragte sich, was wohl geschehen würde, wenn man ihr Gelegenheit gab, mit Raydi zu sprechen. Es war ein Risiko.

»Ich werde dich jetzt saubermachen. Möchtest du mit Raydi sprechen?«

»Niemals. Ich werde nicht nachgeben, so wie sie.«

»Ich werde es einrichten, daß du mit ihr reden kannst.«

»Ich will nicht mit ihr reden!«

Stel erhob sich und drehte sich um.

»Was hast du vor?« fragte Orsin.

Stel antwortete nicht, sondern ging.

Stel besprach die Sache mit Oad, der fand, es könne riskant sein, aber was man bisher getan hatte, schien wirkungslos gewesen zu sein. »Mir liegt nichts an der dreckigen Tantal, Stel«, sagte Oad, »aber deine Raydi könnte zu ihrem früheren Ich zurückgebracht werden.«

Bald kehrte Stel mit einer Lampe, einem großen Wassereimer und einem sauberen Hemd in den Frachtraum zurück. Er badete Orsin, ohne auf ihre gefauchten Proteste zu achten, und zog ihr das graue, formlose Hemd an. Er lachte, als es lose an ihrer mageren Kindergestalt hing. »So«, sagte er. »Jetzt werden wir dir an Deck Bewegung verschaffen.«

»Dann mußt du mich hinschleppen.«

»Ach. Das sollen die Peshtak machen.« Sofort stand Orsin

auf und folgte ihm. An Deck legte ihr ein Peshtak eine Schlinge um den Hals und führte sie auf und ab.

Stel brachte Raydi nach oben. Sie schrie auf, als sie Orsin sah. »Du bist hier! Wo ist Mutter? Ich dachte, es sei eine Lüge.«

»Meine, nicht deine Mutter ist auf dem anderen Drecksschiff, du blödes Vieh. Wer ist schon deine Mutter? Ein Tier! Irgendein Tier! Und ich mußte dir über den Tisch hinweg zulächeln, du Fischbauch. Jetzt ist es nicht mehr so wichtig. Jetzt ...«

Raydi schrie: »Orsin, laß dich nicht zwingen, solche Sachen zu sagen! Laß es nicht zu. Wehre dich, und ...«

»Niemand zwingt mich, etwas zu sagen! Ich habe es für meinen Vater getan. Meinen Vater, nicht deinen. Er hat dich gehaßt. Er hat gelacht, wenn er dein Essen machte und die Drogen hineinmischte. Du warst nichts als lästig. Es war ein Vergnügen, zu sehen, wie du schwach geworden und dann zerbröckelt bist. Sie wußten, wie sie dich behandeln mußten, du Pelbar-Schwein.«

Raydi hielt sich die Ohren zu und lief schreiend bis ans Ende des Seils, das sie festhielt. Stel brachte sie hinunter in ihre Kajüte. Sie spuckte ihn an. »Was hast du mit ihr gemacht? Was hast du getan? Das ist alles nicht wahr. Nichts davon.«

»Alles ist wahr, mein kleiner Kürbis. Meine Raydi, was soll ich denn tun? Bitte, laß dir von mir helfen! – Ich weiß nicht, wie lange ich das noch aushalten kann.«

»Geh weg!« kreischte sie. »Geh weg von mir! Irgendwann laufe ich davon. Ich gehe zurück. Du kannst mich nicht ständig bewachen. Du wirst schon sehen.« Sie erschlaffte. Stel sah sie an und setzte sie wieder auf ihre Koje. Sie wälzte sich von ihm weg. Er schaute sie lange an, dann hob er das alte Buch auf und begann zu lesen. Schließlich schaute Raydi über die Schulter zu ihm hin, aber er schien es nicht zu bemerken, seine Augen schnellten über die Zeilen.

Ahroe rief mit grimmiger Miene die Nachmittagssitzung zur Ordnung. »Ich habe euch eine Mitteilung aus Pelbarigan vorzulesen«, sagte sie, die Augen auf den Tisch gerichtet. »Sie kommt von Sagan.

›*Ahroe: Bin gestern vom Amt der Protektorin zurückgetreten. Der Rat hat Alance an meiner Stelle gewählt. Ihre erste Amtshandlung war, dich als Chefabgeordnete der Pelbar abzusetzen. Die erste Handlung des Rates war, zu meiner Überraschung, mich an deiner Stelle zu wählen. Jetzt werde ich nach Threerivers reisen, um dich abzulösen. Bitte informiere die Konferenz über diesen Wechsel, damit man sich darauf einstellen kann, einen neuen Konferenzleiter zu bestimmen. Bitte bleib auch du bis zu meinem Eintreffen, wo du bist. In Dankbarkeit für deine treuen Dienste. Sagan!*‹«

Die Abgeordneten saßen einige Augenblicke nur da und nahmen diese Information in sich auf. Dann erhob sich Mokil und sagte: »Ich bin zufrieden mit deiner Arbeit, Ahroe, und werde dich auch weiter unterstützen. Wenn du als Leiterin bleiben willst, ist es, glaube ich, Sache der Konferenz, diese Entscheidung zu treffen, nicht Sache des Rats von Pelbarigan.«

»So nicht«, sagte Alawatsikini, der Emer. »Ich fürchte, wir sind übereingekommen, daß der Leiter aus den Reihen der Abgeordneten gewählt werden soll, Mokil. So sehr sich Ahroe ausgezeichnet hat, sie wäre, wie ich zu meinem Bedauern sagen muß, nicht mehr wählbar.«

»Diese Sagan«, meinte Samme, der Atherer. »Ich bin ihr vorgestellt worden. Ich kenne sie kaum, aber ich glaube, daß uns die Pelbar mit ihr eine neutrale Leitung gegeben haben, wie sie anderswo schwer zu finden wäre. Wäre sie bereit, die Tätigkeit zu übernehmen?«

»Das kann ich wirklich nicht sagen«, murmelte Ahroe, mit gesenktem Blick. »Sie ist mit den Fortschritten der Konferenz vertraut, da sie alle Protokolle gelesen und kommentiert hat.« Sie schaute auf, auf ihrem Gesicht glitzerten Tränen.

»Leiterin«, rief Desdaan, »ich halte es für äußerst wichtig, daß diese Konferenz ohne Unterbrechung fortgeführt wird. Ich glaube, es wäre am nützlichsten, wenn wir aus dieser Runde einen neuen Leiter wählten. Darf ich um eine Pause von einem Tagesviertel bitten, während der sich die Abgeordneten darüber Gedanken machen können? Das ist ein Schlag für uns. Ich hätte es von den Pelbar nicht erwartet. Ich bin sicher, wir sind uns alle einig, daß du dich beispielhaft für unsere Arbeit aufgeopfert hast, und daß es schwer sein wird, jemanden mit vergleichbaren Fähigkeiten zu finden. Wenn die Pelbar keine Aufgabe für dich haben, kannst du sicher als Beraterin für eure Sagan bei uns bleiben.«

»Ist die Konferenz mit einer Sitzungspause einverstanden?« fragte Ahroe. »Wenn niemand Einspruch erhebt, verfüge ich so ... – dann bis zum dritten Viertel nach Sonnenhochstand.« Ahroe stand auf, und sofort umdrängten sie viele Abgeordnete und streckten ihr die Hände entgegen, um sie zu trösten. Die Delegationen der Shumai und der Peshtak blieben jedoch an ihren Tischen, und Samme der Atherer ebenfalls.

Später gelang es Ahroe, Desdaan auf dem Hauptweg zu treffen. Sie schaute ihn niedergeschlagen an. »Es tut mir leid, Des. Ich habe Schande über uns gebracht. Ich dachte, vielleicht ...«

»Keine Schande, Ahroe, außer in deiner eigenen, merkwürdigen Gesellschaft. Andere erkennen an, daß du über dein persönliches Verhalten selbst zu entscheiden hast.«

»Ich ... du hast gesagt, wir könnten fortgehen. Das könnten wir. Wie wäre es jetzt gleich? Ich schäme mich so. Alle meine Gelübde als Gardistin. Ich kann mir nicht vorstellen, jemals wieder nach Pelbarigan zurückzukehren – es sei denn, es käme eine Nachricht, daß Stel tot ist oder Erfolg hatte. Was ist mit dem Rest eurer Delegation? Kann sie nicht deine Aufgaben übernehmen?«

»Nein, Liebes. Wir müssen Geduld haben. Vor zwei Monaten hätte ich auf der Stelle ja gesagt. Damals hätten wir sofort gehen können. Aber die Peshtak. Unglücklicherweise hat diese Versammlung zu mehr Einigkeit mit ihnen geführt, als ich es für möglich gehalten hätte. Ich muß bleiben. Das verstehst du doch sicher. Es ist meine Pflicht. Wir können zusammensein, wenn ... wenn die Frage der Territorien entschieden ist. Niemand kann die Sache so vertreten wie ich. Wir können noch unser ganzes Leben lang zusammen sein.«

Ahroe antwortete nicht. Sie wirkte wie betäubt.

»Bitte. Wir haben niemandem Schande gemacht, außer in unserer Zuneigung zueinander. Wir haben nichts getan. Du hast wirklich keinen Grund, dich zu schämen. Alle Sentani werden zu dir stehen. Ich weiß es. Es ist wirklich peinlich, daß sich die Pelbar so ... so viele Sorgen um den äußeren Schein machen wollen. Gerade jetzt. Aber uns bleibt unsere Liebe. Wir werden das überstehen.«

»Das Territorium?«

»Ja, und noch einige andere Dinge. Wir dürfen uns nicht von den Peshtak schlucken lassen, so abgetrennt, wie wir von den übrigen Sentani sind.«

»Ich verstehe.«

»Wie wird Sagan sein? Ich weiß, daß sie dir Rückendekkung gegeben hat, trotz ihres Sohnes. Sie muß Vertrauen zu dir haben. Sie muß wissen, daß du ehrenhaft bist. Warum ist sie zurückgetreten? Ich verstehe das nicht.«

»Es muß bedeuten ...«

»Ja?«

»Die Tatsache, daß sie mich unterstützt hat, wozu die Ehre sie ebenso verpflichtete wie die Politik, hat sie in Mißkredit gebracht. Wenn sie versucht hätte, ihr Amt festzuhalten, wäre der Verlust für den Fortschritt noch größer gewesen. Das zentrale Problem war mein Verhalten.«

»Siehst du? Es ist noch nicht alles verloren, mein Liebes. Wir wollen nichts überstürzen. Die Zeit soll diesen Bruch heilen. Es wird noch alles gut. Sicher.«

Sie trennten sich. Ahroe spürte die dünne Klinge der Angst an ihren Rippen. Er hatte nicht soviel Scham verspürt wie sie. Wie konnte sie jetzt noch hierbleiben? Bival sprach schon seit Wochen nicht mehr mit ihr. Die meisten Abgeordneten kümmerten sich nicht viel darum. Aber einige doch. Für die meisten war die Schwierigkeit nicht so sehr, ob sie treu war, ihnen ging es vielmehr um die Einflußmöglichkeiten der Sentani.

Ahroe kehrte in ihre Wohnung zurück. Sie mußte nachdenken. War das Binhan-Territorium alles, was hinter ihrer ganzen Beziehung stand? Sie hatte Angst, darüber nachzudenken.

VIERUNDZWANZIG

Die Reparatur der ›Wagemut‹ begann damit, daß man unter dem Schiff ein Gerüst baute, während es in der Portage lag. Blu war unruhig. Verwundbarer als hier mitten im Graben hätten sie nicht sein können. Eine einigermaßen große Tantal-Streitmacht konnte ihnen das Schiff entreißen.

Spät am dritten Nachmittag ertönte ein Horn vom Berggipfel. »Ein Schiff! Ein Tantal-Schiff!« rief die Wache.

»Nur eins?« fragte Blu.

»Soweit ich sehen kann, nur eins.«

Blu stieg auf den Wachturm und richtete das Teleskop darauf. »Seltsam«, sagte er. »Es kommt direkt hierher. Ja, was ist denn das? Hier, du hast jüngere Augen. Was ist das für eine Fahne?«

Die Wache nahm das Teleskop. »Sie ist rötlich, mit ... ja ... es ist die der Pelbar.«

»Das dachte ich mir.« Blu drehte sich um. »In Ordnung, Leute. Sie fahren unter der Pelbar-Flagge. Haltet eure Stellung. Wir wissen noch nicht, wer das ist. Destri, sag den Leuten, sie sollen sich bereithalten, das Dampfboot zu verbrennen, aber noch können die da freundliche Absichten haben.«

Das Tantal-Schiff tauchte immer deutlicher aus dem Sommerdunst auf. Vom Ufer hörte man Hörner ertönen. Leute winkten. Auf ein Signal hin schossen aus jeder Seite des Schiffs Tantal-Raketen heraus, fast waagerecht, dann tauchten sie ins Wasser hinunter.

Von vier Gardisten begleitet ging Blu mit dem Teleskop ans Wasser hinunter. Er blinzelte schweigend eine Weile durch das Okular, wobei das Instrument auf der Schulter eines Gardisten aufgelegt war.

»Tja, ich will ein stummer Ochsenfrosch sein«, sagte er.

»Was, Gardehauptmann?«

»Ich glaube ... ja. Es ist Stel mit einem Schwarm Peshtak. Hier, Destri. Blas das Horn!«

Das Schiff drehte bei, und Stel und zwanzig Peshtak kamen in drei kleinen Booten ans Ufer, die sofort wendeten und zurückfuhren, um weitere Leute zu holen. Es dauerte lange, bis sich das allgemeine Geschrei allmählich legte.

Nach einem Abendessen am Strand und einer Besprechung wurde beschlossen, daß Stel die Reparatur der ›Wagemut‹ überwachen und daß das Dampfboot dann an den Cog zurückgebracht werden sollte, von wo es die Peshtak flußaufwärts ins Pelbar-Gebiet bringen würde. Man würde Flöße bauen müssen, denn mit den beiden Maschinen aus dem Tantal-Museum an Bord konnte das Dampfschiff nicht alle fassen. Mehrere Gardisten und fünf Peshtak mit Segelerfahrung sollten das Tantal-Schiff in den Norden nach Iver bringen und dann zurückkehren. Sie sollten einen reichlichen Vorrat an Raketen aus dem Tantal-Schiff mitbringen, um die Portage-Garnison damit auszurüsten, die noch einen Monat lang am Ort bleiben sollte, einige wollte man auch auf der ›Wagemut‹ installieren.

Blus Freude, als er Stel sah, wurde durch Raydis Zustand sehr gedämpft. Seit sie Orsin getroffen hatte, verbrachte sie die meiste Zeit in dumpfem Schweigen. Blu kniete vor ihr nieder und nahm ihre Hände, aber sie drehte den Kopf zur Seite. »Kannst du dich nicht an deinen Onkel Blu erinnern?« fragte er.

Sie antwortete nicht.

»Erinnerst du dich nicht an Ruthan?«

»Geh weg! Du bist ein Wilder.«

»Hier ist dein Bruder Garet. Willst du mit ihm sprechen?«

»Mit dem? Der war nie mein Bruder. Frag ihn – den Mann, den du Stel nennst –, ob er mein Bruder ist.«

Blu schaute sie prüfend an, keiner wich dem Blick des anderen aus. »Dir fehlt gar nichts«, sagte er. »Du genießt nur die Aufmerksamkeit. Schön. Aber von mir bekommst du keine mehr.« Er stand auf. Sie blieb teilnahmslos. Er warf einen Blick auf Garet, der wütend danebenstand. »Tja, Garet. Wieder so ein Fehlschlag deines Vaters, wie? Hat eine Stadt zerstört. Hat Raydi nach Hause gebracht. Hat mehr als zweihundertneunzig Gefangene befreit. Hat eine Flotte verbrannt. Und du findest immer noch Grund, ihn für einen Versager zu halten. Was für eine Familie. Armer Stel.« Blu spuckte aus und ging weg. Garet sah ihm frustriert nach.

Am nächsten Morgen traf die ›Tatkraft‹ von Iver ein, und Dailith war außer sich vor Freude, als er Stel wiedersah. Die beiden umarmten sich lachend. Dann verging ihnen das Lachen. »Ich komme nicht zurück, Stel. Ich will in Iver bleiben. Bei Portain.« Er blickte in die Runde. »Sie ist schwanger. Ich weiß nicht, wie die gesetzliche Situation aussieht, aber ich will mich nicht mein ganzes Leben lang von Eolyn total ignorieren lassen.«

»Portain?«

»Ja. Das hat Zukunft dort, Stel. Wir bauen auf. Sie brauchen Gardisten. Ich werde kein Laufbursche mehr sein. Keine Unterwürfigkeit gegenüber der weiblichen Autorität mehr.«

»Und was ist mit Eolyn? Mit deinem Versprechen?«

»Sie wird es gar nicht bemerken, Stel. Du wirst schon sehen. Sie wird gar keinen Unterschied feststellen.«

»Hat dir das Portain gesagt?«

»Nein. Ich selbst. Du weißt, wie es ist. Du hast es miterlebt.«

Stel überlegte. »Das stimmt wohl. Nun. Wir müssen einige von diesen Tantal-Sprengstoffen auf die ›Pusterich‹ schaffen. Wir könnten im Bug einen Raketenwerfer installieren. Wenn drei ihrer Schiffe hier in der Gegend sind, möchte ich mich nicht kalt erwischen lassen. Hast du eine Botschaft für Eolyn? Einen Brief?«

»Nein. Keine Botschaft. Sie hat mir nicht einmal Lebewohl gesagt, wenn du dich erinnerst. Ach ja. Aber hier ist ein Brief für dich. Von Suffis, der Peshtak.«

Stel nahm den Brief und öffnete ihn. In groben Druckbuchstaben stand da geschrieben:

ICH MAG DIE KÄLTE WIRKLICH NICHT, STEL. EINE SAISON BLEIBE ICH HIER. DANN WERDE ICH SEHEN, OB ICH IM SÜDEN EINEN PLATZ FINDE. BITTE MACH DIR MEINETWEGEN KEINE SORGEN. WIR SIND ALLE VIEL BESSER DRAN ALS ZU BEGINN DES SOMMERS, DANK DIR. ICH MÖCHTE DIR SAGEN, DASS ICH AUF DIE EINE ODER ANDERE ART IMMER DEIN FREUND SEIN WERDE. DARÜBER HINAUS – WER WEISS? SUFY.

Stel dachte darüber nach, faltete den Brief zusammen und steckte ihn ein. Dann schaute er nach Westen und sagte: »Kann sein, daß wir Regen bekommen.«

Der Regen kam, dazu noch Nebel, und die Arbeiten an der ›Wagemut‹ verzögerten sich. Am nächsten Tag gegen Abend, es regnete noch immer, wurden sie draußen auf dem nebligen Wasser von einem Blitz überrascht, dem eine Explosion im Bugbereich der ›Flucht‹ folgte. Alarm wurde gegeben, als weitere Raketen einschlugen. Dann wurden auch vom Schiff Raketen abgeschossen. Nun waren undeutlich drei Tantal-Schiffe auszumachen, die ziemlich dicht am Ufer, parallel zur Küste aufgereiht lagen.

Stel zögerte nur einen Augenblick, dann rannte er zum Ufer. Im Vorbeilaufen packte er Garet am Ärmel. »Komm! Die ›Pusterich‹. Wer ist drauf?«

»Ich weiß nicht!« schrie Garet und folgte ihm.

Als sie sich dem Ufer näherten, konnte Stel drei Gardisten erkennen, die sich verzweifelt bemühten, den Kessel anzuheizen, um in Fahrt zu kommen. Stel watete hinaus, dann schwamm er auf das Boot zu, Garet hinterdrein. Als sie sich hochzogen, sah Stel, daß die Tantal auf das Dampfboot keine Raketen feuerten. Er und Garet arbeiteten wie wild, sie reichten den Gardisten Holz zu, und die stopften es in den brüllenden Schlund der Feuerung. Stel hielt inne und schielte hinaus zu den Tantal-Schiffen, die jetzt höher aufragten. Die ›Flucht‹ brannte, aber die Männer an Bord hielten die Flammen in Schach.

Der Motor auf der ›Tatkraft‹ begann sich langsam zu drehen. »Werft mehr Holz drauf!« brüllte Stel. Er packte Garet wieder am Arm. »Können diese Gardisten schwimmen?« fragte er leise.

Garet war verblüfft. »Natürlich. Alle.«

»Dann wirf den da über Bord! Los! Keine Fragen!«

Stel ging auf die beiden anderen zu, die an der Uferseite Holz umschichteten. Er bückte sich, zögerte, packte dann den nächsten Mann am Bein und hob ihn über die Bordwand.

»Gardist über Bord!« brüllte er. Der zweite Mann rannte an die Reling, und Stel hob auch ihn hinüber.

»Was soll das ...?« schrie der dritte, als Garet ihn packte und gleichfalls hinüberkippte.

»Hoffentlich ist das eine gute Idee!« brüllte Garet über den sich steigernden Schub des Motors hinweg.

»Das ist sie!« antwortete Stel. »Schau! Da drüben. Siehst du?«

»Was? Wo?«

Stel hob ihn hoch und warf ihn ebenfalls über Bord. Garet klammerte sich mit einer Hand an die Reling, aber Stel nahm einen Stock und schlug ihm auf die Finger. »Laß los! Sonst gebe ich dir eine drauf.« Wütend, aber machtlos ließ Garet los und rutschte ins Wasser, während die ›Tatkraft‹ Fahrt aufnahm.

Stel steuerte nach Norden, und eines der Tantal-Schiffe drehte bei, um ihm den Weg abzuschneiden. Die Tantal schossen noch immer nicht auf den Dampfer. Garet konnte sehen, wie sein Vater mit den Sprengstoffen herumlief, die sie an Bord gelagert hatten. Was hatte er vor? Jetzt wendete Stel das Boot scharf und fuhr nach Süden, hinter der brennenden ›Flucht‹ vorbei, die, obwohl selbst mehrmals getroffen, eines der Tantal-Schiffe in Brand geschossen hatte.

Als Stel vorbeifuhr, zeigte er nach Norden und rief hinüber: »Schießt mit allem, was ihr habt, auf das da!« Die Männer schienen ihn nicht zu verstehen. Die anderen Schiffe lagen dicht beieinander und genau vor ihnen. Ein Mann blinzelte durch den Rauch zu den Schiffen hinaus. Was hatten sie da zwischen sich? Stel wurde immer schneller und fuhr im Bogen herum nach Süden. Vor ihm fielen sieben Tantal-Raketen ins Wasser. Dann wendete er und steuerte direkt auf die beiden Schiffe zu.

Blu ging Garet entgegen, als der ans Ufer watete. »Was auf Avens weiter Erde hat dein Vater vor?« schrie er. Er schaute hinaus. »Er will sie rammen.«

»Ich kann es nicht glauben«, sagte Garet.

»Schau! Er geht dazwischen. Sie haben da irgendein Netz. Sie wollen das Boot.«

»Verflucht! Er wird es ihnen direkt in die Hände spielen.«

Während Stel auf die Tantal-Schiffe zufuhr, sah er, wie sie ausschwenkten, das Netz vom Bug hoben und dann versuchten, auseinanderzufahren. Er warf noch mehr Holz in den brüllenden Feuerschlund und sah gleichmütig zu, wie ein Mann mühsam an ihm vorbei in Richtung Ufer schwamm, während er sich näherte. Dann lenkte er seine volle Aufmerksamkeit auf die Schiffe vor sich. Den Stapel Tantal-Raketen und die Beutel mit Raketentreibstoff schichtete er neben dem Feuerkasten auf, stopfte eine Matratze dazwischen, um sie festzuhalten, und schob ein dünnes Brett dazu. Er befestigte mehrere Aufschlagzünder an Raketenköpfen, die er am Kessel eingekeilt hatte. Nun kam er sehr dicht heran. Er lief zurück zum Ruder.

Pfeile prallten vom Kessel ab und fuhren ins Deck. Er konnte den Kommandanten brüllen hören: »Erschießt ihn! Erschießt ihn! Jetzt haben wir es. Haltet euch bereit, das Netz lockerzulassen!«

Stel drehte das Rad auf das größere Schiff zu, richtete sich auf, rannte zum Dampfsicherheitsventil und machte es fest, als nächstes schloß er das Hauptventil zum Kolben. Er hörte den Stahl protestierend ächzen. Ein Pfeil traf ihn ins Bein.

Die ›Tatkraft‹ rammte den Rumpf des Tantal-Schiffs, scharrte an der Seite entlang und schleppte das Netz nach. Er hinkte zur Seitenwand, hechtete darüber und bekam dabei einen zweiten Pfeil in die Hand. Wütend brach er ihn mit der anderen ab, schwamm hinunter, immer weiter, während die ›Tatkraft‹, deren Schaufeln sich nicht mehr drehten, im Tantal-Netz zum Stehen kam. Die Männer an Bord jubelten, als der Schwung des Dampfboots die beiden Rümpfe näher zusammenzog.

»Wir haben es! Wir haben es!« schrie ein Mann.

»Wo ist der Mann?« schrie der Schiffsführer, während der überlastete Kessel ächzte, quietschte – und dann mit einem Krachen platzte, Feuer in und über die beiden Schiffe spritzte und in das eine ein gähnendes Loch schlug. Als Stel auf der anderen Seite des Schiffes keuchend hochkam, mußte er verzweifelt gegen den Sog ankämpfen, das Schiff krängte schon, drehte sich zu seinem Gefährten herum, schwenkte brennend ein. Seine Masten krachten in das Takelwerk des anderen, und es schleifte seine Spieren über das brennende Deck, dann sank es, ging unter und warf dabei das zweite Tantal-Schiff um.

Stel schwamm auf die ›Flucht‹ zu und stieß unterwegs auf einen Mann, der vor ihm im Wasser schwamm, mit seiner Erschöpfung ringend und um Hilfe keuchend.

Stel wurde langsamer. »Ruhig«, rief er, selbst schwer atmend. Es war ein Tantal. »Hier. Leg dich auf den Rücken! Ich schleppe dich.«

Der Mann griff in seiner Panik nach Stel, aber der schlug ihm die Hand weg. »Ruhig, sagte ich! Leg dich zurück! Wenn du nicht ... ich lasse dich ersaufen!« Der Mann legte sich zurück, die Arme steif und nervös von sich gestreckt. Stel packte ihn an den Haaren und dachte dabei: »Warum mußte ich ausgerechnet jetzt auf einen Ertrinkenden stoßen? Ich weiß nicht einmal, ob ich es alleine schaffe.«

Er schaute nach vorne zur ›Flucht‹. Sie schien unerreichbar weit entfernt. Er versuchte Wasser zu treten, aber sein Bein schmerzte ihn immer mehr. Aber egal. Er hatte die

Tantal-Schiffe erwischt. Raydi würde keiner mehr zurückholen. Sie würden die ›Wagemut‹ nicht bekommen.

Als er wieder aufblickte, sah er, wie ein großes Pfeilboot um das Heck der ›Flucht‹ herumschoß und von ihr wegfuhr. »Hierher!« brüllte er. »Helft uns!« Das Boot hielt an, wendete und fuhr auf ihn zu. Garet saß darin.

»Pack ihn!« keuchte Stel. »Und du, entspann dich! Schmeiß das Boot nicht um.«

»Zum Henker mit ihm! Halt dich fest, Vater!«

»Ich werde ... hier.« Der Tantal klammerte sich an das Pfeilboot, und Garet mußte weit vorgreifen, um den Arm seines Vaters zu erreichen, als Stel zu versinken begann. Jetzt näherte sich ein zweites Pfeilboot, Destri saß darin. Zusammen hoben sie Stel über die Bordwand und brachen dabei den Pfeil ab, der in seinem Bein steckte. Stel stöhnte auf und erschlaffte. Destri mußte ihn herüberrollen, damit sein Kopf nicht ins Wasser hing.

Inzwischen kamen ein paar schwimmende Tantal näher, und die beiden Gardisten fuhren aufs Ufer zu und brachten die ›Flucht‹ zwischen sich und die Schwimmer. Stel spürte, wie ihm die Sinne schwanden, während sie sich dem Ufer näherten, kämpfte aber dagegen an. Gardisten wateten heran und hoben ihn auf.

»Was machst du denn bloß, Stel?« fragte Blu und schaute auf ihn herab. »Glaubst du, du mußt ganz alleine gegen sie kämpfen? Jetzt haben wir das Dampfboot verloren.«

»Tut mir leid, Blu«, murmelte Stel. »Wir hätten es sowieso verloren. Sie hätten uns geschlagen. Es müssen weit über dreihundert sein.«

»Jetzt nicht mehr.«

Blu schien vor Stels Augen zu Wasser zu werden und dann zu zerfließen.

»Bringt ihn hinauf zu den Zelten!« befahl Blu. Er schaute hinaus zur ›Flucht‹, die rettungslos brannte. Männer kletterten über die Bordwand in die Boote. Das verbliebene Tantal-Schiff hatte gewendet und sich aus der Reichweite der Küstenraketen zurückgezogen. Überlebende Tantal schwammen zu ihm hinaus. Selbst aus so großer Entfernung konnte Blu erkennen, daß die meisten schlechte Schwimmer waren.

Hinter sich hörte er einen Schrei. Es war jemand von den Peshtak, das Mädchen Omis. Sie kniete neben dem Tantal, den Garet im Pfeilboot hereingebracht hatte. Er streckte ihr die Hand entgegen. »Ich dachte ... wenn ich vor ihnen ans Ufer käme ... könnten wir weglaufen«, sagte er. Omis weinte und klammerte sich an ihn, während die umstehenden Peshtak sie mit feindlichen Blicken bedachten.

»Laßt sie in Ruhe«, sagte ein Gardist. »Wir haben viel zu tun.«

Die Peshtak wollten die Tantal töten, die versuchten, das Ufer zu erreichen, aber die Gardisten trieben sie zusammen, fesselten sie und steckten sie in ein Lager. Die Nacht brach herein, und die ›Flucht‹ brannte weiter und explodierte schließlich, als die Flammen den Rest ihrer Sprengstoffvorräte erreichten. Die Gardisten arbeiteten die ganze Nacht hindurch, bewachten die Küste, fingen verirrte Tantal ein, flickten sie zusammen und unterhielten Feuer, um das Gebiet zu beleuchten. Das letzte Tantal-Schiff schwamm noch immer außer Reichweite vor der Küste.

Garet blieb bei seinem Vater, der in Bewußtlosigkeit versunken war und sich langsam wieder erholte. Endlich öffnete er die Augen und sagte: »Ich bin zu alt, um so herumzuschwimmen. Wo ist Raydi? Ist sie gesund?«

»Ja. Alles in Ordnung mit ihr.«

»Wo sind die Tantal? Kämpfen wir immer noch?«

»Nein.«

Stel schaute zu Garet auf. »Tut mir leid, daß ich dich so vom Boot werfen mußte.«

»Das war nicht nötig. Wir hätten es irgendwie anders machen können.«

»Nein. Weißt du, wie viele davon da waren? Drei Schiffe, alle mit Raketen. Garet, warum mußt du immer zornig auf mich sein?« Stels Kopf sank zurück, er verlor wieder das Bewußtsein.

Blu steckte den Kopf ins Zelt, schlüpfte herein und hockte sich neben Stel. »Ist er wach?«

»Er war es. Ich glaube, er kommt wieder in Ordnung.«

»Arterien getroffen?«

»Nein. Nicht einmal Knochen. Beide Pfeile gingen nur durch Fleisch.«

»Armer Stel. Aber gut, daß er es geschafft hat.« Er streckte die Hand aus und berührte Stel an der Schulter. »He, Stel!«

Stel öffnete die Augen.

»Seit wir sie das letztemal geschlagen haben, sitze ich nun hier herum und will wieder nach Hause zu Ruthan. Aber nach allem, was du getan hast, hat es sich gelohnt. So etwas habe ich noch nie erlebt. Ein Riesenknall. Das Ding war ein einziges Krachen. Ich weiß nicht, ob ich je wieder in die Nähe von so einem Dampfboot kommen möchte.«

Stel grinste schwach. »Dai und ich haben uns darüber die ganze Zeit Sorgen gemacht. Aber richtig losgegangen ist es erst durch die Sprengstoffe. Ich habe sie so am Kessel befestigt, daß der sie, als er explodierte, ebenfalls mit hochgejagt hat. Wir hatten das Zeug an Bord, weißt du. Ganz einfach.«

»Natürlich.«

»Was macht Raydi?«

»Ich weiß nicht. War beschäftigt. Muß jetzt zurück. Das andere Schiff ist immer noch da draußen.«

»Wollen wahrscheinlich verhandeln. Traut ihnen nicht über den Weg. Wenn sie kommen, will ich dabeisein.«

»Schlaf jetzt, Stel!«

»Möchte ich ja, aber ständig kommen Leute herein und wecken mich auf.«

Blu lachte und bückte sich aus dem Zelt.

»Garet«, fragte Stel stirnrunzelnd. »Wie geht es Mutter? Ist sie weggegangen ...?«

»Nein. Alles ist beim alten. Schlaf jetzt! Ich lasse dich jetzt von niemandem mehr stören.«

Am Morgen hängte Blu ein großes, helles Tuch an eine Stange, stellte sich ans Ufer und schwenkte es. Ein Boot wurde vom Tantal-Schiff herabgelassen und kam ans Ufer. Das Schiff selbst zog ein wenig näher heran. Sie konnten sehen, daß das Deck vollgepackt war mit Männern. Das Boot hielt ein Stück draußen, und man rief Blu an. Er winkte den anderen, zu schweigen und verstand: »Soll das ein Waffenstillstand sein?«

Er legte die Hände an den Mund und brüllte: »Ja. Ihr könnt abziehen. Wir wollen euch einige von euren Leuten zurückgeben.«

Das Boot zögerte eine volle Sonnenbreite. Man konnte sehen, wie darin gestritten wurde. Endlich fuhr es näher ans Ufer. Mehrere Gardisten wateten hinaus und zogen es an den Strand herauf.

Der Informationsmeister stieg aus, ohne sich die Füße naßzumachen, drei Offiziere folgten ihm.

»Wir können uns da oben unterhalten, unter der Plane«, sagte Blu. »Stel wartet auf uns.«

»Stel. Mit dem will ich nicht sprechen.«

»Mit ihm oder mit niemandem.«

Der Informationsmeister zögerte. »Wir werden mit ihm sprechen«, sagte einer der Offiziere.

Der Informationsmeister warf ihm einen zornigen Blick zu. Die Offiziere blickten ihn unbeeindruckt an. »Na gut. Wir werden mit ihm sprechen.«

Als sie unter die Zeltklappe kamen, stellten Gardisten Bänke für sie auf. Stel lehnte sich von dem langen Tisch zurück, der auf Böcken zwischen den Bänken stand.

»Ihr habt einen weiten Weg hinter euch«, sagte er mit schwankender Stimme.

»Laß uns zur Sache kommen«, verlangte der Informationsmeister. »Man hat uns zu verstehen gegeben, daß ihr unsere Tochter hier habt. Wir wollen sie zurück. Das ist der Preis dafür, daß wir abfahren, ohne euch anzugreifen. Sonst kommen wir herein und beschießen diesen Platz und auch das Boot, das wir da oben in der Portage sehen, mit Raketen.«

»Wir werden dir deine Tochter geben – und auch eure Männer, die wir bei uns haben. Siebzehn sind es. Unter dieser Bedingung oder keiner. Kommt und beschießt uns, wenn ihr wollt – das heißt, wenn ihr das Schiff verlieren wollt. Wenn ihr nahe genug herankommt, um das Boot zu bombardieren, bleibt kein Raketenschütze am Leben. Wir wollen weder das Mädchen noch die Männer. Wir wollen, daß ihr hier verschwindet«, sagte Blu.

»Warte!« sagte Stel.

»Das sind unsere Bedingungen. Gefeilscht wird nicht«, sagte der Informationsmeister.

»Warte! Woher weißt du, daß deine Tochter hier ist?«

Der Informationsmeister schaute ihn nur schweigend und finster an.

»Ihr müßt in Iver jemanden gefangengenommen haben – jemanden von der ›Sturmwolke‹. Ihn – oder sie – wollen wir haben, ehe ihr jemanden bekommt.«

Der Informationsmeister zuckte unruhig die Achseln.

»Und es wäre besser, wenn ihr ihm nichts antun würdet«, sagte Oad.

»Und wenn es schon geschehen ist?«

Stels Augen wurden schmal. »Hör zu, Tantal! Wir haben genug Schwierigkeiten mit euch gehabt. Wenn ihr ihn nicht unversehrt zurückgebt, komme ich selbst und bringe zu Ende, was wir angefangen haben. Ich rufe jeden Peshtak von Kitat bis zum Ostrand des Graslandes zusammen. Glaube nicht, daß ich das nicht tue. Ich habe genug von euch für mein ganzes Leben. Versucht nur, uns etwas zu verheimlichen!«

Blu schaute Stel überrascht an. Noch nie hatte er den sanften Pelbar so reden hören.

Die Tantal saßen unbeeindruckt da.

»Los, holt sie jetzt!« sagte Stel. »Und nehmt zwei Männer – Männer von euch – mit. Mehr geben wir nicht heraus.«

»Das Mädchen. Wir wollen das Mädchen.«

»Die beiden Männer. Das Mädchen bekommt ihr – wenn ihr euch anständig benehmt. Keine Angst. Sie ist so abscheulich wie eh und je. Eine gute Tantal.«

»Nein. Wir wollen das Mädchen jetzt.«

»Warte!« sagte einer der Offiziere. »Wir nehmen die Männer.«

Der Informationsmeister funkelte ihn wütend an und griff in seinen Gürtel. Einer der anderen Offiziere stand auf und trat hinter ihn. »Wir nehmen die beiden Männer«, sagte er. »Wir haben nur einen von euch. Fragt ihn!«

»Destri, geh und hole zwei Männer!« befahl Blu. »Haben wir uns noch etwas zu sagen, bis sie wiederkommen?«

An Stels Brust zirpte es. Er faßte erschrocken mit der Hand hin. Die anderen starrten ihn an. »Schickt sie zurück!« sagte er.

»Was?«

»Ihr? Wer von euch hat Strahlung an sich?«

Die Tantal machten völlig verdutzte Gesichter. »Einer von euch ist radioaktiv. Wer ist es? Hier, Blu, nimm das und führe es dicht an jedem vorbei!« Er reichte Blu den Detektor. Blu schaute ihn verwirrt an. Dann streckte er, von Stel dirigiert, den Arm aus. Es zirpte wiederholt, als Blu sich aber auf einen Mann konzentrierte, verschmolzen die Zirplaute miteinander und wurden schließlich zu einem einzigen, trillernden Ton.

Die Tantal wirkten alle erschrocken. »Du hast uns versprochen, daß wir in Sicherheit sind«, sagte der Offizier und betrachtete das merkwürdige Gerät nervös.

»Schau! Dieser Mann trägt etwas auf dem Leib, was ihn töten wird. Etwas aus der Zeit des Feuers. Radioaktivität. Was ist es?«

Der Mann legte die Hand an die Brust. »Es wird mir nicht schaden. Es ist Blan – ein Stück von Blan. Weißt du, seine Macht ...«

»Wenn du vernünftig bist, gräbst du ein Loch und steckst Blan hinein. Ein tiefes Loch. Auf deiner Brust trägst du es? Du könntest dich genauso gut vergiften. Ihr alle, bitte setzt euch! Ich möchte euch ein paar Dinge sagen, die ihr vielleicht gar nicht hören wollt. Aber sie können euch am Leben erhalten. Schaut – wir müssen ohnehin auf den Austausch warten.«

Die Tantal setzten sich. Stel erklärte ihnen, was er über Blan, Radioaktivität in Erfahrung gebracht hatte. Er sah, daß sie skeptisch waren, aber als er es genauer erklärte und ihre Situation mit der der Ozar verglich, die er im Westen kennengelernt hatte, merkte er, wie sie ihm allmählich Glauben schenkten.

»Wenn ihr nach Hause kommt«, schloß er, »solltet ihr Ginesh für immer verlassen. Umziehen. Eine neue Stadt bauen. Aber wenn wir etwas davon hören, daß ihr Peshtak gefangennehmt oder sie bedroht, falls sie sich mit uns verbünden, sind wir mit einer Streitmacht da. Wir werden keine Gefangenen machen. Wir werden keine Gnade walten lassen. Wir werden euch völlig vernichten. Es gibt keinen Grund, warum ihr euch nicht im Laufe der Zeit der Föderation anschließen könnt, wenn sie einmal entstanden ist. Nicht sofort natürlich. Ihr müßt euch erst bewähren. Aber ihr seid Menschen, und es gibt keinen Grund, warum ihr euch uns nicht anschließen solltet. Keinen Grund – außer eurem Verhalten.«

»Du kannst dir deine Föderation an den Hut stecken. Ihr seid nicht die einzige Macht«, sagte der Informationsmeister. »Die Städte im Osten sind schließlich auch noch da. Wartet nur ab, wie lange Innanigan sich einen mächtigen Peshtak-Stamm gefallen läßt.«

»Ich bin sicher, daß die Innanigani ganz verliebt in euch sind. Sie machen keine Sklaven. Sie haben ihre Fehler, aber den Leuten das Gehirn auswaschen, das tun sie nicht.«

Der Informationsmeister rümpfte die Nase. »Ihr werdet schon sehen.«

»Das nehme ich an.«

Der Peshtak-Gefangene wurde ans Ufer gebracht. Unter der Zeltklappe konnte man den Jubel seiner Freunde hören.

»Gut«, sagte Blu. »Holt das Mädchen!«

Man brachte Orsin. Mit einem Aufschrei rannte sie auf ihren Vater zu und warf sich ihm an den Hals. Dann drehte sie sich um und kreischte heraus: »Wir werden euch alle töten, ihr stinkendes Geschmeiß.«

»Ein reizendes Kind hast du da, Tantal.«

»Das geht dich nichts an. Laßt uns nur gehen. Gebt uns unsere Männer.«

»Nehmt sie euch!«

Orsin blickte auf. »Und deinen Kürbis Raydi. Ihr werdet sie nie wieder zur Vernunft bringen. Wir haben deinen Kürbis ausgehöhlt.«

»Reizende Menschen. Geht ihr endlich?«

»Wir gehen.« Der Informationsmeister stand auf, drückte seine Tochter an sich und wollte mit ihr den Hügel hinunter.

Einer von den Militärs, der Mann mit dem radioaktiven Bruchstück um den Hals, drehte sich um und ging zurück zum Tisch. »Du, Stel. Ist an dem, was du gesagt hast, wirklich etwas dran?«

»Wenn dir dein Leben lieb ist, dann wirfst du dieses Stück Metall ins Bittermeer. Weit draußen. Ich hoffe nur, daß du noch nicht zuviel Strahlung abbekommen hast.«

»Gibst du mir den Kasten – den Detektor?«

»Nein. Wenn ihr euch irgendwann der Föderation anschließt, werde ich dafür sorgen, daß ihr einen bekommt.«

Der Mann kratzte sich nervös an der Brust. »Was ist mit dem Feuer – das die Schiffe zerstört hat? Wie habt ihr das gemacht? Ein Zauber? Wie die Seher der Peshtak?«

»Das werde ich euch niemals verraten.«

Der Tantal lächelte bitter. »Der Peshtak hat es schon verraten. Der Gefangene. Frag ihn! Draußen auf dem Schiff wissen sie es. Ihr werdet sehr bald verbrennen.«

»Na schön. Gute Heimreise. Ihr könnt dem Informationsmeister sagen, daß Fenn bei uns ist. Auf der anderen Seite des Berges. Er kommt mit nach Pelbarigan, um zu sehen, ob wir seine Sehkraft verbessern können. Er kann jederzeit nach Hause gehen, wenn er will.«

Der Tantal zögerte, drehte sich um, kam noch einmal zurück und sagte: »Ich kann dich nicht verstehen.«

»Ich verstehe mich selbst nicht, Tantal. Guten Wind! Möget ihr mit großer Geschwindigkeit direkt nach Osten segeln.«

Der Mann drehte sich um und ging, ohne noch ein Wort zu sagen.

»Was sollte das heißen – mit dem Feuer?« fragte Blu.

»Gar nichts. Der Peshtak hat ihm nichts Brauchbares verraten. Er war einer von denen, die die Phosphorbomben gelegt haben, glaube ich, aber er wußte nie, wie sie hergestellt wurden.«

Die Tantal ruderten zu ihrem Schiff hinaus. Als sie sich ihm näherten, sagte Stel: »Alles vom Strand weg, bis auf die Raketenschützen. Weit weg! Grabt die Raketenschützen ein.«

»Du glaubst, sie werden …«, begann Blu, dann rannte er zum Strand hinab.

Wie Stel vorausgesagt hatte, schickten die Tantal, sobald sie alle an Bord waren, Raketensalven zur Küste, und die Raketenschützen erwiderten den Beschuß, jagten ihre Projektile im Bogen zu dem Schiff hinaus und schossen es achtern in Brand. Die Tantal löschten den Brand, wendeten und fuhren nach Osten.

»Reizende Menschen«, wiederholte Blu. »Wir müssen sie im Auge behalten.«

FÜNFUNDZWANZIG

Während die Reparaturarbeiten an der ›Wagemut‹ vorangingen, vertiefte sich Stel immer mehr in das alte Buch, er lag stundenlang in der Sonne und las darin. Bald begann er mit einer Abschrift, dazu verwendete er alles verfügbare Papier und zwang sogar drei alte Peshtak zu dieser Arbeit in seinen Dienst.

Ohne daß ein Wort darüber verloren wurde, war Garet wieder sein Sohn, er arbeitete am Dampfboot, leistete seinen Gardedienst und las fasziniert Stels Abschrift des alten Buchs.

»Ich verstehe das nicht«, sagte er. »Es ist der Verehrung Avens in mancher Hinsicht so ähnlich – aber doch wieder anders.«

»Ich glaube, Pell hatte ein Exemplar davon. Sie verwendete daraus, was sie wollte, und vernichtete das übrige. Sie hat ihre eigenen Ansichten in die Religion einfließen lassen. Vermutlich kommen wir jetzt alle soweit, daß wir das verstehen.«

»Wenn du das nach Pelbarigan bringst, wirst du die Verehrung Avens zertrümmern.«

Stel lächelte. »Es wird sicher eine Menge Ärger verursachen, nicht wahr? Vielleicht werden es die Pelbar nicht akzeptieren. Aber die Atherer wollen es sicher haben. Genau danach haben sie gesucht. Andere werden es auch wollen. Auf lange Sicht wird es eine Hilfe sein. Wenn alle Stammesgötter, die ja nichts als verschiedene Namen für viele gleiche Dinge sind, dem hier Platz machen, vergrößert das wiederum die Einheit.«

»Glaubst du? – Das klingt sehr optimistisch.«

»Es wird sicher immer Anhänger von Aven, Atou und Sertine geben. Manche Leute geben einen alten Glauben niemals auf. Wichtig ist nur, daß eine andere, allgemein verbreitete Ansicht ein wenig Toleranz bekommt.«

Oad erschien mit Raydi. Das Mädchen schwieg wie gewöhnlich. »Ich bekomme nichts aus ihr heraus, Stel. Sie ist stumm wie ein Baum.«

»Nun, das ist nicht so schlimm. Wenn sie etwas sagt, ist es gewöhnlich abscheulich.«

»Ihr seid alle Barbaren. Die Zentrale Weisheit wird mich holen. Ihr werdet es sehen«, sagte Raydi.

»Die Zentrale Weisheit war schon hier, Kürbis, in Gestalt des Informationsmeisters. Er hat sich nicht einmal nach dir erkundigt. Er wollte nur seine Tochter.«

Raydi verstummte und starrte ihn an.

»Irgendwann wirst du schon wieder sehen, wie die Dinge wirklich sind, Kürbis. Warum nicht jetzt gleich? Es ist nichts als die Wahrheit.«

»Was ist Wahrheit?« fragte Raydi.

Garet schaute seinen Vater an, der ins Leere starrte. »Was ist los?«

»Was Raydi gerade sagte. Es steht in dem Buch. Ich werde es finden.« Er begann die Seiten durchzublättern.

In Threerivers schaute Sagan die versammelten Abgeordneten an. »Es erfreut und ängstigt mich auch ein wenig, daß man mich als Leiterin gewählt hat. Ich habe Erfahrung in Verwaltungsangelegenheiten, aber nicht in diesem Gremium. Ich bitte euch um Nachsicht, wenn ich vielleicht Fehler mache. Ich habe Ahroe, die frühere Leiterin, gebeten, noch einige Zeit bei mir zu bleiben, um mich einzuweisen. Können wir jetzt mit der Diskussion über ein einheitliches Justizwesen fortfahren? Wir haben, glaube ich, einen Bericht vom Vergleichskomitee. Können wir den nun hören?«

Einige Wochen später diskutierten die Abgeordneten noch immer über ein föderales Rechtssystem. Sagan kehrte müde in ihre Wohnung zurück. Ahroe, die diese Räume fast überhaupt nicht verließ, erhob sich, um sie zu begrüßen.

»Ich dachte schon immer, der Rat von Pelbarigan sei schwierig. Ich kann dich für deine Arbeit nur loben. Du hast viel Geduld und Urteilsvermögen bewiesen. Das wissen alle. Ich spüre es. Sie würden dich vorziehen.«

»Leiterin, ich habe eine Bitte.«

»Hat er also zugestimmt? Willst du mit ihm fortgehen?«

»Desdaan?« Ahroe lachte laut, ein wenig zu laut. »Nein. Er hat sich zu nichts bereit erklärt. Er scheint aus irgendeinem Grund an Ahroe, der Leiterin der Pelbar-Garde viel weniger Interesse zu haben als an Ahroe, der Konferenzleiterin.« Ahroe wandte sich mit gesenktem Kopf zu Sagan. »Ich ... hatte den Boden unter den Füßen verloren, weißt du. Aber was kann ich zu Stels Mutter sagen?«

»Du brauchst gar nichts zu sagen. Ihr hattet beide eure Probleme. Er hat mich ebenso oft zur Raserei getrieben wie dich. Wenn ihr nicht zusammenpaßt, wer bin ich, daß ich euch zusammenzwinge?«

»Ich glaube, ich könnte ihm nicht mehr in die Augen sehen, ganz gleich, was geschieht. Wenn er überhaupt noch lebt.«

»Hast du mit Aintre gesprochen?«

»Wegen Portain, meinst du?«

»Ja.«

»Ich weiß nicht, was da geschehen ist. Ich glaube, gar nichts. Wenn, dann habe ich ihn dazu getrieben. Ich wußte nicht, was der äußere Anschein ... Es ist eine Sache, einen ehrenhaften Wechsel vorzunehmen, aber privat seine Pläne zu machen, das ist doch etwas ganz anderes.«

»Für die Pelbar-Frauen wird es nie mehr so sein wie früher, Ahroe. Worauf willst du hinaus – willst du fort?«

»Ja.«

»Aha. Das dachte ich mir. Das Recht dazu hast du. Ich möchte natürlich gerne, daß du bleibst, aber du bist schon lange genug geblieben. Wenn ich fragen darf, wo willst du hin?«

»Ich weiß nicht. Zuerst nach Pelbarigan. Kannst du Aintre entbehren – damit sie mich begleitet?«

»Ich weiß nicht. Da verlangst du eine ganze Menge. Hat sie einen derartigen Wunsch geäußert?«

»Ja. Sie will zurück zur Portage.«

»Gowens wegen? Zu seinem Grab?«

»Nein. Garets wegen.«

Sagan setzte sich hin. »Nach allem, was er ihr angetan hat?«

»Sie weiß, daß er das niemals wieder tun würde. Das sagt sie. Er hat ihr noch einmal geschrieben, ehe er nach Norden fuhr.«

»Nun, dann komm her und umarme mich. Wenn ich aber ein gutes Wort für Stel einlegen darf ...«

»Für Stel?«

»Ja. Er will dich, Ahroe, wenn du interessiert bist. Er will nichts anderes. Natürlich mußt du mit ihm zurechtkommen. Seine Eigenarten werden im Laufe der Zeit immer ausgeprägter.«

»Ich bin nicht sicher.«

»In welchem Punkt?«

»In allem. Ich weiß nicht einmal, ob er noch lebt. Zuletzt hat man ihn gesehen, als er in den Nebel hineinruderte – vor Monaten –, bis auf Dahn.«

»Sie hat er jedenfalls sofort für sich gewonnen. Nun, diesmal warst du nicht zur Stelle, um ihn zu retten.«

»Nein. Die Welt scheint soviel größer als in den alten Zeiten, als ich ihn rettete. Wenn ich das wirklich getan habe.«

»Du mußt zugeben, daß er mitgeholfen hat, sie größer zu machen.«

»Muß ich das?«

»Nein. Du mußt tun, was du tun willst. Mehr würde auch Stel nicht wollen.«

Früh am nächsten Morgen machten sich Aintre und Ahroe in einem Pfeilboot auf den Weg nach Pelbarigan. Mokil stand am Ufer und wartete auf Ahroe, als sie aufbrechen wollten.

»Ich schäme mich«, sagte er.

»Wofür? Du hast doch keinen Grund, dich zu schämen.«

»Ich dachte, er sei ein ehrenhafter Mensch.«

»Das dachte ich auch. Er wollte das Binhan-Territorium, nehme ich an.«

»Das. Und Macht. Seinen Einfluß ausweiten. Er wollte eine Stellung. Ahroe, der Rat von Pelbarigan ist weiser als diese Konferenz.«

Ahroe lachte nervös.

»Es tut mir leid, was geschehen ist. Ich entschuldige mich für die Sentani. Wir waren zusammen in Nordwall, Ahroe. Das verbindet uns. Wir haben die Ehre mit unserem Leben gestützt.«

»Ja. Das ist lange her. Es ist leicht, die Ehre auf diese Weise zu stützen. Das könnte ich jetzt auch. Aber die Zeit, die sich so langsam dahinschleppt, Mokil. Alltäglichkeiten. Familien, Unterschiede. Alter. Das alles macht die Ehre schwer.«

»Was ist mit Stel?«

»Was soll mit ihm sein?«

Mokil schaute sie an. »Nun, dann lebt wohl, Ahroe und Aintre. Gute Fahrt!« Er drehte sich um und ging, ohne sich umzusehen, das Ufer hinauf.

An diesem Nachmittag wurde der Konferenzverlauf von einem Gardisten unterbrochen, der geschäftig und offenbar freudig erregt mit einer Botschaft den Mittelgang entlanglief. Der Sprecher unterbrach sich verärgert. Der Gardist gab Sagan die Botschaft, die faltete sie auseinander und hielt sie sich ein Stück entfernt vor die Augen. Alle warteten.

Sie hob den Blick. »Bitte verzeiht uns, Abgeordnete. Darf ich eine Botschaft dazwischenschieben?«

Der Sprecher setzte sich.

»Es ist ein Funkspruch von Nordwall:

›Stel mit Raydi und mehr als hundert Peshtak hier angekommen, ehemaligen Gefangenen der Tantal in Ginesh, das er und sie zerstört haben. Mehr als einhundertfünfzig weitere Peshtak haben sich in Iver niedergelassen. Sie haben auch die Invasionsflotte vernichtet, die die Tantal gegen Iver ausschickten. Einige Tantal kamen nach Iver und wurden besiegt. Andere unterlagen an der Portage, dank der Hilfe des Dampfboots ›Tatkraft‹, das Stel zwischen zwei Schiffen sprengte und sie damit beide versenkte. Er sagt, wir sollen Samme mitteilen, daß er das alte Buch mitgebracht hat, das vom Verlorenen erzählt. Er wird dafür sorgen, daß Samme eine Abschrift bekommt.‹«

Einen Augenblick lang herrschte Schweigen, dann sprang Igant, der Chefabgeordnete der Peshtak, mit einem jubelnden Schrei auf den Tisch, tanzte herum und stürmte dann aus der Tür, gefolgt von den übrigen Peshtak.

»Es sieht so aus, als müßten wir die Sitzung kurz unterbrechen«, sagte Sagan.

In Nordwall wurden die Reisenden stürmisch gefeiert. Die Gemeinde hatte niemals die Tantal-Invasion vergessen, bei der die Stadtmauer durchbrochen und so viele Pelbar getötet worden waren. Daß die Tantal-Macht so entscheidend an der Wurzel getroffen sein sollte, schien zu schön, um wahr zu sein. Stel überreichte der Stadt bei einer außerhalb der Mauern stattfindenden Zeremonie die erste vollständige Abschrift des alten Buches. Er erklärte auch, so gut er konnte, die Arbeitsweise der Erntemaschine, die sie ausgeladen hatten. Er verhandelte über die Entschädigung für die Peshtak, die sie aus dem Museum geholt und auf das Schiff verladen hatten.

Schließlich beschlossen achtundzwanzig Peshtak, in Nordwall zu bleiben, um mit Unterstützung der örtlichen Mechaniker die Erntemaschine zu bauen. Man stellte ihnen ein großes Haus zur Verfügung, und vier Peshtak-Frauen beschlossen, mit ihnen dortzubleiben, zusätzlich zu Omis und Ibran, ihrem Tantal-Gatten, die von Blu an der Portage getraut worden waren.

Stel konnte es kaum erwarten, weiter flußabwärts nach Pelbarigan zu fahren. Man sagte ihm, was Ahroe bei der Konferenz erlebt hatte. Tia, Jestaks Frau, sprach mit ihm über die Sache. Sie legte ihm die Hand auf die Schulter. »Du wirst schon sehen, Stel! Es kommt alles wieder in Ordnung.«

»Ich wünschte, ich könnte sicher sein.«

Am nächsten Morgen brach die ›Wagemut‹ nach Pelbarigan auf, jetzt schleppte sie nur noch zwei Flöße hinter sich her. Wieder wurden sie stürmisch willkommen geheißen. Hier lud Stel den Webstuhl aus und erklärte den Textilarbeitern, wie er funktionierte. Wieder einigte man sich über die Bedingungen.

Schließlich stiegen Stel und Garet, der Raydi an der Hand hielt, den Hügel zu ihrem kleinen Häuschen hinauf. Es war von Unkraut fast überwuchert. Ayth, der alte Shumai-Hund, folgte ihnen steifbeinig. Er hatte, solange sie fort waren, an der Stadtmauer gelebt und war von den Gardisten gefüttert worden.

»Raydi, hier wurdest du geboren«, sagte Stel. »In diesem Haus. Du erinnerst dich doch an den Ort, nicht wahr?«

Sie rümpfte die Nase, antwortete aber nicht.

Stel und Garet wechselten Blicke. Sie betraten das Häuschen, wo es nach Moder und Mäusen roch.

»Nun, Raydi, bist du schon alt genug, um uns ein wenig beim Saubermachen zu helfen?«

Das Mädchen antwortete noch immer nicht. Sie fuhr mit der Hand durch Ayths rauhes Fell. Der wedelte zögernd mit dem Schwanz.

Später am Nachmittag nahm Stel eine zweite Abschrift des alten Buches und überreichte sie dem Rat. Der gab es an die Geistlichen Avens zum Studium weiter.

Stel selbst war von Jaiyan, dem Sentani-Organisten, aufgefordert worden, sich die jüngst vergrößerte Orgel im Tempel anzuhören. Er betrat den düsteren Raum und setzte sich mit dem Rücken zu einem Pfeiler auf den Boden, während der große Organist einige langsame Pelbar-Hymnen spielte, die die Halle mit Echos und Erinnerungen erfüllten. Raydi stahl sich herein und setzte sich hinter Stel an die Wand. Garet kam nach, schaute eine Zeitlang zu, ging aber schließlich wieder.

Stel verlor sich in der Musik, wurde von den Akkorden auf einem Strom von Gedanken davongetragen und erlebte ein Hochgefühl, wie er es, seit er die alte Stadt verlassen hatte, nicht mehr kannte. Was würde jetzt geschehen? Was würde Ahroe tun? Würden sie Raydi je wieder zu sich sebst führen können?

Endlich endete Jaiyan, begeistert von den neuen Möglichkeiten der Orgel. Sie unterhielten sich kurz, schlugen die Hände aneinander, und dann ging Jaiyan. Stel konnte sich nur schwer trennen. Erst jetzt sah er Raydi, und bei ihrem Anblick schwappte eine Woge von Traurigkeit und Reue über ihn hin. »Nun, Kürbis, ich habe dich nach Hause gebracht – deinen Körper jedenfalls. Jetzt wären da noch deine Gedanken, die man nach Hause bringen muß. Ich glaube, das überlasse ich klügeren Leuten.«

»Was ... was wirst du tun?« fragte Raydi zögernd.

Ahroe trat ein, und Stel wandte den Kopf, um sie zu begrüßen. »Garet sagte, du seist hier. Wo ist Raydi?«

»Hier – was von ihr bisher da ist.«

Ahroe beugte sich zu Raydi hinunter, wandte sich dann um und sagte: »Oh, das habe ich vergessen. Hier ist deine Flöte. Man hat sie am Bittermeer gefunden. Sie hat genug Unruhe gestiftet.«

Stel nahm sie schweigend entgegen.

»Raydi«, fragte Ahroe. »Geht es dir gut?«

Raydi schaute sie mit leerem Blick an. Ahroe nahm sie bei den Händen. Das Mädchen riß sie zurück. »Ich will nichts mit dir zu tun haben, du alte Hure.«

Ahroe richtete sich auf und schaute Stel an. »Was ist mit ihr geschehen? Wie konntest du das zulassen?«

Stel senkte den Blick. »Was soll ich dazu sagen? Ich habe versagt. Oad meint, sie wird wieder gesund, wenn ich zulasse, daß er diese Lügen aus ihr herausholt.«

»Und das hast du nicht getan?«

»Es ist zu hart für sie.«

»So, wie sie jetzt ist, ist sie dir also lieber?«

»Nein. Aber ich werde es anderen überlassen, sich um sie zu kümmern. Ich habe darin versagt. Wie in fast allem.«

»Du scheinst ja der große Held geworden zu sein, hast die Tantal vernichtet.«

Ihr sachlicher Ton zerriß Stel beinahe das Herz. Es würde also nicht wieder alles ins reine kommen.

»Das war der schlimmste Fehler«, sagte er. »Ich bin nicht daran interessiert, jemanden zu vernichten. Das überlasse ich lieber den Gardisten. Schau, Ahroe. Nimm du sie! Sieh zu, ob du besser zurechtkommst! Ich gebe mich geschlagen. Außerdem gehe ich ohnehin fort.«

»Du gehst fort? Wo willst du hin?«

»Das Buch. Das alte Buch. Es war offensichtlich eines der wirklich wertvollen Besitztümer der Alten. Die Verehrung Avens gründet darauf – ohne Zweifel. Die Atherer brauchen das Buch. Ich bin sicher, es ist gut, es zu verbreiten. Das kann ich zumindest tun. Dann habe ich mit meiner Reise doch etwas erreicht. Vielleicht bekommt mein Leben dadurch wenigstens ein bißchen Sinn.«

»Wo gehst du hin?« fragte Raydi.

»Wenn ich genug Abschriften gemacht habe, Kürbis, reise ich zu den Östlichen Inseln. Sie wollen eine haben. Da bin ich ganz sicher.«

»Wo ist das?« fragte Raydi.

»Jestak war vor langer Zeit dort. Im Östlichen Ozean.«

»Sei nicht albern«, sagte Ahroe.

»Tja, Ahroe. Das kann ich nun sehr gut, albern sein. Aber diesmal ist es so einfach. Das Buch ist *die* Sache. Es ist ein gutes Buch. Es stehen Dinge drin, die ich nie zuvor gelesen habe – es geht weit über die Weisheit Avens – weit über alle Pelbar-Schriften hinaus.«

»Wann kommst du zurück?« fragte Raydi.

»Zurückkommen? – Weshalb sollte ich zurückkommen? Vielleicht niemals, Kürbis. Vielleicht ...«

Raydi stieß einen Schrei aus, rannte zu Stel, klammerte sich an ihn und weinte.

»Was? Was ist denn, Kürbis?«

»Du kannst nicht gehen. Wenn du gehst, habe ich niemanden mehr!« schrie sie mit erstickter Stimme.

Stel schaute Ahroe an, die ganz erstarrt dastand.

»Du hast doch deine Mutter, Kürbis«, sagte Stel und beugte sich zu ihr hinunter.

Raydi brach in heftiges Schluchzen aus.

»Anscheinend bin ich diejenige, die unwillkommen ist«, sagte Ahroe. »Ich werde ...«

»Du bist es doch, die das Unwillkommensein gemacht hat«, kreischte Raydi.

»Raydi«, sagte Stel. »Sieh mich an. Sie hatte ihre Gründe.«

Ahroe hob die Hände und ließ sie auf die Schenkel fallen. »Warum hält mir nur jeder all diese Gründe zugute? Ich habe mich täuschen lassen, das ist alles. Ich habe mich selbst getäuscht. Hauptsächlich darüber, wer ich war – wer ich bin. Aber was geschehen ist, ist geschehen. Wie können wir ...«

»Vielleicht kann man das Unwillkommensein ungeschehen machen. Wenn du willst, ich will, was immer es einbringt.« Stel streckte die Arme aus und legte sie um sie und Raydi.

SECHSUNDZWANZIG

Eine Woche später trafen Stel und Ahroe in Threerivers ein, wo man Stel aufgefordert hatte, vor der Konferenz eine Rede über seine Reise nach Ginesh zu halten. Am Ufer wurden sie von Igant, dem Führer der Peshtak-Delegation, empfangen, der Stel die Hand auf die Schulter legte und sagte: »Willkommen im Namen der Peshtak. Wie können wir dir danken? Du hast für uns getan, was noch niemand zuvor getan hat. Jetzt erzählt mir Dahn, daß du durch Blutmischung ihr Vater bist, ihr einziger Vater, und sie möchte, daß ich dich um deine Einwilligung zu ihrer Heirat mit Char bitte.«

»Char? Liebt sie ihn?«

»Sie sagt, ja.«

»Was meinst du?«

»Ich meine, sie sollten lieber heiraten, ehe es zu spät ist.«

»Dann haben sie natürlich meine Einwilligung, was immer sie wert ist.«

Bei seiner Rede vor der Konferenz faßte Stel die Ereignisse auf seinen Sommerreisen nach Ginesh und zurück zusammen. Dann sagte er: »Was ihr hier in diesem und im letzten Sommer getan habt, ist das wichtigste, was zur Zeit in Urstadge passiert. In gewissem Sinne stehen wir an der Schwelle zu einer sehr gefährlichen Zeit. Wenn wir vermeiden wollen, daß sich die Zeit des Feuers wiederholt, müssen wir tun, was ihr hier tut, nicht das, was ich in Ginesh getan habe.

Ich sehe, wie sich ein großer Fehler wieder einschleichen will. Seit meiner Kindheit haben wir auf Konflikte mit der Entwicklung neuer Waffen reagiert. Ich zweifle nicht daran, daß die Peshtak lernen werden, den Phosphor, den wir gemeinsam hergestellt haben, als Waffe zu verwenden. Ganz sicher werden die Tantal, wenn sie überleben, an einem Strang ziehen und sich neue Grausamkeiten ausdenken. Als sie nach Nordwall kamen, hatten sie große Rohrwaffen, wie sie sie nannten. Wir haben nach diesem Vorbild und mit Hilfe der Leute aus der Kuppel das Gewehr wiederentwikkelt. In diesem Sommer hatten die Tantal Sprengstoffraketen. Wer weiß, was als nächstes kommt? Es ist so einfach, eine neue Waffe zu bauen. Unser Wissen, das immer weiter fortschreitet, wirft sie ab wie der Ahorn seinen Samen. Ich bin nie mit der Absicht aufgebrochen, gegen jemanden zu kämpfen. Es ist überraschend, wie schnell ich das beherrschte, wie leicht ich mich daran gewöhnte, den Tod zu bringen. Ich glaube, ich tat es um einer gerechten Sache willen, aber es ist nicht gerecht, ganz gleich, für welche Sache man es tut.

Es ängstigt mich, wie leicht man eine Stadt zerstören kann. Natürlich war Ginesh durch seine gesellschaftliche und religiöse Fäulnis geschwächt. Aber keiner von uns kann es sich leisten, selbstgefällig und selbstgerecht zu sein. Ich meine, daß die Gründungsdokumente der Föderation so bald wie möglich angenommen werden sollten, und daß man über Einzelheiten vielleicht auch in weiteren Verhandlungen entscheiden kann.

Ich habe die Hoffnung aufgegeben, eine Lösung zu finden, wie man die Tantal in irgendeine Gesellschaft eingliedern kann. Wir haben anscheinend schon genug Mühe, mit unseren Verbündeten auszukommen. Das Gesellschaftssystem der Tantal steckt so voller Fehler, daß es immer schwer sein wird, damit fertigzuwerden – außer für die gewöhnlichen Leute. Die sind anscheinend mehr oder weniger genauso wie alle anderen.

Da ihr unser System entwerft, seid ihr euch sicher der Gefahren bewußt, die darin stecken. In gewisser Hinsicht sichern die Unterschiede zwischen uns ein Gleichgewicht. Kein Shumai und kein Sentani wird einer Frauenherrschaft zustimmen. Kein Pelbar wird sich mit einer männlichen Mehrheit abfinden. Kein Atherer wird sich auf die Gesamtinstitution des religiösen Systems der Emer einlassen, aber er wird bereit sein, die Emer ihren Gott so verehren zu lassen, wie sie es für richtig halten.

Ihr macht eure Pläne auch für Innanigan und alle Städte im Osten, genau wie für euch selbst, obwohl die es noch nicht wissen. Eines Tages finden wir vielleicht Völker jenseits des Meeres. Wir werden auch sie in unser System eingliedern müssen, wenn nicht in unsere Union, so doch wenigstens in unseren guten Willen und unsere Gerechtigkeit. Wenn das möglich ist.

Mir ist klar, daß ihr das alles viel besser wißt als ich. Ich bin hauptsächlich gekommen, um euch von meinem Sommer am Bittermeer zu erzählen, von der Befreiung meiner Tochter und von meinen neuen Freunden. Ich muß sagen, daß ich beinahe in meiner alten Pelbar-Isolierung zurückgeblieben wäre. Glücklicherweise konnte durch meine erweiterte Erfahrung und Ahroes Güte unsere Bindung erneuert werden.« Stel schaute zu Ahroe auf, die unverwandt zu Boden starrte. »Vielleicht habe ich aufgeholt. Jetzt habe ich lange genug eure Zeit in Anspruch genommen. Ich möchte euch einen jungen Tantal namens Fenn empfehlen, der in Pelbarigan ist, um sich von Celeste seine Sehkraft untersuchen zu lassen. Er weiß wahrscheinlich mehr über alte Münzsysteme als sonst ein heute Lebender, und er könnte beim Entwurf eines Münzsystems für die Föderation nützlich sein.

Und für Samme habe ich eine Abschrift des alten Buches hier, und ich werde jedem, der es wünscht, ein Exemplar davon geben, sobald wir weitere Abschriften hergestellt und überprüft haben.«

»Das Buch, Stel. Was ist damit?« wollte Mokil wissen.

»Es enthält die besten Gedanken über Gott, denen ich jemals begegnet bin. Aber es wird Probleme verursachen. Das kann jeder sehen. Vieles davon ist schwer zu verstehen. Die Leute werden es unterschiedlich aufnehmen. Sie werden endlos darüber streiten. Ich sehe schon jetzt, daß einige Menschen darauf beharren werden, ihre Sicht sei die einzig mögliche. Einige werden es vielleicht benützen, um ihre Aggressionsgelüste zu rechtfertigen – ja, das geschieht sogar im Buch selbst. Es bietet keine Lösung für alle Probleme, aber das Spektrum seiner Möglichkeiten scheint unbegrenzt.«

»Glaubst du, du solltest es dann überhaupt verbreiten?«

»Ja. Für mich ist es schon jetzt so etwas wie unser Fluß, der Heart. Seine Bedeutungen fließen immer weiter, durch Jahrhunderte, und versiegen niemals. Es ist so reich, so genial, es wird jedem, der es studiert, Tiefe und Bedeutung schenken. Davon bin ich überzeugt.«

»Hoffentlich hast du recht«, meinte Mokil skeptisch.

Nach der Sitzung nahmen Stel und Ahroe an der Hochzeit von Dahn und Char teil, einer wilden Feier im Stil der Peshtak, die sportlichste Hochzeit, bei der die Leute vom Heart-Fluß je mitgefeiert hatten, und wahrscheinlich auch die mit den meisten lüsternen Anspielungen und dem frivolsten Humor.

Nach Dahns Hochzeit kehrten Stel und Ahroe mit Raydi nach Pelbarigan zurück, wo Garet und Aintre getraut wurden. Die Jungvermählten brachen mit dem Pfeilboot auf, sagten aber nicht, wohin sie wollten.

Eines Abends, kurz danach, tranken Stel und Ahroe auf der Terrasse vor ihrem Häuschen Tee, als Eolyn den Weg heraufkam, begleitet von Fahna, der Tochter Jestaks und Tias.

»Ah. Du kommst gerade recht zum Tee.« Stel stand auf, um welchen zu holen.

Als sich alle gesetzt hatten, sagte Stel: »Ich hätte erwartet, daß Celeste mitkommt. Ich wollte mich bei ihr für ihren Strahlungsdetektor bedanken. Ohne ihn wäre ich nicht zurechtgekommen. Bei unserem letzten Zusammentreffen wollten die Tantal ihn haben, aber ich habe ihn nicht hergegeben. Ich bin sicher, die Dinger werden noch allgemein nützlich sein.«

»Sie ist bei Fenn«, sagte Fahna.

»Ja«, fügte Eolyn hinzu. »Sie paßt ihm Linsen an – ›Brille‹

nannte man so etwas früher, sagt Thornton. Es scheint ewig zu dauern. Aber das kommt nur daher, daß sie sich in endlose Gespräche verlieren. Stel, du bist ein Fuchs.«

»Nun, ich fand, daß die beiden ziemlich einsam wirkten.«

»Stel«, sagte Eolyn. »Du hast nie von Dailith gesprochen. Ich hatte angenommen, daß er an der Portage ist. Jetzt habe ich den Verdacht, daß etwas anderes geschehen ist.«

Stel blickte zu Boden.

»Er kommt also nicht wieder?«

»Eo, ich würde alles lieber tun, als dir das zu sagen.«

»Aber es ist wahr.« Eolyn strich sich ihr Haar, das schon leicht von Grau durchschossen war, aus der Stirn zurück. Die letzten Sonnenstrahlen erfaßten ihre hohen Backenknochen und ihre blitzenden Augen. »Du mußt mir davon erzählen. Du darfst keine einzige Tatsache verheimlichen.«

»Keine einzige?«

»Nein – weil ich deine Freundin bin.«

»Eo, wie kann ich?«

»Ohne Tatsachen kann man nichts unternehmen.«

»Er ist in Iver, Eo. Portain geht mit seinem Kind schwanger.«

Eolyn zuckte zusammen, als hätte man ihr eine Ohrfeige versetzt. Wieder strich sie sich das Haar zurück.

»Du mußt einen Scheidungsbrief ausfüllen, Eo.«

»Muß ich das? Ich werde es vermutlich tun. Stel, hast du mich dazu aus der Kuppel gerettet?«

»Eolyn, dein Leben verläuft ziemlich gleich, ob Dailith nun hier ist oder nicht. Wenn er dich nicht so geliebt hätte, hätte er nie vor dir zu fliehen brauchen. Er konnte es nicht ertragen, ignoriert zu werden.«

Eolyn starrte ihn an.

»Eo, eines Tages wird Tor zurückkommen.«

»Dieser Shumai-Wilde. Warum bringst du ihn nach all den Jahren immer wieder daher?«

»Siehst du? Er ist dir nicht gleichgültig.«

»Stel«, sagte Ahroe. »Hör auf damit! Du siehst doch, wie sie leidet. Du willst sie nur necken.«

»Ich wünschte, sie würde leiden, Ahroe.«

»Wie kannst du so etwas sagen!«

»Wenn du wirklich leiden würdest, leiden könntest, wäre Dai niemals fortgegangen, Eo. Es tut mir leid. Aber es ist so.«

Eolyn stand auf und ging zum Aussichtsplatz. Die anderen schwiegen und beobachteten sie. »Vermutlich hast du recht«, sagte sie. »Ich bin leider nur in Chemie gut.«

»Eo, du kannst soviel mehr. Schau hinaus über diese Stadt und das Tal. Was von dem, was wir bisher getan haben, hat dein Geist nicht berührt? Alles hat er berührt. Du bist in alles hineinverwoben, von den Farben, mit denen die Boote gestrichen sind, bis zu den neuen Sonnenzellen, die unsere Batterien aufladen. Du mußt zu dem stehen, was du bist – ein völlig unabhängiger Mensch mit einem frei schweifenden Geist. Leute wie ich können in diesem Zustand nicht existieren. Ich habe erwartet, daß Ahroe mich verlassen würde, und wußte nicht, wie ich darüber hinwegkommen sollte. Ich versuchte, es so zu betrachten, wie du es tun würdest – vernünftig zu überlegen, um zu sehen, was man tun kann. Es gelang mir nicht. Du bist doch glücklich – oder wenigstens beinahe. Das mußt du zugeben. Dailith brauchst du dazu überhaupt nicht. Das hat er gesehen und darunter gelitten, und dann hat er einen Ausweg gesucht. Du hast das sanfte Lächeln der praktischen Vernunft. Du bist so, wie die Föderation sein muß – kühl, klar, verständig –, damit andere von ihrer Ordnung trinken und ihr Leben klären können.«

Eolyn dachte nach, das wohlgeformte Kinn auf die Handknöchel gestützt. »Wenn ich ein Mensch mit soviel Vernunft bin, warum siehst du das dann so klar und ich nicht? Ich gebe zu, daß du im Grunde genommen recht hast. Trotzdem ...«

»Letztlich ist niemand völlig glücklich, Eo. Das kommt auf dieser Erde einfach nicht vor. Aber ich habe auch die andere Seite gesehen. Ich habe mich in ihre schlammigen Fluten gestürzt.«

»Und bist ihnen entronnen.«

»Das bin ich bisher immer, Eo. Dank Ahroe habe ich es irgendwie geschafft.« Stel stand auf, ging zu Eolyn und legte den Arm um sie und lächelte ihr aufmunternd zu.

Als er sich wieder setzte, erhob sich Ahroe mit leichtem Stirnrunzeln und trat hinter ihn, sie legte ihm die Hände auf die Schultern, beugte sich dann nieder und vergrub ihr Gesicht in seinem Nacken. Er schaute zu Eolyn und Fahna auf, lächelte und nahm Ahroes Hand in die seine.

EPILOG

Der Sommerfeldzug der Innanigani war nicht gut verlaufen. Sie waren früh im Jahr weit nach Westen vorgerückt und nur auf wenig Widerstand gestoßen. Aber nachdem sie die Peshtak-Stadt Urney gebrandschatzt hatten, begann das Unheil. Immer wieder fielen Männer Sprengsätzen zum Opfer, die unter den Wegen verborgen lagen, und raffinierten neuen Fallen.

Der Erhabene Peydan, der Kommandant der Innanigani, trank in seinem Zelt Kornschnaps und dachte über seine Schwierigkeiten nach. Eine Rehfliege umkreiste seinen Kopf, aber er bewegte kaum die Hand, um sie zu verscheuchen. »Onus«, rief er.

»Ja, Erhabener?«

»Mir gefällt das nicht. Alles fühlt sich so anders an.«

»Wie meinst du das, Erhabener?«

»Seit wir über Treemai hinausgekommen sind, bin ich unruhig. Ich meine, wir sollten unsere Gewinne konsolidieren und anfangen, die Wintergarnisonen zu befestigen.«

»Schon?«

Der Kommandant zuckte mit dem Kopf. »Ja. Genau das würden sie in Innanigan auch sagen. Aber die sind nicht hier draußen. Die haben nicht so viele Männer verloren.«

»Aber das ist ... Da kommt jemand.«

Ein Kundschafter schlüpfte ins Zelt. Schweiß rann ihm zwischen Staubstreifen über das Gesicht. »Was jetzt?« fragte der Erhabene, nachdem er, ohne aufzustehen, den Gruß des Kundschafters erwidert hatte.

»Die Peshtak haben den Shill überquert und die dortige Garnison angegriffen, Erhabener.«

»Mit welchem Ergebnis?«

»Sie haben keinen Versuch unternommen, sie zu erobern,

Erhabener. Sie haben einfach mit Sprengstoffen darauf geschossen und Feuer entfacht. Dann sind sie abgezogen.«

»Dann halten wir sie also noch?«

»Was davon übrig ist. Sie haben sie mit irgendeinem starken, weißen Feuer, das man nicht löschen konnte, fast niedergebrannt.«

Der Erhabene seufzte. »Was würde ein Garnisonschef nicht behaupten, um seine Unfähigkeit zu rechtfertigen?«

»Erhabener, es war Avray, dein Neffe.«

»Avray? Hast du ihn gesehen?«

»Ja. Im Lazarett. Er hatte Verbrennungen. Ich habe auch die Garnison gesehen, Erhabener. Es war anders. Balkenwände entzündeten sich, als hielte man ein weißglühendes Eisen an ein Blatt.«

»Danke. Laß dir auf jeden Fall deine Getränkeration geben. Doppelt. Du siehst aus, als brauchtest du sie.«

»Ja, Erhabener. Danke.« Der Kundschafter salutierte und ging rückwärts aus dem gestreiften Zelt.

Der Erhabene schaute seinen Adjutanten an. »Da haben wir es wieder, Onus. Sie haben sich noch nie so verhalten.« Er stand auf, rollte die Karte auf dem Tisch zusammen und schob sie in einen geschnitzten Knochenring. »Sie zeigen mehr Berechnung, mehr Phantasie. Sie sind weniger verzweifelt. Und jetzt schlagen sie in unserem Rücken zu.«

»Vielleicht ist es die Krankheit. Sie sind offenbar frei von dieser Seuche. Bei keinem der Toten war in diesem Sommer etwas davon zu sehen.«

Der Erhabene überlegte. »Ich bin nicht sicher, ob ich das glauben soll. Ich habe Gerüchte gehört. Aber diesmal gehe ich wohl am besten selbst zum Shill und sehe es mir an. Ruf die Männer, damit sie dieses Zelt abbauen! Übergib den Befehl über die Einheit an Graystun. Ich möchte aufbrechen.«

Drei Tage später stand der Erhabene Peydan vor der Garnison östlich des Shill, besichtigte die Zerstörungen und klopfte sich mit einer zusammengerollten Landkarte an das linke Bein.

Er hörte ein leichtes Geräusch hinter sich und drehte sich

um. Drei Kundschafter führten einen alten Peshtak heran, der eine merkwürdige braune Stofftunika trug. Der Mann hatte Ledergamaschen an, die unter dem Knie mit scharlachrotem Tuch festgebunden waren.

»Erhabener, dieser Mann sagt, er kommt unter dem Schutz des Waffenstillstands. Er sagt, er gehört nicht zu den Feinden.«

»Was für ein Waffenstillstand?«

»Ich nahm an, ihr würdet die hochgehaltene Waffenstillstandsfahne respektieren, weil eure Leute es versprachen.« Der Mann sagte es mit Würde. Einer der Kundschafter riß fest an einem Riemen, den der Mann um den Hals hatte.

Der Erhabene hob die Hand. »Das werden wir noch sehen. Nicht von den Feinden? Was soll das dann sein?«

»Ich komme vom Heart-Fluß hierher. Das ist weit im Westen. Wir arbeiten gerade Grenzen aus, und die Konferenz wollte wissen, welche Linie ihr als Grenze zwischen uns respektieren würdet.«

»Grenze? Konferenz? Zwischen wem? Den Städten und den Peshtak?«

»Ja«, gab der Alte zurück und kratzte sich am Ohr. »Das wird unsere Ostgrenze sein. Ihr müßt euch zweifellos zuerst beraten. Die Konferenz hat mich beauftragt, die Frage vorzubringen.«

»Konferenz? Was ist das für ein Gremium?«

»Die Föderationskonferenz des Heart-Flusses. Ich habe einen Brief von ihnen. Sie nennen ihn Dokument. Für eure Herrscher.«

Der Erhabene Peydan warf Onus, der in der Zeltecke stand, einen schnellen Blick zu. Dann nahm er die Papierrolle und breitete sie auf dem Tisch aus.

In der Stadt Innanigan unterbrach die gesetzgebende Versammlung wegen dieser Nachricht ihre normale Arbeit. Als das Thema vorgebracht wurde und die Ordnung wiederhergestellt war, erhob sich der Abgeordnete der Nordküste, blickte sich um und sagte: »Ist der Erhabene verrückt geworden – zu verlangen, daß wir einer Horde von Barbaren Informationen übermitteln?«

»Repräsentant«, sagte der Vorsitzende, »genau das scheint er zu verlangen. Verstehe ich dich richtig, du willst zum Ausdruck bringen, daß du dich weigerst, die Informationen preiszugeben?«

»Ja, genau das möchte ich zum Ausdruck bringen, und ich wünsche dies in die Form eines Antrags zu kleiden. Ich beantrage hiermit, dem – was immer er ist – mitzuteilen, daß wir ihm keinerlei Informationen geben werden, und ihn nach einer angemessenen Prügelstrafe seiner Wege zu schicken. Danach können wir uns wieder den ernsthaften und legitimen Aufgaben dieses Gremiums zuwenden.«

»Aha. Möchte jemand zu dem Antrag etwas sagen?«

»Herr Vorsitzender, will man uns durch diese ... Mitteilung zu verstehen geben, daß diese Gruppe die Absicht hat, unsere westliche Grenze festzulegen?«

»Nein. In der Botschaft wird nur gefragt, welches unsere westliche Grenze ist.«

»Wenn wir nun nicht antworten, eröffnen wir ihnen dann nicht die Möglichkeit, von sich aus eine Grenze festzusetzen?«

»Kann ich daraus entnehmen, daß du gegen den Antrag bist?«

»Das ist richtig. Ich glaube, wir müssen so weit westlich wie möglich eine Grenze ziehen – vielleicht noch westlich der Manybends.«

»Herr Vorsitzender, ich erhebe Einspruch. Es hat sich diesen Sommer erwiesen, daß wir nicht in der Lage sind, jenes Territorium zu verteidigen. Wenn wir die Grenze so weit im Westen ziehen, fordern wir einen Konflikt geradezu heraus – mit dieser größeren Gruppe, die offenbar schamlos genug war, die verräterischen Peshtak als Mitglieder aufzunehmen.«

»Herr Vorsitzender, wo ist denn traditionell die Grenze?«

»Das ist der Leynap-Fluß, aber an diese Grenze halten wir uns seit vielen Jahren nicht mehr. Wir haben die Schlangen im Westen bezwungen, um Überfälle auf unsere Farmen zu verhindern. Das Volk wäre mit dieser Grenze nicht einverstanden.«

»Herr Vorsitzender, es ist doch offensichtlich, daß wir auch daran interessiert waren, Land zu erobern, wenn wir ehrlich sind.«

»Ehrlich? Wollen wir nicht bitte den bestehenden Antrag diskutieren?«

Mehrere Abgeordnete sprangen auf, und die Diskussion löste sich in allgemeinem Geschrei auf, übertönt von einer Stentorstimme, die rief: »Herr Vorsitzender, im Westen tut sich etwas. Ich verlange zu erfahren, was im Westen vorgeht. Ich verlange, daß wir dieser lederköpfigen Armee den Befehl geben, herauszufinden, was im Westen vorgeht.« Der Sekretär schlug vergebens die Ordnungssteine gegeneinander. Der Vorsitzende funkelte die Schreier zornig an, drehte sich dann auf dem Absatz um, verschwand durch die mittlere Tür und schlug sie krachend hinter sich zu.

Die Abgeordneten wurden ruhiger, verstummten schließlich und blickten sich um. »Ich verlange immer noch«, murmelte ein grobschlächtiger Mann mit weißem Haar, »zu erfahren, was im Westen vorgeht!«